# SUR LES TOITS

FRÉDÉRIC VERGER

# SUR LES TOITS

roman

nrf

GALLIMARD

*Notre vie dans le clocheton de la rue Carabat.*
*Maladie de ma mère. Prélude à la vie sur les toits*

Je commencerai le récit d'un certain nombre d'épisodes peu ordinaires de mon enfance qui se déroulèrent à Marseille entre l'été de 1942 et le printemps de 1943 le matin où ma mère nous demanda d'aller vivre sur les toits.

Il devait être six heures, le bleu du ciel resplendissait déjà. Nos portes-fenêtres étaient ouvertes sur l'éventail orange des tuiles.

Depuis un an, ma mère, ma petite sœur et moi vivions dans une sorte de clocheton en bois dressé sur un toit de la rue Carabat comme un kiosque dans un désert.

Cette construction étrange, sans doute édifiée sur une ancienne terrasse, abritait un minuscule appartement composé d'une cuisine et d'une chambre. Sur trois côtés, les murs étaient remplacés par des portes-fenêtres aux montants gris et vermoulus où sifflait le vent et nichaient les abeilles. Cette chambre faisait penser à la cabine de commandement d'un navire et derrière les vitres sales on ne voyait jamais d'humains, seulement le ciel et des tuiles couleur de corail ou de lilas.

Cinq étages plus bas croupissait la rue Carabat, goulet obscur où la lumière du soleil ne pénétrait jamais. Des façades noires, suintantes, enserraient un passage si étroit qu'en tendant le bras par la fenêtre on serrait la main du voisin d'en face. Une odeur fétide, humide semblait flotter là depuis toujours. Et c'est pourquoi en y marchant on éprouvait une impression de dégoût et de magie.

Ma mère était allongée dans le grand lit qui emplissait à lui seul la chambre. Nous y dormions tous les trois. Dans la lumière du matin, la couverture brune aux raies framboise, le drap grisâtre piqué de rapiéçures blanches semblaient des tissus précieux. Lorsque je me réveillais, le visage émacié de ma mère me serrait le cœur. Ses cheveux blonds avaient perdu leur éclat. Mieux valait regarder ses yeux. Ils étaient d'un bleu très clair et quand le soleil les éclairait, la mort ne semblait qu'une de ces terreurs fantasques qu'enfante la nuit. La ville était encore silencieuse, à peine entendait-on éclater à de longs intervalles, comme dans un jardin les cosses d'un genêt, le cri d'une marchande du port.

Ce matin-là, ma mère nous expliqua que, son état s'aggravant, elle devrait peut-être appeler la concierge pour qu'on la transporte à l'hôpital. Mais si elle devait y rester longtemps, ma petite sœur et moi risquions d'être emmenés dans un orphelinat et séparés. Voilà pourquoi il valait mieux que nous allions nous cacher sur les toits pour ne revenir à l'appartement qu'à la nuit tombée. Au printemps, elle avait dû passer deux jours à l'hôpital et j'avais déjà construit sur le toit un abri de fortune.

D'une voix qu'elle voulait sévère et que la maladie affaiblissait en murmure, elle nous rappela les consignes de prudence. Liola, ma petite sœur, fondit en larmes. Elle comprenait que pendant longtemps nous ne verrions plus notre mère et passerions dans l'abri des journées entières. Nous eûmes du mal à l'apaiser. J'y parvins en lui suggérant d'emmener son chardonneret, qui venait de se mettre à chanter dans la cuisine. Cette invention déplut à ma mère, soit qu'elle craignît qu'il ne trahisse notre présence, soit qu'elle ait voulu conserver un compagnon dont le chant lui parlerait de ses enfants. Mais elle ne s'y opposa pas. L'idée enchanta Liola. Passant du désespoir à l'entrain le plus enjoué, elle se faisait une joie de faire découvrir une autre vie à son oiseau.

Je lui pris la main et, tenant dans l'autre la cage où l'oiseau s'était tu comme à chaque fois qu'on remuait sa maison, nous descendîmes sur les tuiles par la porte-fenêtre grande ouverte et quand je commençai à marcher au soleil le chardonneret se remit à chanter.

*Souvenirs sur ma mère et notre vie.*
*Le Lux de Pantin. Le Livre de Jonas.*
*M. Albert me fait débuter sur scène.*
*Débâcle de la France*

Ma mère était une danseuse et chanteuse anglaise, dont la carrière – si l'on peut utiliser ce mot pour une succession d'engagements qui en dépit de sa persévérance et de ses calculs tinrent toujours de l'accident – commença à Londres et finit à Pantin. C'était une belle femme blonde, aux grands yeux bleus, aux longues jambes, telle qu'elle apparaît sur la demi-douzaine de photographies de scène qui me restent et où son charme est enduit du vernis stéréotypé des revues. Mais je leur préfère le souvenir de son visage de malade, amaigri, ridé aux coins des yeux, comme certains amateurs préfèrent paraît-il le visage des statues abîmées par la mer.

Ce charme lui avait permis de trouver facilement des engagements, mais à Paris elle exerça à partir de 1935 dans des music-halls de plus en plus minables, dont le dernier, le seul que je me rappelle car j'y fis de modestes débuts sur scène, était situé à Pantin et s'appelait le Lux Robinson.

Elle décrocha ce dernier engagement en 1938. J'avais dix ans, ma petite sœur Liola cinq, et nous n'avions jamais vécu qu'avec notre mère. Mon père était mort peu après ma naissance et celui de ma petite sœur – ou demi-sœur – avait disparu, semblable à ces fantômes dont on ne sait s'ils méprisent les vivants ou si les vivants les chassent. Je le rencontrai par hasard à Vienne peu avant la guerre, sur l'une de ces colonnes où sont affichés les spectacles. Je marchais en donnant la main à ma mère, qui avait fait ce voyage fatigant pour un engagement de quelques jours, et sans s'arrêter elle désigna l'affiche du menton avec ces simples mots, «*Meet Liola's father*». Je vis la figure d'un fossoyeur appuyé sur une pelle, le visage fardé de blanc, coiffé d'une perruque. Ce devait être un spectacle de cabaret, les deux ou trois personnages qui l'entouraient ayant un air à la fois lugubre et ridicule. Je me rappelle avoir été saisi d'un sentiment d'effroi et de pitié, je croyais voir un malheureux devenu fou à force d'avoir creusé la terre pour retrouver sa fille.

Les derniers mois, alors que nous fuyions au hasard sur les routes de France, ma mère parlait quelquefois le soir de mon père et d'autres hommes dont je comprends maintenant qu'ils avaient été ses amants. L'étonnement ironique qu'elle montrait en évoquant ces fantômes était si fort qu'il devenait tendre. Et je ne saurais dire si ce mépris léger des hommes venait de ce qu'elle appartenait à la race des abandonneuses ou des abandonnées.

C'était l'une de ces jolies femmes qui croient se servir de leur charme au profit d'une cause – un idéal, une vocation ou, tout au moins, une carrière – mais, malgré un talent qui vaut celui de beaucoup d'autres, ce destin n'éclot jamais, sans qu'on sache trop pourquoi, comme dans un bouquet ces boutons qui ne s'ouvriront pas. Alors ce charme leur apparaît comme un piège, le masque qui a caché à la vue superficielle des hommes leurs qualités de chanteuse ou d'actrice, et leur beauté une sorte d'imprésario incompétent ou malveillant qui les a mal vendues. C'est pourquoi beaucoup entreprennent alors de la détruire systématiquement. Je ne sais si ma mère, qui en était venue à considérer que son talent pour la comédie légère aurait été mieux mis en valeur si elle avait été moins jolie, ou même franchement laide, aurait eu recours à cette vengeance pathétique. Car, tombée sérieusement malade au retour de Vienne, elle fut désormais contrainte de passer une grande partie de sa vie au lit.

Lui restait-il de la famille en Angleterre ? Elle n'en parla jamais. La seule allusion qu'elle y fit concernait une bible à la reliure de cuir bleu pas plus grande et aussi épaisse qu'une boîte d'allumettes ménagères. Elle me dit un jour qu'elle avait appartenu à l'un de ses grands-pères « qui était curé », disait-elle à la française avec son accent anglais, alors que le malheureux avait dû être un prêtre anglican ou même, qui sait, un pasteur presbytérien qui au mot de curé devait frissonner dans sa tombe. Cette bible rangée dans un tiroir au milieu de cahiers de broderie et d'enveloppes tachées n'en sortait jamais, jusqu'au jour où, désirant que j'enrichisse mon anglais, elle me donna à lire l'histoire de Jonas, qui dans son idée sans doute était une sorte de conte pour enfants. Cette histoire me charma tellement qu'elle fit apparaître chez moi un don bizarre dont il me faut parler car il joua un rôle à plusieurs reprises dans nos aventures. J'aimais surtout le passage où Jonas parle de sa vie sous la mer, qui commence par « *For thou hadst cast me into the deep* ». J'en vins à le connaître par cœur et l'envie me prenait souvent de le déclamer à haute voix, trouvant dans ses cadences je ne sais quel plaisir d'excitation et de consolation. Comme cela arrivait parfois dans les coulisses du Lux, les techniciens, les girls, les jongleurs, les musiciens et jusqu'au directeur du théâtre s'en amusaient beaucoup et m'applaudissaient tant cette déclamation devait leur paraître stupéfiante, ou comique, car je n'avais alors pas plus de neuf ou dix ans, et, petit et chétif, en paraissais moins encore. M. Albert, le clown du Lux, me proposa alors de venir avec lui sur scène. C'était un vieil homme dont le long visage ressemblait à celui d'un boutiquier à la retraite ravagé par toute une vie de traites et d'échéances. Connu dans le quartier, il se promenait et traînait au café habillé comme le rapin d'un opéra de Massenet, pantalon de velours, veste satinée et fine cravate aux boucles en ailes de papillon. C'est d'ailleurs ainsi qu'il se présentait sur scène, ayant depuis longtemps renoncé à se peindre le visage et à enfiler son costume de clown, soit dégoût, soit fantasme d'épure de l'artiste qui croit pouvoir se passer d'ornements inutiles. C'était une sorte de Grock de banlieue dont tout le sel burlesque tenait à son incapacité à imiter son modèle, impuissance qui conférait à son numéro (piano récalcitrant, parapluie maléfique, tulipes carnivores) une couleur lugubre. Les spectateurs du Lux, qui le croisaient au café et connaissaient son numéro par cœur, le regardaient sans rire mais sans non plus les sifflets et moqueries dont ils étaient pourtant friands. Ils y assistaient dans le plus parfait silence, figés dans une admiration de frayeur qui tenait à ce qu'ils n'étaient jamais sûrs que les catastrophes qui survenaient sur scène, et qui n'étaient jamais tout à fait les mêmes, faisaient partie d'un plan savamment agencé ou n'étaient que les ratés atroces d'un numéro merveilleux qu'ils ne verraient jamais. Dans l'un de ses sketchs où il mimait un homme empêché de dormir sur un banc, d'abord par un oiseau, puis par la pluie, il m'ajouta comme troisième gêneur : seule touche sonore du numéro, je devais déclamer à toute allure mon passage de Jonas, à la façon d'un orateur de rue ou d'un prêtre fou, ce qui provoquait diverses grimaces et tremblements du clochard assoupi. J'acceptai de jouer ce rôle légèrement humiliant parce qu'il me donnait quelques sous. Mais il arrivait que, suffoquant de vexation, je m'avance jusqu'au bord de la scène et déclame mon texte plus lentement et avec toute l'ardeur du sentiment qu'il levait en moi. Les braves spectateurs de Pantin qui n'y comprenaient pas un mot éclataient pourtant toujours en applaudissements dont M. Albert venait sans rancune récolter le baume auprès de moi en me montrant de la main comme un montreur de chien son caniche. Ces passages sur scène tranchaient avec le cours ordinaire de ma vie. J'étais un enfant silencieux et rêveur. Tout ce que les gens disaient, il me semblait l'avoir déjà entendu. Gêné par mon propre silence, il m'arrivait souvent de chercher quelque chose à dire mais je ne trouvais rien qui vaille et la confusion me collait la langue. Mais depuis la lecture de Jonas j'avais découvert qu'une bouffée d'enthousiasme ou de colère pouvait soudain me transformer en orateur. Les mots venaient comme si un personnage caché dans ma poitrine décidait tout à coup de se rappeler au souvenir du monde.

Lors de la débâcle de 40, malade, sans travail, sans ressources, ma mère nous entraîna dans une fuite vers le sud, espérant trouver un port où elle pourrait s'embarquer pour l'Angleterre. Pendant des semaines, nous errâmes dans des hôtels de dernière catégorie au fond d'une région chaude, reculée, dont les noms des villages avaient quelque chose de préhistorique, et qui dessine pour moi sur la carte de France une tache blanche où, après toutes ces années, mes yeux évitent de se poser. Me reste le souvenir d'une fournaise extraordinairement feuillue, d'une chambre d'hôtel bleutée par les frondaisons de platanes gigantesques où résonne le monologue incessant, oriental et mélancolique d'une fontaine de village qui donne l'impression que nous avons atteint la Terre promise de l'oubli et de l'ennui. Nous ne transportions que deux petites valises, un phono et un disque, le seul que ma mère ait jamais enregistré, à Londres en 1931. Elle y chantait *Marcheta, A Love Song of Old Mexico.* Nous le passions parfois dans nos chambres d'hôtel pour que je fasse danser Liola, et ma mère l'écoutait en fumant, son bras nu posé sur le dossier d'une chaise.

Nous finîmes par échouer à Marseille à la fin de l'automne. Ma mère n'avait bientôt plus d'argent et elle trouva à se loger pour presque rien dans le logement de la rue Carabat, située dans un coin du Panier si vétuste et mal famé que certains immeubles abandonnés, véritables ruines, se trouvaient occupés par des misérables qui y campaient plus qu'ils n'y logeaient. Encore dut-elle promettre à la propriétaire d'effectuer pour elle des travaux de couture qu'elle montait par bassines pleines. Après quelques mois elle apprit que les citoyens britanniques devaient quitter les localités du littoral sous peine d'être internés. C'est à ce moment, alors qu'elle ne quittait plus guère son lit, qu'elle décida de ne pas se faire recenser et me demanda de bâtir un abri sur les toits.

*Notre abri. Premières folâtreries sur les toits.*
*Apparition de Tuyaudière*

Au sommet d'une montée légère entre deux hautes cheminées, j'avais tendu un drap qui protégeait un espace étroit mais plat et cimenté jonché de vieilles couvertures trouvées dans l'appartement. Nous pouvions nous abriter du soleil et même nous y étendre tête-bêche. Au printemps, lorsque nous avions dû y passer trois journées (nous retournions la nuit dormir dans l'appartement), j'avais complété cette installation en allant fouiller dans les maisons en ruine – nombreuses dans le quartier – ou sur les chantiers de celles qu'on rénovait pour y trouver des planches. J'ai toujours aimé travailler de mes mains et je pris plaisir grâce aux quelques outils volés à rehausser notre drap en le soutenant par des planches dressées contre les montants de ciment qui protégeaient les cheminées. Avec des planches plus étroites, j'avais même construit deux rangées d'étagères un peu branlantes mais qui tenaient le drap lorsque soufflait le vent et où nous pouvions ranger nos affaires, quelques provisions ainsi que les crayons de couleur et les morceaux de carton sur lesquels Liola dessinait et découpait une maison de poupée un peu particulière, mais j'aurai l'occasion d'y revenir. Comme pour une fête, Liola avait passé une petite robe blanche de joueuse de tennis miniature et enfilé de petites chaussures noires brillantes, molles comme du carton mais qui semblaient vernies d'un glaçage étincelant de pâtisserie.

La matinée se déroula aussi joyeusement qu'un pique-nique. Une fois rangées nos boîtes, notre bouteille d'eau, la cage de l'oiseau suspendue au crochet d'une cheminée, je proposai à Liola une promenade à condition qu'elle ne lâche pas ma main. Car j'avais vite compris lors de mes premières explorations que le sentiment d'être perdu au milieu d'un océan de tuiles était une illusion. Ses remous paraissaient s'étendre à l'infini comme ceux de la mer mais dès qu'on se mettait à l'arpenter, très vite on manquait de tomber dans la fente étroite d'une ruelle. Elles couraient partout, aussi dangereuses que les crevasses d'un glacier car lorsqu'on se promène sur les toits le regard est attiré par le ciel.

À côté de l'abri, il y avait d'autres cheminées, assez hautes, que nous escaladâmes pour apercevoir sur les quais filer des silhouettes. Nous avions l'impression d'être des enfants de géants qui, après avoir renversé une boîte d'humains-jouets, observaient leurs allées et venues ridiculement affairées. Peu de bateaux. Deux ou trois vieux navires aux voiles grenues, miroitantes comme un mur où tremble le reflet d'un seau. Et au sommet d'un petit bois qui semblait le décor d'une féerie de théâtre, une grande église surmontée d'une statue d'or de la Vierge, son enfant sur le bras. D'où nous étions, elle inspirait une confiance calme dans la vie.

Les pentes des toits n'étaient pas très raides, nous en parcourûmes quatre ou cinq car elles se touchaient et nous pouvions, sautant à peine pour passer de l'un à l'autre, flâner sans crainte, le nez au vent, comme dans un jardin où nos pas entrechoquaient des pierres. Liola aimait la danse, les tuiles sonnaient sous ses entrechats. Les cheveux noirs coupés au bol tressautaient en une masse si compacte qu'on croyait entendre quand ils retombaient un soupir de soie. Pour qu'elle se rende compte du danger, je lui pris la main et la conduisis au bord d'un de ces gouffres étroits qui nous entouraient. Je lui fis faire le tour de ce que j'appelai notre domaine afin qu'elle les voie tous. Il était encore tôt, aucun bruit n'en montait, seulement des courants d'air plus ou moins frais, plus ou moins puants. L'odeur de pourriture des murs se mêlait à celle des ordures que dans notre quartier beaucoup jetaient dans la rue, à peine enveloppées dans des vieux journaux. Parfois on y entendait résonner des claquements de talons. Et, bien que nous ne soyons sur les toits que depuis deux heures, ces bruits de pas semblaient déjà mystérieux et étranges. En dehors des tuiles, nous n'apercevions que les volets des derniers étages, entrouverts sur des trous noirs où parfois tintait quelque chose, et ce bruit avait un air fantastique car il paraissait impossible qu'on puisse vivre dans cette encre.

Voulant faire peur à Liola afin qu'elle ne coure pas comme une folle sur le toit – ou peut-être parce que l'effrayer m'amusait, ou faisait monter en moi l'ivresse de redevenir un enfant –, je reculais, lui prenais la main puis courais à toute allure vers le bord pour m'arrêter brusquement avant de basculer dans la rue. Puis, serrant sa main, je me penchais lentement au-dessus du vide. Elle poussait des cris d'effroi. Alors, faisant mine d'avoir peur aussi, je faisais demi-tour et la tirais vers le haut du toit. Mais cette idée s'avéra idiote car lorsque je l'eus ainsi terrifiée deux ou trois fois, elle prit goût à cette course à l'abîme et m'y entraîna sans cesse comme sur une plage les enfants se ruent sans cesse vers le rocher où se brisent les vagues.

Nous mangeâmes des noix et des sardines de la marque Philippe et Canaud allongés sur les tuiles, en plein soleil, comme des enfants de roi sur une île qui leur est réservée. Mais, apercevant de temps à autre l'éclat du soleil sur les fenêtres de notre appartement, je ne pouvais m'empêcher de penser à ma mère. Était-elle déjà partie ? Elle m'avait demandé de ne pas repasser trop souvent car elle ne voulait pas que si la concierge était montée elle s'aperçoive que nous nous cachions sur les toits. Mais peut-être était-elle en train de souffrir. Peut-être aucun docteur ne pouvait-il venir la voir. Je me dis que dès que Liola s'endormirait dans l'abri, je descendrais pour voir comment se portait maman.

La chaleur de l'après-midi devint intolérable. Il faisait bien plus chaud qu'au printemps. Nous allâmes nous réfugier sous le drap où elle me parut encore plus étouffante. Liola ne pouvait dormir, elle aurait voulu que je lui raconte des histoires mais l'inquiétude m'empêchait d'en inventer une et je répugnais à l'emmener avec moi, redoutant qu'elle ne découvre que notre mère souffrait ou était sur le point d'être conduite à l'hôpital. Comme nous avions vidé la bouteille sans apaiser notre soif, j'expliquai à Liola que je devais aller chercher de l'eau à l'appartement et qu'elle devait rester cachée jusqu'à ce que je revienne.

La bouteille à la main, j'avançai sur les tuiles branlantes en essayant de ne pas faire trop de bruit.

L'appartement était silencieux, je ne pouvais rien voir dans le noir. Au moment où je poussai la porte-fenêtre que le vent avait fermée, un bruit de voix m'arrêta. Je m'accroupis.

Des hommes discutaient mais le craquement des pas sur le plancher m'empêchait de les comprendre. Partagé entre la peur d'être vu et le désir d'apercevoir ma mère, je me relevai, me cachai du mieux que je pus derrière un montant de la fenêtre et, l'abritant de mes mains pour mieux voir, collai un œil au carreau.

Un homme au crâne dégarni, en pardessus noir, se tenait debout devant le lit où les draps conservaient l'empreinte du corps de ma mère. Il tenait ouvert son sac à main et en sortait des objets ou des papiers, qu'il laissait tomber ou fourrait dans sa poche. Il empocha aussi rouge à lèvres, poudrier, miroir, comme un amant. Il serra aussi porte-monnaie, portefeuille et une série de photos minuscules de Liola et de moi. Soudain il releva la tête, m'aperçut et me fixa longtemps sans bouger, comme s'il découvrait qu'il n'était pas le seul humain sur la Terre. Puis, brusquement, il se précipita vers la fenêtre.

Je m'enfuis dans un vacarme de tuiles. En me retournant je l'aperçus à mes trousses, claudiquant, yeux baissés, comme s'il piétinait des serpents.

J'étais parti du côté opposé à l'abri pour ne pas qu'il le découvre mais j'arrivai vite au bord du toit. Je courus sur ma gauche vers l'immeuble voisin. Mais je me rendis compte qu'à cause de la forte pente du quartier, il m'aurait fallu sauter quatre ou cinq mètres pour atterrir sur son toit. Des tuiles manquaient, toutes étaient abîmées et j'eus peur de passer à travers. Mais la rue Carabat était si étroite que je crus pouvoir sauter par-dessus pour rejoindre le toit de la maison d'en face. Afin de prendre de l'élan je fis demi-tour en direction de mon poursuivant qui se tordait les pieds sur les tuiles, si près que je vis scintiller les boutons de son manteau, puis me retournai, courus et m'élançai de l'autre côté.

Je m'écrasai sur les tuiles et m'enfuis vers le faîte du toit. L'homme au pardessus n'osa pas me suivre. Je m'arrêtai et nous restâmes un moment à nous regarder, sans bouger.

Je me mis à marcher et lui à me suivre sur le toit d'en face. Je grimpai jusqu'au faîte et descendis de l'autre côté. Là, à l'abri de ses regards, je m'allongeai sur les tuiles et décidai d'attendre.

J'espérais que Liola n'avait pas vu la scène. Si elle se lançait à ma recherche, l'homme ne manquerait pas de la capturer. J'avais envie de bondir et de crier. Mais l'idée que l'homme au pardessus me guettait, qu'il fallait rester caché pour sauver ma sœur m'apaisa. Je crois me souvenir qu'au fond de la peur vibrait déjà l'ivresse. Car, comme je le remarquai souvent plus tard, ni l'effroi ni le chagrin ne résistent à la fièvre du jeu qui s'empare de notre âme quand nous sommes sur les toits.

Bientôt je n'entendis plus clapoter les pas sur les tuiles mais, craignant un piège, je ne remontai pas. Je continuai à descendre du côté où je m'étais caché et arrivai en surplomb d'un tel enchevêtrement de toitures plongeant vers le port que la tête tournait si on les regardait trop longtemps. Leurs tuiles étaient plus brunes, certaines couvertes d'une mousse noire que j'avais du mal à distinguer des trous béants de maisons à demi effondrées. Dans les parties les plus désolées, des amas informes de tuiles brisées couronnaient des ruines. Des oiseaux y dépliaient et repliaient leurs ailes.

Courbé pour ne pas faire de bruit, je remontai le toit où je me trouvais, imaginant qu'un peu plus loin, sautant à nouveau par-dessus la rue Carabat, je pourrais retourner à notre cabane. Mais, arrivé au bout du toit, je ne pus continuer : celui d'à côté était bien trop haut pour que je puisse y grimper. Alors, contraint de sauter sur un autre en contrebas, je me lançai dans une série de détours, passant de toit en toit sur ceux qui m'étaient accessibles plutôt que dans la direction que j'aurais voulu suivre. Les remuements confus de cette étendue se révélaient un piège aussi terrible que le plus tortueux des labyrinthes. Sautant, escaladant où je pouvais plus qu'où je voulais, je fus peu à peu entraîné très bas, tout près du port, dans un endroit désolé au sommet d'une ruine où quelques tuiles tenaient en équilibre sur des poutres noircies par le feu. Des plantes immenses avaient poussé dans la maison abandonnée et leurs feuilles découpées comme des haches d'apparat s'élevaient tout autour de moi. Et lorsque je caressais leurs feuilles épaisses, rêches et duveteuses, les maigres tiges frissonnaient et ondulaient jusqu'au tréfonds de la ruine.

Incapable de remonter, j'étais pris au piège. Comme j'étais tout proche du pont transbordeur des clients du restaurant m'avaient aperçu et me faisaient des signes amusés. Pensant à Liola, imaginant sa terreur à la tombée de la nuit, craignant qu'elle n'ait peut-être été enlevée ou qu'elle ne soit tombée en essayant de fuir, je fus pris d'une sorte de panique et me mis à courir à l'aveuglette, sautant de toit en toit comme un animal affolé sans prendre garde à leur état. Si bien que l'un d'eux creva sous moi et je faillis passer à travers.

Sous les tuiles que j'avais écroulées j'aperçus de longues planches posées contre le mur d'un grenier. Je parvins à en agripper une et à la remonter. Revenant sur mes pas en la traînant tant bien que mal, je retrouvai une ruelle par-dessus laquelle je n'avais pas osé sauter un peu plus tôt. De l'autre côté se dressait un entrepôt en béton que j'avais déjà aperçu lors de nos promenades. Depuis son toit-terrasse j'arriverais sans doute à me repérer. La planche était étroite mais assez longue et j'en fis un pont. Je m'y engageai, les bras en croix, sans baisser les yeux vers la rue d'où jaillit un cri qui faillit me faire tomber.

De l'autre côté, je marchai jusqu'à l'entrepôt où des échelons rouillés me permirent de monter jusqu'au toit-terrasse. Mais j'eus beau regarder autour de moi, chercher le clocheton de bois de l'appartement, je ne reconnus rien. Les toits et les façades paraissaient avoir été tournés et retournés pour configurer une nouvelle ville. La fin de l'après-midi était venue, les tuiles avaient pris une patine de flamme et les façades mouchetées d'éclats blancs une douceur de cendre. Il me semblait découvrir un monde inconnu où Liola et ma mère n'existaient plus.

D'autres crochets de fer permettaient de redescendre sur les toits. Mais j'hésitais, espérant toujours reconnaître tout à coup notre clocheton de la rue Carabat. Une ombre passa sur moi. Je levai les yeux, ne vis qu'un nuage. Au loin sur les toits un point alla se placer au-dessous d'un goéland qui planait dans le ciel.

Descendu de la terrasse, je m'assis sur des tuiles chaudes comme du pain. Et comme je me demandais de quel côté poursuivre ma route, je crus entendre le chant du chardonneret.

Je pensai d'abord qu'il s'agissait d'un autre oiseau, que comme dans les légendes mon désir avait métamorphosé. Mais je reconnus son appel, qui me faisait toujours penser à la calligraphie compliquée, délicate et splendide des Arabes.

Je bondis dans la direction d'où il semblait venir, sautant au-dessus de plusieurs ruelles au risque de me casser le cou. Comme si j'arrachais un rideau, une face blanche apparut au trou d'une fenêtre. Sur un toit j'entendis une porte claquer, sur un autre une dispute et des rires. Sans rien voir, je suivis en bondissant un parfum de tomate et d'oignon jusqu'au-dessus d'un grésillement d'huile. Sous mes pieds éclataient des mots d'une langue que je ne comprenais pas. Pendant tout ce temps j'entendais le chant de l'oiseau, qui me semblait tourner aux quatre points cardinaux, et je craignis qu'à la suite d'un évènement terrible il n'ait été lâché et vole de toit en toit.

J'arrivai sur le faîte élevé d'un toit où les bruits s'estompaient. Mais je n'entendais plus l'oiseau.

Reprenant mon souffle, je regardai tout autour de moi. J'aperçus en haut d'une maison une silhouette qui avançait bras écartés, une cage à oiseau suspendue à une main. J'appelai Liola en agitant les bras et me précipitai dans sa direction. Elle se mit à crier. Cela m'effraya, car si elle se précipitait vers moi elle pouvait glisser ou tenter de sauter la rue qui nous séparait, pas une simple ruelle mais une vraie rue, large de quatre ou cinq mètres.

Je lui criai de s'arrêter et de m'attendre au bord du toit. Quand je m'approchai, je vis sa robe barbouillée d'un mélange rougeâtre de pleurs et de poussière de tuile.

Nous étions l'un en face de l'autre. J'hésitai à sauter et cette hésitation la fit pleurer. Un peu plus loin, des cordes à linge étaient tendues entre deux maisons de chaque côté de la rue. Je pensai traverser en m'y suspendant mais j'eus peur qu'elles ne cassent. Alors je me penchai, saisis l'extrémité d'une corde, la tirai violemment et l'arrachai du clou. Puis je l'enroulai autour de mon poing et sautai dans le vide. La façade d'en face se rua sur moi, je manquai de peu une fenêtre ouverte, ma tête heurta la pierre, fut projetée violemment en arrière, mes sourcils ouverts comme des fruits mûrs. Je resserrai le poing sur la corde et, tournoyant au-dessus de la rue, je parvins à grimper et à me hisser sur le rebord du toit, secouant une jambe qu'avait agrippée une main.

Comme je soufflais étendu sur les tuiles, Liola se coucha sur moi et m'embrassa. Nous nous levâmes, elle tendit l'index, j'y accrochai le mien et nous fîmes quelques pas de menuet. Ainsi faisions-nous depuis toujours pour confirmer que tout allait bien et que nous ne nous quitterions jamais.

Comme elle me ramenait vers l'appartement, j'aperçus sur un toit de l'autre côté de la rue la silhouette de l'homme au pardessus. Le chant de Lélio devait lui parvenir car il tourna la tête vers nous. Il fit de grands signes qui invitaient à le rejoindre.

Mais je me mis comiquement au garde-à-vous et lui envoyai un salut militaire d'adieu. Je dis à Liola que c'était l'homme qui voulait nous conduire à l'orphelinat. Alors, accompagnée par le chant de Lélio, elle esquissa sur les tuiles une danse moqueuse en pointes et entrechats.

### *Vocation des toits. Exploration.*<br>*Le puits et l'immeuble abandonné*

Elle me ramena à l'abri et je lui dis que notre mère avait été conduite à l'hôpital où on allait la soigner.

Elle me demanda si nous irions la voir et je répondis que c'était impossible car l'hôpital se situait assez loin, à la campagne, dans un grand jardin. En attendant, nous devions rester sur les toits comme elle nous l'avait demandé. Je présentais les choses de façon calme et rassurante, comme si la vie sur les toits était ce que nous avions de tout temps prévu.

La nuit tomba et nous mangeâmes une boîte de sardines de la marque Philippe et Canaud en guettant les étoiles. Ce jeu revint souvent pendant tous ces mois, comme tant d'autres, car j'essayais de passer le temps en jeux perpétuels jusqu'au coucher du soleil. La peau de Liola était très brune, ses cheveux noirs et quand la nuit tombait je ne voyais plus que la blancheur de la robe.

Les sardines nous donnèrent soif et je décidai de retourner à l'appartement. Je me demandai si, maintenant qu'il avait été fouillé par ce qui semblait être la police, il était prudent d'y aller dormir. J'hésitai même à y amener Liola mais, ne voulant pas la laisser seule dans le noir, nous partîmes ensemble.

Les lumières des réverbères, des éclats de voix montaient des rues, ainsi que des musiques d'accordéon et des bribes de chanson. Mais les toits étaient aussi paisibles qu'une plage déserte. Sous nos pas les tuiles s'entrechoquaient avec ce je-ne-sais-quoi de paisible que fait naître le clapot des galets, qui donne l'impression, même sur la plus sauvage des grèves, qu'on arpente son domaine.

Je vis qu'une fenêtre de l'appartement était restée ouverte. Était-ce un piège ? J'approchai seul et n'entendis aucun bruit.

J'avançai la tête à l'intérieur, scrutai. Mais à la lueur de la lune je ne vis que l'empreinte du corps de ma mère sur les draps où le fouillis des plis était dessiné avec une netteté extraordinaire.

Je poussai un peu la fenêtre et pénétrai dans la chambre. Mes pieds se prenaient dans des objets et je me rendis compte que des vêtements, des ustensiles de ménage gisaient sur le sol. Je crus écraser de la sciure, cette sensation me pétrifia comme si j'avais marché dans du sang. Mais en goûtant, je m'aperçus qu'il s'agissait de sucre et de farine, le reste de nos provisions qu'on avait répandu. Dans la petite cuisine luisaient sur le plancher les éclats blancs des assiettes brisées, à chaque pas je marchais sur des couverts, des brisures qui tintaient.

La lumière des étoiles permettait à peine de distinguer les objets. Sur l'évier les ombres grises des casseroles semblaient vivantes, au point qu'on hésitait à les toucher. Je les regardai longuement, espérant qu'elles allaient redevenir aussi banales que la veille.

N'osant pas allumer, je ramassai à tâtons quelques boîtes de conserve. J'appelai Liola et nous bûmes avidement au robinet de la cuisine, reprenant haleine avec de grands soupirs qui nous faisaient rire. Serrant le jet avec les lèvres, on croyait boire dans un torrent.

Comme il me paraissait imprudent de dormir dans l'appartement, je ramassai les draps, les couvertures, car je craignais le froid du petit matin. J'hésitai à prendre aussi des vêtements. Mais comme il était peu probable que cet appartement minuscule et perdu sur les toits fût bientôt occupé, je me dis qu'il nous serait toujours possible d'y retourner.

Il me vint à l'idée que notre mère avait peut-être laissé un message ou un signe. Ou qu'en regardant les lieux plus attentivement, un indice me permettrait de comprendre ce qu'elle était devenue. Je retournai dans la cuisine, finis par retrouver la boîte d'allumettes et les bougies.

J'en allumai une et la promenai lentement partout dans la cuisine, dans la chambre, cherchant une lettre ou un signe dans les placards, sur le plancher, jusqu'au fond des draps. Quand je me relevais les étoiles disparaissaient du carreau et nos reflets ressemblaient à ceux d'animaux dans une cage.

Je ne trouvai rien. Je soufflai la flamme, le firmament réapparut.

Liola me demanda ce que je cherchais. Ne sachant que répondre – je ne voulais pas lui montrer que je m'inquiétais pour notre mère –, je répondis que je regardais si certains des chats dont l'immeuble était plein n'avaient pas pénétré dans l'appartement. Elle n'osa plus avancer, croyant sentir la caresse de leur fourrure sur ses chevilles.

Je roulai dans une couverture le linge et les provisions, la bouteille d'eau et le restant de graines pour l'oiseau mais au moment de partir Liola voulut emporter le pick-up et le seul disque qu'avait enregistré notre mère.

Je refusai, prétextant que je ne les avais vus nulle part. Mais comme cette disparition lui fendait le cœur, je finis par les trouver dans le garde-manger. Je les coinçai sous mon bras et, tenant chacun un coin de la couverture, nous sortîmes sur les toits.

Nous regagnâmes notre abri et, après avoir rangé tout notre chargement sur les étagères et tendu un drap supplémentaire pour cacher les étoiles qui me faisaient battre le cœur, nous nous blottîmes l'un contre l'autre et nous endormîmes aussitôt.

Le lendemain, le soleil était déjà haut quand nous fûmes réveillés par des coups réguliers qui montaient de l'appartement.

Un ouvrier clouait des planches en travers des portes-fenêtres. Lorsqu'elles furent presque entièrement obstruées, il se glissa dans l'appartement pour clouer de l'intérieur une dernière planche.

J'attendis quelques minutes avant de m'approcher. La barricade nous empêchait de retourner dans l'appartement. Collant un œil contre un interstice, j'aperçus sur la farine une minuscule photo que l'homme avait laissée tomber.

Ma stupidité me remplit de rage : j'aurais dû prendre davantage de provisions. Désormais, incapables d'aller chercher à manger et à boire dans l'appartement, nous étions les naufragés d'un désert de tuiles.

Les jours suivants, les toits furent écrasés par le soleil et balayés sans répit par un vent d'une telle violence qu'en quelques heures il dessécha nos lèvres jusqu'au sang. Les draps menaçant d'être emportés, je dus les coincer dans les planches et les lester avec des monceaux de tuiles que j'arrachai et brisai avec difficulté. Certaines bourrasques nous faisaient tomber lorsque pour passer le temps nous marchions au sommet des toits de notre domaine.

Dès le premier jour, je pensai appeler à l'aide. Il aurait suffi de pousser un cri qu'on aurait entendu dans toute la rue Carabat. Mais on aurait fait venir les pompiers, les gendarmes, ce que justement ma mère avait voulu éviter. Parfois j'éprouvais le désir déchirant de la revoir. Mais quelques instants plus tard j'étais saisi par l'ivresse aveugle de lui obéir. Ces deux sentiments glissaient sans cesse sur mon cœur comme le ciel changeant d'un jardin illumine ou obscurcit une nappe. L'ivresse l'emporta. Avouerais-je qu'une envie d'aventure, ou si je veux m'exprimer avec plus de précision le désir obscur d'affronter les difficultés d'une vie inconnue et étrange, me poussa à rester sur les toits ? Et pourtant la crainte, parfois une véritable panique, me saisissait, surtout quand au bruit du vent se mêlait celui des tuiles qui peu à peu se mettaient à cliqueter sur tous les toits alentour comme si nous étions entourés d'un peuple d'oiseaux furieux claquant leurs becs. Dans ces moments d'angoisse, une sueur glacée surgissait sur ma peau. Mais la frayeur ne s'emparait jamais complètement de moi, car la vie sur les toits est une vocation qui arrache le sentiment dès qu'il pointe dans le cœur.

Par une sorte d'honnêteté perverse, je demandai à Liola ce qu'elle préférait : redescendre pour demander de l'aide ou obéir à maman en restant sur les toits. J'obtins la réponse que j'attendais, si véhémente que, m'abandonnant à mon désir, je pus croire céder au sien.

Les conserves de sardines offraient de la nourriture pour plusieurs jours mais le problème le plus terrible allait être la soif. En plein été, il était peu probable que nous puissions récolter de l'eau de pluie. Ainsi, nous ne pourrions continuer à vivre sur les toits que si je trouvais un moyen de redescendre de temps en temps dans les rues pour trouver à boire et à manger. Je me souvins alors qu'en haut de la rue Carabat, à l'angle de la rue des Martégales, coulait une fontaine sur une minuscule placette où végétaient trois ormeaux souffreteux.

Je décidai de consacrer la journée à explorer les toits afin de trouver un moyen de descendre dans la rue. Mais je répugnais à emmener Liola dans une course qui pouvait être dangereuse. J'avais peur que l'ennui ou la terreur ne l'entraînent sur les toits où elle risquait de tomber ou de se perdre. Alors, comme elle n'était pas allée à l'école depuis près de deux ans, prenant le relais de ma mère, je décidai de l'occuper en lui faisant travailler l'écriture et le calcul.

Je regrettai amèrement de n'avoir pensé à emporter ni cahier ni crayon mais l'idée me vint de graver sur les tuiles avec le couvercle dentelé d'une boîte de conserve les lettres de mots qui racontaient le début d'une histoire. J'écrivis ce qui me passait par la tête, essayant d'imiter un conte enfantin. «Il était une fois une petite fille qui tomba d'un bateau et se fit avaler par une baleine.» Le «Il était une fois» couvrait bien deux mètres. La phrase me prit une demi-heure à graver. Je dis à Liola qu'elle allait devoir essayer de lire l'histoire écrite sur les tuiles, puis d'imaginer une suite qu'elle me raconterait cette nuit. Pendant ce temps j'irais faire des courses en ville. Elle ne devait pas s'inquiéter car je risquais de rester assez longtemps. Comme je n'étais pas sûr d'être rentré pour le déjeuner, j'allai dans notre abri, ouvris une boîte de sardines, lui rappelai de nourrir son oiseau (depuis l'expédition sur les toits, il ne chantait plus, prostré au fond de sa cage, battant parfois des ailes comme pour échapper à la torpeur).

Je cherchai longtemps une lucarne par laquelle j'aurais pu me glisser dans un grenier. Parfois les tuiles éclataient sous mes pieds. Curieux de savoir s'il n'y avait pas là un passage, je soulevais les débris mais ne trouvais la plupart du temps qu'un moellon durci. Parfois un trou noir, étroit, sentant la barrique et dans lequel même s'il avait été plus large je n'aurais osé me laisser tomber.

Je sautai par-dessus deux ou trois ruelles très étroites, mais les autres étaient trop larges pour que je puisse les franchir et je me retrouvai incapable d'aller plus loin, tournant et retournant comme une bête dans un enclos.

Je perdais courage et au moment où mon désir de vivre sur les toits commençait à m'apparaître comme un délire d'enfant, je me rendis compte que celui où j'étais assis donnait sur une sorte de puits obscur que je n'avais jamais remarqué.

En m'approchant, je vis qu'il s'agissait d'un terrain vague, qui avait peut-être été la cour commune des quatre immeubles en ruine qui l'entouraient. Au fond de ce puits obscur, dans une espèce de nuit privée, secrète, dormait une forêt d'orties géantes.

Au-dessus de cette forêt, sur les façades pourries de trois immeubles noirs, les emplacements de fenêtres depuis longtemps disparues ouvraient sur des ténèbres où j'entendais gémir le vent.

Je m'étais allongé sur les tuiles, au bord du puits ; une barre de fer rouillée traversait le vide de la cour en une diagonale qui joignait les angles opposés de deux immeubles. Si je parvenais à m'y suspendre et à avancer au-dessus du vide jusque dans l'immeuble d'en face, je pourrais y pénétrer pour ensuite descendre dans la rue.

La barre n'était guère éloignée, en me penchant je pouvais presque la toucher, mais pour l'agripper à pleines mains il me fallait sauter dans le vide. Je ne pouvais m'y résoudre. Le vertige, la crainte de manquer mon coup me retenaient. Si je me levais pour prendre de l'élan, je craignais qu'il ne m'emporte trop loin, si, au contraire, je restais assis et sautais d'un simple coup de reins, j'avais peur de ne pas réussir à saisir la barre assez fermement. Plus elle durait, plus cette hésitation me faisait tourner la tête. Je fixais la barre, je louchais, elle semblait grandir. Et, soudain, pour couper court à ce vertige qui tournait en nausée, je tendis les bras et me laissai tomber.

Je saisis la barre à pleines mains. Mais à peine éprouvai-je un début de soulagement que je me sentis plonger à nouveau dans le vide, accroché à la barre que je serrai entre mes bras et mes jambes. Un choc m'ouvrit les mains, je rattrapai la barre de justesse et me mis à balancer d'un mouvement de pendule jusqu'au moment où elle s'immobilisa. Levant la tête, je vis qu'une des extrémités s'était détachée du mur. L'autre avait tenu et mon poids avait plié la barre sans la casser. Je pendais comme un ver à l'hameçon. J'entrepris de me hisser à la force des bras vers l'extrémité qui tenait encore. Je m'agrippai et avançai lentement, les yeux fermés. Regarder en bas me donnait la nausée. Regarder en haut me terrifiait, au moindre mouvement je voyais remuer le moellon noir où la barre était enfoncée. Je parvins à me rapprocher de la façade et là, balançant pour prendre de l'élan, je bondis dans une ouverture noire, cassant net la barre qui tomba au fond du puits.

Je me retrouvai dans ce qui ressemblait à une grotte creusée dans le charbon. Plus aucun vestige d'habitat, partout des pierres noires. Le vent hululait mais je ne le sentais pas sur ma peau. Le sol était jonché de gravats. Les murs étaient percés en une enfilade qui menait vers un endroit inondé de lumière.

Je suivis ce chemin, mais un vent violent me fit fermer les yeux. Je les rouvris en les protégeant de la main et découvris à ma gauche une autre allée où une rangée de hautes ouvertures laissait entrer la lumière éclatante du soleil.

Je filai dans ce couloir sous des toiles d'araignées enchevêtrées que le vent balançait.

Quand je passais près d'une fenêtre, la chaleur du soleil me faisait frissonner, comme lorsqu'on avale de l'eau-de-vie.

J'éprouvai le temps que dura la traversée de ce couloir une sensation étrange mais puissante et extraordinairement nette : le soleil, le vent, le bleu du ciel étaient les trois voix par lesquelles une même force me parlait sans espoir d'être comprise.

Au bout du couloir, j'arrivai à l'abri d'un palier obscur où le rugissement du vent devenait aussi plaisant que celui d'une tempête de théâtre. J'étais au sommet d'un escalier de pierre dont les vastes marches polies en forme de trèfle descendaient dans l'obscurité avec la majesté des bassins d'une fontaine monumentale. Il donnait l'impression que cette maison puante et rongée avait abrité jadis des êtres sensibles à la douceur et à la beauté des choses.

La peur, le froid, la lumière m'avaient rendu un peu ivre et je ne pus m'empêcher de passer la paume sur une marche mauve qui semblait couverte d'une invisible pellicule de sable. Je descendis tranquillement ces nobles marches et arrivé en bas poussai une porte de bois bleu qui battait dans le vent. Je me retrouvai sur une placette déserte éclatante de soleil. Sur les façades claquait la mêlée des chemises et des robes. Le mugissement du vent montait des trois rues qui donnaient sur la place, accompagné d'une tambourinade de portes et de volets et de la folie des ormeaux. Au centre de la place, le vent dispersait l'eau d'une fontaine sur les pavés.

J'aperçus des sacs d'ordures et y cherchai vainement à manger. Guerre et pauvreté font poubelle maigre. Les difficiles, les gâcheurs semblaient avoir disparu. Au bout des arêtes, on voyait le squelette des têtes et même les yeux avaient été gobés.

J'étais vêtu, vous l'ai-je dit, d'un pull bleu marine, déjà sale et troué, et d'un pantalon de velours marron à grosses côtes qui commençait à être trop court car je le portais depuis plusieurs années. En passant la main sur le velours on pouvait faire apparaître des traces claires ou brunes, selon le sens du brossage. Le tableau du pauvre, disait ma mère, et longtemps je m'étais amusé à y créer des pays imaginaires. Je plongeai les mains dans ses vastes poches et me mis à siffloter en avançant nonchalamment sur la place déserte afin qu'un éventuel observateur ne sente pas d'avance le mendiant si mendier il fallait. J'avais déjà compris que la compassion doit être surprise.

J'avançais sur les pavés, l'herbe y poussait si dru que malgré les hurlements du vent j'entendais son frou-frou sur mes chevilles. Pas une âme mais, passé la fontaine dont le bassin ne recevait pas une seule goutte de l'eau qu'aspergeait le vent, j'entendis monter d'une petite rue une musique de fête foraine.

*Première apparition du brigadier Abattucci et du chanoine Boustefigue. Je trouve un emploi de lanceur de défis. Randonnées nocturnes*

Je reconnus *Le Beau Danube bleu*, joué sur ce qui ressemblait à un orgue de Barbarie. Descendant la petite rue, une petite rue où toutes les maisons semblaient à demi en ruine et abandonnées, je tombai sur un café minuscule où, au-dessus de hauts volets verts défoncés, une enseigne arborait en anglaises écaillées couleur safran l'inscription *Le Valensole.* C'est de là que sortait la valse couinée par l'orgue, traversée parfois d'un éclat de tambourin ou de cymbale.

Pensant que j'y trouverais de quoi boire, je me glissai entre les volets et pénétrai dans une salle obscure si petite que la musique faisait tinter les bouteilles. L'instrument était une sorte de grand buffet verni, harnaché de colifichets d'étain représentant chevaux, bergères et fleurettes. Sur les temps forts de la valse, un bras d'ivoire au poing fermé émergeait du sommet du buffet comme la malédiction d'un noyé, frappait un tambour et cognait une cymbale rutilante aussi large qu'une roue de vélo. Le buffet ahanait, soufflait, tressautait, cliquetait, flûtait, sonnait, comme un objet enchanté dont on ne savait pas s'il allait se transformer en locomotive ou en fanfare. *Le Beau Danube* enflait, enflait mais devenait si rauque, si assourdissant que les bouteilles commençaient à s'entrechoquer et la mécanique à grincer, à se décomposer en râle atroce de ferraille.

Un enfant au crâne rasé, pieds nus, perdu dans un pantalon trop grand, apparut, se précipita vers l'orgue, tourna une manivelle. La valse reprit en petit filet, puis enfla comme une voile, et l'enfant, sans me jeter un coup d'œil, disparut par où il était apparu.

Je le suivis et pénétrai dans une arrière-salle, éclairée par le bleu du ciel puisque la moitié du toit était effondrée. Derrière un billard au tapis couvert de taches, un homme maigre aux moustaches noires pendantes, une vareuse de gendarme sable jetée sur les épaules, une canne de billard reposant sur l'avant-bras comme le fusil sur celui d'un chasseur, fumait une cigarette jaune en rêvant.

La valse de l'orgue bien relancée, l'homme, sortant de sa rêverie, cigarette collée aux lèvres, s'approcha du billard en souples enjambées, se pencha, fit aller et venir la pointe de la canne entre ses doigts et attendit que le tambourin marque un temps fort pour frapper la boule. Elle heurta une bordure au coup de tambour suivant, tournoyant en arrière cogna une autre boule sur le troisième temps et, mourante, caressa la dernière au moment où la cymbale marquait le quatrième. Relevé en un éclair, la canne déjà nonchalamment coincée sous le bras, l'homme ferma les yeux, remit sa cigarette en place d'un mouvement de langue, tandis que l'enfant au crâne rasé tapait des pieds en sifflant bruyamment.

Le gendarme rouvrit les yeux, m'aperçut et demanda qui m'envoyait. Il parlait lentement, détachant et articulant les syllabes d'une voix sourde et monocorde, le visage impassible, sans que tremble le mégot. Toutes les paroles que j'entendrais de lui allaient être prononcées sur ce ton, qui donnait aux paroles les plus triviales un tour méditatif et solennel.

Lorsqu'il apprit que je n'étais porteur d'aucun message, cherchais à boire et à manger et étais prêt pour cela à accomplir n'importe quelle tâche, il grimaça comme s'il trouvait présomptueux le désir de ne pas mourir de faim.

Puis, montrant les murs avec la canne comme un maître d'école désigne une carte, il m'apprit que le café où nous nous trouvions ayant été abandonné, il en avait fait sa résidence, puisqu'il lui était loisible de s'y adonner à son passe-temps favori.

Il me confia qu'il était fort frugal «car petit-fils de berger» et se nourrissait principalement d'olives minuscules. Et il désigna sur le carrelage une multitude de petits noyaux anthracite qui le métamorphosaient en pâture couverte de crottes de chèvres.

La valse dérailla ; l'orgue mécanique grondait, raclait, vibrait comme prêt à exploser, au point que de petites averses de plâtre tombaient de ce qui restait du plafond. L'homme fit un mouvement de tête et l'enfant au crâne rasé fila couper le mécanisme. Lorsque la musique s'arrêta, je me rendis compte que le vent hurlait toujours.

De la pointe crayeuse de la canne, l'homme désigna un bol posé au coin du billard. Il contenait un fond d'olives noires luisantes, je me servis et aussitôt l'enfant au crâne rasé y plongea des doigts crasseux, en agrippa les trois quarts qu'il fourra dans sa bouche en me lançant un regard de haine. L'homme en choisit deux ou trois, les jeta entre ses dents, essuya pensivement le bout huileux de ses doigts aux pointes de sa moustache, et les dégusta en petits remuements de bouche si posément, si longuement, qu'on avait l'impression que sa langue faisait fondre les noyaux. Il finit pourtant par les cracher dans son poing et, d'un mouvement du poignet discret mais violent, les expédia sur le carrelage où ils claquèrent comme des plombs qui sautent.

Puisqu'il semblait gendarme, et même gradé, car des chevrons luisaient sur les épaulettes noires, l'idée me vint de lui demander s'il pouvait m'aider à retrouver ma mère disparue. J'hésitai un instant, me rappelant qu'elle m'avait plus d'une fois mis en garde contre les autorités. Mais le désir de la retrouver, l'apparence peu réglementaire de ce gendarme oisif me poussèrent à lui poser la question. J'ajoutai qu'elle se trouvait peut-être dans l'un des hôpitaux de la ville (je me maudissais de ne plus me rappeler le nom de celui où elle avait été soignée quelques jours six mois auparavant).

Il réagit par un tremblement de moustache et mégot. Qui se révéla peu à peu être un ricanement. Il m'expliqua que s'il passait son temps dans cette ruine, c'était parce qu'il y avait trouvé un refuge qu'il ne tenait pas particulièrement à quitter. Je compris que comme beaucoup d'habitants de notre quartier, comme nous-mêmes, il n'était qu'un réfugié, un fugitif, qui habitait là parce que, pour une raison qu'il ne daigna pas préciser, il était recherché dans l'autre monde.

Il me demanda où j'habitais, et, ne voulant pas lui dire que c'était sur les toits, je lui répondis :

— Dans le grenier d'une maison sur le port.

— Et, s'enquit-il d'une voix sourde, qui faisait pétiller les mots comme du petit bois dans les flammes, ne se trouve-t-il pas dans cette maison des amateurs de billard prêts à risquer quelques sous ?

Il me confia qu'« ayant dû quitter la gendarmerie à la suite d'un malentendu », il avait fini par échouer dans cette ville où il avait longtemps subsisté, de café en café, en proposant des parties à des voyageurs « qui se trouvaient n'être pas de ma force ». Mais comme ses poursuivants se montraient de plus en plus pressants, il s'était retiré dans des rues de plus en plus élevées, de plus en plus misérables, où les amateurs de billard disparaissaient peu à peu, comme les fleurs avec l'altitude. Ce café abandonné abritait bien un billard mais personne n'y entrait et les rares joueurs du quartier qu'il avait réussi à y attirer étaient déjà plumés depuis longtemps. Il voyait venir le moment où, ses fonds épuisés, il ne pourrait se nourrir lui-même, ni « ce pouilleux fils de personne » comme il désigna l'enfant, effleurant le crâne rasé avec la queue de billard qu'il faisait virevolter de-ci de-là la manière d'une canne à pêche. Il me confia qu'il avait plus ou moins recueilli cet enfant errant qui malgré ses errances « ne retrouvait plus ses parents ». Le malheureux passait la journée à cirer des chaussures sur la Canebière avant d'employer ses maigres gains à rechercher de bonnes affaires au fond d'épiceries obscures.

— Car nous nous tenons présentement dans un café où il n'y a rien à boire, conclut le brigadier d'un ton sentencieux. (C'était vrai, les bouteilles alignées derrière le bar ayant été vidées par des passants. Et comme ils s'étaient donné la peine de les remettre en place sur les étagères mais pas de les reboucher, les fonds grouillaient d'une masse noire de guêpes en train de fondre à des stades variés de décomposition. Et aux rares instants où l'orgue, le vent et le gendarme se taisaient simultanément, on entendait grésiller ce goudron d'agonie.)

Je lui demandai s'il pouvait me donner un peu à manger. Muet, calme et lent comme un roi accomplissant un rite, il déposa la canne sur le billard et se rendit majestueusement, comme au ralenti, dans un coin de la pièce où, se penchant sur une caisse, il pêcha de ses longs bras, comme on attrape de petits poissons sous les pierres, une miche de pain dont la croûte grise comme un galet augurait mal de la fraîcheur, une boîte dorée en forme de sébile dont l'étiquette jaune s'ornait d'une olive noire extraordinairement ventripotente, et enfin une de ces boîtes ultraplates de sardines de la marque Philippe et Canaud dont nous avions rempli nos placards tant elles étaient bon marché. Il me tendit le tout comme s'il me transmettait sceptre et couronne, les yeux à demi clos, avec une componction destinée à me faire goûter à plein la saveur de cette cérémonie en même temps qu'à me faire comprendre que, dussé-je vivre cent ans, je ne la revivrais jamais plus.

— Monsieur, je vous remercie, dis-je, inclinant gravement la tête pour me moquer de ses airs. Mais je vous prierai, si ce n'est pas trop vous priver, de me donner aussi un ouvre-boîte ou un couteau car je ne dispose que d'une clef destinée au modèle où reposent les sardines.

— Tu es un beau parleur, dit-il lentement en faisant pétiller les consonnes mais toujours sur le même ton, si morne qu'il fallait un certain temps avant de comprendre s'il badinait, menaçait ou décrivait l'ordre des choses. Mais sans doute l'avais-je plutôt amusé car il se rendit derrière le bar, en revint avec un canif rouillé au manche hirsute. Il replia avec soin la lame puis il s'approcha de moi et, écartant de ses longs doigts maigres une des poches de mon pantalon, y laissa tomber le couteau à regret, comme s'il craignait qu'il ne se blesse dans la chute.

Je m'inclinai en silence puis, toujours à la recherche d'une bouteille d'eau, me rendis à mon tour derrière le bar où, grimpant sur un tabouret, je réussis à trouver un flacon à la forme bizarre de tonnelet, et dont le fond gluant et rosâtre n'avait tenté ni les rôdeurs ni les guêpes. Un bouchon en céramique blanche en facilitait le transport. L'étiquette portait en caractères gothiques l'appellation *Liqueur du chanoine Boustefigue* et, sous des coulures roses aux têtes aussi dures que des pierres précieuses, on distinguait la figure coucourdimorphe d'un prêtre aux cheveux blancs, aux yeux à fleur de tête, que la recherche acharnée de la recette d'un élixir parfait semblait avoir conduit aux frontières de l'imbécillité. Nous avions déjà une bouteille, celle-ci vidée et nettoyée en fournirait une deuxième, ce qui limiterait mes descentes à la fontaine.

Je saluai le gendarme qui, reparti au billard, m'adressa un signe en remuant sa cigarette jaune et m'en allai clopin-clopant sur les pavés jusque sur la placette toujours déserte, la boîte de sardines dans une poche, la miche sous le bras, la boîte d'olives dans une main et dans l'autre la bouteille balancée par le vent comme si une horde de démons s'abattait sur la trogne ecclésiastique. Au dernier étage d'une maison, les bras croisés à sa fenêtre, une matrone ne me quittait pas des yeux, attendant de voir si les rafales allaient me faire lâcher quelque chose, curieuse de savoir quoi.

Tout d'un coup, l'enfant au crâne rasé surgit devant moi. Il bondissait de tous les côtés, ses pantalons trop larges gonflés par le vent, et je finis par comprendre qu'il me faisait signe de rebrousser chemin.

Il me ramena au Valensole où je trouvai le gendarme plongé en un accès de billardomanie délirante : il plaçait les boules dans des endroits impossibles, les mettait en mouvement au rythme de la valse, les saisissait encore tournantes, les disposait en un éclair dans des positions encore plus difficiles et les frappait aussitôt, comme ivre d'habileté et de précipitation. Quand il me vit, il s'arrêta tout net, se redressa, et, fermant les yeux, laissant tomber la canne sur son épaule, reprit son air d'assoupi.

Je déposai mon chargement et, les mains sur les hanches, lui demandai ce qu'il me voulait.

Il ne répondit pas tout de suite, me regardant avec de petits sourires qui faisaient danser le mégot. Enfin il déclara qu'il avait une proposition à me faire : si je parvenais à lui amener des partenaires prêts à jouer de l'argent, il me donnerait cinq pour cent des sommes qu'il gagnerait. Puisque les désagréments dont il m'avait parlé l'empêchaient de descendre chercher des adversaires, il fallait bien trouver un moyen pour qu'ils montent jusqu'à lui.

— Et comment ferai-je ça, moi qui ne suis pas d'ici ?

— Tu es beau parleur. Tu leur parleras bellement et me les feras monter jusqu'ici.

— Mais je ne connais pas la ville, je ne saurai pas où les trouver…

Alors, d'un air débonnaire tant son idée lui semblait succulente et mes doutes naïfs, il expliqua qu'il m'indiquerait précisément les cafés et les académies où j'irais « lancer des défis». Entendant ces mots, l'enfant siffla et trépigna de joie. Manifestation que le gendarme observa d'un air bienveillant avant de l'interrompre d'un petit coup de canne sur le crâne.

— J'avais bien pensé envoyer ce malheureux mais sa maîtrise de la grammaire française ne lui permet pas de lancer un défi.

La première surprise passée, je me dis que c'était peut-être après tout un moyen de subvenir à nos besoins meilleur que la mendicité à laquelle je m'étais cru condamné, tant ce gendarme me paraissait de force à battre n'importe qui au billard, même en fermant les yeux. Mais je vis qu'immobile, les yeux clos, il semblait attendre quelque chose.

— D'accord, dis-je. Si vous m'indiquez bien où je dois aller et ce que je dois dire.

Ses yeux s'ouvrirent tout grands. J'aperçus pour la première fois leur couleur noisette et, comme illuminé par un éclair, son visage d'enfant.

— Oh, ce que je dois dire? Mais pourquoi crois-tu que je te paie?

Je compris qu'il attendait que le beau parleur invente le défi.

L'enfant au crâne rasé me regardait, torve, lèvres retroussées.

Pour la première fois depuis mes débuts sur scène, je retrouvai au fond du ventre l'envie de faire un discours.

— Il me faudrait tout de même un crayon et un papier… que je tourne les phrases…

Le gendarme sortit d'une poche de sa vareuse un carnet mou et un crayon pas plus long qu'une phalange, sans doute les vestiges réglementaires de son passé de greffier des crimes.

Je leur tournai le dos, gribouillai sur mon genou des mots qui me vinrent assez facilement.

Lorsque j'en eus fini, je me retournai mais au moment où j'allais lire le gendarme leva la paume et, se penchant sous le billard, y ramassa une chaise de jardin verdâtre et vermoulue où il me fit signe de grimper bien qu'il y manquât la moitié des lattes.

Une fois juché, je commençai à lire, de cette voix de prédication qui faisait mon succès au Lux Robinson.

*Messieurs,*

*J'ai l'honneur de m'adresser à cette assemblée pour convier les meilleurs à se rendre rue Janetin, sans crainte des mauvais coups ni des mauvaises senteurs, afin d'affronter au billard un joueur qui estime être meilleur que n'importe lequel d'entre vous. On le trouve dans l'arrière-salle du café le Valensole où il passe ses journées à attendre des adversaires dignes de lui.*

Le gendarme écouta tout cela d'un air satisfait, les yeux plissés d'un chat qui se met à rêver, et même quand j'eus fini il continua à caresser sa moustache en souriant.

— Tu ne les connais pas comme moi, dit-il d'un ton plein de douceur. Ils vont se moquer et c'est alors qu'il faut leur cracher à la gueule... À la fin, attends qu'ils rient et à ce moment-là dis plutôt : *Le meilleur joueur de billard de Marseille attend ceux qui ont l'audace de sourire à ce discours.*

Il me fit signe d'écrire sa phrase, se pencha pour vérifier que je ne l'avais en rien altérée, puis me reprit le carnet afin d'y noter le nom des salles où je devais aller lancer ce défi. Tout en écrivant, il m'expliqua qu'il convenait d'éviter les cafés où ne traînent que les petits-bourgeois qui jouent des peccadilles, ainsi que ceux fréquentés par des personnages plus audacieux mais louches, et au souvenir desquels il préférait ne pas se rappeler. Il fallait privilégier les « académies », hantées par les fils de famille prêts à flamber l'héritage, les voyageurs de commerce abandonnés à leur vice secret, les rentiers mégalomanes qui s'imaginent imbattables et les vieillards cyniques ne connaissant plus d'autre jouissance que le châtiment infligé au présomptueux. Partout, en somme, où l'aisance se marie au déraisonnable. Ce partout était maigre car sur la feuille qu'il me tendit il n'y avait que deux adresses.

— Essaie d'abord ceux-là, dit-il, on n'y trouve pas le jeu le plus fin, mais le premier est un nid de buveurs, le deuxième de farouches, qui peuvent mordre à l'hameçon.

Et comme je lui disais que j'ignorais où ces cafés se trouvaient, il me répondit qu'ils étaient malheureusement fort éloignés l'un de l'autre mais que Kurkanivo – ainsi appela-t-il l'enfant rasé – m'y conduirait. La meilleure heure pour le premier était celle de l'apéritif, quand ces messieurs font assaut de faconde et sont le plus sensibles aux entreprises de vanité. Pour le second, tard dans la nuit, car c'est l'heure où dans ce café reculé ne tournent plus alors autour des tables que des billardeux amers, insomniaques et sans famille, espèce dont les membres plus ou moins rongés par le désespoir fournissent les joueurs les plus inconsidérés.

— Reviens ce soir. Je te donnerai des sous, conclut-il. Il claqua les mains puis, les frottant l'une contre l'autre : Va nous remettre le *Danube*, lança-t-il à l'enfant. Et disposant à toute allure les trois boules, il saisit la canne, en frotta l'extrémité avec un infime morceau de craie tout en me considérant avec bienveillance, comme si le voir jouer était la plus merveilleuse des récompenses, et il s'apprêtait à se lancer dans une démonstration de billard en musique, quand, ramassant en hâte les provisions, je lui dis que je devais partir et le retrouverais ici le soir même.

Je retournai dans la maison par où j'étais descendu. Je montai au dernier étage et explorai les couloirs et les pièces en scrutant le plafond, cherchant une ouverture qui m'aurait permis de rejoindre le toit.

Au fond d'une pièce, je découvris un petit escalier de bois. Il menait à un grenier où je n'eus aucun mal à desceller les tuiles du toit. Je m'y hissai et pris bien soin d'empiler les tuiles de façon à repérer le chemin par lequel je pouvais descendre vite dans la rue.

Je me hâtai vers notre abri. Le bleu du ciel avait foncé, le monde paraissait plus dur. Les tuiles avaient bruni. Elles ne rappelaient plus les pierres d'un jardin mais les débris innombrables d'un naufrage. Le vent grondait et, de temps à autre, une plainte montait de ce grondement, un hurlement gigantesque. J'avais peur que tout cela n'ait effrayé Liola et je la trouvai assise, le visage inondé de larmes.

Ses joues mates où d'habitude tremblait un halo rose aussi insaisissable que le reflet d'une bougie étaient maintenant écarlates. Les yeux noirs semblaient des prisonniers affolés. Ne sentant pas la chaleur à cause du vent, elle avait pris un terrible coup de soleil. Les larmes arrêtées par ses lèvres gonflées roulaient jusqu'aux commissures. Posant la main sur ses cheveux, je crus sentir le ventre chaud d'une bête. Mais quand je lui demandai si elle avait mal, elle répondit que non, qu'elle pleurait parce qu'elle s'ennuyait de notre mère. Je la fis s'allonger dans l'abri, lui donnai à boire en lui expliquant qu'elle avait tort : là où elle se trouvait notre mère était soignée. Rien ne serait plus triste pour elle que de savoir que sa petite fille pleurait. Ces mots, inventés froidement, mécaniquement, réveillèrent mon chagrin. Je vis ma mère allongée sur un lit quelque part dans la ville et je fus saisi d'une envie de hurler et de courir dans les rues pour le trouver. Mais très vite la comédie de calme et de confiance que je devais jouer me persuada que les choses se déroulaient comme ma mère l'avait prévu et qu'il ne fallait surtout pas se lancer à sa recherche. Puis je me sentis fier d'être capable de mentir pour réconforter ma sœur. Mais aujourd'hui je ne suis plus sûr d'y trouver motif de fierté ni que cette maîtrise n'était pas le signe que l'ivresse de vivre sur les toits est plus violente que le chagrin.

Je déballai la nourriture, cassai à coups de tuile la miche et dis à Liola à quel point nous étions bien ici. Je promis que la prochaine fois que je descendrais j'essaierais de savoir où était notre mère. Elle écoutait mes paroles en reniflant et tirant des fragments du pain des tortillons de mie pulvérulents qu'il fallait vite avaler avant qu'ils deviennent poussière. Nous terminâmes la Philippe et Canaud, le phonographe faisant office de table. Nous mangions avec les doigts et les essuyions sur les tuiles. Puis, du bout des doigts, je graissai avec l'huile restant dans la boîte ses lèvres gonflées.

Nous nous allongeâmes et je lui demandai de me raconter ce que la Liola avalée par la baleine avait découvert dans le ventre. Elle me raconta qu'elle y avait trouvé de petits bonshommes qui avaient été avalés eux aussi.

— Quel genre de bonshommes ? demandai-je.

Je vis qu'elle n'y avait pas pensé trop précisément et elle me répondit d'un air assuré ce qui lui passait par la tête : des marins, une danseuse et un homme habillé comme M. Albert. Ils étaient petits, lui arrivaient au ventre parce que plus on restait dans le ventre plus on rapetissait. C'était bien, car plus pratique pour se déplacer ou trouver des endroits pour dormir. La baleine avait avalé aussi beaucoup d'objets qui étaient bien utiles. Mais eux aussi rétrécissaient et il fallait se méfier car c'était d'un seul coup, pas comme les humains. Un marin avait pris l'habitude de coucher à l'intérieur d'un piano mais le piano avait rétréci d'un seul coup et maintenant il en était prisonnier. Le piano n'était pas plus grand qu'une boîte à chaussures et quand on y collait l'oreille on entendait une petite voix qui implorait qu'on le délivre.

— J'ai envie de savoir la suite, s'il va s'en tirer, lui dis-je. Ce soir quand il fera moins chaud on écrira sur les tuiles « Le marin pleure dans le piano ».

Elle s'endormit et, allongé près d'elle, je réfléchis à notre situation. Cette nuit, si je devais me rendre dans les cafés pour lancer le défi, j'allais devoir la laisser seule. Elle serait peut-être terrorisée. Mais si elle m'accompagnait, la vue de deux enfants dépenaillés attirerait l'attention d'un policier. Je me dis aussi que je pourrais essayer de voler sur un chantier des outils qui permettraient de défaire les planches et de retourner dans l'appartement. À quelques centimètres de mon nez le chardonneret sur son bâton pivotait sa petite tête par saccades comme s'il cherchait l'angle lui permettant de me reconnaître. Je me demandai comment le nourrir une fois sa réserve de graines épuisée. Ne valait-il pas mieux le libérer ? Mais un tel oiseau était-il capable de vivre en liberté ? Qu'en avait-il connu ? Que s'en rappelait-il ?

Liola se réveilla. Le soir tombait et nous allâmes graver sur les tuiles encore chaudes « Le marin pleure dans le piano » à l'endroit où j'avais gravé le début de l'histoire.

Puis je décidai de mettre un peu d'ordre dans notre abri. Après avoir retendu le drap, nous partîmes ramasser des tuiles sur un toit où j'avais vu qu'elles se descellaient facilement. Au bout de cinq ou six voyages, nous édifiâmes deux murets en demi-cercle hauts d'un mètre environ qui ne laissaient d'ouvert qu'une petite entrée. Ils agrandissaient notre abri et procuraient de l'ombre pour protéger l'eau et la nourriture.

J'annonçai à Liola que lorsque la nuit serait tombée je redescendrais en ville pour gagner un peu d'argent. Elle devait m'attendre à l'intérieur de l'abri, où nous étions tranquilles puisqu'il n'y avait sur les toits ni homme ni bête, à part les oiseaux.

— Est-ce que ça existe des oiseaux méchants ? demanda-t-elle, et, sachant qu'elle se méfierait si je me montrais trop rassurant, je répondis qu'il y en avait, mais dans des pays lointains et qu'ils ne pouvaient voler jusqu'ici. Je secouai les draps, les couvertures qui puaient la sardine, les bordai sur le matelas et installai Liola contre les oreillers. Je lui dis que, si elle s'ennuyait, elle devait s'allonger sur le matelas, regarder le ciel, et quand les étoiles apparaîtraient essayer de reconnaître celles qui dessinaient des animaux. Au crépuscule, j'avais encore chaud mais, drapée dans une couverture, Liola frissonnait. Je la pris dans mes bras et lui assurai que je reviendrais dans la nuit mais qu'elle ne devait pas m'attendre pour dormir, et surtout ne pas se promener sur les toits, même si la lune les éclairait.

— Rappelle-toi que nous avons fait des trous partout, lui dis-je en riant et l'embrassant. Puis je la serrai contre moi et attendis la nuit. Le bruit du vent ressemblait maintenant à celui qui monte d'une plage lointaine.

— Raconte-moi la suite de l'histoire, chuchota-t-elle, et, après quelques instants de réflexion, sachant qu'elle aimait dessiner des robes, je lui dis que le petit bonhomme qui ressemblait à M. Albert était un grand couturier qui habillait des princesses et comme il ne pouvait pas vivre sans coudre et découper des robes, il avait ressenti un désespoir profond en se disant qu'il ne le referait peut-être plus jamais. Mais il avait repris courage et trouvé le moyen d'en faire avec ce qu'il dénichait dans la baleine, de vieilles toiles de bateaux, des fanons, la baleine était tellement grosse qu'il pouvait même sans danger découper des petits morceaux de boyaux pour faire de la dentelle, et je lui décrivis tant bien que mal ces robes. Et quand elle se fut endormie dans mes bras, je la déposai doucement sur le matelas, bordai les couvertures et me glissai sur les toits.

À la lueur d'une ampoule nue suspendue au-dessus du billard qui lui donnait l'air d'un atelier clandestin de chirurgie, le gendarme me fit répéter le discours. La politesse et l'insolence des phrases le charmaient. Il répétait le défi sous le prétexte de me l'apprendre mais il plissait les yeux de telle façon que je voyais que c'était pour en jouir.

— Quel dommage, que je ne puisse pas être là pour l'entendre, soupirait-il. Avant de s'exclamer, écarquillant les yeux d'effroi comme s'il en était l'auteur : Ne me le gâche pas au moins !

Il souleva un sac à patates, découvrant un cageot rempli de billets, de pièces, de médailles, bagues, alliances et chevalières, le butin de ses parties, sur lequel il vivait depuis six mois. Les bijoux venaient des joueurs les plus désespérés, qui les avaient arrachés à leur doigt ou leur cou pour une dernière partie. Désignant de la pointe de sa botte une vieille montre à gousset :

— Cette montre est une antiquité, précisa-t-il d'un ton pédantesque, qui appartenait à un notaire d'Aix.

Il ramassa dans le cageot quelques pièces qu'il me tendit.

— Quand tu parles, regarde les yeux des plus arrogants, me recommanda-t-il, et ne m'envoie pas n'importe qui ! Puis il appela : Kurkanivo !

Au fond de la salle la petite porte d'un réduit s'ouvrit et en sortit l'enfant. J'aperçus un matelas, un oreiller où la crasse avait esquissé un crayon de sa tête et une foule de cailloux peints en rouge, bleu ou blanc, posés sur une étagère soutenue par des boîtes de conserve.

Il referma la porte de son petit logis, se mit en marche sans un mot ni un regard et le brigadier me fit signe de le suivre.

Nous descendîmes par un goulet noir qui partant de la place à la fontaine nous conduisit à pic vers l'extrémité du quai, du côté du pont transbordeur. Au début, je n'y voyais rien, trébuchant dans des cordes ou des cercles de fer. Je sentais l'odeur de la mer mêlée à celle de l'huile. Ce parfum donnait l'impression d'un monde sauvage captif, souillé, mais qui existait quelque part, où l'on pourrait se perdre si seulement on savait partir. Puis nous arrivâmes près de cafés aux terrasses éclairées par des rangées d'ampoules bleues et rouges en forme d'œufs. Je fus suffoqué de revoir tant de gens assemblés. Dans mon souvenir les terrasses de Marseille sont peuplées la nuit d'hommes silencieux et immobiles ressemblant à des sauriens, digérant la vie, attendant de sentir si elle est douce ou amère. À l'intérieur bruyant et illuminé, près du comptoir, d'autres hommes au contraire s'agitent dans des débats aux arguments si formidables que leurs bouches s'ouvrent toutes grandes pour les laisser sortir tandis que leurs bras les entassent ou les déplacent.

Kurkanivo me conduisit sur la Canebière que nous devions remonter jusqu'au premier café. Le vent de mer disparaissant, je me rendis compte à quel point il puait. C'était l'odeur que j'allais apprendre à connaître, la vraie puanteur entêtante et légère des misérables, ni merde ni sueur, crasse ni poussière, si indéfinissable qu'elle en devient noble, au point que mon cœur se froisse aujourd'hui quand, dans la rue, il m'arrive de la flairer.

Kurkanivo dandinait, mains dans les poches, sa petite tête d'ange couverte de dartres dressée vers les passants, une injure au bout de la langue qu'il ravalait au dernier moment, les jugeant toujours indignes qu'il la crache. Il grognait des gros mots, des insultes que leur bonne mine lui suggérait, qui semblaient tirés d'une langue particulière où toutes les réalités du monde, jusqu'aux roses et chants de rossignols, pouvaient s'exprimer par des injures. Une fois lancé, les passants depuis longtemps disparus, il continuait à broder des grossièretés. Son murmure bruissait, pétillait, chuintait, comme s'il fouillait avec un bâton une mare.

Il me laissa devant l'entrée du café. J'y pénétrai d'un pas décidé sous le regard vide d'un garçon qui, plateau sous le bras, portait la fatigue du monde. Je revois une salle brillamment éclairée, des lustres tournoient dans des glaces, au plafond des peintures d'autrefois, aux bleus, jaunes et verts qui ont la douceur de l'amande, montrent des ciels d'été, des gerbes de grains, des femmes laiteuses et bien nourries qui représentent faute de mieux des choses ennuyeuses. Mais le sol jonché de sciure, de mégots, de crachats, les tables sans nappe rendent l'éclat des plafonds pesant, triste comme une sauce opulente sur un os rongé. Le coin d'une glace immense est fendu d'une large entaille noire et les clients dont le reflet franchit cette entaille ont l'air de basculer dans l'autre monde, même quand ils continuent à rire ou à caresser les dames.

Arrivé dans l'arrière-salle où se tenaient les joueurs de billard, je montai sur une chaise pour les haranguer mais quatre ou cinq se mirent à siffler et me lancèrent des pièces à la tête en me disant de déguerpir. Je ne me le fis pas dire deux fois, ramassai les pièces et filai dans la rue.

Kurkanivo se remit en marche en chuchotant des injures. Je le suivis le long de ruelles obscures, puis sur une large voie pavée où nous montâmes longtemps sans rencontrer personne avant de redescendre par de petites allées bordées de jardins. Au-dessus de nos têtes, suspendues à des câbles, des lampes balançaient en grinçant et leurs remous ambrés faisaient jaillir de la nuit un feuillage ou les fresques putréfiées des vieux murs. Sur ces allées flottaient des odeurs de jasmin, de chèvrefeuille et, parfois, on entendait au loin un long soupir de la mer.

Au bout d'un chemin de terre où battait un ressac invisible se dressait une bâtisse aux fenêtres baignées d'un halo rouge. C'était l'autre café où il me fallait entrer. La pénombre l'élargissait et le rendait mystérieux. Dans un coin, à la lueur d'une lampe chapeautée d'un minuscule abat-jour écarlate, quatre personnages étaient attablés pour une partie de manille ou de belote. Immobiles et silencieux, les yeux baissés, ils avaient l'air d'une secte philosophique en train de réduire le monde en peu de mots.

Sur la pointe des pieds, je me glissai dans la salle de billard, plus obscure encore, au point que les ombres qui y rôdaient devaient jouer à l'oreille. Peut-être avais-je affaire à l'un de ces amateurs solitaires qui, tournant autour de la table avec la dignité et la résignation d'un roi dans un cachot, font naître un doux clapot ou un terrible claquement par une sorte de caprice musical, à la façon d'un pianiste qui rêvasse en plaquant des accords. Je m'éclaircis la gorge et me lançai dans mon discours.

Surpris, ils me laissèrent débiter sans réagir. Plusieurs ombres m'écoutaient, nonchalamment appuyées sur leurs cannes comme des bergers au repos, mais dès que j'eus fini – peut-être était-ce l'expression «le meilleur joueur de Marseille» qui les avait cinglés – sans un mot ils allèrent saisir des perches qui servaient à tirer les rideaux des fenêtres, et tentèrent de m'en asséner de grands coups qui faisaient gronder l'air. Faisant tournoyer les perches au-dessus de leurs têtes, méthodiques et féroces, ils avançaient lentement pour m'encercler. Deux s'étaient postés devant la porte, et ce n'est que glissant sur le parquet pour filer à plat ventre entre leurs jambes que je parvins à sortir. Courant dans la grande salle, j'aperçus au passage dans les yeux des joueurs de manille le même regard que celui du garçon de café de la Canebière. Ce regard que je prenais pour un regard de fatigue et qui n'est que la difficulté pour les yeux des honnêtes gens à faire le point sur les miséreux.

De retour au Valensole, je rendis compte du fiasco au brigadier, qui apparut surtout contrarié que personne n'ait entendu les mots du défi. Je lui expliquai que les joueurs du deuxième café les avaient bien entendus, leur réaction montrait même qu'ils avaient porté. Il devait voir dans leur colère un hommage. Cette explication le consola mais l'emplit de mélancolie. Je tentai de le rasséréner en lui disant que j'irais désormais rôder de jour dans les salles de billard. J'étais sûr de trouver le moyen de faire monter quelques joueurs. Il me regarda d'un air ému, comme s'il trouvait touchant que le sort ait envoyé à son secours une créature si pitoyable. J'en profitai pour lui demander un peu de lait et il me tendit un pot en étain qui en contenait un pauvre fond et qu'il me demanda de rapporter le lendemain.

Impatient de retrouver Liola, je retournai vite à la maison abandonnée. Mais je n'avais pas pensé qu'il serait difficile de retrouver la nuit son chemin le long de ses couloirs parfaitement obscurs. Les étoiles que je voyais au travers des ouvertures me guidaient mais je compris qu'il faut se méfier de l'élan qui, nous poussant vers elles, fait oublier les obstacles invisibles sur les planchers. Je mis un temps infini à retrouver l'escalier du grenier. Là aussi je dus me retenir pour ne pas me précipiter vers l'ouverture saupoudrée d'étoiles car je savais que le plancher était troué.

Devant l'abri, je retrouvai Liola couchée à plat ventre, le menton posé sur les mains, les yeux levés au ciel. Elle tremblait. Elle me dit pourtant qu'elle n'avait pas eu peur, le vent s'était levé et l'avait réveillée. Elle avait entendu des bruits et vu des ombres sur les toits. Je la pris dans mes bras. La nuit fraîchissant, nous nous blottîmes au fond de l'abri.

Je me rendis compte que c'est quand le vent souffle assez fort mais sans tourner en tempête que les toits se mettent à vivre. Les tuiles claquent, les cours gémissent, de longs sifflements aigus sortent des cheminées.

Je tardai à m'endormir. Mais quand le chant du chardonneret m'éveilla, le soleil était déjà haut. J'avais faim, des rues montaient des odeurs de pâtisseries et de café. Je repensai au pot à lait mais quand j'allai le chercher je m'aperçus que des mouches couraient sur les parois, et en le goûtant je le trouvai plus amer que le fiel.

Deux jours seulement sur les toits et nos mains étaient déjà noires. La robe blanche de Liola sale et déchirée. Son visage cramoisi pelait, les lèvres craquelées se boursouflaient de pus. Les miennes ne valaient guère mieux. Mourant de faim, nous n'avions à manger que nos sardines et le restant rassis du pain. L'endroit où nous allions faire nos besoins de l'autre côté du toit était déjà immonde et recouvert de mouches. (Sur les toits, on ne voit jamais de mouches, mais déposez le moindre rogaton, en un instant il est recouvert.)

Lélio sifflait à tue-tête, sans fin, comme un poète antique chantant ce que nous avions vécu.

Nous bûmes une grande rasade d'eau et avec le restant je frottai mes mains, ma figure et celles de Liola.

Les sardines nous dégoûtaient un peu mais nous avions tellement faim que j'ouvris une boîte et, pour changer un peu, les écrasai en purée pour en farcir des sandwichs. Nous la trouvâmes si bonne que nous fûmes pris d'un fou rire.

Le matin je débordais d'idées. Contemplant mon domaine de tuiles, je me dis qu'il fallait : trouver un outil pour essayer de retourner dans l'appartement, faire des courses avec les pièces que m'avaient lancées les clients du café. Et dénicher une échelle ou une planche qui me permettrait, comme je l'avais fait le premier jour, d'explorer les toits.

Liola, me tirant par le pantalon, me demanda si aujourd'hui j'irais voir notre mère.

Je lui répondis que je le ferais si j'avais le temps. Sinon j'irais demain.

Et j'ajoutai aux choses à faire : retrouver ma mère. Mais je n'avais pas la moindre idée de la façon d'y parvenir.

Puis, pour dissiper l'angoisse qui me prenait toujours quand on parlait de notre mère, je décidai de donner à Liola une leçon de calcul.

Improvisant, je m'aperçus que les toits fournissaient de remarquables ressources pédagogiques : non seulement on peut y écrire, mais une tuile brisée, et la division apparaît.

Recomposée morceau par morceau, voilà l'addition. Si je séparais les fragments en deux amas égaux et les réunissais d'un coup, je donnais une première image de la multiplication. Elle la comprit mieux qu'elle ne l'avait fait jusqu'ici. Peut-être la vie sur les toits rend-elle l'esprit plus vivace.

Je descendis faire quelques courses sans emmener Liola malgré ses prières. Je lui dis de graver sur les tuiles « Qui me sortira du piano ? ». Dans la rue, je me tenais prêt à m'enfuir en courant car je craignais toujours de me retrouver nez à nez avec l'homme qui m'avait poursuivi. Dans la petite épicerie qui vendait sans tickets des vivres défraîchis j'achetai du lait, deux tomates et un talon de jambon verdâtre. Puis je passai au Valensole où le brigadier me donna un morceau de savon et un vieux sac où je jetai ces emplettes. En fouillant derrière le bar, je trouvai une cuvette, des timbales en fer-blanc, une ficelle. Le brigadier m'observait avec attention, en fugitif qui juge avec une curiosité bienveillante la façon dont les autres survivent. Pendant que Kurkanivo passait sa journée à chercher de quoi manger, le brigadier faisait sa toilette, crachait sur ses bottes, brossait son uniforme, se limait les ongles. Puis s'installait à une table après avoir tiré à la fontaine du bar un grand verre d'eau qu'il sirotait de temps en temps à petites gorgées comme le nectar le plus délicat. Il consultait sans fin un horaire des chemins de fer avec des mines d'esthète feuilletant un album de gravures. Je n'ai jamais su si c'était un pur passe-temps ou s'il échafaudait les détails et le coût d'une évasion. Car parfois il sortait son petit carnet de gendarme et, l'index posé sur une ligne, notait avec application un horaire et un tarif.

Je remontai sur les toits après avoir rempli les bouteilles à la fontaine. Je versai de l'eau dans la cuvette et nous fîmes notre toilette en plein vent. Il soufflait si fort que la cuvette vibrait, une bourrasque faillit l'emporter. Lorsqu'on jetait l'eau en l'air, elle disparaissait.

On se mettait nus, on s'aspergeait d'eau. Le vent faisait frissonner à s'en déboîter les hanches. La toilette finie, tout semblait neuf et vif comme quand on ouvre la première page d'un livre.

Je me rendis près de l'appartement, collai l'oreille contre les planches mais n'entendis rien à cause du vent. Elles étaient si larges et épaisses que je ne voyais pas comment les retirer, même avec des outils.

Je rejoignis Liola et nous partîmes nous promener sur les toits. Le vent était si fort que nous n'entendions pas les bruits des rues. Je repérai deux endroits où en jetant une planche entre des immeubles on pourrait sortir de notre enclos pour voyager sur d'autres toits. Mais je craignais que Liola ne soit effrayée ou saisie de vertige et il me fallait trouver un moyen pour qu'elle puisse me suivre sans risque.

Nous passâmes le restant de la journée sous le drap, à l'abri du soleil et du vent. Pour apaiser les brûlures de son visage, je les graissai avec l'huile des sardines et, après une autre leçon de calcul, nous mangeâmes le jambon vert. Après ce repas, elle s'endormit. En rêvant elle parla à notre mère. Quand l'après-midi me parut bien avancée, je la réveillai et lui dis que j'allais redescendre en ville mais serais de retour le soir, bien avant la nuit. Elle me sembla effrayée et finit par m'avouer qu'elle avait peur que les ombres qu'elle avait vues la nuit ne reviennent. Je me moquai d'elle, lui dis que nous étions seuls sur les toits, aussi en sécurité que dans la chambre de notre mère. C'était d'ailleurs pourquoi elle avait voulu que nous y vivions. Je montrai les toits.

— C'est comme si, lui dis-je, nous vivions dans la chambre de maman.

*Diversité des races de joueurs de billard marseillais. Comment les appâter*

Pendant trois ou quatre jours, à l'heure de la sieste, je descendais dans les rues et traînais dans les académies de billard. Kurkanivo m'avait donné une vieille boîte à cirage qu'il avait volée pour continuer à travailler si on lui volait la sienne. J'avais trouvé un arrangement avec les patrons : je pouvais entrer dans leurs cafés et offrir mes services aux clients à condition de reverser la moitié de mes gains. Ce petit commerce me fournissait l'occasion d'appâter les joueurs tout en gagnant quelques sous pour acheter de la nourriture. C'était un bon arrangement, même si je découvris que la passion du billard s'allie rarement au goût des souliers éclatants.

Je préférais traîner dans les salles l'après-midi pour ne pas laisser seule Liola la nuit et aussi parce que, comme dans les églises, c'est le moment des vrais amateurs.

C'est dans l'académie de la rue des Trois-Mages que je trouvai les meilleurs. C'est elle qui fournit d'ailleurs les premières victimes du brigadier. Glissant entre les interstices de hauts rideaux noirs les rayons du soleil illuminaient une moquette crevassée comme une croûte d'argile. Affairés et graves, les joueurs tournaient autour des billards comme s'ils fabriquaient quelque chose de complexe, de sérieux. On aurait dit des constructeurs d'avions.

J'appris à distinguer les passionnés des professionnels. Les passionnés se déplaçaient en une lévitation calme. Tout à coup, ils se plantaient sur leurs jambes, se penchaient d'un élan décidé et lâchaient un coup impitoyable. La clarté de leurs gestes paraissait une leçon offerte aux novices. Tel était M. Pansatoni. Je revois sa longue tête, si livide que le gris de son costume semblait une couleur de fête, sa mince cravate noire dont avant de pointer il desserrait le nœud d'un coup d'index, soit parce qu'il le gênait, soit par superstition, ses paupières baissées même quand il tournait autour de la table, sans doute à cause de l'agacement à vivre au milieu de cette contingence de chaises, de lampes, de rideaux et de bocks baveux, sans parler des voix et présences humaines, au lieu d'évoluer dans une pièce parfaitement nue ne contenant qu'un billard où il pourrait se livrer à un duel éternel avec un adversaire fantomatique enfin digne de lui.

Les passionnés ne parlaient guère, par modestie, orgueil, ou pour que la parole ne trouble pas la pureté de la démonstration. M. Fremat de l'académie du boulevard Chave après un coup particulièrement brillant daignait parfois renifler, afin de confirmer aux spectateurs capables de l'apprécier qu'ils venaient bien d'assister à un moment exceptionnel. Parfois, les plus humains d'entre eux posaient les yeux sur les autres joueurs et, semblant découvrir leur existence, souriaient avec la bienveillance de doux prophètes.

Les joueurs professionnels se tenaient assis à l'écart, comme les araignées au guet à côté de leur toile. Cette posture ne servait pas à les cacher mais à les désigner comme des professionnels ne voulant pas être confondus avec des arnaqueurs sournois. Paupières mi-closes, ils attendaient qu'un audacieux leur propose une partie. Certains venaient de loin – et à cause de ce nomadisme s'attachait à eux un prestige ambigu dont on ne savait pas trop s'il rappelait celui qui s'attache aux représentants en lingerie ou aux prophètes –, Toulon, Cannes, Aix, parfois de plus loin encore, Montauban, Dax, Bordeaux, Narbonne, et même du Nord, car avec la guerre certains avaient fui la zone occupée. Chez ces fuyards l'attente mélancolique d'une partie fondait en tristesse, peut-être même en fatigue de vivre, comme M. Pinkevitch, un homme toujours tête nue, comme s'il avait oublié son chapeau dans une autre vie, à la moustache bien taillée, l'un de ces visages maigres, studieux qu'on voyait jadis apparaître derrière les guichets des banques et choisis pour donner l'illusion que la finance est une activité aussi objective et austère que l'épigraphie antique. Son manteau élimé couvert de poils et de cheveux donnait une idée des voyages de cet Ulysse dont les îles étaient des tables recouvertes de feutre vert. J'appris qu'il avait été propriétaire d'un cercle rue Blanche, à Paris, et c'est peut-être à cette Ithaque qu'il rêvait tête renversée contre un pilier, le front en sueur.

Mais dès qu'ils se lançaient dans une partie, ces gueules de princes en exil disparaissaient, les professionnels se levaient, jouaient à toute allure, en gestes vifs et précis, comme si la fin du monde allait arriver dans un quart d'heure et qu'il fallait empocher la mise avant.

On m'oubliait dans la pénombre, rares étaient ceux qui me demandaient un cirage. C'était heureux car je m'étais rendu compte qu'il s'agit d'une besogne complexe, d'autant que les rares intéressés se révélaient exigeants. Il ne faut pas seulement cirer et faire reluire deux fois mais aussi cracher, ni en flot ni en pluie, une fois avant le premier cirage, une fois encore avant le second, ce qui exige une agilité d'expectoration et, en pleine canicule, la grâce miraculeusement renouvelée de la salivation. Le premier jour je colorai quelques chaussettes et revers de pantalon, ce qui me valut d'être mis à la porte du Grand Café du cours Belsunce (sans regret car il abondait en poseurs tentant sans relâche des coups extravagants qu'ils manquaient neuf fois sur dix). Heureusement, l'homme qui se fait brosser les souliers affalé sur sa chaise a la bienveillance assoupie d'un despote oriental. Il semble se faire cirer pour rêver, comme si l'agitation d'un esclave à ses pieds était nécessaire à l'éclosion des songes. Mais les pourboires de ces pachas étaient souvent d'infimes piécettes percées, qu'ils laissaient tomber dans ma main en se levant sans me jeter un coup d'œil, titubant et s'éloignant à demi pris encore dans le monde des rêves où apparemment l'argent n'a pas cours.

Il fallait en revanche se méfier de ceux qui, avant même que vous commenciez, étaient déjà penchés, les yeux plissés, pour juger votre style. Ceux-là contemplent votre ouvrage comme si le métier de cireur était une vocation dont la vie les frustra. Ils n'hésiteront pas à vous claquer le crâne si vous n'opérez pas dans les règles de l'art ; les plus grossiers, s'ils estiment que vous empâtez trop, allant jusqu'à prendre les choses en main et à cracher eux-mêmes sur la chaussure sans égards pour vos doigts.

Je constatai que servir les autres me répugnait, je manquais d'enthousiasme à la besogne. Alors, pour cacher ma maladresse et préserver ma dignité, j'adoptai bientôt un style calme, fondé sur un lent balancement de chiffon qui donnait le mal de mer aux inquisiteurs et me permettait en me retournant pour observer la partie de la commenter avec le client.

J'avais imaginé le plan suivant afin d'appâter les futures victimes du brigadier. Rôdant autour des tables, le lourd banc de cireur autour du cou, je m'exclamais à chaque coup d'éclat « C'est beau comme au Valensole ! » ou, pour varier, « On se croirait au Valensole ! ». Au début cela faisait rire, et les points gagnants étaient dorénavant salués d'un cri : « Oh le Valensole ! » Ou bien, lorsqu'un nouveau joueur paradait lentement dans la salle en observant les parties avec dédain, les habitués le désignaient d'un air moqueur en clignant de l'œil : « Mi, regarde le Valensole ! » Mais il me fallut attendre deux ou trois semaines avant que l'un d'eux, un peu plus curieux ou un peu moins abruti que ses congénères, cassé en deux au-dessus du tapis, se redresse lentement au lieu de frapper et m'apostrophe :

— Oh mais dis petit, qu'est-ce que c'est que ton Valensole ?

Et je lui répondis que c'était le nom d'un café de la rue Janetin où se trouvait le meilleur joueur de billard de Marseille et peut-être de France.

*Pastorale sur les tuiles.*
*Intéressante leçon sur l'intelligence.*
*Découverte de la sournoise voracerie qui nous entoure*

La vie sur les toits prit un tour d'ordre et de routine qui me contentait. Les quelques sous que je glanais suffisaient à nous nourrir. Le vent était tombé, le soleil radieux. Je tendis une ficelle entre deux cheminées et fis un peu de lessive. Je commençai par la robe blanche de Liola. Tandis que je frottais, elle gambadait nue sur les tuiles en fredonnant. Dans ma naïveté j'imaginais que ce temps durerait toujours. Que notre mère, guérie, allait nous envoyer chercher. Et cette illusion me faisait regarder mon désir de voyager sur les toits comme une passion éteinte.

Quand il ne faisait pas trop chaud, nous grimpions au sommet d'une maison qui devait se trouver rue des Trois-Saints. Elle était assez haute et surplombait un enchevêtrement de toits plongeant vers la mer. Roses, ocre, mauve pâle, ils changeaient de ton avec le ciel et la mer et nous restions à les regarder comme s'ils avaient été à la fois des vagues et des îles. Plus l'après-midi avançait, plus la mer prenait ce bleu sombre, profond, qui avait quelque chose de terrible et me donnait aussi l'impression que dans une autre vie j'étais parti sur cette mer pour un long voyage.

Cette idylle ne dura que quelques jours. Une après-midi, comme je revenais de l'académie, Liola vint à ma rencontre en pleurs et m'annonça que des chats avaient emporté le jambon.

Cinq ou six chats aux côtes saillantes étaient apparus. Ils s'étaient glissés dans l'abri et avaient commencé à se battre, déchirant le papier d'emballage, jetant leurs pattes au travers de la cage pour attraper Lélio. L'un avait jailli de l'abri, le jambon dans la gueule, et les autres s'étaient lancés à sa poursuite, bondissant griffes dehors sur son dos.

Jusqu'à présent nous n'avions jamais vu un chat sur les toits. Des bandes sauvages devaient y trouver refuge. Le lendemain, fouillant dans les poubelles, je trouvai un filet à provision à moitié déchiré et le transformai en un garde-manger que je suspendis entre deux cheminées.

Alors que je me reculais pour savourer mon ingéniosité, deux goélands apparurent dans le ciel. Ils planèrent un moment au-dessus de nous avant de se poser de chaque côté de l'abri. Là, se dandinant avec cet air de gendarme soupçonneux qu'ils prennent dès qu'ils se posent, l'un s'avança vers moi tandis que l'autre venait se placer dans mon dos. Ils semblaient attendre que je me précipite vers l'un pour que l'autre s'élance vers le filet. Je ne savais que faire mais remarquai alors pour la première fois une chose qui en dit long sur le caractère contradictoire de ce que nous appelons l'intelligence. La ruse des goélands ne pouvait réussir car dès qu'on s'avançait vers l'un, au lieu de rester où il était afin que son compère s'empare de la nourriture il s'envolait pour se poser près de lui, craignant sans doute qu'il n'emporte pour lui seul le morceau. Ce manège se répéta car une fois chassés ils revenaient, sans d'ailleurs que je puisse savoir si c'étaient les mêmes. Cela finit par nous faire rire. Nous trouvions drôle de ne pas arriver à comprendre si ce numéro était une preuve d'intelligence ou de bêtise. Et comme je songeais que la plupart des hommes n'agissent pas autrement et m'émerveillais que la vie sur les toits offre matière à la plus essentielle philosophie, un troisième goéland apparut, plongea vers le sac qu'il creva et fit tomber à coups de bec en essayant d'y saisir la nourriture. Les deux autres s'y précipitèrent aussitôt et, avant que nous ayons le temps de les chasser, emportèrent les tranches de jambon que je venais d'acheter avec mes gains de cireur.

Je renonçai à l'idée du garde-manger, comprenant qu'il attirerait toute la voracerie des airs et des tuiles, goélands, corbeaux, chats sauvages, sans parler des mouches et des guêpes. Il valait mieux faire des courses au jour le jour. Ce renoncement, insignifiant en lui-même, me découragea. Je compris que nous n'étions pas comme les Robinsons des livres qui disposent des ressources des arbres, de l'asile des cavernes et du pur breuvage des sources. Les toits sont arides et nus. Qui veut y édifier l'habituelle parodie du monde s'y ridiculise. Quelle merveille.

Ces deux incidents firent disparaître l'insouciance de Liola. Quand je la laissais seule, elle avait peur que les oiseaux ou les chats ne reviennent et ne tuent le chardonneret. Elle réclamait sans cesse notre mère et je voyais bien qu'à chaque fois que je la quittais elle retenait des larmes.

### *Je tente de retrouver ma mère. Sagesse confirmée de la vie sur les toits. Premiers fruits de la ruse*

Son chagrin finit par me toucher et une après-midi je laissai mon attirail de cireur dans l'immeuble abandonné et décidai de me rendre à l'hôpital où ma mère avait séjourné au début du printemps. Me renseignant auprès des passants, je le retrouvai sans trop de difficultés.

Je pénétrai dans une cour écrasée de soleil. À l'ombre d'un mur, des femmes au regard fixe serraient des nourrissons enveloppés dans des linges.

Je demandai au guichet si une Mlle Dawson n'avait pas été admise huit jours auparavant. L'infirmière me regarda un long moment, puis fit descendre son doigt sur la page d'un registre. Mais je voyais que c'était mon visage que ses yeux continuaient à voir. Elle tournait lentement les pages. J'avais l'impression qu'elle attendait quelque chose et je compris quoi en apercevant deux agents en pèlerine dévaler un escalier désert. L'infirmière se redressa, tendit le bras. Je m'élançai en arrière.

— C'est lui, c'est lui le fils! criait-elle, mais j'étais déjà dans la cour. Les coups de sifflet réveillèrent les nourrissons et en m'engouffrant dans la pénombre d'une rue j'entendis éclater les pleurs.

Je parcourus à toute allure un dédale de ruelles désertes. Craignant que le bruit de ma course ne me trahisse, je restai longtemps caché sous un escalier. Puis je redescendis sur le port et, remontant jusqu'à la place de la fontaine, retrouvai l'immeuble abandonné, plein d'une fraîcheur délicieuse. Assis contre un mur, fixant au travers d'une ouverture un carré de ciel bleu, je tournai et retournai l'éternel dilemme : obéir à ma mère en restant sur les toits, c'était l'abandonner. Vouloir la retrouver, c'était tomber dans la nasse dont elle avait voulu nous sauver. La mésaventure de l'hôpital confirmait la sagesse de la vie sur les toits. Je me levai, allai récupérer ma caisse de cireur, remontai sur les tuiles brûlantes où souffle toujours un délicieux coulis. La caisse autour du cou, je les arpentai mains dans les poches, aveuglé par le soleil, plein d'une fierté que je ne cherchais pas à comprendre.

Le lendemain, au cercle des Trois-Mages, on me demanda :

— Et pourquoi qui descend pas se frotter à nous, ton champion du monde?

N'osant dire que c'était parce qu'il était recherché par la police, j'inventai un personnage. Excentrique, rêveur, il jouait pour lui seul, considérant que dans ce trou misérable – oui, messieurs, c'est bien ainsi qu'il nomme Marseille! – personne ne rendait une partie envisageable. Ils furent si outrés qu'ils ne surent quoi dire. Or, pour les habitants de cette ville, s'il est humiliant de se montrer outré, s'il est honteux de ne savoir quoi répliquer, la combinaison de ces deux avanies, se retrouver outré au point de ne savoir que répliquer, constitue la figure suprême de la déchéance humaine. Des gens qui l'ont essuyée sont allés jusqu'à tuer, ceci n'est pas une plaisanterie. Or, même s'ils essayaient de le cacher, je voyais bien que certains de ces messieurs étaient piqués que leur prétention d'être joueurs de première classe puisse être niée par un arrogant inconnu. Ils se mirent à me poser de plus en plus de questions sur mon Valensole. D'où venait-il? Jouait-il à la bande? Aux deux? Aux trois? Combien marquait-il d'affilée?

À force d'inventer, je transformais le brigadier en un dandy du billard. Un fils de famille qui, n'ayant jamais travaillé de sa vie, vivait dans un vieil immeuble désert tout en bas du Panier, seul vestige du patrimoine familial, avec une cassette de gros billets et vieux bijoux. Il ne dépensait rien, passant ses journées dans un café abandonné à jouer seul au billard, merveilleusement, un cigare aux lèvres. Ils m'écoutaient avec attention avant de se venger par des moqueries puisque dans cette ville trahir l'intérêt qu'on prend à écouter quelqu'un constitue une troisième forme d'humiliation.

Ce fut M. Savarides le fils qui le premier me demanda où trouver ce prince du billard et si je pouvais lui annoncer qu'il lui lançait un défi. Puis un professionnel, Dufodard de Montauban, qui comme je passais devant lui, apparemment endormi contre un pilier, fit glisser sa canne sous la bretelle en cuir de mon banc de cireur, m'attira vers lui comme on pêche un poisson et murmura qu'il ferait volontiers une partie avec le prince de Valensole s'il était prêt à jouer gros, avant de me relâcher avec un clin d'œil qui marquait la complicité tout en enjoignant la discrétion.

Lorsque j'appris au brigadier que deux adversaires étaient appâtés il sourit, fermant les yeux à la façon du sage qui savait qu'il ne pouvait en être autrement. Puis, saisissant la canne sur le billard, il la frappa contre le sol comme le gourdin d'un théâtre et s'exclama :

— Kurkanivo, va nous lancer le *Danube* !

Remonté en cliquetis d'horloge, l'orgue vibra et se mit à sonner la valse, les coups de cymbale et tambour saupoudrèrent poussière et plâtre du plafond. S'approchant du billard, le brigadier se figea au-dessus du tapis tel le rapace au-dessus du pré avant d'y fondre brusquement pour se lancer dans un numéro de trois bandes ultra rapide.

Le voir, au rythme de la valse, frapper négligemment sans pointer, bondir comme s'il franchissait des torrents invisibles ou au contraire rejoindre à pas lents et majestueux, la canne sur l'épaule, l'endroit où la boule arrêterait sa course ; suivre cette boule qui tournoyait, reculait, frappait la bande comme la foudre ou la caressait après avoir dessiné l'arc d'une vague mourante pour aller claquer ou frôler les deux autres, sur un temps fort de la valse ; contempler ce charivari géométrique et musical nous clouait d'admiration, Kurkanivo et moi, assis bouches ouvertes sur le dossier des chaises, tels deux anges mineurs bayant à la chorégraphie des sphères.

Notre ruse triomphait. Pendant deux ou trois semaines, nous allions le soir au bord du toit du côté de la fontaine. Nous regardions le coucher du soleil en attendant le moment où nous entendrions, plus ou moins distinctement selon la force et la direction du vent, selon que le violon du manouche du café Le Savoureux place de Lenche jouait avec plus ou moins de passion, que la famille Martinozzi au 12 de la rue Mayousse s'agonissait avec plus ou moins d'entrain, l'orgue mécanique du Valensole jouer le *Danube bleu*. Alors, étendu sur les tuiles les mains derrière la tête, écoutant la rengaine qui reprenait sans fin, à peine interrompue au moment où Kurkanivo remontait le mécanisme, j'imaginais en cherchant les premières étoiles le brigadier procédant à la mise à mort de son adversaire.

Les premiers lessivés gardèrent le silence. Mais les suivants, humiliés, ratiboisés et soucieux de n'être pas les seuls à l'être, encouragèrent leurs compères à monter les venger dans l'espoir qu'ils y perdraient comme eux l'argent et l'honneur.

*Étrange rencontre d'un vampiret.*
*La Vieille Charité en 1942*

En attendant que le brigadier me donne l'argent qu'il me devait, il fallait continuer à en gagner un peu pour manger. Parfois le matin, en échange de quelques sous ou d'un peu de nourriture, j'aidais les commerçants du quartier à décharger des caisses ou des sacs qu'on livrait dans les boulangeries, les épiceries ou chez les marchands de charbon. Un matin à l'aube, alors que je traînais dans les rues où les boutiquiers, accoudés aux fenêtres bol à la main, me faisaient un clin d'œil quand ils avaient besoin de moi, je fus accosté par un jeune gars un peu plus vieux que moi, long et maigre, vêtu d'une marinière. Son teint jaune, un crâne rasé, une figure en lame de couteau où semblaient accrochées des oreilles semblables à de longues huîtres lui donnaient l'air d'un vampire, mais chétif et miniature, un vampiret.

— Tu aimes le cheval ? me demanda-t-il, et comme je répondais que je n'en avais jamais fait, Je ne te parle pas d'y monter, couillon, dit-il, je te parle de le manger, et, ouvrant sous mon nez un sac de jute, il me fit voir sous un amas de mouches un morceau puant de viande pourpre. Le fond du sac était tapissé d'une toile goudronnée pour que le sang ne goutte pas. Il me proposa de m'en faire cadeau si je voulais bien travailler pour lui. Jamais ma mère ne nous avait fait manger du cheval, le morceau avait l'air d'une pourriture, je refusai avec horreur. Il referma son sac sans insister et me fit signe de le suivre dans une ruelle déserte. Tandis qu'il marchait, le sac bourdonnant comme s'il transplantait ailleurs une cité industrieuse et folle, il me proposa d'amener aujourd'hui et les jours prochains de tels sacs à des clients qui les avaient commandés. Il m'expliqua avec franchise que ce trafic était interdit mais qu'un enfant pouvait transporter la marchandise avec plus de discrétion. Il me proposait en échange de l'argent ou des tickets. Pour m'encourager, il m'en donna trois ou quatre.

— Tu peux y aller, dit-il, ce sont des tickets de morts.

J'appris plus tard qu'il voulait dire que ces tickets ayant été attribués à des morts, il était peu probable qu'ils se plaignent d'avoir été volés. Comme il était impossible de s'en procurer autrement qu'au marché noir, j'acceptai sa proposition.

— Alors allons chercher le matériel, me dit-il, et, remontant toute la rue de l'Évêché, il m'entraîna hors de notre quartier jusqu'à un endroit où je n'étais encore jamais allé.

Derrière un grand mur encroûté de salpêtre, de l'autre côté d'une grille à pointes en fer de lance, je vis une sorte de temple grec noir, lépreux, surmonté d'une coupole livide tavelée d'humidité. Une vaste cour de terre battue l'entourait et trois ailes de galeries à arcades. Certaines, aux pierres déchaussées, effondrées, ressemblaient à des entrées de caverne. L'odeur familière de pierre humide et de salpêtre couvrait d'autres effluves, de pestilence d'oignon frit qui, auprès des autres, semblaient un doux parfum. En entrant dans la cour, je sentis une puanteur d'entrailles de poisson si affreuse qu'elle me fit dresser la tête au ciel où les étoiles étaient en train de disparaître. Des papiers gras, des chiffons sales tournoyaient sous les arcades et filaient sur la terre battue. D'autres pendaient, accrochés au fronton noir criblé de trous si larges que venaient y roucouler des pigeons. Derrière le temple se dressait un grand arbre mort et dans la pénombre grise de l'aube cet arbre solitaire était si majestueux que j'eus l'impression de me trouver dans une forêt. Des cris, des pleurs, des bruits de portes claquées résonnaient à tous les étages, au premier une ombre jeta dans la cour des pages de journaux farcies d'ordures.

Comme nous passions derrière ce temple qui avait l'air d'une église, mais aussi le charme d'un rocher sauvage, je me crus retourné en un temps lointain, un temps où l'on ne pouvait distinguer les œuvres de la nature de celles des hommes. Et j'éprouvai je ne sais quelle nostalgie, comme si aucune construction humaine ne donnerait jamais plus l'impression d'être ainsi la sœur de l'arbre mort et des étoiles qui disparaissaient dans le ciel.

J'aperçus les silhouettes de familles misérables, sans abri, qui logeaient aux étages, certaines campaient même dans les galeries. Mon guide m'entraîna dans un coin où l'enceinte d'arcades à demi écroulée ouvrait sur la rue Trigance. Là, il emprunta un escalier obscur, irrespirable qui descendait dans une vaste cave où on avait entassé des conserves et des grands paniers de poisson séché, d'oranges pourries, de bananes vertes où défilaient des fourmis. Nous descendîmes encore puis remontâmes vers une odeur toujours plus forte de sang qui me retourna le ventre. À la lueur de l'acétylène, des quartiers de viande pendaient à des crocs de boucher et sur un établi de bois rosi de sang un homme en tablier aux infimes moustaches découpait avec un grand couteau la jambe mauve d'un cheval. Ce découpeur, sans lever la tête, la pencha en direction d'un sac dont mon guide s'empara et nous remontâmes par un autre escalier jusque dans les débris d'une arcade en ruine. Il y avait là un enclos où les familles pauvres entretenaient quelques poules. On y trouvait même une ou deux chèvres.

Dans un recoin reculé, un autre enclos jonché de paille sale enfermait deux chevaux qui piétinaient dans le crottin et deux ânes semblant rêver. Près de l'enclos se tenait un petit cheval noir pelé. Devant le cheval, un vieux prenait un par un des billets que comptait un grand homme glabre et rose, aux lèvres fines mignardement dessinées. Le vieux portait sur son bras le licol et les rênes et il s'en alla la tête baissée, reniflant les billets sans regarder le cheval qui ne se retourna pas non plus, figé, couchant de temps à autre ses oreilles à l'horizontale. Le vieux tirant les montants d'une charrette repartit rue Trigance tandis que l'homme passait une corde autour du cou du cheval. Il l'entraîna sur une pente de terre battue violette qui descendait à la cave.

— Tu as de la chance, tu vas voir ça, dit mon guide.

L'homme entra brièvement dans la cave et en ressortit, des crochets dans une main, dans l'autre une pointe de fer et un maillet. Il s'approcha très près du cheval, posa la pointe en haut du front et d'un coup violent lui perça la tête. Les jambes du cheval se replièrent avec la rapidité d'un mécanisme et il s'effondra d'un seul coup. Seule sa bouche était ouverte et ses dents cherchaient à claquer tandis que ses jambes s'agitaient, ce qui fit éclater de rire mon guide. L'homme enfonça un long couteau çà et là dans le cou du cheval et des torrents de sang jaillirent et coulèrent sur la pente jusqu'à une espèce de gouttière. Il attendit que les jets se tarissent puis passa les crochets dans les naseaux. Je me détournai. J'exagérai encore mon dégoût pour que mon guide ne se rende pas compte qu'il me dégoûtait plus que le sang. Il riait et me frottait la tête. Nous sortîmes de la Vieille Charité (je vis ce nom inscrit sur une plaque rouillée accrochée à la grille), et tandis que nous descendions la rue de l'Évêché il m'indiqua l'adresse où je devais amener le sac de viande (c'était, je m'en souviens je ne sais pourquoi, rue Corneille). Avant que nous nous séparions, il me demanda où je vivais et, peut-être pour me venger de lui, je crus très malin de lui dire que je vivais dans un café abandonné où habitait aussi un autre malheureux, un obsédé du billard mais si peu habile qu'il perdait toutes ses économies en jouant de l'argent avec tous ceux qu'il pouvait trouver. Je m'imaginais rendre service au brigadier en appâtant ce trafiquant de marché noir qui devait avoir de l'argent à miser, et quand je considère toutes les conséquences qu'eut cette inspiration, j'y vois l'une des nombreuses lubies ridicules qui décidèrent du cours atroce de ma vie. Quant au sac de viande, je le jetai dans un terrain vague entre deux maisons et allai tremper mes mains qui me semblaient puer le sang dans l'eau du port.

### *Première promenade nocturne. Fantôme fumeur. Échos des victoires du brigadier et rêveries d'avenir*

Au bout d'une dizaine de jours, ayant déjà siphonné les économies du fils Savarides, de Dufodard de Montauban et même du pauvre M. Pinkevitch, le brigadier avait accumulé une belle somme et les deux pour cent que je lui extirpai à grand-peine (car il ne voulait me donner ma part qu'« une fois toute la basse-cour plumée ») nous permirent de festoyer sur le toit, bien que la nourriture que la mère Mazard vendait, même avec tickets, eût toujours l'air d'une blague cruelle : au coucher du soleil nous dégustâmes deux pêches exquises, un demi-poulet cartonneux aplati comme s'il était passé sous un camion, un fromage de chèvre orné de taches mauves, aussi dur et acide qu'un savon. J'achetai même une bouteille de vin, dont je n'avais jamais bu.

J'aimais beaucoup le ciel pâle du soir qui éteignait la couleur des toits. Mais il y avait une certaine heure, entre le coucher du soleil et la nuit, où le ciel devenait violet. Au fur et à mesure qu'il s'assombrissait, j'étais pris d'une angoisse indéfinissable, écœurante. Mais la gaieté revenait quand il devenait bleu sombre, puis noir, et qu'apparaissaient les étoiles et de l'autre côté du port, vers l'Opéra, les lumières de la ville. Un autre moment d'angoisse me prenait parfois en pleine après-midi, quand le ciel d'un bleu profond sur les toits orange avait quelque chose d'accablant. Je ne sais pourquoi, cette angoisse était plus terrible si le vent amenait les bruits de circulation de la ville. Au loin, des pans d'ombre sur les toits semblaient frais comme des oasis. Des ruelles montaient des hurlements de courants d'air ou bien les éclats nets et ciselés de conversations dont pourtant je ne comprenais pas les mots. Certaines, semblant pleines de colère, se terminaient par des éclats de rire. On entendait aussi des touches extraordinairement nettes, un klaxon par exemple, ou le bruit régulier d'un marteau qui avait quelque chose d'émouvant, il me semblait un écho de l'obstination et de la naïveté des hommes. D'autres fois, je réalisais tout à coup que je n'entendais que la rumeur des vagues. Sans doute à cause d'un caprice du vent, l'un de ces caprices qui faisaient que parfois je n'entendais plus rien du tout, comme si les humains ne s'étaient pas réveillés ou avaient abandonné la ville. Des goélands surgis dans le ciel étaient happés vers la mer. Et cette vision m'accablait, moi qui étais prisonnier de cette ville, mais elle était excitante aussi, comme le présage d'une évasion, d'un voyage, comme si un jour nous pourrions les suivre. Il est vrai qu'à cette époque, tout me semblait présage.

Dans notre quartier, les rues étaient si étroites qu'elles semblaient se chevaucher. Le soir accentuait cette impression, quand je contemplais ce labyrinthe de tuiles plongeant peu à peu dans la pénombre : partout des décrochés, des pentes douces ou courtes et abruptes ; ici je distinguais une terrasse cachée ; là un vieux balcon rouillé suspendu au vestige d'un mur ; il y avait même une tourelle minuscule et moussue. À certains endroits on croyait voir non plus le sommet des maisons mais les fondations d'une cité disparue. Et je ne pouvais les regarder sans me remettre à rêver, non plus à de simples promenades sur les toits environnants, mais à un véritable voyage.

La musique de l'orgue me tirait de cette rêverie et je me frottais les mains en pensant que le brigadier allait encore ramasser une belle somme. Allongé sur les tuiles, aspirant au goulot la vinasse de la mère Mazard à petits filets, je m'enivrai au son aigre de la valse qui, au travers d'un brouillard de klaxons, d'éclats de voix et de hurlements d'enfants qui jouaient seulement le soir dans les rues, parvenait pourtant jusqu'à nous. Liola dansait sur les tuiles au rythme de l'orgue mécanique et je regardais sa silhouette se découper sur le ciel rouge et jaune jusqu'à ce que la brume qui recouvre souvent les toits au coucher du soleil nous fasse regagner l'abri.

Mais les délices des toits sont toujours éphémères. Un beau soir, alors que je n'avais pu m'empêcher de passer aux Trois-Mages pour observer comment ces messieurs digéraient leurs défaites, Liola s'avança à ma rencontre sur le toit et me dit qu'elle avait tout à coup senti autour d'elle une odeur de cigarette si forte qu'elle avait pris peur et s'était réfugiée dans l'abri.

Je lui demandai si elle avait vu de la fumée. Non, répondit-elle, mais ça sentait bon. Elle repensait aux moments où notre mère fumait assise sur une chaise. Pour éviter que ce souvenir ne fasse venir des pleurs je lui proposai d'aller nous promener sur les toits. C'était l'heure où les tuiles brunissent, le ciel est turquoise, le murmure des rues fait sentir que le calme des toits est celui d'un autre monde. L'heure des pigeons. Autour de nous, des claquements d'ailes se levaient et partout au-dessus de la ville on voyait leurs escadrilles en pointe de flèche virer majestueusement entre les toits.

Nous fîmes le tour de notre domaine. La vision des toits avait fait renaître en moi je ne sais quelle fièvre. Je dis à Liola que nous essaierions peut-être un jour d'y trouver un endroit plus hospitalier, même, qui sait, un appartement abandonné. Mais bien sûr, ajoutai-je d'un ton assuré, je clouerais sur les planches de l'appartement un message pour maman.

Et puis à l'hôpital j'avais appris qu'elle se trouvait dans une maison à la campagne, on s'occupait très bien d'elle mais nous ne pouvions aller la voir car elle devait se reposer et on risquerait d'être séparés. Je n'avais pas honte de mentir mais craignais que cela ne porte malheur. Ne valait-il pas mieux lui dire que notre mère était morte ? Peut-être eût-ce été moins douloureux pour elle que de se demander sans cesse quand elle la reverrait. Il me semblait avoir entendu que les enfants sont indifférents à la mort. Mais qui dit cela ? Et moi à quatorze ans, suis-je encore un enfant ? me dis-je, ou un monstre qui rêve à la mort de sa mère ?

Pour rentrer, nous passons près du puits où j'ai failli tomber. On entend crépiter les feuilles mortes que chassent les courants d'air. Je montre à Liola le trou par où je me glisse pour descendre dans la rue. Elle veut s'y glisser aussi.

Une fois dans le grenier, nous empruntons le grand escalier et, pour la première fois, nous sortons ensemble dans la rue. Je décide de descendre sur le port où on ne nous repérera pas puisque y traînent des enfants encore plus déguenillés que nous. Auparavant, je regarde la mer, au large. Une route d'argent la traverse, resplendissante, s'amenuise vers l'horizon. Elle a l'air d'un piège, ou d'une moquerie. On pressent que jamais on n'atteindra le pays qu'elle indique.

Au bas de la rampe, nous débouchons dans un coin où le ciel est caché par le pont transbordeur. Il abrite un restaurant et tout le long d'une rangée de petites fenêtres, éclairées d'un halo de bougie, on voit en ombres chinoises les profils des dîneurs.

Nous descendons les marches d'un musoir. Il est amusant de s'arrêter juste au moment où les vaguelettes clapotent d'une façon si chuchotante, si intime qu'on sait qu'avec un pas de plus on se trempera les pieds.

J'hésite à emmener Liola à la terrasse d'un café. J'ai peur que des agents nous demandent qui nous sommes. De plus, je ne suis pas sûr d'avoir assez d'argent. Je lui montre seulement, au-dessus de la terrasse du premier café, les ampoules bleues et rouges douces comme celles des cirques. Nous les regardons un long moment puis faisons demi-tour et remontons par la rampe jusqu'à la place obscure où murmure la fontaine. Nous grimpons à quatre pattes les escaliers en pierre de l'immeuble abandonné. Nous rions de ne trouver notre chemin qu'à la lumière de la lune.

Dans le grenier, je sens une odeur de tabac. Sous l'ouverture, une torsade de fumée flotte comme une créature d'aquarium. Il fait trop noir pour distinguer quelqu'un caché dans un recoin. Je serre la main de Liola et nous grimpons vite sur le toit.

Non loin de l'abri luit la braise d'un mégot. Je l'écrase avant que Liola ne le voie.

Quand elle fut endormie, je me promenai dans notre domaine mais n'aperçus personne.

La maison en ruine par où je descendais était peut-être fréquentée par l'un de ces misérables qui se réfugiaient la nuit dans les lieux abandonnés. Depuis que j'avais percé une ouverture sur le toit, il y montait peut-être de temps en temps pour fumer ou pisser en regardant les étoiles. Avait-il vu notre cabane ? Cette interrogation se mit à m'obséder car je craignais ce qui pouvait arriver à Liola en mon absence. Heureusement, comme je n'avais plus à hanter les billards, je pouvais désormais passer mes journées avec elle. Je replaçai soigneusement les tuiles pour que du grenier on ne voie plus le ciel.

Les nuits suivantes, lorsque j'étais éveillé, je descendais

renifler dans la maison mais ne sentis plus jamais l'odeur de tabac. Je passais peu de temps dans les rues, et toujours en compagnie de Liola : j'allais acheter la nourriture tandis qu'elle remplissait nos bouteilles à la fontaine. Pendant les journées écrasées de chaleur, nous poursuivions les leçons de calcul et l'écriture de notre histoire. Elle jouait aussi avec sa maison de poupée, elle y avait dessiné le ventre de la baleine, le piano, M. Albert et ses robes de boyaux. Elle partait sur les tuiles à la recherche de petites coquilles, d'os minuscules, de fétus et de débris de tuiles qu'elle ramenait dans sa maison avant de s'imaginer ce qu'ils pourraient figurer. Une fois, je lui rapportai un beau caillou lisse et gris que j'avais trouvé dans la rue. Il devait venir d'une plage. Elle passa en revue toutes les richesses qu'il pourrait représenter : un lit où l'on dort longtemps à cause de sa douceur. Une grande table ronde et polie où vingt personnes au moins peuvent s'asseoir.

— Oui, une belle table polie, dis-je, on y mangerait comme sur un nuage. Ça serait comme un nuage apprivoisé sur lequel on pourrait voyager.

Mais d'une manière générale elle n'aimait pas mes inventions. Elle les jugeait trop extravagantes. Elle préférait que ce soit la table polie «qui puisse aussi voler si on veut quand on a des invités qui ont peur du noir».

Pendant nos promenades, j'essayais de calculer l'argent que nous rapporteraient les victoires du brigadier une fois «la basse-cour plumée», et me demandais à quoi je l'emploierais. Des vêtements chauds et protégeant de la pluie puisque l'été finirait un jour, d'autres couvertures, un réchaud, un cahier et de quoi écrire.

J'entrais souvent dans des maisons abandonnées à demi effondrées qui étaient pleines d'ordures mais aussi d'ustensiles qui pourraient nous être utiles. J'avais en tête de trouver une échelle, moyen de voyager sur les toits : elle permettrait de grimper sur ceux qui étaient plus haut, descendre sur ceux qui étaient plus bas et servir de pont pour traverser les rues étroites qu'on ne pouvait pourtant pas franchir d'un bond. J'en trouvai une dans une ruine mais les barreaux me semblant pourris d'humidité, je craignis qu'ils ne se brisent en pleine traversée. En revanche sous des gravats je découvris les restes d'un bridon de cheval : une vieille têtière et un restant de rêne. Liola pouvait enfiler les jambes dans la têtière, la serrer autour de sa taille et si j'enroulais et nouais la rêne autour de mon bras ou de ma poitrine, cet appareillage me semblait parfait, malgré l'usure du cuir, pour éviter qu'elle tombe quand je la porterais sur mon dos en traversant le vide à quatre pattes sur l'échelle. Une nuit je finis par en trouver une en bon état dans un immeuble en rénovation. Je m'en emparai et allai la ranger dans le grenier avec la têtière.

Tous les trois jours, je descendais au Valensole. Le brigadier était seul, le malheureux Kurkanivo passant ses journées à gagner les quelques sous qui leur permettaient de subsister. Au fil de leurs maigres confidences, j'avais appris que l'hiver précédent, particulièrement rigoureux, le brigadier avait recueilli et soigné Kurkanivo qu'il avait trouvé rue Janetin mourant de faim et de froid sur sa boîte de cireur. Mais ce geste n'était pas entièrement désintéressé car, aussitôt sur pied, le brigadier l'avait renvoyé cirer les chaussures et chargé de ramener de la nourriture. Kurkanivo cachait dans sa boîte de cireur un lance-pierre et quand la journée avait été mauvaise il tuait des pigeons et même des gabians, c'est ainsi qu'on appelait à Marseille les goélands. Ils les faisaient cuire dans un vaste faitout sur un feu de bois allumé dans l'arrière-cour mais leur chair ne s'amollissait jamais. Ils y plantaient les dents, histoire de ne pas s'avouer vaincus et d'en tirer le moindre jus mais bientôt, dégoûtés, ils rejetaient en s'éclaboussant l'oiseau dans la marmite où il flottait, abandonné aux chats ou à d'autres oiseaux affamés.

Le brigadier avait déjà tondu une dizaine de clients mais je remarquai que plus il amassait, plus il devenait soucieux. Il craignait que le bruit des parties d'argent ne se répande et n'attire l'attention de ses anciens collègues ou de voyous qui viendraient le dépouiller. Un soir, il m'expliqua comment il laissait traîner quelques billets dans le cageot pour tromper ces éventuels visiteurs et cachait le reste du magot dans une sacoche suspendue à l'intérieur du conduit de la cheminée. Puis il sortit de sa poche un petit pistolet noir. Il le soupesa longtemps, comme s'il craignait qu'il n'ait maigri.

— Il ne reste que quelques balles, prévint-il l'univers de cette voix sourde et tranquille qui donnait à tous les mots qui sortaient de sa bouche une couleur héroïque. Il n'y aura pas de sommations.

Il me confia qu'il aurait bientôt assez d'argent pour quitter «non seulement Marseille mais peut-être la France». Je lui demandai combien il avait gagné.

— Deux mille quatre, me dit-il, ce qui fait cent quatre pour toi.

— Cent vingt.

— Très bien, murmura-t-il en prenant son air de chat, paupières à demi baissées. Je voulais voir si tu étais capable de mener tes affaires. Tu es si jeune que je me sens obligé de m'occuper un peu de toi.

En attendant le soir et un nouvel adversaire qui serait peut-être le dernier, il tournait sans relâche, mais avec hésitation, on aurait dit que sa maigre carcasse était une cachette où il venait de se glisser faute de mieux. Il ne s'entraînait plus, ne s'attablait plus pour feuilleter avec délice l'indicateur des chemins de fer mais faisait le tour des deux salles du café minuscule en passant toujours aux mêmes endroits, comme sur un petit chemin qu'il eût été le seul à voir. Ou, arrêté sur le seuil de l'arrière-cour, les mains sur les hanches, il contemplait gravats et orties, crachant parfois sur une feuille pour la faire balancer. Il n'hésitait plus désormais à se rendre sur la place de la fontaine à l'heure de la sieste, en pleine chaleur, au moment où y croiser quelqu'un aurait semblé une expérience surnaturelle. Immobile près du bassin clapotant, la vareuse sur les épaules, il regardait autour de lui avec cet air de satisfaction mélancolique que prennent les gens au moment de quitter pour toujours un endroit, même abhorré, comme pleins de pitié pour les lieux qu'ils abandonnent au triste sort de ne plus les voir paraître.

Un jour que la porte du placard où dormait Kurkanivo était ouverte je n'y vis plus les petits cailloux colorés. Dans un coin reposait un baluchon bien rempli, comme si lui aussi s'apprêtait à partir. Il était douteux pourtant que le brigadier l'emmène avec lui. Mais je me demandai s'il le lui avait dit.

### *Première catastrophe. Premier exode*

Alors que je retournais sur le toit, je me crus perdu. Puis je compris que c'était parce que tout était sombre. La petite place avait rapetissé. Le feuillage des ormes était noir.

Levant la tête, je vis dans le ciel se déchirer des lambeaux de suie. Pour la première fois depuis que nous étions sur les toits le soleil avait disparu.

Comme j'arrivais près de l'abri, Liola, sans un mot, me tira par la main pour me montrer en haut du toit des taches de sang qui avaient la forme de petits soleils.

Peut-être, me dis-je, est-ce le sang d'une bête. Elles filaient en ligne droite jusqu'au faîte puis descendaient sur l'autre pan. Le toit d'en face n'était séparé du nôtre que par une impasse étroite qu'un homme pouvait franchir d'un bond.

Le vent se leva, des milliers de grains de poussière firent grésiller les tuiles. Un moineau jaillit en flèche comme une sentinelle filant à son poste.

Il y eut un craquement sec au-dessus de nos têtes et un long vacarme d'effondrement se répandit dans le ciel. Je sentis une odeur fraîche de rivière. On aurait dit qu'une réserve de pureté venait de crever. Mais cette fraîcheur devint glacée. De petits éclairs apparurent çà et là tels des fils tombant d'une boîte à couture. Une bande de vapeur hachurée comme un dessin monta de la mer, fila vers nous, s'évanouit et une violente giclée nous trempa entièrement. Nous repartîmes en courant dans le tambourinement de la pluie mais les tuiles brunies glissaient et je m'effondrai si lourdement qu'elles éclatèrent sous ma hanche. Les draps de l'abri, alourdis, gorgés d'eau, dégoulinaient sur les couvertures et la cage. Je les soulevai en tendant les bras pour faire tomber l'eau et achevai de me tremper. Liola, jetée dans un coin, se mit à trembler. Ses dents claquaient si fort que je craignais qu'elles ne se brisent. Le chardonneret bondissait de barreau en barreau.

Je mis à l'abri le phono, déshabillai Liola, l'enveloppai dans une couverture et la frictionnai. J'avais l'impression que chaque craquement du tonnerre écartait d'un coup sec mes côtes. Nous nous blottîmes au milieu de l'abri, où l'eau ne ruisselait pas. De temps à autre, je descendais à quatre pattes regarder entre les pans du drap. Au loin, sur un mur, une fenêtre s'illumina un court instant avec une netteté extraordinaire. Sur les pentes verdâtres des bulles grouillaient, mouraient, naissaient sans relâche.

Comme l'âme se transforme dès qu'on tremble. Tout à coup la vie sur les toits m'apparut ridicule. En entendant les salves des claquements de dents de Liola, je me disais qu'il était heureux que je touche bientôt l'argent. Nous irions nous reposer dans un petit hôtel et j'irais demander aux autorités de retrouver notre mère. Les traces de sang, l'orage, autant d'avertissements qu'il était temps de mettre fin à cette folie.

Le lendemain, le ciel était sans nuages. J'attendis un peu pour voir si la chaleur et la lumière n'allaient pas faire renaître l'envie de voyager sur les toits. Mais rien ne se passa.

L'orage de la veille avait empêché d'entendre l'orgue du Valensole. Je me demandais si le brigadier avait remporté la victoire des dix mille francs. Je mourais d'envie de descendre mais je dus d'abord passer une bonne partie de la matinée à arpenter le domaine pour me réchauffer tandis que séchaient mon pantalon, mon pull et la robe blanche accrochés sur le fil. Liola se réchauffait nue au soleil. Nous avions tout sorti, le phono, la cage de Lélio. Il pépiait doucement, son plumage couleur de sang et de citron semblait repeint.

Tout à coup, *Le Beau Danube bleu* retentit, des claquements d'ailes éclatèrent dans les rues. C'était la première fois que l'orgue sonnait aussi fort, et en plein jour. Ça doit être, me dis-je, un chant de triomphe. Je me glissai dans les vêtements encore humides, courus dans le grenier, mais comme je dévalais l'escalier la musique fut remplacée par ce mugissement métallique qui grondait quand il fallait remonter l'orgue.

Il devenait de plus en plus atroce, sur la placette il était assourdissant. Quand j'entrai dans le Valensole, Kurkanivo frappait l'orgue à grands coups de pied qui faisaient à peine frissonner les clochettes d'étain.

Dans la salle, le vampiret de la Vieille Charité, penché sur le tapis, était en train d'aligner les points. Le brigadier, un poing serré à l'extrémité de sa canne servant d'appui à son menton, le regardait d'un air assoupi, une cigarette éteinte aux lèvres. La sacoche ouverte sur une chaise ne contenait plus que quelques billets.

L'adversaire, avec sa marinière qui descendait jusqu'aux genoux, dressa sa tête de chauve-souris dépiautée. Ses yeux fendus vérifièrent que je n'étais pas accompagné, puis il enfila trois ou quatre points. C'était un joueur passable, que le brigadier aurait dû exterminer en trois quarts d'heure. Mais quand il loupa un point pourtant facile, le brigadier se mit en marche vers le billard, tenta une carambole qu'il manqua et, abandonnant sa boule tournoyant comme une folle qui danse toute seule, il repartit dans son coin, retourna la canne d'un mouvement de majorette, y serra les poings et, calmement, y déposa le menton, les yeux mi-clos. Il paraissait avoir accepté la défaite. De temps à autre, il retournait à la table, posait la canne contre le billard, s'essuyait les paumes sur les cuisses, reprenait la canne, pointait sans soulever les paupières et manquait son coup.

La partie finie, le vampiret ramassa une liasse de billets qu'il plia en deux et enfouit dans son pantalon. Il regardait par terre en reniflant, sourcils froncés, avec cet air de déjà penser à autre chose qu'adoptent les gens qui veulent faire croire que ce qui arrive n'a rien d'étonnant. Puis il déguerpit sans un mot et le brigadier se laissa lourdement tomber sur une chaise.

Je me précipitai dehors mais j'eus du mal à rattraper le vampiret qui filait à toute allure sur des brindilles qui se pliaient tous les trois pas comme celles d'un pantin mal conduit. Je finis par le rejoindre et marchai à ses côtés.

— Fous-moi le camp, chuchota-t-il sans tourner la tête.

Nous avions traversé la placette avant de plonger dans le brouhaha de voix et de musique de la rue des Trois-Soleils à l'heure de l'apéritif, si étroite et farcie de clients attablés sur le trottoir devant les ouvertures de gargotes minuscules qu'on y marchait difficilement. À cette heure se pressait la faune habituelle, infirmes plus ou moins authentiques, plus ou moins théâtraux, descendant vers le port pour mendier avec l'air décidé d'honnêtes travailleurs, voyous traînassant de l'air amusé de gens qui visitent un zoo, jeunes ouvriers aux sourcils saupoudrés de plâtre, fougasses sous le bras, qui regardaient les filles appuyées aux murs en riant comme si le ricanement leur donnait l'impression de les avoir baisées, vieux gourmands à putains montés en costume de quartiers plus prospères, les yeux coulissant au milieu de têtes figées par l'excitation, ointes et parfumées, environnées de guêpes. Et aux fenêtres, des matrones, des petites filles, des vieillards cherchant dans tout cela un spectacle.

— Donne-moi la moitié de l'argent. Sinon je dis à mes amis que tes poches sont pleines.

J'avais la chance que les attablés observent d'un air moqueur, brutal, sa gueule de chauve-souris qui donnait tout de suite l'envie d'un bon mot et d'un mauvais coup.

— Je connais tout le monde ici, dis-je, et je saluai de la main une grosse dame appuyée à sa fenêtre qui agita avec un beau sourire son bras blanc potelé et tremblotant, puis je fis un clin d'œil à une prostituée qui cligna le sien avec la lenteur d'un mécanisme, saluai militairement deux attablés en grande discussion qui, s'interrompant, portèrent la main à leur front avec le plus grand sérieux, comme sur le pont d'un navire de guerre. Mon air enfantin amusait ces braves gens qui, quels que soient leurs faiblesses ou leurs vices, aiment les enfants, ou, du moins, s'en amusent. Je saisis le poignet du vampiret et lui montrai, appuyé contre un mur bras croisés, Salabertini, un costaud à fine moustache, avec une chemise blanche dont les manches étaient roulées avec soin sur des biceps tatoués de fleurs. Je lui fis un clin d'œil et le gars Salabertini, m'ayant longuement fixé de son air peu aimable, comme s'il délibérait si j'étais digne d'être reconnu, finit par me faire un clin d'œil lui aussi. Je me dirigeai vers lui.

— Ne bouge pas, suis-moi, siffla aussitôt le vampiret qui m'entraîna sous un porche. Il jeta sur une marche de l'escalier une énorme poignée de billets et se mit à les trier. Il y collait ses gros yeux et les flairait, comme pour tirer un dernier plaisir de ceux qu'il m'abandonnait. Il m'en refila bien la moitié, et les plus neufs encore. Et comme je les enfonçais dans mon pantalon, il disparut sans demander son reste.

Je remontai à toute allure vers le Valensole.

Avouerai-je que l'idée me vint d'emporter ce butin sur les toits ? Mais, saisi de pitié en revoyant le brigadier sur sa chaise, à moins que ça ne fût parce que je jugeais cette inspiration indigne de moi, je pressai le pas.

Quand j'arrivai, il était toujours assis, les bras croisés, les yeux écarquillés. Il avait l'air d'évaluer bien des choses, notamment son droit à l'existence. Kurkanivo se tenait à ses côtés, la tête figée des chiens qui, lorsque le maître souffre, semblent ne plus rien reconnaître.

Je jetai la liasse sur le billard.

— Voyez le beau parleur, dis-je, croisant les bras sur ma poitrine.

Le brigadier bondit et agrippa la liasse. Louchant dessus pour la renifler, il murmura :

— Tu es un diable. Comment as-tu fait ?

Je lui dis simplement que je savais trouver les mots pour terrifier. Immobile, bras croisés sur la poitrine, je jouissais de mon effet.

Puis, alors qu'avec un sourire extatique il comptait et recomptait les billets en les gardant sous son nez, je lui demandai d'où était sorti cet adversaire bizarre.

— Je ne sais pas. Il est arrivé vers onze heures, a jeté sur le billard une liasse énorme de billets tout neufs et m'a proposé de jouer. C'était si beau que je n'y croyais pas. En une demi-heure, je lui en avais lessivé deux cents.

Mais à ce moment l'orgue mécanique qui accompagnait toujours les parties du brigadier, qui servait pour ainsi dire de muse à ses imaginations de triple bande et carambolage, s'était enrayé.

Malgré tous ses efforts, Kurkanivo n'avait pu le remettre en marche.

Après avoir tinté sans relâche pendant quinze jours, il avait rendu l'âme.

— Et j'ai senti, dit le brigadier, et le sourire disparut de son visage, j'ai senti qu'il y avait là un signe. L'heure de payer pour mes crimes était venue.

Il avait continué à jouer, mais de plus en plus mal. L'enthousiasme, l'inspiration suscités par la musique avaient disparu. Le danseur gambadant était mort. Bras et jambes ne remuaient que par prolongation d'habitude.

Kurkanivo s'était bien mis à siffler *Le Beau Danube bleu* pour ranimer le feu. Mais le résultat était encore pire : le sifflotis paraissait au brigadier tourner en dérision ses moments de grandeur. Excédé, il l'avait fait taire d'un coup sur la tête.

— Je te pardonne car tu croyais bien faire, dit-il maintenant, les yeux clos de bienveillance, en frappant légèrement les épaules et le sommet du crâne de Kurkanivo avec la pointe de la canne.

La panne de l'orgue, la disparition de l'ivresse de jouer lui semblaient une punition. Le remords de ses fautes l'avait pris. Tendant l'index vers la feutrine tachée, il déclara froidement :

— Je voyais sur le tapis le sang que j'ai versé.

Puis, soudain ivre de gaieté, il jeta la canne, reprit la liasse et se mit à danser autour du billard en s'éventant avec les billets. Il s'arrêta tout à coup, les compta avidement, mais le moment de déception que je surpris sur son visage, sans doute parce qu'il se rappelait soudain ce qu'il aurait pu gagner, ne dura guère.

— Tant pis, nous n'irons qu'à Nice, lança-t-il, et il se remit à sautiller en faisant claquer les talons de ses bottes.

Kurkanivo, au sourire épanoui, s'extasiait de cette renaissance.

Quand je demandai ma part, le brigadier s'arrêta de danser, plissa les yeux et je vis bien qu'il hésitait, se demandait s'il n'allait pas tout garder pour lui. Mais soit que la comédie du grand seigneur l'ait emporté dans les réseaux de son cerveau pétillant, soit que l'ingratitude fût incompatible avec l'humeur de la danse, il me jeta cinq ou six billets que j'attrapai au vol et qui devaient bien représenter, reconnaissons-le, la moitié de la liasse.

La découverte de sa générosité l'ayant jeté dans une extase de joie qui tranchait si fort avec son morne naturel qu'il faisait penser à une prude découvrant l'appel de la lubricité, il se mit à chanter une chanson dans ce qui semblait de l'italien, où il imitait tour à tour deux hommes, un oiseau et un fusil.

Puis, les yeux mouillés de gaieté, il s'avança vers moi.

— Comment t'appelles-tu ? me demanda-t-il.

— Simon, répondis-je, sans savoir pourquoi j'avais choisi ce prénom.

— Paul À-bas-Toutche, dit-il en me tendant la main. Et il ajouta, me regardant droit dans les yeux : Jamais je n'oublierai ce que tu as fait. On sentait que dans son esprit la grandeur de cette affirmation tenait à ce qu'elle était davantage un constat qu'une promesse.

Sa gaieté, sa solennité, me semblait-il, ne tenaient pas qu'à la jouissance du gain. Voir filer l'argent ayant été une punition, le récupérer était une absolution. La vengeance du ciel avait passé, elle ne reviendrait plus. Mais on voyait à son air hésitant, soucieux, qu'il se demandait si le ciel n'attendait tout de même pas qu'il tire de ce coup de semonce un enseignement.

— Ta générosité est un exemple, ajouta-t-il en hochant la tête, pensant le tenir. C'est ainsi qu'il faut vivre. Et il ferma les yeux comme si les horreurs de l'univers étaient à jamais évaporées.

Il soupira :

— Le train de Nice est à douze heures quarante-sept. Il faut que je me prépare.

Il disparut du côté du bar un long moment. Quand il revint, il s'était rasé la moustache, avait abandonné sa vareuse et sa culotte de gendarme. Il portait désormais chemise blanche, pantalon et veste noirs, avait coiffé ses cheveux en arrière et sans doute glissé un coussin sous sa chemise puisqu'il se trouvait désormais doté d'un estomac proéminent.

Glabre, sa figure maigre, aux os saillants, ne ressemblait plus du tout à celle qui portait la moustache. D'un autre côté elle ressemblait davantage à celle d'un assassin. Kurkanivo en restait bouche bée.

Il avait l'air d'un général cruel à la retraite. Ou du maître d'hôtel d'un restaurant de luxe dont la face à l'ascétique modelé indique la classe de l'établissement tandis que l'enflure de panse témoigne de la richesse de la cuisine. Il voulut relever le tout d'un petit chapeau rond mais nos éclats de rire l'en dissuadèrent.

— Allons-y, nous avons juste le temps ! dit-il en se mettant en marche les mains dans les poches. Mais, comme Kurkanivo s'était enfoui dans son repaire pour chercher son baluchon, le brigadier sautillant en légers entrechats alla fermer la porte du réduit de la pointe de sa botte puis, délicatement, en fit tomber le loquet. Et tandis que le pauvre Kurkanivo tambourinait sur les planches :

— Marchons, me dit-il, et il sortit du café d'un air digne, légèrement penché en arrière afin de contrôler les mouvements de l'estomac factice.

Tout au long de la ruelle qui menait à la fontaine, j'entendis les cris de Kurkanivo. Les larmes me montèrent aux yeux mais je les ravalai grâce à la puissance de ma volonté.

— Tu iras le libérer tout à l'heure, dit le brigadier avec une grimace magnanime.

J'attendis un peu, puis, comme nous descendions la rue Carabat :

— Et si ça vous portait malheur ? demandai-je en me figeant brusquement, jambe en l'air, comme si l'idée venait de me traverser l'esprit.

Il finit par s'arrêter, se retourna et me regarda d'un air bovin, puis se remit en route en haussant les épaules.

— Si encore vous n'aviez rien dit, repris-je en lui courant après. Mais vous annoncez que vous allez vivre généreusement et cinq minutes après vous l'enfermez dans le placard. Vous n'avez pas peur que ça vous porte malheur ?

— Mais je t'ai dit d'aller rouvrir la porte, non ? s'exclama-t-il indigné, s'arrêtant à son tour.

Il se remit en marche, l'air furieux, remettant sans cesse l'estomac en place. Je riais intérieurement, voyant bien qu'il était en train de se demander si son manque de cœur n'allait pas rappeler la malédiction. Je le fis passer par la rue des Ferrats où traînait toujours un vieux chat noir pelé. Il fila sous nos pieds. Alors, sans un mot, le brigadier fit demi-tour et à grandes enjambées retourna au Valensole.

Saisissant la canne de billard, il souleva avec sa pointe le loquet du placard, puis poussa doucement la porte. Kurkanivo gisait sur le ventre, le visage enfoui dans l'oreiller.

— Oh Pestilence, viens donc ! Ne me mets pas en retard, et aussitôt il fit demi-tour et repartit. Kurkanivo resta immobile un long moment. Il redressa une face barbouillée de larmes déformée par un rire silencieux. Il se leva, frotta avec ses paumes larmes et morve, siffla de toutes ses forces, fit un pas de danse, ramassa son baluchon et s'élança à la poursuite du brigadier.

Malgré mon envie d'aller retrouver Liola, une curiosité me poussa à les accompagner. Celle de voir mes deux compères au milieu des gens ordinaires, ce qui me semblait aussi extravagant que si j'avais tenu en laisse deux animaux sauvages.

Comme nous remontions vers la gare sur une grande avenue sans arbres écrasée de soleil, le brigadier demanda à Kurkanivo de marcher un peu en retrait car « tu sens si mauvais que tu vas nous faire arrêter ». Cela fit beaucoup rire l'enfant et pour se vider de ce trop-plein de joie il se mit à chuchoter des injures aux passants.

Nous arrivâmes enfin au pied d'une immense volée de marches de pierre qui se dressait en s'étrécissant vers le ciel. Elle était absolument déserte, seul un clochard dormait sur une marche à mi-hauteur, semblable au cadavre d'un esclave sur le chantier de Pharaon.

— La gare est là-haut, dit le brigadier. Séparons-nous ici. Je ne tiens pas à attirer l'attention avec deux guenilleux à mes côtés.

Il me tendit la main.

— Simon, serre une dernière fois la main de Paul Abattucci qui ne t'oubliera pas jusqu'à la tombe. Ça m'étonnerait que nous nous revoyions un jour et me voilà donc privé de te rendre le service que je te dois. C'est dommage car sache que rien ni personne n'aurait pu m'en empêcher. Sa voix coulait toujours en calme murmure pétillant mais ses yeux s'embuèrent. Sans doute le bel acte qu'il imaginait lui semblait déjà aux trois quarts accompli. Peut-être commençait-il même à me trouver ingrat de ne pas fondre de reconnaissance.

Kurkanivo me fit un clin d'œil, essuya délicatement ses espadrilles sur les marches en une sorte d'abrégé de son habituelle danse d'enthousiasme. Et ils se mirent à gravir les marches, le brigadier les mains dans les poches, creusant les reins pour dresser son faux ventre, Kurkanivo derrière lui, baluchon sur l'épaule.

Je flânai un peu, espérant trouver autour de la gare un petit hôtel modeste où nous pourrions nous réfugier avec l'argent serré dans mon pantalon. La chaleur était si forte qu'il n'y avait personne, excepté des chats rebondissant du trot vif des chats perdus. Le long d'une petite rue des hôtels de plâtre aux façades étroites s'alignaient comme des dents. Tous arboraient la même plaque de faux marbre noir où l'on avait gravé des noms comme Eden, Royal, Angleterre. J'entrai dans celui d'Angleterre en traversant un rideau de bandes multicolores qui chuchotèrent en découvrant des ténèbres. Elles sentaient la poussière. Dans un coin, une poule caquetait sans répit, serrée dans une cage trop étroite pour ses ailes. Derrière un comptoir remuait un crâne. Je bougeai un peu, toussai, raclai mais ne vit jamais rien d'autre. Retournant dans la rue, je ne savais trop si cette indifférence signifiait qu'un enfant dépenaillé pouvait loger dans cet hôtel ou au contraire qu'on n'envisageait même pas qu'il ait l'audace d'y songer.

Je ne pouvais m'empêcher de lever la tête pour regarder les toits de ce quartier. Certains toboggans de zinc bleu horizon rappelaient ceux de Paris et de Pantin. Je me demandais si la vie y était plus facile ou plus difficile que sur les tuiles.

Comme je repassais au pied des escaliers de la gare, mon attention fut attirée par des cris. Au sommet des marches un attroupement tournoyait autour de quatre ou cinq hommes en complets et chapeaux qui descendaient sans remuer la tête, indifférents à l'essaim qui virevoltait autour d'eux, tels les prêtres d'une procession qui fendent la foule en paraissant voir l'autre monde.

Je reconnus les silhouettes du brigadier et de Kurkanivo. Menottés ensemble, ils étaient tenus à l'épaule par deux hommes qui de temps en temps, d'un remuement de phalanges, faisaient s'écarter les curieux.

Je me mêlai à la foule pour m'approcher. Une mèche de cheveux pendait sur le nez du brigadier qui regardait fixement devant lui, la bouche sanglante. La veste ouverte ballant sur ses reins laissait apparaître le coussin vert et sale attaché autour de sa taille par une ficelle. Kurkanivo marchait à ses côtés, la tête dressée, comme s'il triomphait d'être attaché au brigadier et que son sang dégoutte sur lui.

Je demandai à un homme ce qui s'était passé et il me répondit qu'ils avaient essayé d'acheter des billets avec de la fausse monnaie. Leurs poches en étaient pleines.

Une main me serra violemment le cou.

— Oh mi, le chat de gouttière ! cria une voix.

Sursautant, pantelant, je me retournai et cognai la figure d'un homme au crâne dégarni. Je reconnus celui qui m'avait poursuivi sur les toits. Je voyais tout près quelques cils rares, longs, qui avaient quelque chose de désagréable et des yeux jaunâtres, si pâles qu'on aurait dit que leur couleur avait fui par quelque fente.

— Viens donc avec moi mon garçon, dit-il calmement, comme si c'était une formule à prononcer avant de faire tout ce qu'on voulait. Ses ongles s'enfoncèrent dans mon épaule pour me faire avancer.

Nous descendîmes les marches. Pour une raison ou pour une autre, un policier appliqua de bon cœur une claque sur le crâne de Kurkanivo.

L'homme desserra ses ongles pour empoigner mon pull et je sentis la laine trempée par l'orage se déchirer. Je bondis, le pull s'ouvrit et je sautai par-dessus la balustrade. Je m'étalai de tout mon long sur le trottoir cinq ou six mètres plus bas et quand je me relevai il ne restait qu'une bande de laine autour de mon ventre. Je me mis à courir et m'enfilai dans les ruelles.

*Décision de ne plus chercher le salut ailleurs que sur les toits. Quête d'un abri. Errance et pièges*

Je me cachai au dernier étage d'un vieil immeuble et attendis le soir. J'avais peur pour Liola car jamais je n'étais resté absent si longtemps. Je n'osai sortir avec la misérable bande de laine autour de mon ventre. Je préférai abandonner les vestiges du pull et marcher torse nu.

Dès que je me mis en marche, je me rendis compte que je mourais de faim. J'avais plus de mille francs dans mon pantalon mais n'osai me servir de la fausse monnaie. Pourtant je ne pouvais me résoudre à jeter la liasse.

Je retournai au Valensole.

J'y cherchai dans tous les recoins des habits qu'auraient pu laisser le capitaine ou Kurkanivo mais ne tombai que sur des maillots tachés et la vareuse de gendarme.

Par terre traînait le petit chapeau rond et je le ramassai pour protéger Liola du soleil.

Je finis par regagner les toits. Liola avait dû s'inquiéter car je vis sur ses joues les sillons noirs de larmes. Accroupie sur les tuiles, elle grattait de la mousse, de petites coquilles, les écrasait, y crachait, mélangeait le tout du bout de l'index qu'elle tendait au travers des barreaux pour que Lélio vienne y picorer.

La nuit tombée, nous mangeâmes les dernières provisions du Valensole. Mâchant avec férocité, je décidai que nous nous mettrions en route le lendemain afin de découvrir des toits plus hospitaliers et peut-être un asile où nous pourrions vivre à l'abri de la méchanceté des hommes.

Le lendemain, le soleil à peine levé, je préparai le voyage. Après avoir rempli les deux bouteilles à la fontaine, j'allai chercher l'échelle dans le grenier. J'étendis un drap sur les tuiles et y déposai les boîtes de sardines, un gros pain, les deux bouteilles, la cuvette, car dans mon innocence je croyais pouvoir descendre ici ou là à d'autres fontaines. Je n'emballai ni le phono ni le disque de ma mère mais lorsque Liola s'en rendit compte, les larmes lui vinrent. Je voulus la raisonner mais à peine avais-je ouvert la bouche que les larmes me montèrent aux yeux, alors je les déposai sur le drap. J'empochai le restant de savon. Dans l'autre reposait le canif du brigadier. La petite robe blanche de Liola était déjà sale, il aurait fallu la laver mais elle était trouée et chaque lessive l'abîmait davantage. Je repliai le drap, nouai les deux extrémités avec la ficelle qui servait à pendre le linge et le passai en bandoulière. Il me sembla très lourd, plus que je ne l'avais imaginé, sans doute à cause du phono. J'attachai le licol à ma ceinture. Liola se coiffa du melon du brigadier mais comme il était trop grand elle le jeta dans la rue. Je saisis l'échelle, la serrai sous mon bras, Liola prit la cage et nous nous mîmes en route. Mais, à peine partis, je vis que la cage balançait tellement qu'à chaque pas Lélio était précipité contre les barreaux. On s'arrêta. Liola passa l'anneau de la cage dans un pied de l'échelle où, pendant comme une lanterne, elle balançait moins. Lélio cessa de s'agiter. De temps en temps il lançait de petites arias.

Nous allions vers le nord, tournant le dos au port, et à la rue Carabat. J'avais remarqué de ce côté une vaste étendue de toits assez plats qui paraissaient se toucher. Nous pourrions peut-être y trouver un abri. J'avais repéré la ruelle permettant d'accéder à ce nouveau monde, inondée de soleil, déserte, si calme que j'entendais frissonner le ruban de perles d'une porte invisible. Je fis basculer l'échelle et la traversai à quatre pattes. Une fois le baluchon déposé, je retraversai, fis grimper Liola sur mon dos, nouai une extrémité du licol à son poignet et l'autre au mien. Mais j'eus peur que la cage ne lui fasse perdre l'équilibre. Il serait peut-être plus sage, me dis-je, de nous débarrasser de l'oiseau que nous ne pourrions bientôt plus nourrir. Mais je n'osai le lui proposer. Je dénouai la lanière, fis descendre Liola et lançai la cage sur l'autre toit. Elle roula un peu mais s'immobilisa sans tomber dans le vide. Liola remontée sur mon dos et attachée, je m'installai à quatre pattes sur l'échelle et, agrippant fermement les barreaux, avançai lentement, précautionneusement, sans trop allonger les bras.

C'est alors que je me rendis compte qu'avec Liola sur le dos, la difficulté venait des genoux. Pour bien tenir sur l'échelle j'en calais les creux contre le barreau mais, tout le poids des corps y pesant, la douleur devenait plus cuisante au fur et à mesure de notre progression.

Mais dans cette première traversée, porté par l'excitation et la peur, je sentis à peine la douleur. Liola demeura parfaitement immobile, si bien qu'arrivé de l'autre côté j'éprouvai une impression de triomphe. Par la suite, je protégeai mes genoux en les enrobant de lambeaux du drap et notre méthode de traversée resta la même tout au long de notre voyage. Aujourd'hui je rêve souvent que je traverse sur l'échelle et je m'éveille de terreur. Ce qui me semble une folie m'apparaissait jadis l'invention la plus raisonnable. Mais folie ou raison, qui en juge le mieux du vieillard ou de l'enfant ?

Je m'aperçus que le point faible de cette méthode concernait les cas assez fréquents où les deux toits où nous posions l'échelle ne se situaient pas à la même hauteur. Parfois nous devions traverser la rue sur une échelle qui montait et cela rendait la progression plus difficile. Parfois sur une échelle qui descendait, et c'était encore plus dangereux car le moindre mouvement de Liola pouvait nous déséquilibrer et nous faire basculer dans le vide.

Je me souviens que dans ces trajets descendants, lorsque l'inclinaison était trop raide, j'avais l'impression que le sang me montait à la tête. Liola glissait, je sentais son ventre sur ma nuque. Alors, pris d'un vertige, je voulais avancer trop vite.

Et il fallait que je me retienne car si je me pressais trop, mon poignet se tordait et je risquais de tomber.

Les ruelles étaient trop étroites pour qu'on ait le temps de nous voir. Pourtant il arrivait que dans la rue ou à une fenêtre quelqu'un nous aperçoive. Et les cris qui jaillissaient n'étaient pas des cris de surprise ou de frayeur mais des cris de haine, comme si, à marcher sur les toits, nous crachions sur leur vie.

Une fois atteints, nous nous mîmes à parcourir les vastes toits en pente douce. Comme ils n'étaient séparés que par des venelles facilement franchissables, nous avancions assez vite. Le silence régnait au fond de ces goulets obscurs où même les jours de grande chaleur on entendait siffler le vent. Lorsque je m'allongeais et penchais la tête, j'apercevais une allée de terre et parfois un vieillard ou une vieillarde posé sur une chaise. Je revois encore une page de journal qu'un courant d'air tournait et retournait dans l'obscurité. Les habitations, comme les toits, semblaient identiques. Des cubes blancs, peut-être ceux d'un hospice, ou d'une cité ouvrière. Ce n'était plus notre quartier mais une enclave plus moderne proche de la rue de la République où sonnaient les trams. Mais dès le deuxième jour, je me rendis compte qu'il n'y avait là qu'un désert monotone, peu hospitalier, sans plateformes cimentées ni grandes cheminées entre lesquelles on puisse bâtir un abri ou se reposer à l'ombre. Je me rendis compte aussi qu'il est impossible de dormir sur les tuiles. Il faut d'abord les briser. Je les pulvérisais à coup d'échelle avant d'y étendre nos couvertures. Le mélange d'éclats et d'écailles formait alors un matelas plaisant, quoiqu'un peu dur, mais où l'on pouvait se gratter le dos en remuant et nous trouvions là une volupté simple et amusante qui nous faisait rire. Cette opération présentait aussi l'avantage de nous débarrasser des cloportes qui infestent les tuiles car Liola était devenue très habile à les écraser du plat de sa chaussure au fur et à mesure que j'éclatais les tuiles.

Nous n'entendions plus les cris et les grésillements d'huile de la rue Carabat, si nets qu'on se croyait prêt à se mettre à table. Plus d'effluves de tomate et d'oignon, mais un grondement perpétuel. Nous ne voyions plus au loin que des quartiers perdus dans la brume de chaleur et les collines, avec leur air de monde interdit. Les tuiles couleur de viande séchée résonnaient sous nos pas avec un bruit mat et triste. Écrasés par le soleil, nous marchions toute la journée pour tenter de trouver une issue à ce morne, un espace franchissable qui nous permettrait de trouver un autre monde. À quatre pattes sur l'échelle, nous passions au-dessus de rues étroites, les yeux au ciel pour éviter le vertige. Le soir, j'étendais le drap et les couvertures sur les tuiles et, épuisés par la marche et la chaleur, nous nous y allongions. Celles-ci étaient trop neuves, difficiles à briser, si bien que le sommeil ne venait parfois qu'un peu avant l'aube, au moment où, à peine endormis, le froid nous réveillait. Le ciel était splendide. Traversé de tant d'étoiles filantes qu'on ne pouvait s'empêcher de les guetter. Même le chardonneret, silencieux le jour, recroquevillé dans sa cage, chantait parfois la nuit, chose paraît-il extraordinaire. Je racontais des histoires à Liola. Elle finissait par s'endormir. Mais moi je demeurais de longues nuits sans sommeil et assistais les yeux grands ouverts au lever du jour. Était-ce le froid, la fatigue, le découragement, quand les lignes des toits se découpaient à nouveau sur le ciel j'éprouvais un sentiment d'affreuse tristesse. Peut-être que la splendeur de la nuit n'ait rien changé à la vie. Mais au fur et à mesure que le ciel bleuissait, qu'apparaissaient partout des gris et des oranges délicats, la tristesse s'évanouissait et l'impatience d'arpenter les toits renaissait.

Nous avions avancé du côté de la gare. Je reconnaissais les grands escaliers. J'apercevais, dressés sur de larges boulevards, entre des rues que nous ne pourrions jamais franchir, de grands immeubles, à plus de dix cheminées, où la vie semblait plus douce que sur le pont d'un paquebot. Plus loin encore, des quartiers confus troués de terrains vagues s'étendaient jusqu'à des collines d'un vert sombre. Elles avaient quelque chose de sauvage et d'élégant, des vagues d'apocalypse figées en miniatures. Dans la brume de chaleur, elles ressemblaient à une hallucination. Mais quand la sécheresse dessinait la délicatesse de leurs circonvolutions de pierre blanche, on croyait voir la réalité profonde, secrète des choses, et c'était la ville à nos pieds qui semblait un rêve.

J'avais cru qu'il serait facile, pour faire des courses ou chercher de l'eau, de descendre dans les rues en passant par des lucarnes ou en descellant des tuiles. Mais les maisons sur lesquelles nous marchions n'étaient pas aussi ruinées que celles de la rue Carabat. Lorsque je défaisais des tuiles, je tombais sur des morceaux de bois pris dans un plâtre blanc que je ne pouvais creuser. Je compris que ces toits étaient ceux d'ateliers ou d'entrepôts, faciles à arpenter et à franchir mais absolument déserts et sans ouvertures sur l'intérieur.

Ils étaient peuplés de centaines de pies. Elles semblaient furieuses de nous y voir, tournaient et viraient autour de nos têtes en jacassant. Leurs cris perçaient les oreilles, on aurait vraiment dit qu'elles espéraient nous en faire mourir. Mais à peine étions-nous assis pour nous reposer qu'elles venaient sautiller autour de nous, dressant les plumes de leur queue en un éventail charmant et militaire. Et lorsque nous égrainions notre pain rassis, elles passaient entre nos jambes tranquillement, hochant la tête à chaque pas, picorant çà ou là une miette, métamorphosées en une calme et débonnaire troupe de parasites.

Liola marchait sans se plaindre. Je lui appris à siffler. Pour s'entraîner, elle essaya le petit air qui, dans le music-hall à Pantin, précédait le lever de rideau. Nous le sifflâmes tous les deux toute une journée mais le lendemain elle ne se le rappela plus, et je ne parvins pas à le retrouver. Alors elle se mit à chanter des comptines que lui avait apprises ma mère. Elle les chantait le matin dès qu'elle était levée et parfois, la journée, les fredonnait à l'oiseau dans l'espoir qu'il se mette lui aussi à chanter. Mais elle en mélangeait les paroles. Je ne sais pourquoi cela m'était insupportable. Pris d'un mouvement de colère, je voulus la corriger mais je les avais moi aussi oubliées. Je regrettai mon mouvement d'humeur et lui dis qu'elle pouvait les chanter à sa façon.

— Je ne m'en rappelle plus, dit-elle d'un air pincé, il fallait les aimer avant.

Le troisième jour, nos réserves d'eau presque entièrement épuisées, il aurait été plus raisonnable de retourner dans notre domaine pour essayer de trouver un moyen de pénétrer dans l'appartement. Mais je m'obstinai à continuer, poussé par une faim étrange. Je ne pouvais me défaire de la certitude que nous découvririons bientôt un endroit hospitalier. Et plus l'obstination m'apparaissait dangereuse, plus cette faim et cette certitude me creusaient le ventre.

Cette exaltation s'éteignit le troisième jour lorsque, attiré par un bourdonnement, je baissai la tête et aperçus un essaim de mouches pivotant sur des filets de merdes noires. Croyant découvrir la trace d'autres humains, j'éprouvai un sentiment d'horreur. Puis je compris que ces déchets étaient les nôtres, que nous étions revenus où nous étions passés deux jours auparavant.

Je n'arrivais pas à le croire mais dus me rendre à l'évidence : à force de longer les toits en tous sens pour trouver un passage franchissable, nous étions revenus sur nos pas.

Au fil de notre marche, la perspective changeant insensiblement, c'était comme si la ville se recomposait sans cesse. Quand je tournais les yeux vers la confusion orange et noir de la ville, je retrouvais vite certains repères – près de la gare un immeuble à la parisienne, avec des tourelles couronnées de petits seins pointus d'ardoise ; sur un toit du côté de Noailles, de grandes et élégantes lettres blanches qui épelaient de façon décevante le mot Dubonnet ; quelque part vers le haut d'une longue rue en pente un clocher qu'un nuage de chaleur et de gaz d'échappement estompait comme un dessin précieux ; de l'autre côté, près de la mer, un dôme au bronze pistache faisait toujours penser au soleil des contes orientaux et à la nuit des astronomes ; un peu plus loin l'immense silo cannelle à la façade striée de larges rainures qui lui donnaient l'air d'un biscuit géant. Mais ces repères changeaient sans cesse de place et de dimensions, tantôt énormes, majestueux, tantôt presque invisibles et nichés entre des constructions que je n'avais pas remarquées jusqu'alors, comme si un enfant sorcier s'amusait à recomposer sa ville-jouet. Je compris qu'il était normal que je ne reconnaisse pas un toit où nous étions déjà passés : l'abordant d'un côté différent, à une heure différente du jour, perspective et lumière changées, je contemplais bien un visage de la ville que je n'avais jamais vu.

Même lorsque j'étais certain que nous nous trouvions sur un toit déjà traversé, je ne le reconnaissais pas. Ce n'était qu'en cherchant l'endroit par où nous étions arrivés la première fois, puis en faisant un effort pour imaginer la lumière du matin au lieu de celle de l'après-midi que je le retrouvais soudain, comme dans un conte où l'on doit accomplir une série de tâches pour qu'un charme disparaisse. Conte triste, puisque la fin de l'histoire révélait que le voyage avait été une illusion. Et ces retrouvailles dont le mélancolique et le morne naissent non pas d'une métamorphose totale du monde mais au contraire de la découverte que les choses ne changent en réalité jamais, j'en éprouvai de nouveau l'amertume bien plus tard dans ma vie quand, retrouvant une femme que je n'aimais plus, et avec laquelle mourir m'aurait jadis semblé un sort enivrant, je me rendais compte qu'elle n'avait pourtant guère changé.

Accablé par cette découverte et la chaleur de plus en plus écrasante, je m'assis brutalement en disant à Liola que nous allions nous reposer un peu. Il ne restait plus à boire qu'un fond de bouteille. La chaleur des tuiles traversait les semelles. C'était pire pour Liola dont les petites chaussures noires craquelées se trouaient comme du carton. J'avais marché torse nu, le soleil m'avait brûlé le dos et le ventre et, pressant le doigt sur mon bras enflé, une tache blanche apparaissait et ne disparaissait pas. N'ayant plus assez de forces pour porter l'échelle, je la traînais sur les tuiles et notre marche était rendue plus pénible par ce raclement perpétuel qui affolait l'oiseau que j'entendais se jeter sans relâche contre les barreaux de sa cage. Tous les cent mètres, je m'arrêtais et, me dressant sur la pointe des pieds, cherchais une cheminée qui aurait été assez haute pour donner de l'ombre.

Mais c'était l'état de Liola qui m'inquiétait surtout. Depuis midi, elle avait mal à la tête et marchait avec difficulté. Quand je lui fis boire le reste de l'eau, elle s'évanouit entre mes bras. Le soir venait, je ne me sentais pas la force de rebrousser chemin en la portant. J'installai notre campement de couvertures. Liola, revenue à elle, ne voulut pas manger et se coucha sur les tuiles. Dans la lumière orange du soir, elle ferma les yeux et s'endormit, seul moyen d'échapper au soleil.

Je craignis qu'elle ne se réveille jamais. En attendant la nuit, je regardai le fouillis des toits qui s'étendait du côté de la mer, cherchant à reconnaître ceux où nous avions été heureux. Une fois le soleil couché, je m'allongeai mais ne pus m'endormir. La nuit tomba. Mes yeux restaient grands ouverts sur le ciel, comme s'ils ne voulaient pas manquer une apparition. Peu à peu je sentis monter des pleurs d'une rage que je ne comprenais pas. Au bout d'un moment, il me sembla que c'était parce que quelqu'un en moi sentait que les morts naviguent dans le ciel nocturne sans parvenir à y croire. Suis-je fou ? Les autres ont-ils aussi de telles idées ? Peut-être les ont-ils sans s'en douter. C'est que moi je sais fouiller dans le cœur. Enfin quoi qu'il en soit je dus m'assoupir, car je suis sûr que c'est dans la brume d'un demi-sommeil ou d'un demi-réveil que j'aperçus les petites lumières.

En face de moi, assez loin, je voyais deux halos rouges.

Je les fixai longuement, cherchant à comprendre ce qu'ils pouvaient être. Mais l'aube vint et quand les toits réapparurent, les lumières avaient disparu.

Je réveillai Liola et lui dis que nous allions retourner rue Carabat. Elle était toujours faible, mourait de soif. Je la perchai sur mes épaules mais elles étaient si brûlées que je dus la faire descendre, défaire le baluchon et déchirer un morceau du drap afin de protéger ma peau.

Ustensiles et phono en bandoulière, la cage à la main, l'échelle accrochée aux doigts, Liola hissée sur les épaules, je rebroussai chemin vers le sud, espérant, si j'arrivais à trouver un trajet plus court que celui que nous avions suivi, être de retour sur notre domaine en deux jours.

Le soleil encore bas, j'essayai de m'orienter et pris comme repère la silhouette du pont transbordeur. Bientôt je fus arrêté par une ruelle que nous avions franchie la veille sur l'échelle mais dans notre état il aurait été fou de recommencer. Je longeai ce toit vers la droite et arrivé au bout sautai sur celui d'une maison bien plus basse. De vieilles tuiles éclatèrent sous mes pieds et ce bruit me remplit d'émotion, comme si j'entendais à nouveau la langue de la terre natale. Ce toit était celui d'un immeuble à demi effondré dans une cour pleine de gravats et d'orties. L'échelle n'était pas assez longue pour que je puisse y descendre mais en le contournant nous pouvions continuer à marcher en direction du pont transbordeur. Au sommet du toit suivant, j'aperçus l'entrepôt blanc que j'avais escaladé le premier jour. La rue Carabat ne devait pas être loin. Je ne sentais plus la fatigue et traînais avec vigueur l'échelle sur les tuiles. Leurs entrechoquements étaient plus sonores et plus gais que celui des tuiles mécaniques sur les grands toits lugubres. Ceux qui nous entouraient, d'un brun sombre, jonchés de pierres reposant sur des linges pourrissants, ressemblaient à ceux du quartier où nous avions passé de si beaux jours. Des éclats de voix montaient à nouveau des rues, même les insultes paraissaient joyeuses.

J'entendis le clapotement d'une fontaine. Était-ce celle de la place où nous allions chercher notre eau ? Je me sentais perdu. Quand les toits sont serrés, imbriqués, comme ils l'étaient à cet endroit, cela facilite la progression mais empêche de voir les rues et de se repérer. Je me dirigeai dans la direction du bruit de la fontaine qui paraissait tout proche mais semblait se déplacer dès que je m'en approchais. La pente était si raide que j'avais peur que Liola ne trébuche et ne roule dans le vide.

Entre deux immeubles j'entrevis le feuillage d'un orme. Pour s'en rapprocher, il fallait gagner une maison bien plus haute que celle où nous étions mais qui n'en était séparée que par une ruelle très étroite. Je descendis jusqu'au bord du toit en glissant assis sur les fesses, tirant l'échelle avec la main. Je me levai, dressai l'échelle puis l'abaissai doucement, cherchant à la poser délicatement sur le toit d'en face. Mais je me rendis compte que j'étais si affaibli qu'il m'était difficile de la retenir ; plus je l'inclinais, plus son poids m'entraînait vers le vide. La maison étant encore plus haute que je n'avais cru, je dus m'avancer plus près du bord et soulever davantage l'échelle. Prenant garde à ne pas regarder en bas, je glissai à petits coups la pointe de mes semelles au-dessus de la rue et abaissai le plus lentement que je pus l'échelle. Je parvins à la poser au bord des tuiles du toit d'en face. Mais elle tenait à peine et j'avais peur qu'elle ne glisse quand nous y monterions. Je la soulevai à nouveau, avec encore plus de difficulté, et avançai un peu, si bien qu'une bonne moitié de mes semelles trouées se trouvait maintenant au-dessus du vide. J'inclinai l'échelle mais cette fois mes bras ne purent la soutenir. Elle m'emportait, je la lâchai et me laissai tomber en arrière. Elle s'abattit sur le toit en fracassant des tuiles, disparut dans le vide et je l'entendis rebondir sur les pavés au milieu de cris de femmes.

La gravité de l'évènement ne me frappa pas tout de suite. Je me levai d'un bond et courus à gauche, à droite, tombant sans cesse à cause de la pente qui tordait les pieds. L'eau de la fontaine claquait avec tant de vigueur qu'il semblait incroyable de ne pas la voir. Je me couchai au bord du toit mais n'aperçus que des pavés ou dans l'ombre d'une cour un chat assoupi, étiré comme un lapin mort. J'entendais les cris des femmes et Liola qui m'appelait.

Je criai mais personne ne répondit. Sauf un chien, très loin. Les bruits sur les toits sont étranges, vous pouvez ne rien comprendre à ce que disent des voix si proches qu'il semble qu'en tendant le bras on sentirait leur souffle, et en revanche percevoir avec une netteté extraordinaire les paroles d'une chanson que quelqu'un fredonne au loin. Tout près, un bébé se mit à pleurer. La panique m'avait pris, je hurlais. Debout, j'avais l'air d'invectiver le ciel où ma voix se perdait. Étendu sur les tuiles, mon cri se brouillait en échos dans les ruelles.

Je n'entendais plus les femmes, ni le moindre bruit dans la rue. Un brouhaha de voix, de musiques semblait pourtant très proche. Mais les maisons autour de nous, noires, d'odeur fétide, ronflant de courants d'air paraissaient désertes ou, peut-être, habitées d'ombres qui avaient renoncé à vivre dehors.

Songeant tout à coup que si l'on m'entendait on préviendrait pompiers et gendarmes, je décidai de ne plus crier tant qu'il resterait un espoir de pénétrer dans un immeuble. Je remontai en haut du toit, retrouvai Liola et nous revînmes sur nos pas, du côté de l'immeuble écroulé. Sa cour était jonchée de gravats surmontés d'une roue de vélo tordue et de plaques de métal rouillé. Il aurait été fou, comme j'y avais songé, de nous y laisser tomber en nous suspendant à une échelle de couvertures et de draps.

Çà et là, je soulevais des tuiles. Des araignées filaient entre mes doigts ou je les piquais à des rondins hérissés de clous que même à coups de pied je n'arrivais pas à desceller.

Le soleil devenait brûlant. Liola, la bouche entrouverte, me regardait briser les tuiles en écarquillant les yeux. Je compris qu'elle voyait mon affolement.

Elle semblait plus surprise qu'effrayée. Elle caressa mes cheveux et je posai le visage contre sa robe. Elle me chuchota que, comme le couturier dans le ventre de la baleine, je devais reprendre courage. Je ne sais pourquoi, mais le ton de sa voix me fit penser que si elle voulait que je lui raconte des histoires c'était parce qu'elle croyait que cela m'aidait à vivre. Cette idée me fit monter les larmes aux yeux et j'enfouis ma figure dans la robe.

Puis, pour la faire rire et effacer ma tristesse, je la soulevai et la lançai en l'air, la rattrapai et la lançai à nouveau. Elle riait et gobait mes larmes quand nos têtes se touchaient.

### *Deuxième errance. Le jus d'orage.*
### *La Vierge des toits. Un étrange campement*

Nous voilà donc sans échelle. Il nous faut vite trouver un grenier, un moyen de descendre. Et manger pour éviter de tomber en faiblesse. J'ouvre la dernière boîte de sardines mais notre bouche est si sèche que nous avons du mal à avaler. La pâte descend le long du gosier comme une coulée de boue sur un mur.

Je repensai aux lumières que j'avais vues briller. L'idée me vint qu'elles pouvaient offrir du nouveau et un moyen de nous sauver.

(Qu'on ne me demande pas de bavasser en psychologue sur cette fièvre d'enfant. Je n'ai rien à en dire, sinon que j'en garde la nostalgie et le souvenir des délices. Mais, me la rappelant, je la décris ainsi : Inconnu, Salut, même chose.)

Nous voilà repartis avec le baluchon où balancent le phono, un quignon de pain et la bouteille vide. De temps en temps, je tâte la liasse de billets dans mon pantalon, me demande à quoi elle pourrait bien servir.

Nous marchons déjà depuis quelque temps quand Liola me montre un spectacle étrange : à notre gauche des pies tournoient en criant au-dessus d'une colonne de corbeaux qui défilent en se dandinant sur le faîte du toit.

Poussés par la curiosité, nous montons, malgré les cris des pies et le manège effrayant des corbeaux : dès qu'une pie se pose, ils bondissent vers elle en petits sautillements, le bec grand ouvert, les ailes à demi déployées. Cette pantomime est atroce, parce qu'elle a quelque chose d'humain et de théâtral. En nous voyant, ils se mettent à croasser, l'un s'envole au-dessus de ma tête et quelques instants plus tard je sens sur mes cheveux comme le frôlement d'une branche. Le corbeau se pose devant moi et, tendant le cou, replie son aile.

Nous écartons les bras en criant et ils s'envolent à contrecœur, vexés de céder à cette imitation grossière. Une à une, les pies s'abattent tout autour de nous. Elles sautillent, puis marchent en tous sens d'un pas décidé. On dirait une troupe d'extras excédés, mécontents, au bord de la révolte. Les têtes coulissent d'avant en arrière, agitées de colère. Parfois, un cri aigre retentit. On ne voit jamais qui l'a poussé et à chaque fois il nous fait sursauter.

De l'autre côté du toit, une pente abrupte en zinc plonge vers le toit de l'immeuble voisin. Ils forment un *v* dont la pointe est une gouttière plongée dans l'ombre où stagne un résidu noir d'orage. Y miroite le plumage blanc des pies qui s'y promènent, plongent le bec avant de redresser leurs têtes d'un coup sec. Nous glissons sur les fesses le long de la pente en zinc, baluchon et cage à la main, et lorsque nous jaillissons dans l'ombre, elles se mettent à jacasser de façon assourdissante et s'envolent tandis que nous plongeons nos figures dans une eau noire et grasse. Elle est saupoudrée de suie et de brindilles et me semble fraîche, très amère. Je me rassure en me disant que c'est le jus de l'orage. Cette expression me vient de je ne sais où et me la fait trouver bonne.

Désaltéré, j'arrêtai Liola, car, la soif passée, j'eus peur que cette eau ne soit mauvaise à boire. Je lui en passai sur le visage, sur le cou, les mains, je fis un peu de toilette aussi avec cette eau sale qui nous brunit le visage, puis, le dos sur un toit, les pieds appuyés sur l'autre, nous nous prélassâmes dans l'ombre et nous endormîmes presque aussitôt.

Lorsque je me réveillai, le ciel indigo indiquait la fin de l'après-midi. Le ventre me faisait mal mais je ne pus m'empêcher de boire encore. Tâtant le baluchon, je m'aperçus que pendant notre descente les cannettes s'étaient brisées. Seule demeurait intacte la bouteille du chanoine Boustefigue et sa figure hébétée ressemblait à celle d'un otage. Tant bien que mal je la remplis. Dans la bouteille l'eau était trouble, orangée. Je la laissai au frais dans la rigole et tentai d'escalader le toit de zinc afin de voir ce qui se trouvait de l'autre côté. Je fus gêné par la pente raide et lisse où je ne pouvais prendre appui que sur de fines barres métalliques. Et lorsque je parvins à l'endroit au soleil, je me brûlai la main sur le métal chauffé à blanc. La pente était si chaude que pour continuer à l'escalader il fallait attendre la nuit.

En se réveillant Liola se plaignit du ventre mais cela passa bientôt et, l'eau et la fraîcheur l'ayant revigorée, elle entreprit de nettoyer la cage et l'oiseau avec sa paume. Il tremblait dans son poing et une fois redéposé entre les barreaux tordus il se blottit dans un coin, le plumage ébouriffé, ses belles couleurs couvertes d'un orange sale. La réserve de graines accrochée à la cage n'en contenait plus beaucoup et je me demandai combien de temps il survivrait lorsqu'elle serait vide. Et nous, avec notre quignon, combien de temps pourrions-nous errer sur les toits ?

Nous dormîmes un peu. Je me réveillai à la tombée de la nuit et lorsqu'elle fut bien noire je parvins à escalader la pente de zinc. De l'autre côté je ne vis que des ombres énormes. Je m'installai à cheval sur le faîte et attendis que la lune se lève.

Peu à peu elle éclaira une étendue de toits en zinc semblables à des montagnes dessinées par un enfant. D'un bleu livide, ils étaient traversés çà et là d'un collage de carrés et de triangles noirs. Ces toits en zinc, fort rares dans la ville, devaient être ceux de quelque usine ou entrepôt mais sur la droite, ils donnaient sur d'autres toits couverts de mousse. Je redescendis, pris le baluchon entre mes dents, aidai Liola à monter et nous nous mîmes en marche.

Nous traversâmes facilement les toits de zinc, mais une fois grimpés sur les toits couverts de mousse des nuages cachèrent la lune et il fallut continuer dans l'obscurité. Nous marchions sur de vieilles tuiles si larges que nos pieds se tordaient dans les creux. Dans une obscurité complète nous avancions pas à pas. Parfois, dans un silence absolu, l'éclair d'une aile d'oiseau disparaissait dans la nuit.

Était-ce parce que nous marchions dans le noir ? Nos pas levaient des bruits étranges. Le grincement des tuiles me donnait l'impression de fouler des débris mystérieux et inquiétants, comme dans un cimetière. Quand la pointe du pied entrechoquait une tuile disjointe, une note claire résonnait qu'on s'arrêtait pour écouter, comme quand un souvenir revient. De la rumeur lointaine de la ville se détachait parfois le grondement rageur d'un moteur, un klaxon, les bribes d'un tango, mais leur monde semblait aussi confus et futile que celui d'un film projeté dans une autre pièce.

L'obscurité devint si épaisse que je décidai de ne pas aller plus loin et c'est à ce moment que je revis les petites lumières. Elles paraissaient proches, un peu en hauteur de l'endroit où nous nous trouvions. Il semblait possible de les atteindre en peu de temps. Mais, craignant de tomber dans le vide, je jugeai plus prudent d'avancer à quatre pattes. Je dis à Liola d'en faire autant. Mais dès que nous nous baissâmes, les lumières disparurent.

Je me levai, elles réapparurent.

Après trois ou quatre répétitions de ce petit jeu, je compris que devant nous un mur les cachait quand nous nous penchions.

Rampant lentement, je finis par toucher ce mur et, en le caressant, sentis une barre de fer. C'était le degré d'une de ces échelles rouillées qui montent au sommet des cheminées. Lentement, précautionneusement, soutenant Liola d'une main, baluchon entre les dents, cage dans l'autre main, je grimpai jusqu'au sommet. C'était celui d'un toit qui me sembla très pentu. En bas, quatre flammes tremblaient. Je serrai la main de Liola, nous descendîmes lentement sur les fesses et nous laissâmes tomber près des petites lumières.

Sur la toile cirée d'une planche, une dizaine de bougies étaient fichées dans des verres peints en rouge. Quatre étaient allumées et leurs flammèches froufroutant comme de minuscules fanions de soie éclairaient la statuette en bois d'une

Vierge au visage noir. Deux points azur figuraient des yeux d'où avaient coulé des filets de grains rouges semblables à des larmes. On avait protégé la statue du vent et de la pluie avec un calendrier de l'année 1940 où l'on voyait la photographie de la ramure d'un hêtre immense. Sur la planche étaient répandus des œillets séchés, des roses fermées, sans tige, semblables aux têtes de petits princes décapités avec le col vert de leurs beaux habits. On voyait aussi quelques pièces de monnaie grises, extraordinairement légères, percées au centre, et la carapace vide d'un insecte.

Liola contemplait cette installation en souriant, comme si elle s'était attendue à la trouver depuis toujours. Sous la planche traînait un sac. Il était plein de vestes et de pulls dont beaucoup semblaient taillés pour des enfants. J'enfilai le pull le plus grand et en donnai un à Liola pour couvrir sa robe en haillons. Au milieu des hardes je tombai sur un paquet de biscuits. À peine croqués, je sentis des fourmis grouiller sur ma langue. Elles venaient danser sur nos lèvres, nous crachâmes longtemps, on aurait dit qu'elles montaient d'un trou creusé dans notre palais. Au fond du sac, il y avait une bouteille. Je l'ouvris, y reniflai de l'eau-de-vie et ne pus résister à la tentation d'en boire un long coup.

Ce toit était trop étroit pour que nous puissions y passer la nuit. D'ailleurs j'aurais craint de dormir dans un endroit fréquenté par des humains. Je pris une des bougies pour éclairer notre route et un peu en contrebas nous sautâmes sur un toit moins étroit et presque plat où nous pouvions déplier notre drap.

## *Prisonniers. Hallucinations, délires divers. Plaisantes rencontres avec une souris et un chien*

La brûlure du soleil me réveilla et en ouvrant les yeux je fus aveuglé par sa lumière.

Le voyage nocturne, l'autel aux bougies, les fourmis me semblèrent un rêve. Je me retournai brusquement et aperçus la statue de la Vierge noire.

Devant nous s'étendait un espace confus de petits toits enchâssés les uns dans les autres en légers décrochés. L'ensemble dessinait un espace assez grand, en forme de coquille d'escargot. Je décidai de me donner une journée pour y trouver une lucarne, ou, en brisant des tuiles, un grenier. Si aucune issue n'apparaissait, je crierais pour demander de l'aide. Nous vidâmes la moitié de la bouteille d'eau et je pris une goulée d'eau-de-vie. Puis, ravigotés, confiants comme au premier jour, baluchon en bandoulière et cage à la main, nous nous mîmes en marche, sautant de toit en toit en sifflant, sans imaginer que les jours à venir allaient s'avérer si atroces que j'ai toujours été incapable de savoir combien il y en avait eu.

Nous arpentions assez facilement et au début de façon assez amusante une imbrication de toits très petits séparés par des venelles si étroites que nous les franchissions comme on monte ou descend un caniveau.

Très vite nous crevâmes de chaud. Comme il fallait économiser l'eau, je la laissai à Liola et me désaltérai à la bouteille d'eau-de-vie, à petits coups raisonnables me semblait-il, mais si infimes que j'y retournais sans cesse. Bientôt je ressentis une gaieté violente, cruelle. Elle me poussait à donner des coups de pied dans les tuiles. Elles s'envolaient et retombaient sur les toits voisins ou dans une rue et le bruit qu'elles faisaient en éclatant me semblait plaisant, l'avant-goût d'un désastre qu'il ne tenait qu'à moi de déclencher. Puis je me mis à danser sur les tuiles, et je bondissais si haut qu'elles explosaient et, toujours dansant, je les piétinais jusqu'à les réduire en poudre. Liola pleurait de peur que je ne passe au travers du toit et une ou deux fois l'une de mes jambes s'enfonça, crevant un trou assez vaste mais lorsque je la retirai et y plongeai la tête on ne voyait rien. Il en montait une odeur de terre et d'huile de moteur qui faisait naître une nostalgie mystérieuse.

Dans mon ivresse, il me vint l'idée que Lélio allait crever. Il ne mangeait rien, rien de visible du moins, depuis je ne savais combien de temps et, bringuebalé dans sa cage, on ne l'avait pas entendu chanter depuis une éternité. L'idée me vint même que nous pourrions le bouffer et cette idée me fit tellement rire qu'après quelques instants je ne savais plus de quoi.

Je me penchai vers Liola, lui pris la cage des mains.

— Liola, lui dis-je, il faut libérer l'oiseau ou il va mourir.

Son visage se décomposa mais elle ne pleura pas et dans ma saoulerie cela me déçut. J'arrachai la porte de la cage mais il ne bougea pas, terré dans un coin, la tête enfoncée, son petit corps palpitant comme la gorge d'un crapaud. Un oiseau pourtant si fringant naguère, me dis-je, traversé d'ondes. Peut-être dormait-il, ou était-il devenu aveugle. Je l'agaçai avec mon doigt. Puis le pris dans mon poing, le jetai de toutes mes forces en l'air. Il retomba comme un caillou, fila dans l'air et Liola poussa un cri comme si le vol lui avait transpercé le cœur. Pétrifiés, écarquillant les yeux sans respirer, nous avions beau regarder de tous côtés nous ne l'apercevions plus.

Mais bientôt il vint se poser sur une cheminée, puis s'élança et voleta autour de Liola. Elle tendit la paume et il finit par s'y poser. Elle riait au travers de ses larmes et me regardait comme si j'étais l'auteur de ce miracle. Cet incident m'avait dessaoulé. Je me sentais triste en regardant l'oiseau trembler dans sa main.

Pendant quelque temps il agit de la sorte : il passait un moment dans sa cage, s'envolait, disparaissait, et, tôt ou tard, réapparaissait pour filer dans sa cage ou se poser sur la main de Liola. Nous nous remîmes en marche et, au bout d'un moment, ne le voyant plus réapparaître, j'eus peur qu'il n'ait été dévoré par les chats ou asphyxié par la liberté. Mais je souriais amèrement, songeant que lui devait sans doute trouver à boire et à manger, se contentant d'ouvrir le bec en rebondissant sur l'air. Et que de nous trois il serait bientôt le seul survivant.

Car dès le premier jour je compris que je ne trouverais rien sur cette spirale de toits et que nous en étions prisonniers. La chaleur, le manque d'eau et de nourriture nous avaient peu à peu rendus si faibles que nous étions incapables de rejoindre l'autel de la Vierge noire.

Nous tournions en rond sur les tuiles brûlantes, sous le ciel impitoyable et c'est sans doute pourquoi le ciel bleu des après-midi d'été offre depuis ce temps à mes yeux l'image la plus parfaite du désespoir. Prisonniers de la spirale que dessinait l'entremêlement de tous ces petits toits, nous tournions en rond à la recherche d'une ombre où nous pourrions nous étendre. Liola ne chantait plus, ne parlait plus, ses lèvres avaient gonflé et l'air absent de son visage me terrifia. Je voulus crier à l'aide mais je me rendis compte que je n'étais plus capable d'émettre qu'une plainte ressemblant au grincement d'une poulie. Parfois, n'y tenant plus, nous nous asseyions, sortions le drap du sac et le jetions sur nos têtes pour échapper au soleil. Mais nous étouffions vite. Cette torture dura peut-être trois jours, ou quatre, et bientôt, sans plus rien à manger ni à boire, nous passions nos journées à dormir, recroquevillés dans l'ombre d'un muret ou d'une cheminée, jusqu'à ce que le soleil nous débusque et nous contraigne de trouver un autre endroit pour nous allonger.

De temps à autre, le chant de Lélio me réveillait. À moins que ce ne fût une hallucination auditive. Ou le chant d'un autre oiseau, en cage quelque part. Parfois j'avais l'impression que ce chant se moquait de moi. Parfois qu'un ange me rappelait à la vie. Tissé de modulations précipitées, infinies, au point qu'il était impossible de l'écouter sans arrêter de respirer, ce chant qui m'avait toujours enchanté me semblait désormais raconter l'histoire d'un fou et il me donnait la nausée. En revanche il ressuscitait Liola, qui, dès qu'elle l'entendait, se levait et l'appelait d'une voix faible et rauque. Et à plusieurs reprises, je crus le voir réapparaître et se poser un moment sur sa main.

Les nuits étaient chaudes et quand je sortais de ma torpeur, je ne voyais ni lune ni étoiles. J'entendais parfois claquer l'aile d'un oiseau qui se posait. Étaient-ce des corbeaux, des pies, des gabians, des engoulevents ? Dans le noir, j'entendais leurs pas légers sur les tuiles, ils allaient et venaient avec calme, sans un cri, comme une troupe de travailleurs mélancoliques, puis tout redevenait silencieux et lorsque la lumière de l'aube m'éveillait ils avaient disparu.

Était-ce le troisième, le quatrième jour ? Les nuages recouvrirent le ciel, tout devint gris, la chaleur plus étouffante. Je me traînais jusqu'au bord des toits pour appeler à l'aide ou m'y laisser tomber car mon esprit malade s'était dit qu'après tout j'avais une chance sur deux de survivre à la chute. Mais je n'apercevais même pas les rues. Nous cherchions à manger dans les gouttières mais nos doigts ne ramenaient que de minuscules coquilles vides qui éclataient aussitôt.

Un jour, je sens une odeur succulente de sauce tomate. En me penchant au bord du toit, j'aperçois sur l'appui d'une fenêtre un plat écarlate, croûté de noir, strié de fils d'or. Çà et là, comme sur la lave, éclatent de petits trous. Les doigts agrippés à la gouttière, nous le humons à pleines narines. Je sors le quignon de ma poche, l'attache au harnais et le descends dans le plat. Je le promène sur la sauce, cherchant les versants les plus moelleux. Quand il me paraît bien imbibé, je remonte le quignon. Sans prendre la peine de le dénouer, nous léchons la sauce brûlante, nous le passant et repassant, front contre front afin que la sauce ne goutte pas sur les tuiles. Quand il n'en reste plus, je le redescends pour recommencer à pêcher de la sauce. Tout à coup une main tire le harnais si violemment que je manque de basculer du toit. Je me recule et tire dessus moi aussi. Je veux récupérer notre dernier morceau de pain. Mais je crains que la lanière usée ne se déchire. En bas, on ne tire pas trop fort non plus. C'est peut-être une vieille. La lutte dure ainsi de longues minutes. Tout à coup la lanière se libère et je la remonte en un éclair.

À la place du croûton pend une souris, sa petite tête serrée par la lanière comme celle d'un supplicié. En bas un rire éclate. La souris est morte, les pattes tendues sont raides. La tête est blanche, le reste couvert de sauce rouge. On croirait que c'est son sang clair et brillant, qui donne faim. En bas, le rire grossit, un rire d'homme, pas méchant, un bon gros rire d'amusement à l'idée que si nous avons faim nous n'avons qu'à lécher la sauce. Et c'est ce que nous faisons en caressant son pelage, avec répugnance au début, pour goûter, puis en y pressant les doigts, sans pouvoir nous arrêter.

Un autre jour, ailleurs, c'est-à-dire sans doute à quelques mètres, j'aperçois sous le toit un petit balcon. Sur ce balcon, entre une plante desséchée et une roue de vélo, une écuelle, remplie de riz et de viande brune. Je rêve d'engloutir cette pâtée. Le balcon est tout proche. Je peux y sauter. Et en grimpant sur sa rambarde de fer il me serait facile de remonter.

Mais en me penchant davantage je vois qu'un chien est couché au bout du balcon. Énorme, au pelage ras blanc et noir, une peau vaste et flasque répandue autour de ses flancs comme les pans d'un manteau. Sa face aux grands yeux noirs impénétrables, où, de chaque côté de la gueule, tremblent deux filets gélatineux, me fixe. Il se tient droit comme un sphinx, ses yeux chassieux et mélancoliques rappellent ces vieillards qui ont l'air à la fois scandalisé et triste. Je le regarde, on ne sait pas s'il hésite à aboyer ou regrette de n'avoir pas le don de la parole. Tout à coup, il se lève, s'avance en faisant sonner doucement ses ongles et se met à bâfrer dans la gamelle qui clapote comme la mer entre des rochers. Aussi soudainement qu'il s'est levé, il dresse la tête dans notre direction. Il nous regarde longuement, le mufle crémeux de bave et de riz. Se moque-t-il de notre faim ? Ses yeux morts expriment-ils la pitié froide qu'on jette au mendiant auquel on ne donnera rien ? Il se couche près de la gamelle mais ses yeux nous regardent toujours. Je m'imagine que cela veut dire « Prenez le reste ». Cette impression me semble bientôt la plus certaine des vérités. Un autre moi me chuchote que cette certitude est un délire de la faim. Mais qui sait si le délire de la faim ne donne pas le pouvoir de comprendre les bêtes ? Agrippé à la gouttière, je bascule dans le vide, me balance un instant et saute sur le balcon. Le chien ne bouge pas, me regarde. Une langue rose pointe de sa gueule et s'allonge, énorme. Quand elle ne peut plus descendre plus bas, il se met à respirer fort. Cette cérémonie pneumatique semble sa façon de faire les honneurs du logis. Je m'approche. Il me regarde, toujours haletant, bonhomme et triste comme une vieille connaissance qui après tant d'années ne trouve plus rien à dire. Au creux de la gamelle, sa langue a amalgamé viande et riz en une mousse luisante. Je jette un coup d'œil vers la porte-fenêtre ouverte. Tout est noir. Accroché au mur, le petit soleil casanier d'une casserole de cuivre. Je m'empare de la gamelle, saute sur la rambarde, la passe à Liola avant de me hisser sur le toit.

En bas le chien, la tête levée, lance de gros aboiements calmes, espacés. Il a l'air de nous souhaiter bon appétit ou de vanter placidement sa bonté tandis que Liola et moi, sans nous regarder, dévorons la pâtée, plongeant sans relâche les doigts dans l'écuelle.

## *L'orage. Rencontre avec un amateur d'oiseaux*

Une nuit, peut-être celle où nous aurions dû mourir, je fus réveillé en sursaut par le tonnerre.

Des éclairs se dressaient sur le ciel noir où ils restaient longtemps visibles en contorsions théâtrales. Un long moment après, le tonnerre retentissait, comme un aboyeur clamant que ce que nous venions de voir n'était pas une hallucination.

Un roulement assourdissant éclata, des coups s'abattirent sur ma tête. Liola poussa un cri. Une averse de grêle cinglait les toits, balayait et faisait chanter les tuiles. Les grêlons faisaient si mal que l'on ne pouvait s'empêcher de croire que c'étaient des bêtes. On ne les voyait pas vraiment, on distinguait seulement des lueurs semblables à de pâles reflets dans un miroir obscur. Je les entendais rebondir d'un claquement sec sur le crâne de Liola. Je l'enveloppai dans le drap et l'abritai contre un muret. J'y traînai aussi le phono, la Boustefigue et m'apprêtais à m'y recroqueviller à mon tour quand j'entendis un bruit étrange.

C'étaient de petits tintements clairs, à gauche, à droite, en haut, en bas, qui résonnaient sur des notes différentes. L'un paraissait très proche. Le dos penché, j'avançai vers lui, vaguement éclairé par le halo des grêlons que mes chaussures faisaient craquer comme des carapaces. J'arrivai au sommet d'un petit toit, le tintement était tout proche mais je craignais de tomber dans le vide. J'avançai doucement, tâtant les tuiles, touchai quelque chose et, à la lumière d'un éclair, je vis, coincée entre deux petites cheminées, une cuvette en émail pleine de grêlons.

Je l'emportai. Nous saisissions les grêlons à pleines mains et les plongions dans notre bouche. La soif était si terrible qu'il fallait faire un effort pour ne pas les avaler tout de suite.

L'averse s'arrêta. Tout était noir. On entendait seulement de petits craquements semblables à ceux qui pétillent la nuit dans les vieilles maisons. Transis, mais pas trop mouillés, nous nous blottîmes l'un contre l'autre et l'air avait tant fraîchi que respirer, même trembler, semblait voluptueux. Pour la première fois, je m'endormis en claquant des dents. Je dormis d'un vrai sommeil.

Le lendemain, le soleil était revenu. Nous bûmes avec avidité le reste de grêlons fondus, puis l'eau dans le creux des tuiles. Je retournai près de la cheminée où j'avais découvert la cuvette. J'aperçus un paquet de biscuits semblable à celui que j'avais trouvé près de la Vierge noire. Détrempé, il n'en sortait qu'une pâte jaune et molle que je partageai avec Liola.

Sur une tuile gisait un moineau mort. Je me demandai si Lélio avait connu le même sort.

D'ordinaire il réapparaissait le matin. Depuis deux jours, prostré dans un demi-sommeil, je ne l'avais pas vu revenir. Liola l'appela en scrutant le ciel. Puis elle imita ses trilles avec ses tchi-piti comme elle savait si bien le faire. Je lui dis que l'orage avait dû l'effrayer et qu'il avait sans doute trouvé refuge dans une maison. Des gens l'adopteraient. Je croyais la consoler mais elle se mit à pleurer parce qu'il l'avait abandonnée. Vexé d'avoir menti pour rien, je lui demandai si elle aurait préféré qu'il soit mort.

— Oui, répondit-elle, ça voudrait dire que je pourrais l'aimer toujours. Et que lui m'aurait aimée toujours.

Même pour la consoler, je n'eus pas le cœur de dire la vérité parce que moi je la trouvais plus triste.

Boire nous avait redonné de la voix. Mais, comme je me rendais au bord du toit pour appeler au secours, Lélio surgit autour de la tête de Liola, tournoyant et battant des ailes.

Au même moment, j'entends un claquement de tuiles.

Un garçon coiffé d'une large casquette saute de toit en toit, une main enfoncée dans la poche d'un pantalon qui pourrait en contenir trois comme lui.

Il s'approche tranquillement de nous comme si notre rencontre était la chose la plus naturelle du monde. Il a à peu près mon âge, le teint mat, des traits fins, mais des lèvres charnues, mauves comme si elles avaient trempé longtemps dans du vin.

Nous le regardons sans bouger, mes yeux cherchent sur lui quelque chose à manger.

— J'ai suivi l'oiseau, dit-il, les mains dans les poches.

Il marche pieds nus. Ils sont marron, couverts de marques noires et dès qu'ils bougent, ses ongles crissent sur les tuiles. Il regarde nos chaussures déchirées.

— Sur les toits il faut marcher pieds nus, remarque-t-il. Puis ses yeux fixent le chardonneret qui voltige autour de Liola.

— Où t'as mis la cage ? demande-t-il.

— Pas besoin de cage. Il vient sur mon doigt. Regarde.

Elle tend le doigt et l'oiseau s'y pose. Le visage du garçon se durcit. Je ne sais s'il aimerait posséder l'oiseau, ou les deux, comme un petit sultan.

— Il chante bien ? demande-t-il

— Ma-gni-fique, dit Liola, fermant les yeux, imitant notre mère quand elle imitait on ne sait qui.

— Moi je l'ai jamais entendu. Mais sans moi il serait crevé.

Il sort de sa poche une poignée de graines. L'oiseau suspendu dans l'air, battant follement des ailes, picore au creux de sa main. Il volette un instant autour du garçon comme pour s'assurer que personne ne l'épie et revient picorer. Le garçon le regarde avec un sourire doux, les yeux mi-clos, peut-être parce que l'air agité par les ailes lui caresse le visage. Ou parce que c'est une façon de montrer que l'oiseau n'est plus à nous.

Mais nous ne regardons que les graines. Je demande s'il veut bien nous en donner à manger.

— Vous êtes malades ? C'est pas pour les humains.

Et il sort de l'autre poche des graines de tournesol, s'approche pour nous en verser un peu dans la paume. Nous les mâchons à peine, nous les avalons avec leurs petites peaux noires.

— Ça fait longtemps que vous avez pas mangé ?

— On ne sait plus. Plusieurs jours.

— Moi je peux vous donner à manger. Vous, vous me donnez l'oiseau.

Liola tend le doigt, Lélio vient s'y poser et elle se blottit contre moi. Le garçon hoche la tête d'un air désabusé.

— Moi je sauve ton oiseau. Toi, tu l'as laissé partir. À cause de toi il serait mort s'il m'aurait pas rencontré.

Il nous tourne le dos et s'en va. Au bout d'un moment, il lève le bras et fait signe de le suivre.

Nous avons du mal à marcher. J'ai ramassé le drap, y ai enveloppé le phono et la Boustefigue. Me demandant pourquoi je traîne cette bouteille, je me rends compte que je me suis mis dans la tête qu'il ne nous arrivera rien de mal aussi longtemps que la figure du chanoine nous accompagnera.

Comme Liola était très faible, je voulus la porter. Mais avant d'avoir fait un pas je tombai à genoux. Le garçon fit demi-tour et la hissa sur ses épaules. Il lui donna des graines pour l'oiseau qu'elle serrait dans sa main.

— Là-bas j'ai une cage, dit-il en donnant un coup de tête en arrière. C'est là que je l'ai trouvé. Il y était entré et était en train de bouffer les graines du canari.

— Ils se sont pas battus ? Ton canari ne lui a pas fait mal ? demande Liola.

— Y a plus de canari, dit le garçon, de cet air las des gens entourés d'êtres qui ne comprennent rien à la vie. Mais des graines, là pardon, j'en ai.

Il sort une autre poignée de sa poche et en asperge les toits comme un semeur. Certaines ne retombent pas, disparaissent dans le ciel, le vent se lève.

Nous remontons jusqu'à la Vierge. J'aide le garçon à vider quelques verres de leur eau de pluie. Je sens l'odeur de sa chemise, de ses cheveux. C'est celle des toits. Rouille et vase.

Derrière la statue, sur la maçonnerie d'un conduit de cheminée, se trouve une porte rectangulaire en bois, pas plus grande que l'ouverture d'un four. Il l'ouvre avec un morceau de métal sorti de sa poche. L'un après l'autre nous nous glissons à plat ventre dans un petit goulet qui au bout d'un mètre ou deux débouche sur un escalier que nous descendons.

*Les gamins. Souvenirs du palais Pazzi.*
*Sainte Françoise*

Il pousse la porte d'un appartement sur un couloir ensoleillé. Des courants d'air font claquer des fenêtres invisibles, le parquet est trempé. Un grêlon translucide disparaît contre une plinthe. Un vélo repose sur la selle au milieu de la table ronde d'une salle à manger. Des brins d'herbe pointent sur la chaîne. Cette salle à manger semble le musée des guéridons, certains secs, d'autres détrempés comme celui où un cendrier est rempli d'eau à ras bord. Sur un papier peint jaune où défilent des bouquets de roses on distingue les traces de cadres disparus. Pour les cacher, on a suspendu à une ficelle le tableau d'un crépuscule citron où des vaches et des moutons méditent.

Dans les coins sont enroulées des échelles de corde.

À côté du vélo des restes de jambon traînent dans un papier graisseux. Nous nous précipitons pour les dévorer. Le garçon nous apporte un morceau de pain. Liola tient le pain d'une main et serre son oiseau dans l'autre.

— Te goure pas, dit le garçon.

Apparaît un autre gamin couvert d'un long pull noir qui descend jusqu'au milieu des cuisses. Son teint mat, ses pommettes osseuses ressemblent à ceux des Indiens dans les bandes dessinées. Il demande qui nous sommes.

— Les mômes du toit, répond l'autre. Puis, se retournant vers nous : Celui-là, c'est Sainte Françoise.

L'Indien nous regarde dans les yeux. Sans prendre d'élan, il fait la roue et claque des talons en se redressant sous notre nez. Puis il fait demi-tour et d'un pas tranquille quitte la pièce comme s'il laissait la place à un autre numéro.

Ne sachant que dire ni que faire, nous nous promenâmes d'un air digne dans l'appartement. Dans une chambre des vestes et des robes pendaient sur une corde à linge.

Le gamin siffla et nous fit signe de le suivre. On eut du mal à entrer à trois dans une minuscule cuisine où s'entassaient des assiettes et des poêles couvertes d'une graisse bleue. Sur un réchaud, une flammette tenait au tiède une casserole de chocolat fondu. Il ramassa une croûte qui traînait dans une assiette sale, la trempa dans le chocolat.

— Mangez, nous dit-il. C'est le délice.

C'était vrai.

Fouillant dans un amas de plats, d'assiettes et de bidons d'essence, il en tira brutalement une cage.

— Voilà la cage au canari, dit-il, et, ouvrant la porte d'une pichenette, il l'approcha de Liola. Vas-y, vas-y, je te le volerai pas.

Elle ouvrit la paume et Lélio alla s'ébrouer dans les graines qui tapissaient la cage.

Nous bûmes au robinet en nous dévissant la tête comme on le faisait rue Carabat. Cela me rappela ma mère et je fus saisi par la tristesse. Elle devint accablante quand je me rendis compte que cela faisait des jours que je n'avais pas pensé à elle.

Malgré l'éclat du soleil, nous tremblions de froid dans le courant d'air qui agitait l'appartement. Le garçon m'offrit une cigarette que je refusai. Il l'alluma et je reconnus l'odeur qui flottait dans le grenier.

L'enfant au chandail réapparut avec un autre gamin au visage livide et aux fins cheveux de paille. À même la peau il portait un blazer aux boutons dorés et une culotte courte azur. Sur ses traits pâles ressortait un nez tordu dont les narines semblaient vous regarder tandis que le reste prenait la fuite. Ce nez rappelait la tête du vieillard des théâtres de marionnettes. Ce gamin aussi était pieds nus mais portait, tirées jusqu'aux genoux, des chaussettes blanches couvertes de suie. Tous les deux remuaient en gestes négligents des cigarettes coincées entre leurs doigts. Mais pour fumer, ils courbaient le dos comme s'ils aspiraient du sang.

Alors qu'ils tournaient autour de nous à la façon des marchands d'esclaves, le blazer montra Liola du doigt et demanda :

— Tu crois qu'elle passerait ?

Sainte Françoise arrondit le pouce et l'index en O et ils s'en allèrent.

Notre guide réapparut, un camembert à la main qu'il croquait comme une gaufre. Il nous en donna la moitié en nous faisant signe de le suivre. Au fond du couloir il ouvrit la porte d'une chambre aux persiennes tirées.

Un vieillard mal rasé était assis dans un lit aux draps froissés. Dans la pièce flottait une odeur de charogne.

Le vieux regardait des cartes à jouer dispersées sur ses genoux. Son crâne totalement dégarni était traversé de cinq à six cheveux aussi fins que les pattes d'un cousin.

Sur une chaise reposait une assiette de soupe avec une cuillère dedans.

— Faut manger, père Pazzi, remarqua le gamin en donnant à la chaise un coup de pied qui ne fit pas trembler la soupe.

— Donne-moi plutôt à fumer, dit le vieux d'une voix enrouée qui semblait la voix de quelqu'un d'autre.

Le gamin décolla avec précaution la cigarette d'entre ses lèvres, en écrasa le bout entre le pouce et l'index et alla le fixer sur la lippe du vieux. Celui-ci entreprit de fumer en ouvrant spasmodiquement la bouche avec les yeux ronds et calmes d'un poisson crevant sur l'herbe. La cigarette tanguait. Il la suçait, l'aspirait. J'avais peur qu'il ne l'avale. La fumée jaillissait par tous les orifices de sa figure.

Tandis que Liola et moi regardions le vieux avec frayeur, notre compagnon nous raconta qu'une nuit, pénétrant dans l'appartement par une fenêtre ouverte, ils avaient découvert ce vieillard à demi mort de faim. Après qu'ils l'eurent nourri, il avait expliqué qu'il était sans famille. Toutes ses connaissances s'étaient évanouies ou avaient disparu au cimetière. Depuis ils s'occupaient de lui.

— On occupe l'appartement et on s'occupe de lui, répéta-t-il, hochant la tête comme si ce jeu de mots renfermait une morale que, tel un trésor, ils avaient eu la chance de découvrir. On a comme ça dans la ville de Marseille une demi-douzaine d'appartements où on peut se reposer. Entreposer la marchandise, précisa-t-il, décollant la cigarette qui grésillait sur la lèvre du vieux avant de l'achever d'une aspiration et la jeter sous le lit.

Liola et moi avions englouti la soupe à la tomate et je l'écoutais sans bien saisir de quoi il parlait. Mais sa dernière phrase me fit comprendre non seulement que notre compagnon était un voleur mais que cet état lui paraissait si naturel qu'il imaginait que nous le savions déjà. D'ailleurs peut-être croyait-il que nous en étions nous aussi.

Lorsque je lui demandai son nom, il hésita. Finalement il murmura Georges en me jetant un coup d'œil par en dessous, comme pour voir s'il lui allait.

— Mais mon nom des toits, c'est La Tourette.

Il partit chercher de petites figues piquées de taches brunes d'où sortaient des fourmis quand il y pressait le doigt. Nous avions si faim et elles étaient si petites que nous les gobions d'un coup. Cela le fit rire et il nous donna un couteau pour que nous puissions retirer les parties pourries. Nous ne savions qu'en faire et il nous fit signe de les jeter sous le lit. Lui-même coupait d'une figue de petites rondelles qu'il donnait à manger au vieux sur la pointe de son couteau.

— C'est les figues des toits, dit-il en clignant de l'œil. (Ce n'est que plus tard que je compris ce que cela voulait dire et connus ce figuier.)

Il nous expliqua qu'ils avaient depuis longtemps repéré notre présence sur les toits mais ne s'étaient pas manifestés car c'était une règle chez eux de rester invisibles. Ils croyaient que tôt ou tard nous allions redescendre.

— Il y en a beaucoup qui viennent sur les toits mais ils redescendent vite, dit-il avec pitié.

Je lui demandai si c'étaient eux qui cachaient les vêtements, les biscuits et faisaient brûler les petites bougies. Et les bassines qui tintent sous la grêle ?

— Tu comprends, expliqua-t-il – s'installant dans un fauteuil tout en croisant les jambes et tirant une cigarette d'une poche si profonde qu'il en profita pour se gratter le genou –, on doit souvent se cacher. Et voyager sur les toits sans arrêt. Pour ça faut des repères car sur les toits on peut se perdre comme sur la mer (je remarquai souvent que ceux qui vivent sur les toits se croient toujours au milieu de l'océan où ils ne sont pourtant jamais allés)... Surtout la nuit. Et des fois quand Tuyaudière et sa bande nous collent au cul il faut rester planqué longtemps. Ou se balader la nuit. Et tout ça tu comprends sans redescendre pendant deux, trois semaines... Alors on s'est préparé des réserves de vêtements, de biscuits et surtout de flotte car si ça te dit je pourrai te raconter plus d'une histoire de mecs morts de soif sur les toits. Oh bien sûr il y a des coins à réservoirs mais pas beaucoup, et surveillés, et dans des coins qui manquent de sauvagerie, alors on a coincé des bassines et des cuvettes un peu partout pour récupérer l'eau de pluie.

Assis dans son lit, le vieux écoutait attentivement, hochant parfois la tête, comme si une voix lui chuchotait à l'oreille des compléments d'information.

Georges me demanda comment nous avions fait pour venir jusqu'ici depuis le toit de la rue Carabat. Je lui expliquai le coup de l'échelle.

— Ah, oui, je vous ai vus rue des Moulins, et il ricana en hommage au courage, en moquerie de la folie. Nous avons mieux que ça, dit-il. Il se leva et quelques instants plus tard rapporta une des échelles de corde roulées contre les murs. Et beaucoup d'autres appareils encore, tu verras ça, des grappins, des filets…

Il nous considérait déjà comme des membres de la bande. Je lui demandai depuis combien de temps il vivait sur les toits.

— Trois ans, répondit-il, si vite que je compris qu'il tenait le compte des jours. Et en trois ans, je suis jamais redescendu plus de deux heures. Il renifla, comme un homme qui n'a pu s'empêcher de se vanter.

En me levant, j'aperçus dans un miroir un visage sale où étincelaient des yeux de fou. Je me tournai vers Liola. Et pour la première fois, comme si cela n'apparaissait pas sur les toits, je me rendis compte que la peau de ses joues pelait, que ses lèvres étaient gonflées par le pus, ses yeux bleus injectés de sang.

Nous nous débarbouillâmes dans la cuisine avec un vieux savon flottant dans une poêle, ce qui était leur façon de faire la vaisselle.

Georges nous ramena dans la chambre où pendaient les vêtements.

— Il n'y a pas grand-chose, on ne vole que les habits de riches.

Et effectivement se pressaient sur le fil des smokings, des complets rayés, des robes au lamé scintillant.

— Il y a que ça, et il fit trembler sur leurs cintres deux costumes d'enfant, semblables à celui que portait le gamin à la gueule de vieille marionnette : un petit blazer bleu à boutons dorés, des culottes courtes azur. Ça devait être à des frères, dit-il en contemplant les costumes qui balançaient comme des petits pendus.

Liola ne voulait pas mettre d'habits de garçon mais accepta d'essayer le blazer, qui lui plut et, bien qu'il lui descendît presque aux genoux, elle se promena longuement en souriant à son reflet dans la glace d'une armoire.

Rien n'était à ma taille ici non plus. J'enfilai le blazer restant. Il était bien trop petit pour moi. Nous nous regardâmes dans la glace de l'armoire. Celui de Liola descendait jusqu'aux genoux, le mien sous le nombril.

Je refusai de changer de pantalon parce que le mien me rappelait ma mère. Et tout à coup me revint l'expression anglaise qu'elle utilisait pour le désigner quand elle ne disait pas « le tableau du pauvre » : *a beggar's canvas*. Et cette expression, je ne sais pourquoi, me ravit et me donna de la force.

Georges dit La Tourette parti pour aller discuter avec les autres, Liola s'approcha de moi, me prit par la main et me chuchota à l'oreille qu'elle voulait que nous allions à la police pour retrouver maman. Et alors qu'elle semblait s'amuser si fort, elle se mit tout à coup à pleurer sans bruit.

La tête de Georges surgit.

— Une affaire m'appelle ! lança-t-il en souriant avec un clin d'œil, comme si nous savions laquelle, et à quel point elle était amusante.

Il semblait nous avoir adoptés, considérer qu'appartenant à la même race nous devions vivre ensemble.

— J'aime quand ça vente, ajouta-t-il en enfonçant sa casquette sur ses oreilles. Je l'entendis discuter avec les autres et leurs pas s'évanouirent dans l'escalier.

C'est vrai que le vent souffle fort. Partout dans l'appartement ou dans la rue claquent des fenêtres mais on n'y prête plus attention.

Nous sommes seuls avec le vieux. Il remue on ne sait quoi sur son lit froissé. Ses draps sales ont l'air d'un campement où on se familiarise avec la tombe.

Liola me tire par la main, elle veut sortir, j'hésite, j'ai peur que la police ne nous enferme.

Mais depuis qu'elle a pleuré, le visage de ma mère me revient sans cesse en tête.

— Oui, oui, dis-je, on va aller à la police…

Je ne prends pas le baluchon, redoute que Liola ne veuille emmener Lélio, mais elle n'y pense pas, nous filons vers la porte, j'ai peur qu'elle ne soit fermée mais elle s'ouvre, la lumière du matin éclaire un lino bleu. L'idée qu'il va nous conduire dans une rue me semble extraordinaire.

La porte se referme brusquement et le gamin au nez écrasé nous regarde. Il l'a claquée d'un coup de pied.

— Pourquoi vous voulez aller à la police ? demande-t-il d'une voix calme. Sa figure fait de la peine, à cause de ce nez qui a l'air d'une charcutaillerie. Quand il parle sa pomme d'Adam monte et descend comme la tête d'un os de poulet cherchant à percer la peau.

Je lui explique que nous voulons retrouver notre mère. Je lui raconte, à ma façon, notre vie. Quand je lui dis que notre mère est une chanteuse anglaise, il m'interrompt :

— Ah mais une chanteuse anglaise il y en a une dans le repaire rue de l'Évêché…

On dirait que cette voix molle tire maman d'un tas de cendres. Il explique que la bande abrite des réfugiés dans des appartements vides et qu'on lui a déjà parlé d'une Anglaise malade.

Nous sourions. Mes lèvres ont l'air étirées pour toujours. Pour manifester notre joie comme du temps de notre mère, Liola et moi esquissons un menuet et valsons dans le couloir. Le garçon nous regarde, flegmatique, puis ouvre la porte.

— Allez, suivez-moi.

Il sort sur le palier et monte l'escalier. Je lui demande pourquoi nous n'y allons pas par la rue.

— Il faut se méfier. Les flics ramassent les gamins qui traînent.

*Retour sur les toits. Le piège.*
*Apparition du dénommé Maccia dit Trois Soleils*

Il était midi passé, le ciel bleu de poudre comme il l'est en été dans cette ville quand le vent souffle fort. Nous avancions difficilement, à chaque pas on croyait pousser une porte du front. Notre guide marchait devant et quand il se retournait en remuant les lèvres je ne l'entendais pas.

On arriva au bout d'un toit. On était tout près de cette grosse église qui ressemble à un palais des *Mille et Une Nuits* surgi là par miracle ou par hasard mais dont personne ne veut. J'avais l'impression que bientôt nous pourrions sauter dans la mer étincelante. Sur les quais des silhouettes grouillaient, des grues tournaient, des camions se croisaient dans un silence de film muet.

Tout à coup le garçon nous montra un vaste jardin où dormaient des platanes. Il nous dit qu'il fallait y descendre pour pénétrer dans la maison où vivaient les réfugiés.

Il ouvrit son blazer. La doublure était cousue d'une multitude de poches farcies d'ustensiles en métal. Au bout d'une cordelette nouée autour de sa ceinture était fixé un petit crochet de fer. Il l'accrocha à la gouttière et se laissa glisser sur l'un des toits qui entouraient le jardin. Je le suivis, Liola accrochée à mon dos. Quand nous l'eûmes rejoint et comme il n'arrivait pas à décrocher le grappin, il nous fit signe d'avancer sans l'attendre.

Nous filâmes sur de vieilles tuiles très sombres, craquantes. En levant la tête on voyait des nuages qui semblaient pourchassés mais près de nous les feuillages des platanes étaient immobiles.

Sous mon pied une tuile s'évanouit et je trébuchai, me précipitai, serrant la main de Liola mais les tuiles craquaient, disparaissaient, des pans s'effondraient en cascade.

À un endroit où elles tinrent bon je serrai Liola et vis que nous étions encerclés de grands trous noirs.

Au pied du mur d'où nous étions descendus, le gamin au nez tordu nous regardait mais ne semblait pas nous voir. Il avait l'air plongé dans une méditation dont rien ne pourrait le sortir. Je l'appelai à l'aide mais il ne bougea pas. Je m'imaginais que c'était parce qu'il se demandait comment nous aider jusqu'au moment où, s'avançant un peu, il donna de grands coups de pied sur les tuiles.

Il ne parvint pas à les briser. Il nous regarda un long moment puis remonta à la corde et disparut.

Je tentai de rassurer Liola en lui disant qu'il était allé chercher du secours. Nous n'osions pas bouger. Elle ne dit rien et s'assit à mes pieds avec l'air d'indifférence que prennent les enfants fatigués de démêler la vérité du mensonge.

Pour ne pas l'affoler, je la préviens que je vais appeler pour que les secours nous repèrent plus vite. Et je me mets à hurler.

À nos pieds, dans la cour, les vieux bâtiments semblent

déserts. Leurs vitres ont cette patine des maisons abandonnées qui donne l'impression que même en y collant le visage on ne verra rien à l'intérieur.

Je me tais car j'ai l'impression que le toit s'affaisse. Dans le jardin, les ciguës sont si hautes et drues qu'on pourrait peut-être sauter. Mais au moindre geste, les tuiles grincent affreusement. Nous restons serrés, enlacés par le roucoulement de tourterelles invisibles. On en voit d'autres en bas qui paissent entre les ciguës et les ronces.

Combien de temps restons-nous là ? Une demi-heure, une heure ? Tout à coup apparaît sur un toit la silhouette d'un homme qui marche. Il est au sommet d'un grand immeuble de l'autre côté de la cour. Je crie de toutes mes forces mais il ne tourne pas la tête. Les pans de sa veste remuent dans le vent. Parfois il s'arrête et, les mains dans les poches, regarde vers la mer.

Je lance des tuiles sur les tourterelles. L'une s'envole et aussitôt les autres la suivent avec cette majesté de frayeur qui leur fait accomplir un merveilleux virage dans l'air.

Toutes ces ombres glissent sur l'homme, il se retourne, nous aperçoit. Je crie, j'agite les bras. Il s'avance jusqu'au bord de la gouttière, bondit et disparaît entre des murs. Et quelques minutes plus tard, le voilà qui reparaît sur un petit toit tout près de nous. Il en saute comme s'il dansait et marche tranquillement jusqu'à l'endroit où nous sommes descendus tout à l'heure.

C'est un homme jeune coiffé d'un chapeau gris orné d'un large ruban de satin. Son visage mat, souriant, ses dents blanches, ses yeux amusés pourraient faire penser à un jeune premier de cinéma mais trois cicatrices blanches aussi épaisses que le pouce traversent son front et descendent jusque sur les tempes. Il porte un costume d'été gris clair taché de suie et un flocon blanc pointe à la couture déchirée d'une épaule. Il va pieds nus mais, attachée par les lacets, pend à son cou une paire de souliers caramel.

— Monsieur, lui dis-je, croisant les bras sur la poitrine pour mieux trouver mes mots, figurez-vous qu'on a été attirés sur ce toit par traîtrise. Si on bouge il s'écroule.

Il sourit de toutes ses dents. Il s'assied sur les talons et nous regarde comme un homme accroupi au bord d'une rivière.

— Monsieur, répond-il en imitant le ton que j'ai pris, vous parlez drôlement mais avec sang-froid. Tel que vous me voyez, je suis prêt à vous aider, mais dites-moi comment.

Je me souviens que sa voix était claire et que, à cause de son accent, il avait l'air de réciter les paroles d'une chanson amusante.

Notre situation ne paraissait pas l'inquiéter. Mais cet air amusé qui me semblait une moquerie me remplit de colère.

— Et comment vous appelez-vous monsieur ? demanda-t-il.

— Et qu'est-ce que ça peut vous faire ? Vous êtes de la police ?

Il rit de toutes ses dents, sans bruit, en secouant la tête comme un cheval.

— Et vous, la demoiselle, comment vous appelez-vous ? demanda-t-il à Liola. Et comme elle ne répondait pas, il siffla la petite marche du lever de rideau du Lux.

Il nous la sifflota en entier, et avec fioritures.

— Hélène Dawson, répondit en souriant Liola quand il eut fini.

— Alors voilà, telles que je vois les choses, dit-il en souriant à nouveau. Vous avez le choix entre trois solutions. Crever de faim. Tomber dans le trou. Faire confiance.

— Ou appeler les pompiers, dis-je, furieux. Appeler la police...

Il ferma les yeux et fit non de la tête.

— Ça, je ne peux pas. Parce que la police marseillaise se fait sur mon avenir des idées que je ne partage pas.

Il dit ça comme une chose admirable et triste.

Je ne trouvais rien à dire. J'étais tellement furieux que j'avais envie que tout s'écroule.

Je m'avançai mais il leva la main et, sans hausser la voix :

— Restez, dit-il, où vous êtes.

Liola s'assit en me tirant la main.

— Ça tient où vous êtes mais le reste c'est du verre. Faut le faire écrouler, dit-il en montrant le toit. La petite poutre devant. Donnez-y un coup de pied.

En effet, à mes pieds, sous des tuiles brisées, courait un soliveau.

— Me faire confiance. Rester là. À vous de choisir, dit l'homme en se relevant. Je n'ai pas la journée.

Liola bondit entre mes cuisses et de la pointe de son soulier voulut frapper le soliveau. Mais sa jambe était trop courte.

D'un grand coup de pied je le brisai net. Un vacarme nous jeta l'un contre l'autre. Un pan de tuiles s'effondra. Un par un, les autres le suivirent dans un ruissellement qui leva un nuage rouge.

Le nuage se dissipa. Une poutre traversait le toit effondré jusqu'au jeune homme qui agitait la main pour chasser la poussière flottant autour de lui.

Nous sautâmes sur la poutre et glissâmes à califourchon jusqu'à lui. Tendant la main, il nous releva d'un coup sec.

Mes mains, mes jambes tremblaient. Était-ce la peur, le soulagement ? Ou la colère d'être sauvé par un homme qui semblait avoir trouvé là matière à amusement ?

Nous montâmes sur le petit toit d'où il avait sauté, qui coiffait une tourelle rencognée sous trois hauts murs où coulaient des traînées vertes charnues comme des algues. Les murs, percés de rares et minuscules fenêtres, étaient si hauts que pour voir le ciel il fallait renverser complètement la tête. Sur chacun de ces murs des cordes avec des planches en guise de marches montaient jusqu'au toit. Il commença à grimper à celle du milieu en nous faisant signe de le suivre. C'est ce que je fis, serrant Liola entre le mur et mon ventre.

*Course sur les toits avec Maccia dit Trois Soleils.*
*Le repaire aux poules. Assassins et fantômes*

Quand nous eûmes grimpé une bonne dizaine de mètres, la tête d'une femme apparut dans une lucarne.

Elle avait des cheveux poivre et sel tirés en arrière, une bouche édentée, des yeux gris qui ressortaient dans la pénombre du trou.

— Alors Maccia, ça se promène ? s'exclame-t-elle avec un accent italien.

— Serre la petite ! crie Maccia, et ses pieds se mettent à courir sur la façade pour faire balancer l'échelle.

Nous partons à gauche, à droite, de plus en plus fort.

— Quelle misère ! crie la femme d'une voix aiguë de pleureuse. Toujours sur les toits. Comme un chat en chaleur !

Quand on passe en balançant devant elle, il avance la tête pour lui planter un baiser.

— Le joli cœur, le prétentieux ! hulule-t-elle. Qui croit m'avoir avec un baiser de moineau !

Nous rebalançons à droite. Liola rit du rire des apeurés. Le mouvement est si fort que, comme à la foire, on demeure un instant suspendus à l'horizontale avant de replonger plus fort encore au moment où il se met à chantonner : « Belle Madeleine, si je venais dans ton lit... »

Filant devant elle : « Tu m'aimerais... »

Rejaillissant de l'autre côté : « Et tu me chasserais... »

Comme ça deux, trois fois, de plus en plus vite, d'une voix

de plus en plus forte. Liola se met à crier aussi, « Tu m'aimerais et tu me chasserais. »

J'ai fiché le menton sur ses cheveux pour mieux la tenir, la nausée me vient.

Encore un passage, je le vois jeter à la femme un petit paquet sorti de sa poche.

Elle crie en italien. Je ne sais pas si ce sont des mots d'amusement, de fureur ou d'amour.

Avec ses pieds il arrête peu à peu le balancement.

— On repart, dit-il tranquillement.

Nous arrivons sur le toit où le vent fait claquer les frocs, affole les cheveux.

Nous bondissons sur un toit, assez pentu, la tête me tourne. Il nous prend les mains et se met à filer, dos penché, lèvres pincées, ses pieds nus sifflent sur les tuiles comme au travers de hautes herbes. Au bord du toit j'aperçois dans l'ombre une rue pleine de monde où sur des étals sont alignés des sacs de poudres multicolores. On nous voit, on crie, siffle, certains applaudissent. Maccia s'arrête, laisse tomber nos mains et salue avec son bras plié puis nous reprend la main et se remet à courir mais cette fois en remontant vers le faîte pour échapper aux regards.

Je lui demandai où il nous emmenait. Il s'arrêta net, surpris.

— À l'abri, répondit-il, comme si c'était évident.

Je lui dis que je voulais redescendre afin d'aller à la police qui nous aiderait à retrouver notre mère. Il demanda qui nous étions et je lui racontai notre histoire, à ma façon. Il mit les mains dans les poches, resta un instant silencieux puis dit que si notre mère était étrangère et malade, nous finirions à l'orphelinat. Je lui demandai s'il était vrai qu'il existait des appartements abandonnés où ils abritaient des réfugiés.

— C'est vrai, dit-il, on y trouve un peu de tout mais pas de chanteuse anglaise. Le mieux que vous avez à faire c'est vivre avec nous.

Là-dessus, il saisit nos mains et nous entraîna de nouveau. Au bout de quelques mètres, je m'arrêtai et dégageai violemment mes doigts. Je tendis la main à Liola. Elle hésita, lâcha finalement celle de Maccia et vint à mes côtés. Je croisai les bras sur la poitrine. Et comme il arrive quand je prends cette posture, les mots montèrent de la poitrine, nets et rangés comme je les aime.

— Monsieur, dis-je, ne le prenez pas mal, car vous nous avez sauvé la vie, mais je ne veux pas vivre parmi des voleurs.

Il me regarda et j'eus l'impression qu'il allait faire quelque chose de terrible, par exemple me précipiter dans la rue. Mais c'est vers Liola qu'il tourna le regard.

— Il est bien honnête ton frère, dit-il doucement. Il sait bien cracher à la gueule du monde.

Il nous adressa son salut de boxeur, s'éloigna tranquillement les mains dans les poches et se mit à siffloter la marche du Lux.

Liola courut vers lui en me tirant par la main et je m'abandonnai. Nous le rejoignîmes, il marchait toujours en sifflotant, sans nous regarder. Liola lui prit la main. Au bout d'un moment, j'en fis autant. Il poussa un grand cri et se remit à courir et nous voilà repartis à toutes jambes, bondissant, sautant de toit en toit jusqu'au moment où il s'arrêta pour nous montrer en contrebas les ruines d'une maison.

Le toit avait disparu, et sur le plancher du grenier, protégé du vent et des regards par les murs encore debout, on avait bâti une cabane avec des linges et des morceaux de bois.

Des cordes attachées au toit permirent d'y descendre facilement.

Des braises froides reposaient sur un tas de terre noire entouré de galets. Les planches étaient couvertes de fientes de poule, on croyait se promener sur la palette d'un peintre lugubre. D'ailleurs, à peine atterri sur les planches, notre guide avait décroché et enfilé ses souliers vernis. Je cherchai les poules et en aperçus trois attachées par des ficelles à une chape de ciment un peu au-dessus de nous. Déplumées du cou et du croupion, elles se dandinaient avec dignité et circonspection. De temps en temps, un coup de vent ébouriffait leur plumage en plumeau sans que cela trouble leur prudente parade ni n'interrompe leur caquetage minutieux.

— À cause des rats, dit-il en les montrant de la tête.

Derrière la cabane se dressait un poulailler fait avec des cageots et des cartons. D'une paille verte et puante, il tira trois œufs éblouissants comme de la craie et nous les fit gober. La flèche tiède, gluante, qui filait dans la bouche était un peu écœurante mais si voluptueuse qu'on ne pouvait s'arrêter d'aspirer.

Nous bûmes l'eau d'une cuvette. Elle était amère, sans doute était-ce du jus d'orage.

— Vous pouvez vous reposer là-dedans, dit-il en montrant la cabane.

Et, les mains sur les hanches, il jeta autour de lui le regard satisfait du propriétaire qui se demande ce qu'il pourrait faire pour augmenter le loyer.

— L'appartement du père Pazzi n'est pas sûr et il n'y a pas assez à coucher… Je reviens ce soir. On ira quelque part…

Les poings sur les hanches, il regardait les cheminées, le ciel.

Quand je lui demandai où, il fit un geste vague qui montrait les toits, le ciel.

J'insistai pour en savoir plus et il me dit que c'était dans un appartement où il hébergeait des gens.

— Quel genre de gens ?

— Des gens qui ne doivent pas traîner dans les rues.

Il regardait toujours le ciel, les toits, parlait d'un ton rêveur.

— Vous êtes le bienfaiteur.

— Ça n'est pas gratuit. La plupart paient. Il y en a peu qui se laissent vivre… et même ceux-là sont utiles.

— À quoi ?
— À prouver qu'on n'est pas des salauds…
— À qui ?
— Oh mais, à nous, à qui veux-tu ? dit-il en se tournant vers moi, interloqué.

Puis il annonça qu'il devait nous quitter, qu'il reviendrait le soir et demanda ce qu'il devait nous ramener. Je lui répondis un oiseau, un pick-up et une bouteille dont l'étiquette s'ornait de la tête d'un ecclésiastique.

— Je veux bien que Georges garde l'oiseau, dit Liola, à condition qu'il vienne toujours se promener avec nous.

Il sourit en fronçant légèrement les sourcils, je vis bien qu'il ne comprenait pas de qui elle parlait. Mais il ne posa aucune question. Ne voulant rien lui devoir, je sortis la liasse de billets de mon pantalon et lui dis que j'étais prêt à le payer pour notre nourriture comme les autres mais que je croyais plus honnête de le prévenir que ces billets étaient faux. Il en prit un, le palpa, le froissa, le renifla comme tout le monde et, me le rendant :

— Il ne me semble pas en effet très catholique mais garde-le précieusement, qui sait s'il ne te servira pas un jour ? Reposez-vous dans la cabane. Elle pue, on y est bien, reprit-il de ce ton chantant qui semblait citer les paroles d'une romance. Mais surtout, surtout, ce soir, quand j'arriverai avec les autres, restez cachés. Et ne sortez pas avant que je vous appelle. Comme ça. Levant le bras, il claqua des doigts comme s'il commandait un café au bon Dieu.

Et après avoir remonté la corde à la force des bras, jambes en équerre comme un gymnaste, il disparut sur les toits.

Nous avons si soif que nous vidons la cuvette. Puis, assis l'un à côté de l'autre, sans rien dire, nous écoutons les bruits de la rue. Ils sont d'une incroyable netteté. On entend des cris, des rires, la sonnette d'un vélo, les froissements d'un journal déplié, si nets qu'on semble le tenir dans la main, et, de temps en temps, une porte grince longuement et, après un silence, cliquette délicatement le pêne. Mais le reste de façade cache la rue. Même en grimpant sur les cheminées aux poules on ne la voit pas. Seulement des toits. Cette opulence sonore crée un malaise, comme si on était devenu aveugle et que les yeux étaient animés d'images qui n'ont plus cours. Mais bientôt les bruits de cette vie invisible font naître un sentiment de paix. On se sent des passagers clandestins de la vie qui au lieu de croupir dans une cale se prélassent dans le ciel.

Un homme – sans doute le garçon d'un restaurant, car bien que ce ne soit pas une heure à repas on entend des couverts tinter sur une assiette – explique comment certains clients le dégoûtent tellement qu'il prend garde à ne pas verser leurs restes dans le sac destiné à son chien. Sa belle voix grave raconte cela avec calme, comme les souvenirs d'un pays lointain.

Nous nous allongeons dans la cabane sur une paille aussi verte que celle du poulailler. Elle dégage une odeur qui fait mal à la gorge, comme la cage d'un fauve.

Liola s'est vite endormie mais je me sens mal : est-ce l'eau, ou tout ce que nous avons mangé depuis ce matin, une nausée me prend et je suis obligé de me traîner dehors pour aller vomir.

Le front appuyé contre l'osier du poulailler, je remarque une feuille de journal sous la paille. On y lit le titre suivant :

LE GENDARME ASSASSIN
PAR H.-E. FERNIOL

Je tire la feuille, secoue la fiente et lis :

---

On se souvient de l'effroyable meurtre perpétré il y a deux ans en Corse et que la presse avait trouvé amusant de transformer en un feuilleton intitulé « Le mystère des trois décapités de Sollacaro ». On se souviendra aussi que la recherche du suspect numéro un, un brigadier de gendarmerie originaire de ce village où il passait une permission au moment du crime, et dont la disparition laissait à penser qu'il en était l'auteur, avait alimenté le feuilleton pendant plusieurs mois. Eh bien voilà que cet assassin gendarme ou ce gendarme assassin – double appellation possible et en choisir une transforme déjà, hélas, le pauvre journaliste en juge – vient d'être arrêté à Saint-Charles alors qu'il tentait d'acheter un billet de train avec cette fausse monnaie que depuis quelque temps nous traînons sans arrêt dans nos poches. Selon une source proche de la police l'homme aurait vécu depuis près de deux ans caché dans un galetas du Panier, qui s'avère décidément la plus diversifiée réserve du crime, le havre choisi de la plus abracadabrante crapule. L'enquête depuis longtemps bouclée et l'accusé se murant dans un silence dédaigneux, le procès devrait bientôt se tenir, pour le plus grand plaisir d'un public qui, même dans les temps que nous traversons, ne dit pas non à une bonne pinte de sang, pourvu qu'elle soit plaisante et pour ainsi dire désinfectée par le courant d'air du prétoire.

---

J'étais tellement certain qu'il s'agissait du brigadier que, sans prêter attention au style étrange d'H.-E. Ferniol (que je ne savais pas être appelé à retrouver bien des fois), je restai frappé de stupeur puis, écœuré par l'œuf ou par la pensée que j'avais fréquenté un monstre capable de trancher une tête humaine, je fus saisi de vomissements. Mais tandis que je reprenais mon souffle, je sentis monter le rire. Un simple ricanement d'abord, camouflé dans les hoquets des vomissures, qui se métamorphosa bientôt en un fou rire inextinguible. C'est que mon imagination me montrait sans relâche le brigadier, cigarette au bec, sortant du sac à pain l'une après l'autre les trois têtes coupées. Le même manège se reproduisit plusieurs fois : au moment où le rire me tordait le ventre, le souvenir de l'atrocité du crime me faisait vomir. Jusqu'à ce que le dégoût de l'espèce humaine atteigne le degré d'intensité où les vomissements se transformaient en un ricanement spasmodique.

Alors que, tentant de me remettre, j'arpentais la plateforme, cet abri qui m'avait semblé merveilleux se mit à me répugner. Un repaire qui n'est qu'un trou vaut-il mieux qu'un logis ?

Quand Liola se réveilla, elle ne put se rappeler où nous étions. Elle avait du mal à garder les yeux ouverts, regardait autour d'elle sans paraître m'entendre. Cela dura et je craignis soudain que la vie que je la forçais à mener ne lui ait dérangé l'esprit. Ses yeux étaient pleins d'eau et elle secouait la tête comme si elle voulait les faire couler, s'imaginant peut-être que les larmes tirent des mauvais rêves.

Je lui montrai les poules. Elle se rappela les œufs dont on avait encore le goût dans la bouche. Tout lui revint et elle me demanda quand « le monsieur aux godasses » allait revenir. Puis elle se mit à pleurer et, se serrant contre moi, elle murmurait qu'elle ne voulait pas me quitter, qu'il ne fallait pas aller à la police.

D'un seul coup, voilà que je me mis à pleurer moi aussi, ou presque, car je n'ai jamais été grand pleureur. Je me rendais compte que depuis que nous vivions sur les toits je traitais Liola tantôt comme un fardeau dont je prenais soin avec indifférence, tantôt comme le seul être que j'aimais au monde. Et quand il passait brusquement de l'indifférence à l'amour, mon cœur bondissait comme l'oiseau dans sa cage et les larmes me venaient. Alors, comme cela m'était déjà arrivé en pensant à ma mère, je me demandai si j'étais bon ou méchant. Comment savoir qui, du tendre ou de l'indifférent, était le vrai moi ?

Pour la rassurer, je rappelai à Liola les bons moments que

nous avions passés sur les toits, l'histoire de la baleine et la sagacité du tailleur que nous gravions sur les tuiles dont la poussière rouge couvrait nos blazers, mon pantalon de velours et ses jambes bronzées. Elle retira ses chaussures crevées et les jeta dans la rue invisible.

Voulant caresser les poules, elle se leva, les détacha et leur courut après et, tandis qu'elles claquaient les ailes d'indignation et fientaient de colère, je réfléchissais à notre situation et comprenais qu'il ne nous restait qu'à vivre avec cette bande de voleurs dont l'un avait voulu nous tuer.

Le soir descendait. Nous nous allongeâmes dans la cabane. Je me demandai pourquoi notre sauveur voulait qu'on se cache. La rue était silencieuse, on entendait seulement de temps en temps le roulement d'un rideau métallique et les soupirs des balais qui nettoyaient la scène.

Peu à peu l'intérieur de la cabane s'obscurcit. La paille se mit à sentir le poivre. Une étoile apparut dans le ciel et, à moitié emporté par le sommeil, j'entendis des bruits de pas et de voix.

Ils avaient dû s'asseoir autour du feu.

— Ils voulaient aller aux flics. C'est une chance qu'ils soient tombés.

Je reconnus la voix du gamin au nez tordu qui avait voulu nous tuer.

— Ne nous dis pas de conneries. (C'était la voix de Georges dit La Tourette.) Pourquoi ils seraient allés sur ce toit ? C'est toi qui les as emmenés.

— Et pourquoi je les aurais emmenés ?

— Pour les faire tomber. Parce qu'il t'a dit qu'il voulait aller aux flics.

— J'ai pas dit qu'il me l'a dit… Je dis ça comme ça… C'est une idée qui me vient quand je revois sa tête… C'était la tête d'un qui va aux flics.

— Oh toi le devineur de tête, c'est toi qui les as balancés…, ricana une autre voix. Je le sais car j'ai remarqué que ça te plaît toujours quand quelqu'un tombe des toits…

On ne savait pas si elle riait de ceux qui tombent ou de ceux qui aiment voir tomber.

Ils se turent un moment.

— La petite aurait pu passer par le trou, dit Georges.

Il y eut encore un silence puis j'entendis la voix de Maccia, notre sauveur, l'homme aux beaux souliers.

— Lacydon, tu nous as fait perdre notre seule chance. Tu nous as foutus dedans. Si ton frère était vivant et savait ce que tu as fait, il en chialerait de colère. C'est pas lui qui aurait balancé une enfant du toit. J'ai vu le cadavre de la petite sous les tuiles, ce n'était pas beau à voir.

Entre les planches le bout de ciel prenait le violet qui me rendait triste. Du bois crépitait.

— La petite était jolie, dit Georges. Et le garçon je lui aurais appris des trucs. L'oiseau me reste. Je ne vais pas dire que ça ne me fait pas plaisir. Mais à chaque fois qu'il va chanter il va me rappeler la morte. Ce n'est pas gai. Tu me gâches le plaisir. C'est pire que si je lui avais volé. Tu nous emmerdes. Tu fais tes saloperies et la tristesse est pour les autres. C'est pas normal.

L'odeur de la fumée envahissait la cabane. Je vis Sainte Françoise, le gamin à la tête d'Indien et au chandail détendu jusqu'aux genoux, allumer avec un morceau de bois enflammé une torche enfoncée entre les pierres du mur. Il disparut, d'autres torches se mirent à crépiter et leur lumière se répandit sur les planches.

Tout à coup je me dis qu'il fallait que je m'avance pour voir le signal. Je me traînai à plat ventre pour passer la tête dans l'ouverture.

Ils étaient assis autour du feu. Comme la lumière du ciel était encore forte, les flammes ne se reflétaient pas sur leurs visages et cela leur donnait un air étrange. J'aperçus le baluchon, la cage où Lélio sautait sans relâche d'une barre à l'autre.

Notre assassin, celui qu'on avait appelé Lacydon, avait la tête baissée. Quand il la releva, je vis des larmes sur ses joues. Maccia lui dit :

— Si ton frère était encore là, il te cracherait dessus.

Les épaules de Lacydon se mirent à tressauter. Les deux autres ne disaient rien. Ils fouaillaient le feu avec des bâtons comme si regarder quelqu'un qui pleure portait malheur.

Maccia leva le bras et claqua des doigts.

Je sortis de la cabane en tenant Liola par la main. Nous nous avançâmes vers le feu. De chaque côté de la plateforme, des torches brûlaient dans les trous des murs.

En m'approchant et voyant mieux son visage, je m'aperçus que les larmes de Lacydon étaient des larmes de colère.

— Allez, te voilà pardonné, dit notre sauveur de sa voix chantante. Regarde-les, ils sont bien là. Allez lui toucher la tête vous autres, qu'il se rende compte.

Sans réfléchir, j'obéis. L'un après l'autre nous allâmes derrière lui et posâmes doucement la main sur ses cheveux filasse. Il se laissa faire un moment puis dégagea sa tête d'un mouvement sec.

— Allez, demandez-lui pardon de l'avoir fait tant chialer, ajouta l'homme d'un ton bienveillant.

Et sans réfléchir je murmurai « pardon ».

(Ce n'est que bien plus tard que je crus comprendre cette scène. Dans le monde des voleurs, on risque sans cesse d'être trahi. Voilà pourquoi le suspect de traîtrise est souvent mis à mort. La simple correction ne sert à rien, elle est même dangereuse. Corriger un complice, c'est la plupart du temps enfanter un traître. Mais Maccia répugnait à tuer par calcul. « Le meurtre prémédité, disait-il, va à l'encontre de mes goûts et de ma religion. » Peut-être cette répugnance venait-elle de ce que sa troupe n'était composée que d'enfants. « Si je ne veux pas les balancer du haut des toits, qu'est-ce qu'il me reste ? me dit-il une fois, alors que nos aventures touchaient à leur fin sans doute car il faisait froid et gris, je le revois allongé sur les tuiles, c'était avant l'accident, eh bien, il me reste le cinéma. Il faut qu'ils se croient dans un film avec moi. Ils restent fidèles parce qu'ils s'amusent. Ce qui marche aussi c'est que je leur parle de ceux qu'ils ont aimés. Pour eux, les parents, les frères, les cousins, c'est tout. Ils n'en ont plus, certains n'en ont même jamais eu. Mais je ne sais pas pourquoi ils s'imaginent qu'ils les regardent. »)

*Le repaire de la rue Saint-Laurent. Stella.*
*Étrange famille de naufragés. Mac dans sa chambre*

La nuit était tombée et nous courions en file indienne sur les toits. Je traînais le baluchon où s'entrechoquaient le phono et la Boustefigue, Liola sautillait en brandissant la cage. Sainte Françoise nous quitta pour retourner chez le père Pazzi.

Nous suivions un itinéraire compliqué. Dans le noir, ils hésitaient parfois, cherchaient des passages faciles, des murs où pendaient déjà des cordes, des planches jetées entre des venelles. Comme Liola était pieds nus, je la fis grimper sur mon dos mais j'étais trop faible, au bout de quelques pas mes jambes se dérobèrent. Maccia revint sur ses pas, la hissa sur ses épaules et je portai la cage.

Nous finîmes par déboucher sur un long toit étroit au bout duquel une fenêtre était éclairée par une lumière jaune éclatante. De temps en temps une ombre cachait cette lumière et le ciel couvert d'étoiles réapparaissait.

Nous accélérâmes le pas et dans le silence de la nuit la galopade sur les tuiles résonnait avec une vigueur martiale très plaisante, qui donnait l'impression que nous étions des cavaliers.

Une fois arrivés dans le halo jaune de la fenêtre, Maccia déposa Liola et nous demanda d'attendre. Il allait voir s'il y avait de la place pour nous aussi.

L'un après l'autre, lui et Georges sautèrent à l'intérieur en prononçant une formule étrange, « Buée ne sert aux stèles », que je pris pour un mot de passe.

Nous restions là, Liola et moi, éblouis par le rayon jaune citron, dans nos blazers trop court ou trop long, main dans la main, cage et baluchon dans l'autre. La lumière disparut car une silhouette était venue s'accouder au garde-fou de bois.

Au bout d'un moment, à la lumière des étoiles, je distinguai les boucles d'une fille dont je ne voyais pas les traits. Frêle comme une enfant, elle fumait une cigarette comme une dame, l'avant-bras dressé et le coude reposant dans la paume. Elle nous regarda un long moment puis lâcha d'une voix calme :

— Vous ressemblez à une *nonsense tale*.

Elle avait un léger accent, indéfinissable et je ne sais si le charme de sa voix tenait à cette prononciation étrangère, au grain voilé ou à la diction traînante. Comme il est étrange que le souvenir des voix aimées, plus fantomatique que celui de leurs visages, remue davantage le ventre. On croit que des lèvres vont frôler notre oreille.

Elle nous regarda encore longtemps sans rien dire puis, après avoir tapé de l'index sur sa cigarette, elle chantonna.

*There were two elegant little beggars*
*On a roof in Marseilles*
*All pride and shivers*
*And dirt on their face shone like mourning veils*

Je fus tenté de répondre en anglais. Mais je ne savais pas quoi dire. Avec cet instinct de ruse qui était devenu une seconde nature, je me dis qu'il est toujours bon que les gens ignorent que nous les comprenons.

Georges dit La Tourette nous fit signe de venir et nous sautâmes à notre tour par l'ouverture.

Nous atterrîmes dans une cuisine violemment éclairée par une ampoule nue qui pendait au bout d'un fil torsadé où chiures et cadavres de mouches étaient sculptés comme à la surface d'une planète écrasée par un soleil impitoyable.

La fille s'était reculée contre le mur et nous regardait en souriant. Un peu plus vieille que moi, elle portait une robe de satin noir plissée, ornée de petits nœuds rouges, qui ressemblait à celle d'une poupée folklorique bon marché. Son visage triangulaire et effilé, ses grands yeux globuleux, les masses de boucles frisées pendant de chaque côté de ses joues me déplurent, je lui trouvai quelque chose de cruel, ou d'animal. S'avançant, souriante, la cigarette coincée dans le coin de sa bouche, elle tendit la main en disant « On m'appelle Stella » d'une voix éraillée qui me donna tout de suite envie de l'entendre encore. Je me souviens que d'emblée elle me sembla évoquer un autre monde, un monde de confort, d'esprit, où il serait agréable de vivre.

Je lui serrai la main et chuchotai mon faux prénom et celui de Liola comme si on risquait de nous les voler.

Lorsqu'elle vit que Liola était pieds nus, elle lui prit la main et dit qu'elle allait l'emmener dans sa chambre pour qu'elle puisse faire sa toilette. Elles s'en allèrent et, les mains dans les poches, ne sachant que faire, je les suivis à l'intérieur où résonnaient des voix.

L'appartement était plongé dans le noir, sans doute pour éviter qu'on ne voie qu'il était occupé. Des bougies étaient posées çà et là sur le parquet et dans une pièce Maccia discutait avec des ombres.

Il régnait dans le couloir la chaleur fantôme des jours passés. Et une odeur de pots de chambre macérant.

La tête de Georges apparut dans le halo d'une bougie qui semblait répandre de la neige sur le parquet. Si nous voulions coucher ici, me dit-il, il faudrait nous contenter de matelas dans le couloir : la salle à manger était occupée « par une famille de six Grecs avec bébé ». Et il n'y avait au fond du couloir que deux petites chambres, l'une occupée par Stella et son père, l'autre par un jeune homme qui toussait et dont il valait mieux ne pas s'approcher. Je lui répondis que nous allions rester. Il me dit d'aller chercher des matelas roulés dans un coin à l'entrée de la salle à manger, ajoutant qu'il retournait passer la nuit chez le père Pazzi mais reviendrait demain matin pour nous montrer quelque chose de pas banal. Il me tendit la bougie et disparut.

Brandissant la bougie, les doigts brûlés par la cire dégoulinante, j'entrai dans la salle à manger. Allongé sur un matelas, la tête reposant sur une main, un jeune garçon dans un manteau pied-de-poule me regarda avec une langueur dédaigneuse, comme l'un des innombrables phénomènes vulgaires auxquels une destinée impitoyable le condamnait à prêter attention.

Maccia dit Trois Soleils, mains sur les hanches, discutait en italien avec un moustachu accroupi sur un matelas. La flamme d'une bougie posée sur le buffet cuivrait le crâne chauve de l'homme et sur ses tempes filait une bande de cheveux aussi noire et droite que celles des cheminées de paquebot.

Deux femmes d'un certain âge en manteaux, fichus sur la tête, discutaient avec animation. Je ne reconnus pas l'italien, sans doute était-ce du grec. Et l'on sentait que cette discussion, qui semblait porter sur une question pratique, car tout en parlant l'une soulevait une pile de corsages et de torchons brodés avec l'air d'y chercher quelque chose, n'était pas naturelle, une comédie destinée à convaincre ceux qui les observaient que la tragédie ne pourrait jamais frapper des femmes embourbées à ce point dans des soucis ordinaires.

Maccia riait avec le chauve, qui semblait être le chef de famille, et en s'en allant il lui lança un paquet de cigarettes.

Cette atmosphère bon enfant commençait à me réchauffer le cœur quand Lacydon fit son entrée et, se plantant devant les deux femmes, dont les visages longs et maigres avaient un air de famille, tendit sa paume ouverte. L'homme âgé et les femmes se parlèrent en grec, l'une des femmes refusant d'ouvrir ou de se séparer d'un sac noir qu'elle tenait serré contre sa poitrine. Houspillée par les deux autres, elle tendit comme pour la donner à baiser une main couverte de bagues. Lacydon fit son choix et en tira une si brutalement que la femme poussa un cri. Sans un mot il se retourna, quitta la pièce en laissant tomber la bague dans sa poche et je l'entendis partir sur les tuiles.

À tâtons, je trouvai au fond du couloir la chambre de Stella. Elle était à peine éclairée par une bougie posée sur une table derrière laquelle Liola était assise. Drapée dans un rideau à fleurs, elle plongeait lentement une fourchette dans une assiette de nouilles en les observant avec l'attention méticuleuse d'un enfant qui torture une bête. À genoux, Stella savonnait dans une cuvette les lambeaux de la petite robe blanche.

Je savais que Liola à cause de la robe que Stella lui avait confectionnée jouait à la dame. Quand elle leva la tête je lui fis un clin d'œil. Elle m'en fit un aussi, puis reprit son regard de princesse et le baissa sur les nouilles.

Levant la bougie, j'aperçus deux matelas séparés par un fauteuil à oreillettes où se tenait un petit vieux à barbiche de chèvre. Il me regarda, m'invita du geste à m'asseoir sur un siège imaginaire puis, retroussant les lèvres, rit sans bruit, comme s'il trouvait comique que la vie n'offre plus de chaises.

Barbiche tendue, il lança d'une voix métallique, toute hérissée d'un accent qui semblait le mauvais double de celui de sa fille :

— Le vieux mendiant assis se moque du jeune mendiant qui va. Mais il mourra avant lui.

D'un geste vif de la paume il s'essuya les lèvres comme s'il venait de cracher des cailloux ayant baigné longtemps dans sa bouche.

Je trouvais que ces vieux à barbiche de chèvre et lunettes rondes avaient tous un air de famille, des acteurs qui tenaient à livrer avec outrecuidance leur interprétation personnelle d'un même personnage.

Stella, tournant dans l'air sa main couverte de mousse, me fit signe que le vieux divaguait. Elle tordit la robe et l'étendit sur un fil tendu entre les deux murs à côté du blazer qu'elle avait déjà lavé. Un autre fil soutenait un drap blanc, sans doute pour cacher l'endroit où ils faisaient leur toilette et leurs besoins car il y flottait une odeur de pisse et de savon.

— Il n'y a plus de chaise pour vous, j'en ai peur, dit Stella, secouant la mousse de ses doigts.

Elle ajouta que d'habitude à cette heure elle allait causer avec le voisin de la chambre d'en face que personne d'autre ne visitait parce qu'il était très malade.

— Mais vous n'aurez pas peur de vous asseoir sur une de ses chaises, je crois.

Elle disparut de l'autre côté du couloir, rapporta de chez le malade une chaise qu'elle posa à côté de moi. Puis elle y retourna et je les entendis se mettre à discuter en anglais.

— Ma fille est héroïque par plaisir d'agacer, cria la barbiche. Il se tut un moment puis écarta les lèvres pour montrer les dents. Peut-être n'était-ce pas un rire mais un tic.

Au bout de quelques instants, je me levai et, prenant la chaise avec moi, j'allai rejoindre Stella dans la chambre du malade.

Dans une pièce encore plus étroite, deux bougies rouges semblables à celles qui entouraient la Vierge noire éclairaient un jeune homme extraordinairement maigre assis sur un matelas, dos au mur, enveloppé dans un manteau bleu jeté sur les épaules. Les os saillaient sur sa face comme les becs d'un caillou. Les cheveux et les moustaches noires, collés à sa peau par la sueur, donnaient l'impression qu'une vache l'avait toiletté. De longues mains squelettiques reposaient sur ses jambes et entre deux doigts se dressait une cigarette dure et vide comme une mue d'insecte. Ses yeux remuaient sans cesse avec une curiosité amusée sur les murs parfaitement nus. Il souriait d'un sourire particulier, malicieux, avec l'avidité contenue d'un homme qui s'apprête à chanter.

Stella ne fit pas attention à moi et le jeune homme me regarda avec la même gaieté curieuse que les murs. Il semblait heureux que je me joigne à eux mais ils continuèrent à discuter en anglais sans me prêter plus d'attention.

Il demanda à Stella d'aller voir rue d'Aubagne si une jeune fille rousse promenait toujours un petit chien qui lui servait à mendier. Le chien portait autour du cou une pancarte où était écrit «*Je vous jure qu'elle me donne ses restes*», et cette formule, pour une raison ou pour une autre, le remplissait de joie.

— *I'd like to hear the lass' voice. Because it's impossible to guess if that sentence is a sign of baseness or haughtiness.*

Puis il sortit une bobine de fil rouge de son manteau et entreprit de recoudre un bouton. Mais il n'y arrivait pas. Ses mains semblaient engourdies. Il s'obstina et bientôt je me rendis compte que l'aiguille lui traversait le doigt. Il la regardait d'un air ennuyé, comme un menuisier une pièce mal ajustée. Stella s'agenouilla auprès de lui, tira l'aiguille du doigt sans faire couler de sang puis, relevant le pan du manteau, commença à recoudre le bouton. Il la regardait faire en souriant.

— *Beautiful coat*, murmurait-il. *Best my father ever had. So he said. Wanted to be buried in it. Take it, my mother said. He'd always wanted to see France, so you may as well strut in Paris with his coat on your back as if you walked him all around the place. Your father was no man to end the game a corpse in a fancy coat anyway. And that seemed such a good portrait of my father that I was convinced and kept the coat. I thought a lot about him lately and made a little poem in French.*

Et il se mit à chantonner :

*Manteau de nuit*
*De mon vieux père,*
*Chaufferas-tu longtemps*
*Les os de l'hère*
*Qui lui servit d'enfant ?*

Son accent était si fort que je ne reconnaissais pas les mots. Mais ils avaient un charme, je croyais entendre une langue qui n'était pas tout à fait du français, peut-être sa sœur sauvage. Peut-être la langue des toits. Mais Stella me le récita si souvent l'hiver suivant qu'il me revient encore.

Baissant la tête, elle rompit le fil d'un coup de dent. Et après avoir flatté le bouton pour le faire beau et voir s'il tenait, elle remit en place du même mouvement de l'index une mèche trempée sur le front du jeune homme.

Il ne souriait plus. Il la regardait comme s'ils étaient sur un quai de gare et qu'elle partait en voyage.

— *Thank you Stella dear*, dit-il en inclinant la tête. Puis, s'efforçant de sourire, il chuchota *Let's make a nonsense out of it* et se mit à chantonner d'une voix éraillée :

*There was a poor wretch in a garret*
*A spider his only pet*
*But how bright shone his button*
*When…*

Il s'arrête. Il ne trouve pas la rime. Il se met à tousser, repousse Stella et fait signe de la main qu'on le laisse.

Les échos de la toux résonnent dans l'appartement.

Stella file dans sa chambre, tête baissée, lèvres serrées, comme on échappe à des insultes.

Quand j'allai chercher les matelas dans la salle à manger, la famille grecque était immobile. Ils guettaient le moment où la toux s'arrêterait. Sans doute craignaient-ils qu'elle n'attire l'attention sur l'appartement.

Je déroulai les matelas dans le couloir et allai chercher Liola. Dans la chambre noire, la silhouette de Stella fumait, coude sur le poignet. Le vieux, allongé sur un matelas, toussait lui aussi dans une parodie moqueuse.

Avant de se coucher Liola me montra comment Stella avait taillé pour elle une tunique de nuit dans de vieux rideaux dont elle avait attaché les pans avec des épingles. Elle en semblait très satisfaite et en s'allongeant prit garde à ne pas la froisser.

On n'entendait plus rien. Tout était noir sauf dans la cuisine où la lumière jaune brillait toujours.

J'étais sur le point de m'endormir quand j'entendis Lélio chanter. Nous avions laissé la cage dans la cuisine, peut-être se croyait-il au soleil. Il ne se contentait pas de pépier mais chantait de sa belle voix apprise.

Ému de l'entendre comme du temps de la rue Carabat, je me tournai vers Liola. Elle aussi, les yeux brillants, s'était tournée pour me regarder. Je lui serrai la main et nous restâmes ainsi longtemps à écouter le chant de l'oiseau, si vibrant que quelqu'un alla éteindre pour qu'il se taise.

*Promenade sur les toits avec Georges dit La Tourette.*
*La maison Alibabe. Voleurs et gendarmes.*
*Le cahier des rues. Balcon en ruine*
*de la rue des Ferrats et autres délices*

Le lendemain matin, je fus réveillé en sursaut par Georges. Lc soleil venait de se lever.

— J'ai à vous montrer quelque chose de pas ordinaire, dit-il, dansant d'impatience et remuant un seau.

Je me levai et il me fit signe de réveiller Liola.

— La petite doit venir avec nous, dit-il. Il posa le seau et sortit de sa poche deux pains au sucre.

Je réveillai Liola et nous engloutîmes les petits pains qui étaient délicieux bien que couverts de petites plumes. Nous les trouvions si bons que nous éclations de rire. Je ne sais pourquoi, comprendre qu'on a oublié qu'il existe des choses délicieuses fait rire.

En passant dans la cuisine, je vis que la cage était propre, jonchée de graines et qu'on y avait déposé une coupelle d'eau.

— Il est beau, dit Georges, il est bien appris. Peut-être que si on lui avait crevé les yeux, il chanterait encore mieux.

Nous sautâmes sur les toits. Il faisait déjà beau et chaud. Je vis la mer, le pont transbordeur tout proche, l'église Saint-Laurent. Nous étions dans une portion de notre quartier aussi vétuste mais plus habitée que du côté de la rue Carabat. Déjà elle résonnait de cris, de claquements de pas, de chaises tirées, des roulades des rideaux de fer, des rires, de crachats.

Georges nous fit signe de le suivre du côté par où nous étions arrivés mais cette fois nous marchâmes tranquillement. D'abord parce que Liola n'avait plus de chaussures mais aussi pour respirer à grands traits le bleu du ciel, déguster les klaxons, les cris, les sonnettes des trams, le vacarme des entrechoquements métalliques montant de la ville qui nous rendaient glorieux.

— Tu t'y es mise aux pieds nus, c'est bien, dit Georges à Liola. Mais attention à ne pas couper tes pieds de princesse.

Et il s'arrêta, plia une jambe et frotta la plante noire d'un des siens pour que nous entendions comme elle était dure et sèche.

Nous nous remîmes en marche et il nous expliqua que la bande avait mis en place de nombreuses installations : il tendait le bras pour faire remarquer une corde enroulée au pied d'une cheminée ou une échelle rangée contre un mur. Lors de ce voyage, une seule corde était déjà en place, enroulée autour d'une cheminée pour descendre au fond d'un puits obscur. Les autres étaient plus ou moins dissimulées, ce qui expliquait pourquoi nous ne les avions jamais remarquées. Plus tard je m'aperçus que d'autres cordes ou des échelles de corde restaient accrochées pour descendre dans les terrains vagues qui existaient entre certains immeubles et où elles ne risquaient pas d'être remarquées. Quand je demandai à Georges pourquoi elles n'étaient pas toutes installées, il me répondit que c'était parce qu'un escadron de police dirigé par un commissaire du nom de Tuyaudière leur faisait de temps en temps la chasse. Tuyaudière organisait des battues sur les toits : les policiers encerclaient un espace où, avançant lentement, ils tentaient de découvrir les cachettes, les réserves ou les trous dans les tuiles. Ils poursuivaient les enfants quand ils en apercevaient. S'ils trouvaient une échelle, ils se mettaient à l'affût et attendaient parfois une journée entière.

— Tuyaudière, il est malin, il est méchant, mais il sait pas courir sur les toits. C'est ça la police marseillaise, le malin ne sait pas courir et le coureur est un couillon.

Depuis deux ans, trois grandes poursuites nocturnes avaient eu lieu. Au cours de l'une d'elles Lacydon, caché entre deux cheminées, avait poussé un policier dans le vide.

— Il aime voir les gens tomber. Il est un peu malade, dit

Georges en fermant les yeux à la façon d'un prêtre magnanime qui condamne et absout de la même descente de rideau.

Nous empruntâmes une échelle de corde pour descendre dans un puits plein d'orties et d'immondices afin de changer d'immeuble. Georges prévint qu'il fallait toujours vérifier l'état de celles qui restaient en place car certains policiers s'amusaient à les rogner au couteau pour qu'elles rompent quand on les utiliserait. Cette trouvaille le réjouissait, je ne sais pas si c'était parce qu'il la jugeait astucieuse ou au contraire naïve. Ou parce qu'elle rendait la vie plus amusante.

Il nous montra aussi à deux reprises des sacs farcis de pulls et de paquets de gâteaux qui pouvaient servir lorsqu'on se trouvait obligé de rester longtemps sur un toit. Par exemple quand on se rendait compte qu'un appartement vide qui servait d'abri était repéré et surveillé par la police. Nous vîmes aussi des cuvettes et des boîtes de conserve vides destinées à recueillir l'eau de pluie. Il en releva quelques-unes, renversées par le vent ou par « les gabians, plus à craindre que les flics ».

Il s'arrêta tout à coup sur un toit qui devait être celui d'une vieille maison. Les tuiles étaient brunes, couvertes d'une mousse noire, frisée comme une fourrure animale. Sur une cheminée de pierre blanche, on distinguait encore des sculptures de têtes barbues à demi fondues par les pluies.

Georges posa le seau et nous fit signe d'approcher de la cheminée. Il y plongea la tête et inspira profondément. Quand il la releva, son visage radieux nous fit signe d'en faire autant.

Je plongeai la tête dans le noir, aspirai deux fois, trois fois et sentis une odeur capiteuse, tous les parfums de l'Arabie, comme disait ma mère dans le métro quand une dame embaumait à faire vomir. Liola secouait mon pantalon pour sentir à son tour.

Je la soulevai et elle poussa de petits cris.

Quand je l'eus reposée, Georges la regarda tendrement et demanda :

— Ça te dirait d'y descendre ma belle?

Nous rions. Mais, riant aussi, il nous dit qu'il ne plaisante pas.

— Il y a là-dedans des trésors. Mais on ne peut pas aller les chercher, dit-il, riant de plus belle en écarquillant les yeux comme s'il les voyait. Il n'y a que toi qui peux passer ma belle, regarde comme c'est facile.

Attachant un bout de la cordelette à l'anse, il balance le seau dans la cheminée et, lâchant ou tirant sur l'autre bout, le fait monter et descendre à toute allure.

— Il y a des belles robes, des bijoux que tu pourras remonter.

Liola hésite, n'a pas l'air contre. Mais je refuse qu'elle prenne ce risque.

— Il y a des billets partout, murmure Georges. Vous pourrez en garder un peu. Pour vous enfuir loin d'ici.

Je regarde Liola. On se comprend.

— Tu ne vas pas avoir peur, lui dis-je, la prenant dans mes bras pour l'installer dans le seau.

— S'il y a des bijoux, dit-elle, j'en prendrai pour Stella.

Elle s'accroupit dans le seau que nous glissons dans l'ouverture de la cheminée. Georges lui dit de tirer sur la cordelette quand elle sera arrivée en bas et moi de bien la cramponner. Sa tête disparaît dans le noir.

On la sent descendre du seau, on entend des cris de joie, d'émerveillement.

— Tu vois les billets? demande Georges, en plongeant la tête dans la cheminée.

Elle répond quelque chose qu'on ne comprend pas.

— Viens parler dans la cheminée, crie Georges.

— Je vois les billets, vient-elle répéter, et les bijoux.

— Laisse les bijoux tranquilles, remplis le seau de billets. Fous-en-toi entre les dents. Tire sur la corde quand tu es prête.

— Assieds-toi bien dans le seau, crié-je.

Nous remontons le seau. La figure de Liola surgit, de larges billets de banque entre les lèvres. Quand je la prends dans mes bras, elle est imprégnée du parfum qui empeste et colle à la peau. Georges tire les billets, agrippe ceux qui remplissent le seau et fourre le tout dans sa poche. Liola éclate de rire : un billet reste coincé entre ses doigts de pied. Georges l'arrache, lui fait signe de lever les bras. Il palpe son ventre, ses hanches, lui ouvre les poings. Du gauche tombe une bague ornée d'une pierre rouge. Sans un mot il l'empoche.

Je lui demande les billets qu'il m'a promis.

— Tant qu'on est pauvres, on reste frères, dit-il. Alors comme je vous aime, il faut que vous restiez pauvres.

Il nous prend par les bras.

— Et maintenant on va se balader un peu, dit-il, et toute la journée nous nous promenâmes sur les toits.

Sortant de sa poche un carnet, il me montra qu'y étaient notées, classées par arrondissements, les adresses des immeubles où une lucarne, un grenier aux tuiles cassées permettaient de gagner les toits ou d'en redescendre. Ainsi, descendant par le 3 de la rue Moïse, il était possible de vite rejoindre les toits par le 26 de la rue des Martégales ou le 14 de la rue Radeau.

— En se pressant, dit-il en fermant le carnet avec une moue de respect, jamais plus de cinq minutes dans la rue.

Mais il fallait régulièrement mettre à jour le carnet : vérifier que les ouvertures dans les toits n'avaient pas été réparées, les lucarnes condamnées, que les cinq ou six appartements vides qui servaient de refuges à la bande dans différents quartiers de la ville n'étaient pas réoccupés ou murés. C'est à ce travail que se livrait toute la journée la bande, c'est-à-dire la dizaine de gamins qui comme lui vivaient sur les toits et s'enorgueillissaient de n'avoir pas de maison.

Ce jour-là nous ne descendîmes pas dans les rues. Il nous montra comment on pouvait se rendre rapidement de la rue Saint-Laurent jusqu'à la rue de l'Évêché en utilisant rue Caisserie une échelle et une corde rue Montée. Et rue Beauregard un passage par un grenier qui ouvrait sur un puits où un pont de planches permettait de passer d'un pâté de maisons à un autre. Il voulut aussi nous apprendre à marcher vite, légèrement, le dos courbé, en ce bondissement rapide et filé qui était celui de Maccia et qui rendait insensible la pente.

Profitant d'un moment où, pris de l'ivresse des toits, il nous avait distancés, je demandai à Liola ce qu'elle avait vu en bas. Elle évoqua un plancher recouvert de billets, des colliers accrochés aux portemanteaux, et partout, couchés, debout ou suspendus, des flacons de parfum, des montres, des fourrures, des bouteilles de vin et de champagne. Et cela me parut si extravagant et ressemblant si fort à l'histoire de la baleine que je me demandai si elle n'inventait pas.

Georges nous fit sauter sur un petit balcon au garde-fou rouillé orné de feuilles d'acanthe. L'appartement était muré, les tuiles effondrées, l'immeuble lui-même à demi écroulé mais le balcon était confortable, on pouvait s'y prélasser sans être vu sur un tapis d'Orient. D'une caisse laissée là en réserve Georges sortit une boîte de conserve, une cuillère et un couteau. Il ouvrit la boîte à coups de couteau et nous dégustâmes un succulent cassoulet froid en nous faisant passer la boîte et la cuillère. Avant de tendre celle-ci au voisin, par délicatesse nous ne la léchions pas, préférant la secouer d'un geste ample, mêlant à la noblesse du geste l'espoir d'asperger le crâne d'un passant invisible. Au bout de quelques tours Georges sortit de la caisse une bouteille de vin dont il brisa le col contre une feuille d'acanthe. Un ruisseau bleu jaillit sur le tapis où il dessina un nouveau motif. Georges et moi levâmes à plusieurs reprises la bouteille pour boire à la régalade. Le vin était atroce, aigre, tourné, mais je me souviens que je l'aimai, crus boire la vie. Comme nous n'avions rien d'autre et crevions de soif, Liola eut elle aussi droit au vin. Je le fis couler dans sa bouche et je crus qu'elle allait s'étrangler mais elle l'engloutissait tête renversée avec tant d'avidité que je dus relever la bouteille qu'elle semblait prête à expédier.

Tout en s'allongeant Georges lança la boîte vide derrière lui et elle rebondit sur le toit et sonna gaiement dans la rue. Il sortit trois cigarettes défraîchies de sa poche-abîme, en jeta une dans sa bouche et nous offrit les deux autres. Je n'avais jamais fumé mais comme j'étais ivre j'acceptai avec naturel la mienne et n'empêchai pas Liola d'en prendre une elle aussi. Il sortit un briquet ressemblant à un petit miroir et nous fit signe de rapprocher nos têtes afin d'allumer d'une flamme les trois mégots. Nous fumions de façon parodique, avec de petits claquements de lèvres. La fumée brûlait la bouche, le palais instantanément enduit de terre de cave. Nous nous allongeâmes tout à fait sur le tapis, un talon posé sur la pointe de l'autre pied, regardant le ciel bleu auquel, avec des grimaces ironiques, nous envoyions des offrandes de fumée.

À moitié assoupis nous écoutions Georges dit La Tourette nous abreuver d'anecdotes. Il nous raconta l'histoire d'un garçon qui sautant sur un toit était passé au travers des tuiles pour atterrir dans l'échoppe d'un cordonnier. Le dos brisé, il ne pouvait plus marcher. Mais, à sa sortie de l'hôpital, la famille du cordonnier l'avait adopté et il restait désormais toute la journée au lit dans de beaux draps blancs. Il leur arrivait parfois de lui rendre visite. Georges racontait cette histoire d'un ton pensif, semblant trouver ce destin tantôt pathétique, tantôt enviable. (D'une manière générale, je remarquai plus tard qu'un certain tour d'esprit philosophique le poussait toujours à se demander si l'on pouvait vraiment savoir quelles parts du gâteau de la vie étaient les meilleures.) Une autre fois, un policier s'était brisé la jambe sur les toits pendant une poursuite et il y était mort de faim et de soif car personne ne savait où il était.

— Pourtant c'était du côté de la préfecture. Mais plus il y a de bruit dans les rues plus on ne t'entend pas et si tu gueules, on croit que c'est un poivrot.

Des gamins de la bande étaient tombés sur le flic par hasard, lui avaient parlé, étaient allés chercher une cuvette sur un toit pas trop éloigné mais l'avaient retrouvé mort à leur retour.

— Mais c'est une histoire qui est beaucoup romancée par certains, reconnut-il.

Je lui demandai ce qu'était cette maison où il avait fait descendre Liola. Il m'expliqua qu'il s'agissait d'une maison depuis longtemps abandonnée où la bande entreposait les fruits de ses vols « terrestreuzéhahairiens ». Juste avant la guerre, ils l'avaient choisie parce qu'on pouvait y pénétrer discrètement la nuit par une petite porte donnant sur une ruelle minuscule. Le prince connaissait la propriétaire de l'époque, une vieille dame à qui il la louait pour une somme ridicule et qu'il allait voir de temps en temps dans sa petite maison de Camoins. « Je l'amuse tellement, disait-il, que je la ferai tenir centenaire. » Mais l'hiver précédent, les entrées avaient été murées, des scellés collés à toutes les portes. On avait appris que la maison était promise à la démolition.

— Si elle riait tant, c'est qu'elle était gâteuse. Ses héritiers l'ont foutue à l'asile et ont vendu la maison.

Ils ne pouvaient plus y pénétrer, même par le toit car les tuiles donnaient sur des amalgames de mortier desséché et de vieilles poutres noires. La seule façon de pénétrer à l'intérieur était la cheminée mais même le plus malingre de la bande était trop gros pour s'y glisser.

— Alors quand je vous ai vus la première fois sur le toit de la rue Carabat, je me suis tout de suite dit que la petite, elle, pourrait y passer.

Comme nous avions fini la bouteille – que Georges jeta en arrière sur le toit pour le plaisir de l'entendre éclater – et que le soleil devenait très chaud, nous nous endormîmes. Je fis un rêve où je marchais dans une forêt. Le soleil brillait au travers de branches dénudées. Je revenais ou m'en allais avec dans le cœur un sentiment de victoire et de chagrin. Je ne savais pas si je m'arrachais pour toujours au pays de mon enfance ou si j'y revenais, ma vie achevée, retrouvant des arbres qui n'avaient pas changé. Sentant de petites caresses sur mon visage, je m'imaginai que j'étais en train de rêver et que ma mère, penchée au-dessus de moi, tentait de m'éveiller doucement. Je me dis que c'étaient peut-être ses larmes et je m'éveillai en sursaut. Mon visage était couvert de mouches. Il y en avait partout sur le tapis taché de vin, les pieds sales de Georges, la chemise de Liola. Elles étaient si nombreuses, si impavides, que nous décidâmes de nous en aller.

Nous flânâmes un long moment sur les toits, Georges et moi mains dans les poches, Liola bras croisés, jusqu'au moment où il nous dit :

— Venez, je vais vous apprendre quelque chose de marrant et d'utile.

Il nous fit repasser par le puits tendu de planches.

— Il faut que vous connaissiez bien les rues qui se sautent d'un seul côté et celles qui se sautent des deux. Quand on les connaît bien, on peut faire le tour du coin à fond.

Il nous prit la main et se mit à courir à fond de train, criant le nom des ruelles au-dessus desquelles nous bondissions : « Baussenque dans les deux sens ! » « Accoules sens unique ! » « Refuge ! Poirier ! Delui ! Des Honneurs ! » Nous criions, riions dans le vacarme des tuiles. En moins de dix minutes nous parcourûmes une boucle qui nous ramena sur le toit de la maison aux trésors. Nous nous allongeâmes, épuisés, hilares, et tandis que nous reprenions notre souffle, Georges caressait les belles tuiles.

— Avant, c'était des bourgeois qu'habitaient là, aujourd'hui c'est de la pourriture comme nous, rêvait-il, souriant, les yeux à peine entrouverts.

Un moment plus tard il ajouta :

— Je vous ai fait faire les couillons, mais il ne faut pas gueuler sur les toits. Seulement de temps en temps histoire de vivre un peu. Et attention à la rue des Honneurs. Au 6 il y a les deux vieux frères corses qui tirent à la chevrotine quand ils nous voient.

Pour finir l'après-midi, nous passâmes au-dessus du toit où nous avions failli mourir. Le peu qui en restait avait un air pathétique, semblait plein du chagrin de ne pas être notre tombeau.

Georges grimpa à ces marches de fer qu'on trouve fixées dans les conduits de cheminée et nous amena au sommet d'un toit-terrasse recouvert de fientes aussi dures que des coquillages. Au milieu se dressait une citerne rouillée et rongée. Georges l'escalada. L'eau ne lui arrivait qu'à mi-cuisse. Il faisait si chaud que nous nous déshabillâmes, chacun d'un côté de la citerne, par pudeur. Nous gardâmes aussi nos sous-vêtements, ce qui permit de les laver un peu. Noirs et secs ils ressemblaient à de vieux journaux. En retirant mon pantalon de velours, je pris bien garde à dissimuler la liasse de faux billets. Je ne pouvais toujours pas me résoudre à m'en débarrasser car elle me semblait une promesse de trouver le moyen de nous en aller un jour. L'eau avait la couleur et le goût de la rouille. Des écailles brunes recouvraient la surface comme celles d'un poisson fabuleux. Nous nous étendîmes avec précaution, craignant le contact granuleux, friable et coupant de la paroi et cette misérable mare d'eau rouge aussi mystérieuse qu'un océan. Nous faisions la planche au soleil, calmes, les yeux fermés. L'eau était tiède mais plus fraîche que l'air. Je me laissai glisser pour qu'elle recouvre ma tête et au bout d'un moment je sentis les malheurs s'enfuir comme chassés par le vent. Liola avait trop bu, elle vomit un peu dans l'eau et je me rendis compte que nous étions ivres car ce vomissement nous fit rire, bêtement, sans fin.

Nous rentrâmes le soir, légers et las comme on revient d'une plage. Entre des effilochements de nuages bleus pareils aux pans du rideau déchiré d'un gigantesque théâtre, luisait un soleil jaunc pâle.

Je m'arrêtai. J'entendais la voix de ma mère.

Elle chantait *Marcheta*, la chanson qu'elle avait enregistrée et que nous avions si souvent écoutée pendant l'exode. J'aurais cru à une hallucination de la mémoire si Liola ne s'était pas serrée contre moi.

Nous pressâmes le pas et j'aperçus une bande de garçons autour du phono.

Un couple de gamins aux cheveux frisés, à la peau mate, dansait en roulant les yeux, imitant le ridicule de l'amour. Debout sur les cheminées ou à califourchon sur le chien-assis au-dessus de la cuisine, une dizaine d'autres remuaient la tête et les épaules au rythme de la musique. Deux ou trois sifflaient l'air, merveilleusement mais d'une façon drue, assourdissante, presque effrayante.

Maccia était allongé près du phono et fumait en regardant le ciel.

C'était l'un de ces vieux soixante-dix-huit tours cracheux où la voix semble percer un rideau de pluie. Mais je reconnaissais bien la voix de ma mère. Elle me semblait plus jeune, plus insouciante.

*Marcheta, Marcheta,*
*I still hear you calling me*
*Back to your arms once again*

Mon ventre se tordait. Un gamin relança le disque et l'écœurement du chagrin, ou du vin, me força à m'allonger. Étendu, l'ivresse d'entendre sa voix me prit. Quand le disque s'arrêtait, que la pointe résonnait en un va-et-vient d'horloge folle, je ne savais plus si je désirais que la voix se taise ou l'écouter encore.

Entendant Liola pleurer, soulevé par une rage qui me donna envie de casser le disque je me précipitai vers le phono. Un des gamins se jeta vers moi. Nous roulâmes sur les tuiles. Il devait avoir l'habitude de se battre car il frappait de petits coups secs après avoir tâtonné pour atteindre certains endroits. Mais je ne sentais rien et tranchai d'un coup de mâchoire un morceau de sa joue en lui arrachant un cri terrible.

Maccia nous saisit par les épaules au milieu des hurlements et des sifflets. Il nous secoua comme des pantins et les cris se transformèrent en éclats de rire.

Je me dégageai, m'emparai du disque et le mis à l'abri dans la poche de satin mauve.

— C'est ma mère la chanteuse, criai-je. Personne n'a le droit de toucher au disque sans ma permission.

J'avalai le sang que j'avais dans la bouche, craignant qu'il ne rende ma prononciation ridicule. Je m'étranglai, toussai, crachai et cela dut consoler mon adversaire qui cessa de s'agiter violemment sous la poigne de Maccia. C'était un garçon blond aux traits épais, à la peau laiteuse et la chair à vif de sa joue rougissait et pâlissait au rythme de son cœur.

Maccia prit Liola par la main, souleva nos bras en nous présentant comme « des orphelins coursés par la police » et les silhouettes des cheminées nous applaudirent. Ceux qui se trouvaient autour de nous souriaient d'un air hébété. Leurs yeux rouges donnaient l'impression qu'ils avaient passé toute la journée au soleil – c'est souvent le cas sur les toits – ou qu'ils étaient ivres. Nous l'étions aussi. D'ailleurs qui dira si chagrin, colère, désir, tout ce que j'éprouvai ce soir-là, surgit du cœur ou de l'ivrognerie ? Elle est fréquente sur les toits, car on n'y choisit pas toujours ce qu'on boit. Et il arrive aussi que l'exaltation qu'on ressent en marchant de longues heures en plein ciel se transforme tout à coup en mélancolie, en une envie de mourir que seul l'alcool peut dissiper.

Un des gamins debout sur une cheminée brandit vers le ciel un fusil de chasse et tira les deux cartouches. La détonation lui tordit le poignet et le fusil tomba sur les tuiles. C'était celui des deux frères corses de la rue des Honneurs. Ils l'avaient laissé sur leur petit balcon pour pouvoir s'en servir plus vite mais les gamins l'avaient volé en passant par les toits.

— C'est les cousins Balate, Petit Saint Jean et Delanglade. Qui sont des acrobates, dit Georges.

Il faisait si bon que nous passâmes la soirée étendus sur le toit. Liola était rentrée dans l'appartement pour retrouver Stella. Je guettais sans cesse à la fenêtre l'apparition de son visage et mourais d'envie d'aller la voir. Mais la timidité me retenait, et la fierté, et une espèce de colère qu'elle n'ait pas la même envie que moi. On entendait tousser le jeune Anglais.

Le gamin auquel j'avais arraché un morceau de joue ne semblait pas m'en vouloir outre mesure. De temps en temps il appuyait un doigt épais et sale sur la plaie et léchait le sang qui recouvrait le doigt en me lançant un regard provocant, comme un homme qui goûte un délice qu'il ne partagera pas.

Le père de la famille grecque enjamba la fenêtre et vint, en chemise blanche, souriant, mains dans les poches, s'allonger à côté de nous. Il parla avec le prince en italien et les fit beaucoup rire. Je demandai à Georges ce qu'il disait et il me répondit qu'il racontait tout ce qui était arrivé à sa famille depuis qu'elle avait quitté leur île.

— Ce n'est que des malheurs, dit Georges, mais il les raconte drôlement.

Ils avaient fait trois naufrages, « *Tre* », répétait-il, dressant les trois doigts du milieu, « *Tre, come Ulisse* ». « *Come Ulisse* », répétait-il en hochant la tête, incrédule.

Un peu à l'écart, trois gamins avaient fait un feu de bois sur les tuiles.

Ils font rôtir un pigeon qu'ils ont plumé, vidé et transpercé d'une tige de fer qui soulève un bec fin comme un ongle. Seule la tête est intacte. Le velouté du crâne gris-bleu irisé de mauve, la planète noire de l'œil avec son anneau orange rappellent les soies et les pierreries du temps où l'on embellissait ce qu'allaient manger les rois. Les pattes, qu'ils n'ont pas eu le courage ou la force d'arracher, semblent faites de petites bagues de maroquin rouge enfilées les unes sur les autres jusqu'au moment où une flamme les fond et dégage une puanteur âcre. La peau blanchâtre brûle plus qu'elle ne rôtit, de courtes flammes en jaillissent. Sous l'odeur de corne calcinée, on renifle parfois le parfum de la rôtisserie. Ce sont les deux danseurs de tout à l'heure qui le tournent au-dessus du feu. Impatients, ils le tirent des flammes avant qu'il soit cuit, le déchirent et y mordent à pleines dents en roulant les yeux comme lorsqu'ils dansaient, en parodie cette fois de la gourmandise.

Assis autour du feu se trouvaient aussi les cousins Balate, Petit Saint Jean et Delanglade. Ils avaient tous les deux les mêmes mains, courtes, larges, et des bracelets de cuir aux poignets. Mais l'un, perdu dans un veston trop grand, coiffé d'une casquette de la largeur d'une assiette, avait un visage d'enfant, des cils si longs qu'ils se chevauchaient et donnaient l'impression qu'un moucheron y était pris. C'était un agité qui même assis remuait sans arrêt ses pieds et ses mains noirs de crasse. Ses yeux non plus ne restaient pas en place, comme s'il surveillait des moucherons. L'autre, maigre et long gaillard au crâne rasé, en vareuse de marin et pantalon de toile, avait un nez triangulaire et lisse comme un biscuit. Et ce nez lui donnait, je ne sais pourquoi, l'air d'un garçon digne de confiance, limité mais très compétent dans certains domaines.

Georges m'expliqua que les frères ou cousins Balate (on les

appelait tantôt l'un tantôt l'autre sans que j'aie jamais su pourquoi) avaient dû fuir de l'appartement qu'ils occupaient loin d'ici, du côté de la rue Paradis. Repérés, pourchassés dans les rues, ils avaient dû rester cachés plusieurs jours sur les toits sans oser redescendre. Le Balate à gueule d'enfant faisait semblant de ne pas écouter ce récit. Mais, remuant dans les braises la tête et les os du pigeon, il surveillait du coin de l'œil le bouillonnement du bavardage. L'autre Balate au contraire écoutait tout ce qui se disait la nuque droite et les yeux écarquillés. Je remarquai plus tard que dès que quelqu'un parlait il se redressait toujours comme un suspect à qui on relit sa déposition.

Dans l'endroit où ils avaient trouvé refuge, il y avait peu de cuvettes et la plupart étaient asséchées à cause de la chaleur. Ils n'avaient tenu que grâce aux bouteilles de vin trouvées dans une réserve. Mais l'ivresse leur avait fait tenter des folies.

— On a sauté la rue des Dominicaines, dit le jeune sans lever la tête. Jamais on n'avait osé le faire. C'est une connerie. J'ai failli tomber.

Georges tendit le pouce vers moi :

— Ceux-là, ils ont passé avec une échelle les Cartiers du côté des Moulins.

— La petite aussi ? demanda Delanglade.

— À cheval sur son dos.

Petit Saint Jean me regarda dans les yeux.

— Tu es l'assassin, dit-il calmement, hochant la tête, puis il se remit à fourrager la tête et les charbons.

Il faisait noir. La brume qui au coucher du soleil recouvrait parfois le quartier n'avait pas disparu avec la nuit. Autour de nous flottaient des lambeaux de vapeur et lorsque je la bougeai, ma main fut trempée d'une eau glacée. Pour la première fois j'éprouvai une impression qui deviendrait banale en automne : être sur les toits comme sur le pont d'un navire pris dans la brume.

Quand le feu mourut les Balate se levèrent. Georges les suivit pour aller dormir chez le père Pazzi. Seul, je regardai autour de moi. Tous les gamins avaient disparu, il ne restait que Maccia dit Trois Soleils, allongé la tête appuyée sur le phono, qui fumait toujours.

Je me levai et allai m'asseoir à côté de lui. Il n'y avait plus de lumière dans l'appartement. J'éprouvai soudain un dégoût de vivre à l'idée que je ne verrais plus Stella avant le lendemain. Ce sentiment si brusque me surprit de façon déplaisante, comme lorsqu'on s'aperçoit qu'on a mal à la gorge. Maccia, sans bouger la tête, me demanda si j'avais une photo de ma mère. Je secouai la tête. Il n'ajouta rien et, comme il semblait décidé à rester allongé la tête sur le phono, je rentrai dans l'appartement.

Liola dormait déjà dans le couloir. Je m'étendis à côté d'elle mais ne pus trouver le sommeil.

J'entendis, au loin, la chanson de ma mère. Maccia, installé quelque part sur les toits, l'écoutait encore et encore. Heureusement Liola dormait à poings fermés, mais moi je l'entendais.

*Goethe à Marseille. L'étrange Giorgio. Qui était Mac*

Le lendemain matin, réveillé brusquement, j'aperçus la silhouette du père de Stella qui enjambait la fenêtre de la cuisine pour aller sur le toit.

J'entendis ses pas s'éloigner sur les tuiles. Je crus qu'il allait faire ses besoins mais, au bout d'un long moment, comme il n'était pas revenu et que des sonneries de cloches se mettaient à retentir, je me levai et sautai sur les toits.

L'air était frais et le bleu du ciel dur comme de l'émail. Les tuiles ruisselaient dans l'ombre. Le sommet d'une tourelle baignait dans une lumière orange, bizarre comme celle d'un autre univers. Le père de Stella s'y tenait, mains dans les poches, et de temps à autre il inclinait le buste. Peut-être crachait-il sur la ville. Le ciel vibrait de l'exaltation assourdissante des cloches. Ces volées avaient quelque chose de féroce, paraissaient annoncer la venue d'un nouveau monde, qui ne voudrait pas de nous.

Je grimpai moi aussi au sommet de la tourelle. Le père de Stella parlait en regardant la ville, hochant de temps en temps la tête comme ces orateurs qui semblent picorer dans l'air leurs slogans. Quand j'entrai dans la lumière, la maigre chaleur me fit frissonner et le vieux dut le sentir car il se pétrifia et, quand j'arrivai à ses côtés, je vis un œil écarquillé et figé de poule.

Dans tous les quartiers de la ville, les cloches sonnaient à pleine volée. Le vieux ferma les yeux et écarta les bras, comme s'il jouissait des vagues sonores comme on jouit des rayons du soleil.

Je lui criai de faire attention car peu à peu il s'avançait du bord. Comme il ne m'entendait pas, je le pris par la manche. Il résista un peu puis me suivit et nous redescendîmes de la tour. Bras dessus, bras dessous, nous nous dirigeâmes vers l'appartement. Il me regardait de très près, clignant des yeux en gardant les paupières fermées un peu plus longtemps qu'on ne le fait d'ordinaire, comme un homme qui pleure en cachette. Quand il les rouvrait je voyais dans ses iris un enchevêtrement de paillettes jaunes et noisette si complexe et délicat qu'il semblait une prouesse inutile de la nature. Tout à coup il sourit et, passant un bras autour de mon cou, il tendit l'autre pour montrer les toits.

— Le monde est une cloche fêlée, s'exclama-t-il, le monde est une cloche fêlée, il répétait cela en riant, comme si l'harmonie puissante et sauvage montant de la ville prouvait la stupidité de cette phrase. Pour moi, ajouta-t-il en s'arrêtant, fichant ses yeux dans les miens à la façon d'un homme qui partage une vérité durement acquise, le plus grand supplice serait d'être seul au paradis.

Il s'essuya les lèvres du pouce et de l'index et se remit en marche. J'imaginai que, trouvant merveilleux tout ce qui nous entourait, les volées de cloches, la lumière orange sur les toits, il était heureux de les montrer à quelqu'un. Il avait maintenant un air de grand seigneur ; l'échine redressée, un bras passé dans le mien, il dirigeait la marche et, sans relâche, proférait d'une voix métallique, grinçante, à laquelle son accent donnait pourtant un certain charme, des phrases qui me semblaient intelligentes parce qu'elles étaient formulées avec netteté. J'aurais aimé parler ainsi, à la façon des personnages pleins d'esprit de certains films. Le rapport de ces phrases avec les toits, pourtant, n'était pas toujours clair. J'avais du mal à comprendre pourquoi par exemple, les désignant d'un coup de menton, il lâchait « Qui aime trop la simplicité finit par se tromper », ou, s'arrêtant et fermant les yeux, chuchotait « La vieillesse doit rechercher l'erreur ».

Stella attendait à la fenêtre, semblait inquiète et, sans un mot, elle aida son père à sauter dans l'appartement et je me rendis compte à ce moment que ses yeux n'étaient pas noirs mais d'un bleu extraordinairement foncé. Je les suivis jusqu'à leur chambre. Tandis qu'elle l'aidait à se recoucher, pour rompre le silence et croyant lui être agréable je chuchotai :

— Votre père m'a dit une chose très intelligente. Il m'a dit que pour lui le plus grand supplice serait d'être seul au paradis.

— C'est de Goethe, souffla-t-elle sans lever les yeux.

Le vieux se redressa, accrocha derrière ses oreilles ses lunettes de fer et me fixa.

— Le jeune mendiant debout se moque du vieux mendiant couché ! cria-t-il. Mais il mourra avant lui, reprit-il en pointant vers moi un index effrayant comme une malédiction.

Stella, elle, me regardait d'un air triste, comme si mon existence donnait pâture à la folie de son père.

Les jours qui suivirent, et malgré sa répugnance à parler de leur passé, quelques remarques de Stella me firent comprendre cette scène étrange. Le vieux, un érudit, était un spécialiste de Goethe. Au cours de leurs pérégrinations à travers l'Europe, il était devenu à demi gâteux et Goethe qu'il connaissait par cœur s'était pour ainsi dire mis à fondre dans son crâne. Au fil des deux ou trois mois où il vécut avec nous, je finis par connaître par cœur les citations qu'il répétait sans cesse en inversant de temps en temps leurs termes. Ainsi, c'était tantôt *la vieillesse*, tantôt *la jeunesse* qui *devait rechercher l'erreur*. Tantôt *la douleur qui se nourrit de la douleur* était *plus âpre*, tantôt *plus douce*. Je me demandais laquelle était sortie du crâne de Goethe, ou laquelle paraissait la plus vraie. Ces maximes ressemblaient aux couverts déformés par les flammes que nous trouvions parfois dans les ruines d'une maison incendiée. Ainsi, dans les flammes dévorant son cerveau les mots se mêlaient avant de disparaître.

Parfois il vous regardait, assis jambes croisées sur son fauteuil, et apparaissait peu à peu sur ses lèvres un sourire dont la bienveillance et l'ironie semblaient l'image de la sagesse la plus pure. On ne pouvait alors s'empêcher de croire que l'esprit et l'intelligence étaient toujours là, que bêtise et folie n'étaient qu'une comédie mystérieuse, peut-être même, qui sait, la ruse d'une sagesse supérieure. Mais tout à coup le sourire disparaissait, il baîllait en ouvrant toute grande la bouche et quand il la refermait en claquant des mâchoires ses joues s'étaient couvertes de bave, ses yeux avaient pris l'air vide et satisfait des chiens qui rêvent. On comprenait alors que ce beau sourire d'ironie et de sagesse n'était qu'un réflexe, un automatisme musculaire, qui n'exprimait pas une vision sublime de la vie mais le mécanisme électrochimique de quelque reconfiguration de neurones. Et pourtant, à chaque fois que le sourire réapparaissait, quelque chose en vous, peut-être suscité par un autre automatisme électrochimique, ne pouvait s'empêcher de croire un instant à la résurrection de l'esprit et qu'il existait bien une sagesse supérieure de la vie.

Je remarquai aussi que dès qu'on parlait de lui il regardait ailleurs en fronçant les sourcils, comme un homme agité par les préparatifs d'un voyage compliqué. Pour une raison ou pour une autre, c'était toujours ce masque qu'il enfilait en un éclair dès qu'il s'imaginait être le sujet de la conversation. Et il y avait une sorte d'ironie à ce que le seul personnage qu'était encore capable de jouer celui qui était devenu le plus vide des hommes fût celui du Prévoyant.

Lors de cette première journée dans l'appartement (d'où il me fallait sortir tous les quarts d'heure pour faire quelques pas sur les toits, tant je ne pouvais supporter longtemps les murs, les plafonds ni l'odeur des autres), je fis d'autres découvertes sur mes compagnons. Je me rendis compte que la famille grecque de Corfou qui campait dans la salle à manger était plus nombreuse que je ne l'avais cru : outre le jeune garçon qui restait toujours allongé dans son manteau pied-de-poule, l'air d'un prince méditant après l'abdication, et les deux femmes aux longs visages à l'air de famille qui paraissaient avoir été dessinés par un artiste se cantonnant par goût ou incapacité aux variations de la même tête, ou qui, travaillant deux versions d'un même visage, avait donné à l'un plus de beauté, à l'autre plus de caractère, ne sachant lequel il préférait (et leur incompréhensible conversation sans fin au ton toujours vif, coloré de dispute, eût été la controverse infinie en vue de déterminer qui était la version définitive et qui était l'esquisse), il y avait aussi deux gamines, deux jumelles d'une dizaine d'années. Celles-ci ne se ressemblaient pas mais étaient habillées de la même façon car, comme je le compris plus tard, elles auraient trouvé plus amusant, plus conforme à la logique d'un conte, d'être de vraies jumelles. Et l'on voyait vite que, contrairement aux vrais jumeaux auxquels leurs parents infligent des habits identiques, c'étaient leurs ruses enfantines de maquillage, leurs lèvres et leurs joues barbouillées de la même façon, leurs travaux de couture qui avaient orné leurs robes des mêmes rubans rouges, et leurs figures du même masque. Leurs rires, leurs cris, leur gaieté donnaient un éclat si vif à cette fausse ressemblance qu'on croyait vraiment qu'elles étaient en train de répéter sans cesse une de ces comédies qui mettent en scène des jumeaux. Elles passaient leur temps à s'occuper du septième membre du groupe, un bébé de quelques mois. Tantôt elles le traitaient avec dévotion et chuchotements, tantôt elles le faisaient rebondir sur leurs genoux à grands éclats de rire. Le bébé, d'abord extatique d'admiration devant leur joie au point que bouillonnaient entre ses lèvres les grappes de bulles d'un coquillage, se mettait bientôt, cette joie lui paraissant, tout compte fait, relever de la folie, à se renfrogner, à se plisser, virer au mauve, pleurer, hurler, ce qui provoquait la terreur et les cris de tout le monde car on craignait toujours que quelqu'un dans la rue n'entende que cet immeuble muré et abandonné était habité. Alors les deux petites filles l'emmenaient sur les toits où elles l'apaisaient en chantonnant une berceuse en italien et en grec dont je ne comprenais que le refrain, frottant leur joue contre le petit crâne mauve *Moïzetta, Moïzettina, poverina*… Car la famille avait recueilli le nourrisson lors du premier naufrage. Bien sûr ils avaient pensé à l'appeler Moïse, mais comme c'était une petite fille tout le monde l'appelait Moïzetta ou Moïzettina. C'est le père de famille qui m'expliqua tout cela très lentement, car je ne comprenais pas le grec et seulement quelques mots d'italien, mimant avec de grands gestes qui, comme les dessins préhistoriques, figuraient tout en une même dimension, le bateau, la tempête, la barque minuscule et la cueillette de l'enfant sur les eaux. Il concluait cette histoire en rappelant qu'ils avaient fait naufrage trois fois, *Tre*, répétait-il, en prenant un air grave et en dressant brusquement les trois doigts du milieu. Pour conclure ce numéro, il montrait l'enfant et hochait la tête avec un sourire amer, comme si le fait que son existence ait tourné en une parodie de nobles récits, grec et juif, faisait naître la fierté désabusée d'un homme qui a réussi un tour de magie extraordinaire que personne n'a vu.

Ce premier jour je remarquai aussi les yeux ternes du jeune homme malade. Le matin sa chambre était inondée de soleil et il se chauffait assis en tailleur sur le plancher, les yeux fermés, à la façon des cormorans qui, sur un rocher, sont tournés vers le soleil, ailes écartées, et dont on ne sait s'ils sont punis ou bénis par les dieux. Dans une cuvette séchaient les paillettes roses des crachats. Je les connaissais bien. Cette silhouette me mettait mal à l'aise, elle semblait envoyée pour me rappeler ma mère comme les oiseaux noirs qui sur certaines fresques médiévales figurent les remords. Comme elle, c'était un malade que l'exode avait jeté sans ressources à Marseille. Stella m'apprit qu'il n'était pas anglais mais irlandais et donc nullement astreint à la déclaration ni à l'éloignement de la côte, un homme qui avait un pays où repartir, et quand il le voulait. Mais à chaque fois qu'on lui demandait pourquoi il ne le faisait pas, il donnait une réponse différente. Peut-être ne voulait-il pas, tel le héros d'un roman triste, retourner malade auprès de sa mère dans son pays natal. Car souvent dans ces cas-là le roman touche à sa fin. Ou bien peut-être un goût de la catastrophe lui faisait-il trouver une sorte d'ivresse à ce que le désastre de sa vie se confonde avec celui de la France. Peut-être encore, comme je crus le remarquer (comme il est plaisant soixante-dix ans plus tard, vieillard au bord du trou, de jouer avec ces ombres comme un enfant avec des marionnettes), pensait-il que l'air des toits guérissait car il aimait qu'on l'y traîne dès qu'il faisait beau et qu'il y avait du vent. Seul un artiste irlandais peut croire que le mistral soigne la tuberculose. Il était peintre et était venu à Paris à vingt ans comme beaucoup de jeunes artistes de cette époque qui s'imaginaient pénétrer dans une serre magique qui fait éclore les talents. Mais tout ce qu'il avait peint pendant cinq ans de Montparnasse ne lui semblait pas bon, inférieur aux paysages de murs pierreux et de mer qu'il avait faits dans son pays. Et les petites toiles dans lesquelles il ne voyait naguère que les promesses d'un grand destin lui paraissaient désormais un paradis perdu. Six mois après son arrivée à Marseille, sans ressources, épuisé, malade étouffant dans cette ville puante, étuve l'été, glacière l'hiver, il avait entendu parler de réfugiés qui, en échange de sommes modestes, pouvaient trouver un abri sur les toits. Il avait réussi à se faire accepter par la bande de Maccia, soit par générosité, soit qu'ils aient pensé que, vu son état, ils récupéreraient bientôt des tableaux qui vaudraient peut-être un jour quelque chose. Ils avaient dû reconnaître la figure ravagée et le déguenillé des artistes maudits qui font la fortune de ces jobards dont les journaux racontent qu'un jour ils acceptèrent leurs croûtes par bêtise ou bonté. D'ailleurs, pendant l'hiver 40-41, alors qu'il venait de brûler trois ou quatre toiles pour se réchauffer, Maccia lui avait défendu d'en sacrifier davantage, lui promettant qu'il ne manquerait plus jamais de bois.

Au printemps précédent, Mac (ainsi l'appelait Stella) avait voulu se remettre à peindre car il trouvait beaux les ciels d'avril sur les toits quand souffle le mistral. Mais il fit si froid, les averses étaient si glacées que la tuberculose avait flambé. Elle l'avait abattu et il ne quittait plus sa chambre minuscule dont, à part Stella, personne n'osait s'approcher à cause de la contagion et de ses toux formidables. Il s'était promis de repartir en Irlande à l'été. L'été était venu et il se disait toujours décidé à partir, mais un peu plus tard, car il voulait remonter une dernière fois sur les toits en octobre, l'autre époque où les ciels le ravissaient.

Lors de ces cinq ou six jours un peu calmes où nous n'avions rien de mieux à faire que de flâner dans l'appartement, j'allai souvent le voir parce que Stella y était. Et même quand elle n'y était pas. Afin qu'elle s'imagine, quand Mac lui parlerait de ma visite, que j'appartenais moi aussi à la race de ceux qui n'ont peur de rien. Elle aimait beaucoup les petits paysages qu'il avait peints dans sa jeunesse. C'étaient, enfermés dans des cadres étroits, des dégoulinures de vert et de mauve figurant des prairies désastreuses, des bois en capilotade, d'écœurantes cascades. Je les trouvais affreux. Mais puisque Stella les aimait, je faisais semblant, sinon de les aimer, du moins d'en être captivé. Et comme il arrive si souvent dans la vie, la comédie m'avala. Avec le temps je me plus à contempler ces laideurs : ces bavures, cette confusion de rayons et de pluies, ces désastres frais me parurent un monde bricolé avec des rêveries de l'enfer et du paradis. Ou bien, à d'autres moments, j'y voyais la représentation du moment magique où, dans un avenir plus ou moins lointain, la dernière image de la fin du monde se confondra avec la première de sa renaissance. Mais puisqu'il me plaisait de m'abandonner à cette laideur, c'est qu'elle était peut-être de la beauté. Qui le dira ? Aucune toile ne réchappa à notre petite apocalypse.

Le premier jour, Stella, pour faire plaisir à Liola, accepta d'essayer la robe qu'elle avait remontée pour elle. C'était une robe bleu ciel, aux manches flottantes et transparentes comme des voiles, trop grande pour elle. Stella, rapetissée, y avait l'air d'une libellule aux ailes à demi arrachées. Je l'aperçus à peine (elles se livraient à ces essayages et retouches dans la chambre où je n'osais entrer) mais à mes yeux qui avaient rarement vu de filles, ce passage de la robe noire à la robe bleue sembla prodigieux. Elle garda cette robe étrange une journée car elle en avait profité pour laver la noire et l'étendre au soleil. Je me rappelle avoir longtemps marché d'un air nonchalant autour de cette robe et, une fois certain que personne ne me voyait, l'avoir retournée de tous côtés pour découvrir une étiquette qui révélerait un secret. À quatorze ans j'étais un garçon innocent et sauvage. Stella me paraissait un mystère attirant, je désirais que ce mystère avoue qu'il m'attendait depuis toujours. Comme les choses semblent étranges quand on cherche à les dire simplement. Est-ce cela l'amour ? Certains jours elle mettait du rouge sur ses lèvres car la chaleur et le vent les desséchaient. Mais je croyais que c'était pour plaire à quelqu'un. Sans doute Mac, chez qui elle passait de longs moments porte close. En tout cas j'étais persuadé que ce n'était pas pour moi puisque cela me plaisait tant. On constate ici le tour optimiste de mon tempérament. Quand ses lèvres étaient d'un rouge vif, cela lui donnait une fraîcheur et j'avais envie de courir à ses trousses comme si elle sortait d'une rivière. Je suppose que c'était ce qu'il est convenu d'appeler la naissance du désir, cette imagination d'une cavalcade dans les rus et les ronces, couronnée d'une étreinte silencieuse comme un songe. En réalité, j'osais à peine la regarder car je sentais que j'avais tendance, lorsque je posais les yeux sur elle, à ne plus les en détacher. Même la honte ne les dévissait pas, ni les mouches se promenant sur mon visage, attirées par le figé rappelant celui des cadavres. Dès qu'elle fut sèche, elle remit la robe noire de poupée folklorique mais dans laquelle elle semblait pourtant plus grande, plus dure et plus farouche. Je la préférais ainsi. Ce n'était pas un souvenir du passé car j'appris que c'était une robe volée que Maccia lui avait donnée pour remplacer la sienne, toute déchirée par les voyages.

Quant à moi, j'étais si ridicule dans mon blazer d'enfant que je le jetai et allai torse nu. Mais j'avais honte devant Stella de mes bras maigres, de mon torse aux côtes apparentes où la peau semblait tendue sur un nid d'oiseau. Alors dès qu'elle arrivait, je croisais les bras sur ma poitrine mais cette posture me donnait toujours envie de déplaire, de dire des choses désagréables. Et comme cette envie se trouvait contrariée par la niaiserie de l'amour, je restais la plupart du temps parfaitement muet, avec l'air d'un idiot absolu.

À propos de muet, je rapporte tout de suite un épisode étrange. Un soir, je trouvai sur mon matelas une chemise blanche. Elle m'allait, d'un tissu fort doux, et, du côté gauche de la poitrine, une initiale était brodée. Je crus tout d'abord qu'il s'agissait d'un cadeau de Stella ou d'une prise de Liola. Mais quand elles m'assurèrent qu'elles n'y étaient pour rien et ne savaient qui avait pu la déposer là, je ne pus comprendre ce mystère jusqu'à ce que, quelques jours plus tard, j'aperçoive un sourire sur les lèvres du jeune garçon de la famille grecque qui passait ses journées à lire dans son manteau pied-de-poule. Je lui demandai si c'était lui qui m'avait donné la chemise mais il ne me répondit pas, se contentant de sourire avant de replonger dans son livre. À plusieurs reprises les jours suivants, j'essayai de lui parler à nouveau mais il ne me répondit jamais. Tout le temps que nous passâmes avec lui, jamais je ne l'entendis parler, même à ceux que je supposais être les membres de sa famille. Il passait ses journées allongé dans son manteau pied-de-poule à lire d'épais volumes où l'on voyait parfois des images d'îles et de pirates. Je lui demandai son nom mais il ne répondit rien, se contentant de sourire davantage et de montrer du doigt l'initiale brodée sur la chemise. La famille grecque – était-ce la sienne ou l'avait-elle recueilli ? – ne le regardait jamais, lui parlait rarement, mais on ne sentait pas là une marque de mépris, plutôt de respect, de crainte même. Je réussis seulement à apprendre qu'il s'appelait Giorgio.

Peut-être était-il muet. Était-ce une pose ? L'effet d'une timidité extrême ? Du mépris ? Prenait-il plaisir à ce que, à la façon d'un animal domestique, je promène l'initiale sur mon cœur ? Peut-être m'avait-il donné sa chemise pour que je sois son ombre sur les toits. Ou son ambassadeur au royaume de l'aventure. Mais aucune de ces hypothèses ne tient lorsque je revois le sourire d'ironie qui apparaît sur ses lèvres lorsque, après m'avoir regardé, il baisse les yeux sur son livre.

La cuisine de l'appartement était remplie de provisions. On ne manquait jamais de nourriture dans les repaires mais elle avait toujours quelque chose d'inattendu ou d'extravagant. Les gamins y entassaient ce qu'ils avaient volé, troqué au marché noir, ce qu'on leur avait donné ou qu'on pouvait acheter sans tickets, et on trouvait, entassés contre les murs, des dizaines de sachets de chicorée, des pyramides de conserves de luxe (homard à l'armoricaine, lièvre à la royale) d'où émanait quand on les entrouvrait une odeur de cadavre, les œufs blancs comme de la craie des poules des toits, des tomates énormes, crevassées de plaies vertes où palpitaient des guêpes, des pommes de terre germées qu'on faisait cuire sous la cendre, qui exhalaient dans la bouche un goût de cave qui faisait naître la nostalgie de quelque chose, avec cela jamais de pain, de sucre, de viande fraîche si ce n'est parfois celle atrocement dure d'un pigeon abattu au lance-pierre, ni de légumes frais, à part les tomates volées dans les potagers et les susdites patates élégiaques. C'est là que je rangeai la bouteille Boustefigue et, dressée sur les étagères, la figure aux yeux globuleux du bon curé semblait partagée entre la satisfaction du repos et la terreur du capharnaüm. Sous l'évier nous retrouvâmes allongées en strates innombrables des boîtes de sardines de la marque Philippe et Canaud. Lorsque j'en regoûtai, je me souvins de notre voyage. J'en éprouvai un regret étrange, comme si j'avais longé la côte d'une île merveilleuse sans pouvoir y aborder.

On y trouvait aussi des cageots pleins de l'armoise qui poussait dans les terrains vagues entre les maisons abandonnées ou dans les puits d'immeuble et que nous mangions crue ou ajoutions à tout ce que nous préparions à cause de son bon goût citronné et parce qu'elle était – paraît-il – bonne pour la santé. Comme j'aimais l'armoise, comme j'en vins à la bouffer à pleines dents, jutant et grinçant de la mâchoire, tel un cheval. Dans un puits entouré de ruines de la rue Torte il y en avait qui faisaient deux mètres de haut, leurs feuilles ressemblaient aux pattes d'un animal mythique. Mais ce n'étaient pas les plus goûteuses. Quant à Moïzettina, elle était nourrie du lait d'une chèvre de Mme Sorintra, une brave vieillarde qui possédait un petit café rue Servian où elle couchait, mangeait dans l'obscurité la plus complète et dans l'arrière-cour duquel paissaient ses trois chèvres. Georges allait en chercher un pot tous les matins que la bonne vieille lui donnait en échange de quelques bottes d'armoise. Le pot arrivait plus ou moins plein selon l'itinéraire plus ou moins compliqué qu'il avait été obligé de suivre sur les toits. Le réchaud de la cuisinière étant hors d'usage, tout était chauffé au feu de bois sur le carreau de la cuisine ou sur le toit. Heureusement sur le palier un robinet donnait encore de l'eau. Quand ils allaient y boire, les visages des Grecs prenaient une expression de revanche.

Pour la toilette, le plus agréable était d'aller sur les toits avec une cuvette. Pour éviter d'être surpris, on prévenait en criant «*Tempo di bagno!*» Se dévêtir en plein air avait d'abord paru indécent aux deux sœurs grecques (c'est ainsi que je les appelais sans avoir jamais su si elles l'étaient). Même les gabians et les pigeons les gênaient, elles criaient avec indignation quand ils tournaient au-dessus d'elles comme si becs et plumes travestissaient des violeurs de l'Olympe. Mais une fois qu'elles s'y furent habituées, elles y prirent du plaisir et nous les entendions crier et rire car même pour la toilette elles ne se séparaient pas et poursuivaient cette discussion perpétuelle colorée de dispute jusque dans la gaieté. On était parfois obligés de demander à Ulysse (ainsi avais-je surnommé l'homme de la famille) d'aller les rappeler car les braves femmes prenaient avec le temps de plus en plus de plaisir à sécher nues au soleil.

Lorsque Stella criait « *Tempo di bagno !* » je ne pouvais m'empêcher, où que je mc trouve, de baisser les yeux comme si elle était déjà nue. Je me demandais si la peau de ses cuisses et de son ventre était aussi laiteuse que celle de ses bras. Et cette curiosité était tellement innocente que seule la crainte de trahir l'intérêt que je lui portais me retenait d'aller la voir.

Le matin très tôt ou tard le soir, à de longs intervalles de décence, les pensionnaires allaient sur les toits vider les pots de chambre. Après une marche d'au moins cinq minutes, on les versait dans une étroite venelle ou dans un puits entre des immeubles noirs, délabrés, habités par des ombres pas regardantes qui d'ailleurs y vidaient elles aussi leurs ordures. Liola et moi préférions aller faire nos besoins sur les toits. Les habitudes ordinaires nous semblaient ignobles. Par pudeur, ou fierté, ou dégoût, j'allais le plus loin possible. Jamais rien ne m'a plus répugné que de trouver de la merde sur les toits.

Pendant ces quelques jours, Georges emmena plusieurs fois Liola dans la maison Alibabe d'où elle sortit billets et bijoux. (Quelqu'un, peut-être Maccia, avait dû l'appeler la maison d'Ali Baba. Mais ce nom inconnu, les gamins l'avaient pris pour celui des propriétaires, ils avaient créé la famille Alibabe.) Le soir, une fois couchés sur nos matelas, au milieu des ronflements, des pets, des jets de pisse sonnant dans les pots, de la toux et des crachats de Mac ou pleurs de Moïzetta, Liola aimait me décrire les richesses de la maison Alibabe. Ce qui l'amusait était que tout s'y trouvait mélangé, colliers dans les casseroles, tableaux sous les billets, billets sur le parquet. Tout cela me semblait inventé et la puérilité de ces inventions m'agaçait jusqu'au moment où, me souvenant qu'elle croyait que j'aimais les contes (puisque je lui en racontais sans cesse), je me dis que ses efforts ne visaient peut-être pas tant à faire l'intéressante qu'à me distraire et à me faire rêver une fois que je serais endormi. Ainsi avais-je longtemps fait pour elle. De ces expéditions elle ramenait aussi des robes qu'elle offrait à Stella ou qu'elle lui demandait de garder, « pour toi pour plus tard ». En attendant, elle se sentait de plus en plus à l'aise dans son blazer couvert de toiles d'araignées et de salpêtre, son short azur et les pieds nus. Georges lui avait trouvé une casquette que Stella avait reprise pour l'ajuster et elle aimait, ainsi accoutrée, courir les toits avec lui. Ces expéditions me soulageaient, me rendaient jaloux et m'emplissaient de remords.

Lélio avait retrouvé ses belles couleurs et chantait mieux qu'il ne l'avait jamais fait, charmant la famille grecque qui venait parfois au grand complet, Giorgio compris, l'écouter dans la cuisine.

*Recherche de ma mère. L'hôtel aux réfugiés.*
*Promenade dans Marseille avec Maccia.*
*Son talent de chanteur de rue. Un pacte*

Maccia passait parfois, jamais à la même heure. Sa silhouette apparaissait tout à coup dans le couloir, mains dans les poches, avec son air de propriétaire rêvant à des embellissements. Parfois aussi – et j'étais alors souvent étouffé par des sanglots de rage – je l'entendais de loin siffler la chanson de ma mère. Il en faisait des variations infinies. Mais je savais que le thème finirait par revenir. Plus il s'approchait plus la mélodie devenait nette mais il s'arrêtait de siffler quand il arrivait près de l'appartement, peut-être par délicatesse. D'autres fois il me semblait l'entendre mais peut-être était-ce une hallucination née des caprices du vent.

Un jour vers midi il apparut dans le couloir où j'errais comme une âme en peine (Stella discutait avec Mac porte fermée ; Liola était repartie à la chasse aux trésors). Je remarquai qu'il avait ciré ses souliers caramel, brossé son veston anciennement gris perle et coiffé un chapeau noir aux larges bords. Comme je passais près de lui il me dit :

— Et si on partait à la recherche de ta mère ?

Pour calmer mon trouble il m'apprit qu'il existait un hôtel où résidaient les étrangers astreints à l'éloignement mais incapables de se déplacer parce que indigents ou malades. Il me proposa d'aller y faire un tour, et quand je lui rappelai que je pouvais être arrêté si je me faisais connaître, il sourit en disant que nous irions inspecter l'hôtel incognito. En plein midi, au moment où nous risquions le moins de trouver les policiers qui venaient pour les visites de contrôle.

Il m'avait apporté de belles chaussures noires, un peu trop grandes pour moi.

— Mets-les quand même, dit-il. Secoue ta chemise et brosse ton froc.

Cela fait, nous partîmes immédiatement et par une lucarne d'un toit de la rue Cordellerie il me fit redescendre pour la première fois depuis bien longtemps dans une rue. Cela me fut extrêmement pénible. Croyant que les façades des maisons se refermaient sur nous, je pressais le pas d'une façon ridicule. Mais lorsque nous débouchâmes sur le cours Belsunce et que je retrouvai la foule des têtes défilant avec une sorte d'enthousiasme de hanches et de jambes comme en route vers la Terre promise, un sentiment d'horreur et de dégoût me submergea, comme si ma vie sur les toits m'avait rendu étranger à l'espèce humaine. Toutes les figures me semblaient atroces. J'imaginais que la variété des visages de cette marée humaine était une illusion. Ils me paraissaient porter des masques cachant le vide et la mort. Seuls les visages de mes compagnons des toits me semblaient humains, le troupeau défilant devant moi me paraissait composé d'êtres ridicules et impitoyables (et qu'est-ce qu'un cauchemar sinon l'intuition soudaine que deux opposés sont en réalité identiques ?). En tout cas, cette impression de cauchemar devint si forte que je fus pris de nausées et obligé de m'arrêter et de m'appuyer contre un mur. Et là, comme sur le toit quand j'avais appris que le brigadier était un assassin, à peine la nausée passée je fus saisi d'un fou rire amer qui me tordait le ventre. Maccia n'y comprenait rien et pour détourner l'attention des passants de ce gamin qui semblait à la fois rire et souffrir, il se mit à rire lui aussi pour faire croire que nous étions follement amusés par quelque chose. Et comme les habitants de cette ville croient être volés quand quelqu'un rit et pas eux, trois ou quatre s'arrêtèrent et se mirent à rire, de mépris ou d'empathie, ou bien des deux à la fois car c'est aussi un trait, au fond assez plaisant, des habitants de cette ville qu'ils peuvent marier avec aisance la férocité et la compassion. Maccia leur désignait mes chaussures trop grandes et, heureux d'avoir trouvé une cause à leur hilarité, ils se les montraient en riant de plus belle. Certains arrêtaient même d'autres passants pour les leur faire admirer. Peut-être cela me réconcilia-t-il avec ces trognes qui me regardaient en hochant la tête avec de bons yeux et des bouches railleuses car mon angoisse se calma brusquement, je pus reprendre la marche sans que les visages me répugnent et bientôt mon dégoût disparut même tout à fait et je me pris de nouveau au plaisir de contempler la diversité des têtes.

Je me souviens que nous rejoignîmes l'église des Réformés avant de nous enfoncer dans de petits passages du côté de la rue Thiers. Et tout à coup nous débouchâmes sur un terre-plein terreux couvert de fétus de paille où se dressait un hôtel décrépit aux volets de métal blancs rongés de rouille. Des hirondelles y tournoyaient sans relâche.

Maccia s'arrêta et me montra l'hôtel sans rien dire comme on fait d'un gâteau avant de le manger.

Il m'entraîna dans une venelle de l'autre côté du tertre et après avoir grimpé sur le toit d'un immeuble figurant sur le cahier, nous bondîmes sur celui de l'hôtel. Maccia avait dû repérer le chemin car il se dirigea vers un endroit où les tuiles avaient été enlevées et nous nous glissâmes dans un grenier.

Une porte ouvrait sur un couloir ratissé de soleil comme l'allée d'un sous-bois. Les pensionnaires avaient laissé leurs portes ouvertes pour créer un courant d'air et des draps suspendus pour conserver un peu d'intimité claquaient un peu partout. Nous avancions lentement et j'observai sur le visage de Maccia une transformation étrange que je retrouvai plus d'une fois par la suite dans les moments où il s'apprêtait à jouer une comédie : il se mettait à sourire, non de l'air moqueur qu'il arborait souvent, mais d'un sourire plus doux et son visage s'animait comme celui d'un homme qui entend une musique qu'il aime ou qui s'apprête à prononcer un discours qui lui gonfle le cœur. Sa démarche aussi changeait, elle prenait quelque chose de dansant, il avait l'air de quelqu'un qui sur la route entend déjà la musique du bal.

Nous jetions des coups d'œil dans chaque chambre. Dans la première deux silhouettes recroquevillées sur leur lit avaient l'air terrifiées par le voile claquant au-dessus de leur porte. La plupart des pensionnaires étant couchés, on n'en vit que les pieds. Dans une chambre, des souliers vernis et lacés semblaient ceux d'un homme endimanché pour partir vers l'autre monde. J'aperçus beaucoup de chaussettes noires, avec un œil blanc qui à chaque fois me regardait d'un endroit différent. Quatre pieds nus entremêlés si pleins de corne et d'oignons qu'on ne distinguait plus l'homme de la femme. De temps à autre, l'hôtel bruissait de mots anglais, allemands, d'autres langues que je ne connaissais pas. J'ai l'impression que les pensionnaires se taisaient de peur d'être espionnés mais dès que l'un commençait à parler, tous s'y mettaient. En quelques instants l'hôtel bourdonnait d'un ramage qui faisait tourner la tête. On aurait dit des humains métamorphosés en oiseaux qui à une certaine heure ont le droit de raconter l'histoire de leurs vies. Je ne pus m'empêcher de m'arrêter pour les écouter. Ce qu'on entend dans une langue inconnue semble toujours intéressant, on s'imagine qu'on serait plus heureux à vivre avec ces gens qui paraissent appartenir à une race plus raisonnable que celle dont nous comprenons la langue. Il était parfois difficile de regarder à l'intérieur des chambres car le couloir était encombré d'objets, piles de paperasses et de livres, roues de vélo, guéridons, commodes, tableaux enveloppés. Les pensionnaires semblaient avoir constitué sur le seuil un petit musée de leur existence. Ou, au contraire, entassé des vestiges destinés à perdre dans ce sas leur fumet sentimental afin qu'ils puissent un jour les jeter en éprouvant la satisfaction du nettoyage. On croyait parfois épier les propriétaires de petits jardins. Un couple de vieux Anglais, les yeux baissés autour d'une table ronde, avaient l'air de gens qui attendent que le dimanche finisse. Plus loin, deux jeunes Indiens en costumes d'été dialoguaient avec vivacité, tantôt dans leur langue, tantôt en anglais, de façon si nette, si explosive qu'ils semblaient lancés dans l'un de ces jeux où l'on fait claquer des jetons. La couleur de leur visage, qui donnait l'impression qu'un dieu esthète, extravagant, les avait sculptés dans un bois trop précieux pour un tel usage, ainsi que leurs vestes élégantes, légères faisaient pour un instant naître l'illusion de fouler le couloir d'un grand hôtel dans un pays lointain.

Une odeur suffocante de médicament montait d'une chambre du fond du couloir, je pressai le pas mais ne découvris que l'ombre d'un vieillard couché qui levait et baissait doucement son bras, semblant chasser un insecte qui revenait toujours.

Nous descendîmes à l'étage du dessous. Il était encore plus sombre. Toutes les portes étaient fermées. Dans le noir résonnait le cri des hirondelles. Une seule chambre était ouverte : un couple de jeunes gens assis au milieu de leur lit – je me souviens que lui portait veste et cravate et n'avait pas enlevé ses chaussures – fumaient les yeux à peine entrouverts, comme si leur cigarette contenait une drogue qui allait les emmener loin d'ici.

J'essayai d'ouvrir les portes mais elles étaient fermées à clef.

Maccia, les mains dans les poches, se met à siffler la chanson de ma mère. Il la siffle si bien que j'ai l'impression qu'elle va m'appeler.

Tout à coup, au bout du couloir, émerge peu à peu de la cage d'escalier la silhouette d'un petit vieux dont le costume et la casquette noirs rappellent l'uniforme des gardiens de cimetière. Ce doit être le concierge de l'hôtel car il aboie pour demander qui nous sommes, en homme bien entraîné à jouir des étincelles de pouvoir qu'on lui autorise à jeter. Maccia lève les bras avec un grand sourire et s'approche de lui calmement, en longues enjambées, comme pour éviter des valets prosternés.

— Ah cher monsieur, que c'est bon de vous voir, je vous cherchais dans tous les recoins, lance-t-il avec un accent mi-russe, mi-italien, et il pose la main sur l'épaule du vieux comme sur un vénérable manteau mité. Il se tourne et me désigne. Regardez ce pauvre enfant, dit-il, nous l'avons recueilli au consulat et figurez-vous qu'il est à la recherche de sa mère. Approche-toi, enfant, que monsieur voie ta petite figure.

Je m'approche et lève la tête vers le vieux. Il ouvre la bouche et, comme s'il la montrait, apparaît une dent de métal.

— La femme est une chanteuse anglaise du nom de Dawson. J'ai pensé qu'elle était ici.

Maccia roule les *r*, semble hésiter entre incarner l'Italie ou les Balkans. De plus, il change de ton à chaque phrase, l'une est rieuse, la suivante mélancolique. Ce numéro rend le vieux circonspect, on voit qu'il ne sait pas quoi penser et qu'il s'agit là pour lui de la plus grande torture du monde. Il m'observe et dans ses petits yeux fleurit la méfiance envers le malheur, la suspicion des cœurs secs qui s'imaginent toujours l'avoir trop bon. Maccia le regarde puis, prenant un ton rêveur en passant un bras autour de ses épaules :

— Le misérable enfant ne sait guère où aller, il s'est retrouvé chez nous parce que son père qui vient de mourir était l'un de nos concitoyens, le pauvret ne parle pas bien le français, demandez-lui de dire un mot vous l'allez voir, ajoute-t-il en donnant un coup de coude au concierge.

Le vieux hésite, le regarde, me regarde, le regarde puis me regarde à nouveau et finalement, se penchant en avançant la tête, murmure : *épigastre*. Je répète le mot avec un accent anglais ridicule et il éclate de rire. Le prince s'amuse avec lui et lui reflanque un coup de coude. Le vieux fait un pas en avant, se penche à nouveau et chuchote : *confetti*. Je répète quelque chose comme *kanfayti* et le vieux, sa figure jaune soudain écarlate, en pleure de moquerie et d'amusement. On sent qu'il est heureux de trouver des mots difficiles à dire parce qu'il croit se découvrir un talent. D'ailleurs il s'apprête à en prononcer un troisième mais le prince le prend par le bras et lui redemande si ma mère est ici. Le vieux est maintenant notre vieil ami, il me regarde avec bienveillance, que j'aie perdu ma mère lui était indifférent mais que je ne puisse prononcer *épigastre* le touche, comme une limite de la misère humaine. Ou peut-être se foutre de moi l'autorise-t-il à rendre service sans se considérer comme un imbécile. Il y avait bien une jeune dame anglaise ici, bien malade et triste, nous apprend-il, dans cette chambre là et il nous montre une porte fermée au milieu du couloir. Une belle blonde qui pleurait en écoutant le canari du café de la rue Rougier. Mais elle n'y est plus, elle était trop malade, on l'a emmenée. Le prince lui demande s'il sait où et le vieux lève les yeux, les sourcils et les bras pour signifier qu'en dehors du couloir l'univers lui échappe. Tout de même il dit que c'est dans une maison de repos au Roucas. Le prince lui demande de nous montrer la chambre.

Elle est sombre. Je n'ose respirer de crainte de sentir son odeur. Le prince fait signe au vieux d'ouvrir les volets. La chambre est vide, le lit fait, le couvre-lit de satin inondé de soleil plus triste qu'un cadavre. Maccia passe la main dessus et en lève un long cheveu blond. Il me le montre et le met dans sa poche.

Quand nous revenons par les rues désertes, voyant que je suis triste, il pose une main sur ma tête et me félicite.

— Tu as bien compris ce qu'il fallait faire pour tromper ce vieux couillon, me dit-il. Je me doutais que tu pouvais faire rire avec ta petite tête. Tu pourrais être clown.

Vous ai-je dit que mes cheveux sont roux, mes yeux verts? Je suis vexé, furieux de penser que c'est cette figure qui attirait l'attention des spectateurs du Lux à Pantin, plutôt que la façon terrible que j'avais de dire les mots de Jonas en croisant les bras sur ma poitrine. La colère dissipe le chagrin.

Nous redescendîmes vers le boulevard Chave et, regardant mon compagnon marcher à mes côtés avec son air habituel, légèrement railleur comme si le monde autour de lui n'était que le motif d'une moquerie indulgente, je me demandais s'il était possible que le vieux l'ait pris pour un consul. Son veston gris d'été était saupoudré de suie et le brossage n'avait rien arrangé, le nuage d'ouate à l'épaule grossissait au fil du temps, et son pantalon gardait le souvenir d'une tache dont le dessin rappelait la forme du continent africain. Seuls son vaste chapeau noir et ses souliers caramel où brillait le soleil jetaient sur l'ensemble une note de luxe, encore que d'un genre douteux. Mais malgré ce disparate d'accoutrement et l'air bizarre que donnaient à son beau visage brun les tempes entaillées de cicatrices blanches, on avait l'impression qu'il aurait réussi à se faire passer pour n'importe qui tant il ne ressemblait à personne.

Ce même matin, je découvris un autre aspect du personnage, comment il agrémentait ses journées d'une façon qui, bien que modeste, subvenait à notre pitance plus honnêtement que le vol. Rue Saint-Michel, il pénétra sans crier gare dans la vaste cour intérieure d'un immeuble, se campa mains dans les poches sur les pavés et se mit à chanter. Au début je crus que cette chanson adressait un message à quelqu'un car il avait levé la tête vers une fenêtre et la chaleur, l'intensité de son phrasé étaient telles qu'il avait l'air d'être entré là afin d'expulser d'urgence ce qui gonflait son cœur. Il chantait en italien, ou en corse, et peu à peu sa chanson devint comique, pleine d'onomatopées, de sifflets et de trilles. Des têtes apparaissaient partout aux fenêtres, des têtes de femmes de tous âges qui riaient et le saluaient de la main. Puis, ses couplets amusants terminés, et alors que certaines lui lançaient déjà des pièces enveloppées dans de petits morceaux de papier, il se mit à chanter la chanson de ma mère. Je crus d'abord qu'il la chantait en italien mais je finis par reconnaître les mots anglais, prononcés d'une façon si déformée qu'il semblait reprendre cette chanson que je connaissais depuis toujours dans une langue inconnue. Il la chanta lentement et avec tant de cœur que la tristesse me prit et je me rendis compte que des larmes coulaient sur mes joues. Les femmes s'en aperçurent et avec des cris d'émotion lancèrent une nouvelle volée de pièces.

Quand il eut fini sa chanson, le prince vint me prendre par

l'épaule et d'un mouvement doux du pouce essuya mes larmes. Ce geste émut les femmes jeunes et vieilles qui ornaient les fenêtres de la cour au point que nous nous retirâmes sous les applaudissements qui saluaient je pense à la fois le chagrin et la consolation.

Nous nous attablâmes un peu plus loin à la terrasse d'un café où le prince commanda une bière et une limonade puis entreprit de déplier les papiers, y jetant un coup d'œil avant de les froisser et de les laisser tomber entre ses jambes, sauf ceux où quelque chose semblait écrit, qu'il glissait dans sa poche en compagnie des pièces. Puis il me dit qu'il admirait beaucoup le talent de ma mère, « une vraie artiste », insista-t-il. Son air assuré laissait entendre que je pouvais le croire car il en était un lui-même. Et il me fit en effet quelques confidences sur son goût pour le chant et la scène, « où il m'arrive de faire quelques petites choses, quand ça me prend, comme tu l'as vu », ajouta-t-il avec une moue de fausse modestie, montrant qu'il considérait les pavés de la cour malodorante dont nous conservions l'odeur jusque sur les manches et les cheveux comme une « scène ». Il ajouta que notre expédition avait été profitable car nous avions appris dans quel quartier ma mère devait être soignée, que nous explorerions le moment venu. Puis, souriant avec bienveillance en versant un peu de sa bière dans ma limonade, il me répéta, comme s'il croyait que cela allait me remplir de fierté, qu'avec ma tête je pouvais avoir du succès dans certaines chansons comiques ou émouvantes qui mettent en scène des orphelins. Bien sûr, je n'avais pas d'expérience mais, précisa-t-il, « quand le public a un gros cœur c'est plus facile ». Après ces paroles encourageantes, étendant les jambes, il se mit à regarder le petit monde de la terrasse avec cet air de propriétaire plein d'amusants projets. À l'heure de la sieste, la vaste terrasse n'était occupée que par un groupe d'individus chapeautés qui, dans un coin d'ombre, le dos rond, discutaient à voix basse en plissant les yeux, ce qui les faisait ressembler à des hommes tentant de devenir chinois, et un gros homme ruisselant de sueur, affalé bras ballants dans un fauteuil de rotin, une cravate bariolée cuisant sur la bedaine, le chapeau pendu au bout des doigts, l'air d'un éléphant soulagé d'avoir enfin rejoint le cimetière où il fallait mourir. Tous les pantalons frémissaient au vent brûlant.

— On la retrouvera. Je t'en donne ma parole de voleur, dit le prince.

Comme il avait prononcé la première phrase en riant et la seconde d'un air grave, je me demandai s'il ne continuait pas le rôle joué devant le gardien. Il sortit le cheveu de sa poche, peut-être pour me le donner, mais il changea d'avis et, trouvant sans doute ridicule de l'y remettre, il ouvrit le doigt et laissa le vent l'emporter. Puis, soit qu'il eût préparé depuis longtemps ce geste et n'ait sorti le cheveu que pour l'amener, soit au contraire qu'il n'ait plus su quoi faire de sa main, il me la tendit et dit de sa voix qui semblait citer les paroles d'une chanson :

— Alors, monsieur, acceptez-vous l'aide d'un voleur ?

Je compris que cette main tendue représentait une sorte de pacte. Et, sans réfléchir plus avant, je la saisis. Car il avait une certaine façon musicale de bouger qui poussait à lui obéir comme lorsqu'on suit les pas d'un professeur de danse.

Partant ensuite dans les rues souvent parfaitement désertes à cause de la chaleur, nous nous promenâmes longtemps autour du boulevard Chave. Cette déambulation avait un plan précis, car au cours de l'après-midi il entra dans quatre ou cinq cours pour chanter ses couplets corses ou napolitains. Comme il changeait sans cesse de ton, je ne sais pas si c'étaient des chansons pour rire ou pour pleurer. Parfois il chantait avec un tel air de sincérité et d'émotion qu'on se disait que ça ne pouvait être qu'une romance de mélodrame, d'amour malheureux, mais tout à coup il se mettait à siffler, cligner de l'œil et faire des grimaces, si bien que je n'arrivais pas à savoir si le drame était l'intermède de la comédie ou l'inverse. Dans ces cours noirâtres où je retrouvai avec tendresse la puanteur de la rue Carabat, ma participation se réduisait à me tenir à ses côtés «comme un orphelin qu'il me faut nourrir, c'est-à-dire ce que tu es». Je remarquai vite que ses admiratrices étaient moins nombreuses que dans les cours du matin. Quelques têtes de vieilles édentées auxquelles ses chansons devaient rappeler des souvenirs car elles fermaient les yeux en les écoutant, dodelinaient de la tête ou se mettaient les mains sur les oreilles en versant des larmes. L'état spongieux des murailles noires présageait bien de la maigreur de la récolte et on ne nous lança pas une seule pièce. Les têtes se retirèrent dans l'ombre sans même nous applaudir comme si les pleurs étaient une plus noble récompense. Et pourtant, au moment où nous allions partir, des mains qui n'étaient pas des mains de femme lancèrent des paquets de chiffon que le prince alla tranquillement ramasser. Il les déplia sous le porche et je vis qu'ils enveloppaient des colliers, des bagues, des billets qu'il plongea dans ses poches ou sous la doublure de son chapeau à toute allure en mimant les gestes d'un homme qui se rajuste et se recoiffe.

— Maintenant, me dit-il alors que nous arpentions le boulevard, tu peux arrêter un agent et lui dire que je suis un voleur. Il me fouillera, il m'arrêtera et comme tu as dénoncé on te récompensera et on te ramènera à ta mère. Toi qui veux te conduire comme un honnête, c'est le moment.

Les mains glissées dans les poches de sa veste, il regardait devant lui avec un sourire de mépris, comme s'il entrevoyait déjà le monde grotesque de la prison.

L'idée de le dénoncer m'aurait-elle tenté si j'y avais pensé le premier? Elle me parut si insultante que je croisai les bras sur la poitrine et ne prononçai pas une parole pendant de longues minutes. Enfin, désirant qu'il comprenne que j'étais dans son camp, je me mis à siffler *Dicitencello Vuje*, une de ses chansons dont je me rappelais quelques paroles.

*A voglio bene*
*A voglio bene assaje.*

Il rit doucement, sans me regarder et il m'accompagna à mi-voix, et nous descendîmes ainsi, chantonnant tout bas le refrain jusqu'au bout du boulevard Chave.

*Autre facette de Maccia.*
*Prémices de ma carrière de voleur*

Mais, il faut bien y venir, la journée se termina par un épisode moins musical et qui – plus encore peut-être que d'autres pourtant plus terribles qui allaient venir – m'a toujours poursuivi dans mes rêves.

Parfois, dans les rues les plus étroites ou les plus désertes, Maccia sifflait entre ses doigts trois notes stridentes et un sifflet, deux sifflets lui répondaient sur les toits. Certaines fois ils se répétaient de loin en loin comme des pinsons dans des jardins. Il me faisait un clin d'œil et riait de satisfaction.

L'après-midi touchait à sa fin et nous traversions le quartier plus reluisant de toutes ces rues autour de la rue Paradis qui plongent si brusquement vers le port qu'on a l'impression que l'ombre y a versé comme dans un piège, quand tout à coup nous entendîmes des cris au-dessus de nos têtes. En levant les yeux, je reconnus le chandail de Sainte Françoise flottant au vent. Penché au bord du toit, il nous faisait signe en criant. Puis il se retourna et disparut. Le prince se mit à courir, fila dans la première rue à droite, bondit dans un immeuble, gravit à toute allure les escaliers et, au dernier étage, ouvrit d'un coup d'épaule une porte qui donnait sur le toit. J'avais du mal à le suivre et quand j'arrivai à mon tour sur le toit je vis que, caché derrière une cheminée, il observait une scène étrange.

Au bout du toit-terrasse, dans les ruines d'un pigeonnier, un troupeau de tourterelles roucoulaient doucement. Sainte Françoise était perché au sommet d'un poteau, son chandail claquant dans le ciel comme un drapeau. Au pied du poteau, deux hommes le regardaient, un grand moustachu aux larges épaules vêtu d'une chemise à fleurs et un petit tout glabre et pâle en chemise blanche et pantalon noir, coiffé d'un chapeau dont la forme en pain de sucre imitait celle de sa figure. De temps à autre le petit, les chevilles baignant dans les tourterelles, riait en secouant le poteau et Sainte Françoise se recroquevillait.

Maccia, après avoir glissé ses mains dans les poches pouces en dehors, s'avança tranquillement. Quand ils nous aperçurent, les deux hommes se regardèrent, surpris, et se mirent à rire. Le colosse s'avança, une lame de couteau brillait dans son poing fermé.

— Voilà mon cousin, tu y crois petit, mon cousin en personne, roi des putains et des merdeux. Tu tombes bien, celui-là ne veut pas obéir.

Il souriait mais ses yeux ne quittaient pas les poches de Maccia.

— Aimé, dit Maccia d'un ton doux, puisque c'est moi le roi, ce n'est pas à toi de décider qui monte ou qui descend des mâts. Se tournant vers moi : Je te présente Aimé, me dit-il, mon frère de lait.

Aimé change son couteau de main et vient me tapoter le crâne. Puis, replaçant le couteau dans la bonne main, il se penche et me chuchote à l'oreille.

— Déjà à cette époque il gardait tout pour lui. Jamais partager, c'est la devise des rois. Il se redresse et regarde le prince : Mais maintenant il va falloir.

Le petit homme rit et secoue violemment le mât.

Maccia ne dit rien, toujours mains dans les poches, pouces en dehors.

— Tu as été le roi. Maintenant c'est mon tour. Ça commence maintenant. Dis à ton singe de lancer sa bourse.

— Sinon tu me tues?

— Moi je ne tue personne. Maintenant, ajoute-t-il en détachant toutes les syllabes et en se redressant, je ne m'interdis pas de débarrasser la terre des égoïstes et des prétentieux.

Le petit homme agite la tête d'enthousiasme, l'air de découvrir ce qu'est une phrase sublime. Puis, sursautant comme s'il revenait d'une absence, il remue le mât.

— Tu as un couteau?

Maccia fait signe que non.

Le cousin éclate de rire et se tourne vers son compagnon.

— Tu entends ça, petit? Quelle surprise!

Et ils rient tous les deux. Une fois apaisé, le petit soupire, lève la tête vers Sainte Françoise, fait mine de secouer le mât. Mais, baissant la tête, il ricane et se contente de le heurter avec le coude.

— Eh bien tu vois, dit le géant en flanquant un coup de paume sur le front de Maccia, ce n'est pas grave car on se débrouillera quand même.

Il ouvre le poing et dresse le couteau entre ses index, il le montre de tous les côtés comme un prestidigitateur. Puis il le lance délicatement au bord du toit.

— On compte jusqu'à trois, explique-t-il. Ses yeux brillent et, arrondissant l'échine, il lève les avant-bras en position de coureur.

Maccia enlève son chapeau, redresse le bord écrasé, recoiffe le chapeau et remet ses mains dans ses poches.

— Comment veux-tu que je coure avec ces souliers ? dit-il en souriant. Les semelles glissent trop.

Le géant se redresse. Il ne s'attendait pas à cet imprévu, sa bouche s'entrouvre.

— Enlève-les, dit-il finalement.

— Il faut aussi que j'enlève le pantalon parce qu'il est trop large, je vais m'y prendre les pieds. Tu crois que je vais me battre en caleçon ? Tu le ferais toi ?

Le colosse est troublé, il ne sait plus quoi dire. Il n'avait pas pensé aux chaussures et au caleçon. Il sent qu'il se fait avoir mais ne trouve rien à dire.

— Aimé, prenons notre temps, tout ça se discute, finit par dire Maccia, et le voilà qui se dirige vers une caisse à côté de laquelle traînent deux chaises de rotin crevées. Les anciens partageaient toujours le pain avant de décider de se battre, tu te souviens ? lance-t-il au cousin. Il installe les chaises de chaque côté de la caisse. C'est une des réserves, il en sort une bouteille de vin, un jambon entier et un couteau de cuisine. Il s'assied en faisant pétiller le rotin et fait signe au géant de venir s'installer en face. Aimé s'approche, s'assied, prend le couteau sur la caisse, tâte la pointe émoussée et le tend à Maccia. Celui-ci coupe une bonne moitié du jambon où grouille une vermine jaune et la jette dans la rue.

Sans un mot ils mangent ce qui reste. Ils se passent le couteau, coupent de larges tranches. Ils y plantent les dents et les déchirent en tirant sur leurs bras.

Ils se mettent à parler tantôt en une espèce d'italien, tantôt en français, tantôt en une autre langue que je ne connais pas. Maccia a enlevé le bouchon de la bouteille entamée qui doit traîner là depuis des semaines. Ils boivent tour à tour de longues rasades d'un vin sans doute tourné et chaud qui n'a pas l'air de leur déplaire. Parfois ils s'arrêtent de manger et, la tête baissée, semblent tenter de se rappeler un nom, ou chantonnent un air en cherchant les paroles. Quand ils y parviennent, ils crient le nom ou chantent le couplet et chacun reboit un coup.

Je me rends compte que Maccia fait semblant de boire.

Il coupe une tranche et me la tend mais Aimé la lui arrache et la jette par terre. À son tour il en coupe une qu'il m'offre avec un gracieux salut en disant « Accepte la pitance de ton nouveau roi ». Il regarde le prince d'un air satisfait et ils repartent dans leur conversation.

Ils devaient parler de leur passé car en riant ils hochaient la tête comme quand on s'imagine le revoir. Pourtant, de temps en temps, le colosse était tout à coup pris d'une rage qui lui faisait serrer les poings et cracher par terre mais je ne comprenais pas si cette colère était provoquée par une remarque de Maccia ou par un souvenir.

Parfois Maccia chantait à pleine voix avec l'abandon d'un homme saoul. Le cousin se moquait de lui. Le petit homme secouait le mât.

— Tu te souviens de la boîte aux papillons séchés ? murmura Maccia. Elle me faisait manger les ailes, elle disait que ça évite la tuberculose. Et comme je n'en voulais pas, elle se lamentait, tapait des pieds et, finalement, elle les mettait dans le creux de la paume et zou elle se les expédiait dans la bouche en me regardant droit dans les yeux.

— Moi elle ne m'en a jamais donné, dit Aimé. C'est que je n'étais pas un chétif.

— Moi je me dis que peut-être elle t'aimait moins…

Aimé dut trouver cette idée ridicule car, loin de se mettre en colère, il sourit et murmura :

— À moi elle me préparait du bras à la crème. Un tel délice, je n'en ai jamais remangé.

Tout à coup, Maccia se leva. Il retira son chapeau, ôta sa veste et les posa délicatement par terre. Il sortit les bijoux de ses poches, les disposa sur sa paume ouverte et se mit en marche en titubant. Passant près du petit homme en tapant du pied pour faire envoler les pigeons, il leva la tête vers Sainte Françoise et lui cria :

— Ton roi ne t'oublie pas, Sainte Françoise, il ne t'oublie pas, tu as confiance ?

Puis, sans écouter la réponse, il avança en zigzag jusqu'au bord des tuiles et après deux ou trois moulinets de bras lança les bijoux sur le toit d'en face. Il se retourna, tendit le bras.

— L'or et le trône à qui ira les chercher !

La rue entre les deux maisons était assez large. Je m'y étais précipité en même temps que le petit homme.

Maccia avança en trébuchant jusqu'à la caisse. Ses cheveux étaient trempés, il respirait fort, ses cicatrices étaient toutes blanches. Il se retourna et s'élança, glissa et s'affala par terre. Plusieurs fois il se releva, repartit en courant mais à chaque fois ses chaussures le faisaient glisser et tomber lourdement.

Le géant se leva, s'avança tranquillement au bord du toit. Les mains sur les hanches, il regarda longtemps les bijoux puis se retourna et cracha avec mépris. Et, sans prendre le moindre élan, il sauta.

Il ne toucha même pas le toit d'en face et s'écrasa dans la rue.

Tout de suite des cris éclatèrent.

En un éclair, Maccia enleva souliers et pantalon, s'élança à pas légers et sauta. Il fit glisser des tuiles à l'atterrissage, manqua de retomber en arrière, se rétablit en faisant craquer la gouttière, ramassa les bijoux et, repartant en courant, revint sur le toit d'un coup de reins encore plus puissant que le premier.

En se relevant il fit signe à Sainte Françoise de descendre du mât, ramassa le couteau, le posa sur les tuiles avec les bijoux, se recoiffa, brossa son chapeau, l'installa avec soin sur sa tête, renfila le pantalon et la veste où il serra les bijoux et le couteau. Pendant ce temps, en bas, les cris étaient de plus en plus nombreux.

Comme Maccia avait remarqué une bague en or qui restait dans la gouttière, le petit homme se mit à tourner autour de lui en pleurant et en le frappant de toutes ses forces avec son drôle de chapeau. Alors Maccia sortit le couteau et le piqua à petits coups vifs. À chaque pas, ils étaient plus violents et ils chassèrent le petit homme au bord du toit jusqu'à le faire tomber.

À ce deuxième choc, les cris redoublèrent dans la rue et à tous les étages des immeubles. Le prince replia le couteau, le mit dans sa poche, nous fit un signe de tête et nous repartîmes tous les trois en file indienne sur les toits. Nous descendîmes par un immeuble de la rue Montgrand pour rejoindre un toit rue de la République. Nous filions sans un mot, à toute allure par les puits, les escaliers, les avenues, les ruelles, les échelles et les toits. Parfois Maccia me jetait un regard inquiet, comme s'il avait voulu dire quelque chose. J'avais l'impression qu'il ne savait plus quel personnage jouer. Dès que le trafic des rues nous forçait à nous arrêter avant de traverser, ses mains se mettaient à trembler.

De retour sur les toits de notre quartier et avant de nous séparer – car je retournais à l'appartement, Sainte Françoise chez le père Pazzi et Maccia Dieu sait où – il me demanda de ne jamais parler à personne de ce qui s'était passé. Jusqu'au soir, toutes les images de cette scène disparurent de mon esprit comme celles d'un film quand on sort dans la lumière du jour. Mais la nuit je fus sans cesse agité de visions de silhouettes tombant dans le vide. Quand je m'endormais, j'étais en même temps celui qui tombait et celui qui poussait. Les mois qui suivirent devaient offrir d'autres scènes terribles et pourtant c'était ce cauchemar qui revenait, et qui revint toujours.

Ce fut donc à cette époque que commença ma carrière de voleur. La jalousie m'y poussa autant que la curiosité. J'étais jaloux que Liola, après des séances de lecture et de calcul de plus en plus courtes, parte avec les garçons dans des expéditions où sa petite taille était utile. Un soir, enlevant sa casquette, elle me regarda en souriant. Georges avait entièrement rasé sa tête infestée de poux. Dans son blazer déchiré, sous lequel elle enfilait parfois une jupe volée, elle avait l'air d'un petit garçon, ou d'un petit garçon déguisé en petite fille, ou d'un être qui ne savait trop en quoi se déguiser, ou voulait se déguiser en tout. Elle jouait à imiter les gamins, leurs façons de marcher, de parler, de siffler dans les doigts, et réservait des robes qu'elle tirait de l'Alibabe et pliait soigneusement avant de les étendre sous sa paillasse. « Pour plus tard », disait-elle. En attendant, elle remontait le short azur couvert de suie rouge et baissait la casquette sur ses yeux par l'arrière comme le faisaient les gamins. Elle portait un collier de pièces d'or sorti de l'Alibabe que Georges lui avait donné. Parfois, pensant à elle dans mes courses sur les toits, j'étais triste que nous ne soyons plus seuls ensemble comme autrefois. Mais j'étais content qu'elle arpente les toits avec Georges, avec lequel elle s'entendait si bien. Elle lui racontait des histoires qu'il écoutait avec sérieux comme s'il y avait quelque chose à apprendre. Ils allaient voler des oiseaux dans les cages et les revendaient au marché de la rue Pythéas. Beaucoup de gens croyaient reconnaître leur oiseau volé. Certains le rachetaient tristement, d'autres s'indignaient, menaçaient. Mais, ne pouvant rien prouver, ils finissaient par lâcher les quelques sous qu'on demandait. Quand ils criaient trop, Liola ouvrait la cage, faisait s'envoler l'oiseau en chantant « S'il vous aime, il reviendra ». Puis ils traînaient sur le port et avec l'argent achetaient des confiseries, des glaces qui coûtaient pourtant fort cher. Georges prit goût à ne rien faire, seulement écouter les histoires de Liola et voler deux ou trois oiseaux par semaine. Lui qui était maigre et ne mangeait presque jamais se mit à s'empiffrer de douceurs et à se prélasser au soleil sur les tuiles.

Je refusai d'abord de les accompagner dans leurs expéditions parce que je ne voulais pas devenir l'un des leurs et préférais rester près de Stella. Tous les jours elle s'occupait de son père et de Mac, lavait, préparait des repas avec ce qui traînait dans la cuisine, puis passait l'après-midi à discuter avec Mac ou à jouer avec lui aux dames. Ils composaient aussi en riant des limericks semblables à celui par lequel elle nous avait accueillis, c'était leur grand amusement. Parfois Maccia passait et, sans un mot, discrètement, Stella partait avec lui sur les toits, je n'osais lui demander pourquoi. Si elle m'aidait à faire l'école à Liola, l'impression qu'elle me traitait moi aussi comme un enfant m'accablait. La nuit, il m'arrivait d'aller dans la cuisine et d'allumer la lumière pour regarder mon visage sur le carreau de la fenêtre. J'y voyais un clown enfant que Stella ne pouvait aimer. Alors j'essayais de la trouver laide, comme la première nuit. Mais que faire quand c'est la voix et l'allure qui enchantent. Ses gros yeux liquides, la finesse de ses jambes et de ses bras, sa peau laiteuse où le vent semblait avoir dispersé les chatons d'un arbre et qui, je ne sais pourquoi, me faisait tourner la tête, tous ces charmes paraissaient animés par la grâce et la vivacité de ses mouvements. Même quand elle cousait calmement, les tressaillements de ses doigts, de ses coudes, étaient harmonieux et emportés comme l'herbe bouleversée par un coup de vent.

Ne sachant que faire, je traînais dans le petit appartement où les bruits étaient aussi nombreux, sonores et divers que dans la rue la plus animée : se mêlaient en brouhaha les *nonsense tales* de Mac et Stella, leurs éclats de rire, les accès de toux soudains et interminables, le filet sans fin de la conversation des deux Corfiotes, les cris perçants des petites filles qui, entichées de

Lélio au point de fermer les fenêtres pour qu'il puisse voler en liberté, hurlaient d'effroi lorsqu'il tournoyait autour d'elles.

Elles avaient dû, la mort dans l'âme, se séparer de Moïzettina. Elle vomissait, dépérissait, le lait de chèvre de la mère Sorintra ne lui convenant pas. Maccia l'emmena un matin et ne voulut jamais dire ce qu'il en avait fait. Après ce départ, les fausses jumelles devinrent désagréables, parlant mal aux sœurs, refusant de se laver. Elles reportèrent sur Lélio une tendresse froide, chuchoteuse, mais cette austère curiosité ornithologique se transformait en cris et courses folles dès qu'elles ouvraient la porte de la cage.

Le chagrin et le vacarme me chassèrent. J'arpentais désormais les toits en sachant toujours où je me trouvais, même en fermant les yeux. Les bruits des tuiles sous le pied suffisaient à me guider. Certaines clapotaient comme des galets, d'autres grinçaient, gémissaient ou craquaient comme une branche morte. Parfois elles explosaient, ne laissant sous le pied que des écailles et de la poussière. Quand j'hésitais, je savais que l'appartement se trouvait du côté d'où le vent apportait un merveilleux parfum de figue. Pour connaître davantage de toits, je finis par demander à Georges de m'emmener avec lui pour voler. Il en fut ravi et tandis que nous partions en plein soleil sur les toits il entreprit de m'initier au métier avec cette satisfaction des gens qui ont découvert au fil du temps que leur profession recèle une philosophie de la vie. D'abord il m'apprit qu'il y avait différentes sortes de vol par les toits. Ceux de hasard : une fenêtre ouverte sur un balcon, un escalier ou un grenier où on se laisse tomber en déblayant seulement quelques tuiles disjointes ou en cassant une lucarne. On se glisse dans un appartement. On s'y cache. C'est ça précisément qui est amusant. On inspecte sur la pointe des pieds, on chaparde ce qui traîne. Parfois il y a quelqu'un, on bondit, on se cache, on arrête de respirer, c'est le comble de la rigolade. Dans ces expéditions ne se lancent que les plus propres car beaucoup se font repérer à cause de leur mauvaise odeur. Parfois traîne une liasse ou un bijou. Ce qui est pas mal non plus, c'est de manger une part de la tarte qui refroidit dans la cuisine ou de rajouter du sel dans la soupe qui mijote. D'autres sont amateurs d'entreprises plus scatologiques. Ça fait naître des mystères, des engueulades, assez plaisantes à imaginer quand tu es revenu sur les toits et que tu n'as rien de mieux à faire.

— Tu vois qu'avec nous, me dit-il, tu n'es pas près de t'emmerder.

Autre espèce, toute différente : les vols préparés. On se cache au fond d'un placard, derrière une porte et l'on y reste immobile pendant des heures afin de repérer le nombre des occupants, leurs habitudes, à quelles heures ils s'absentent, et une fois qu'ils ne sont pas là ou qu'ils dorment, on revient seul ou à plusieurs selon la nature et la dimension des choses à emporter. Il me donnait ces leçons au bord d'un toit de la rue des Trois-Soleils. C'est ici que je découvris le magnifique figuier qui embaumait les toits. Il avait poussé dans la cour d'un immeuble en ruine et montait si haut que ses branches ombrageaient les tuiles. On y cueillait les figues que mangeait le père Pazzi. Alors que nous les dégustions, il caressait ses pieds marron de crasse en faisant résonner de temps en temps comme les cordes d'une harpe leurs petits ongles crochus.

— Tu sais, dit-il, il ne faut pas que tu croies tous les bobards qu'ils vont te raconter. Sur les toits il y a beaucoup de légendes et encore plus de menteurs. Ils vont vouloir se foutre de ta gueule. Alors par exemple, ils vont te raconter l'histoire de Salucette, Salucette qui s'était laissé enfermer pour inspecter tranquillement l'appartement en l'absence des locataires. Sauf que les locataires, va savoir pourquoi, ils ne sont jamais revenus. Et quand le nouveau est arrivé six mois après, de Salucette il ne restait plus sur une carpette qu'un petit tas de mou.

— Mais pourquoi, pourquoi il n'est pas ressorti ?

— Alors voilà justement, dit Georges en hochant la tête, voilà justement ce qu'ils attendent que tu dises. Et quand tu l'auras dit, eux ils te diront mot pour mot : parce que, bougre de couillon, il est mort d'ennui avant. Et toi ça ne te fait peut-être pas beaucoup t'esclaffer, et moi non plus, mais les autres, les Lacydon, les Des Honneurs, les Sainte Françoise, ça les fait pisser de rire toute la journée. Je te dis ça pour que tu saches aussi un peu à qui tu as affaire.

Il se tut un instant, se racla la gorge, cracha loin, dans une rue, puis ajouta d'un air songeur :

— Mais tout n'est pas légende, ne va pas croire. Par exemple certains imbéciles te diront que l'histoire de Taglione est une légende, certains même iront jusqu'à lui donner le nom de bobard. Mais moi je te dis que c'est la vérité parce que je l'ai de mes yeux vue. Taglione pris au piège dans une maison scellée explosée à la dynamite. Et dans les gravats des mois après dès qu'ils les remuaient on y voyait des os. Et pas qu'un. Tous répandus dans les cailloux de quoi te monter le squelette. Une autre histoire que tu vas entendre cent fois c'est celle de la fille nue. Le gars est dans un appartement désert et il tombe sur une fille toute nue qui comme le hasard fait bien les choses se trouve en plein tourment. Il se passe ce que tu penses sans le moindre mot. Ça, ils te le raconteront en long large et travers. Si tu les écoutes, ça leur est arrivé à tous. Avec une écolière, une vieillarde, un prix de beauté, une aveugle. Que c'en est dégoûtant d'imagination. Il y en a même un qui dit qu'il est tombé sur une femme avec une jambe de bois. Il dit qu'on ne sait pas si on baise une femme ou un arbre.

— Et toi, je lui demande, ça ne t'est jamais arrivé ?

— Oh moi ce n'est pas la même chose, répond-il en fermant les yeux. Moi j'ai une bonne amie. Elle vit chez ses parents rue de la Croix et sa chambre est juste sous les toits. Je m'y glisse quand ça nous dit. On s'aime sans faire de bruit. Mais je n'en parle à personne.

Gêné par cette confession ou embarrassé par ce mensonge, Georges sortit un grand mouchoir sale qu'il déplia pour essuyer la suie sur ses pieds. C'étaient les restes d'un vaste et beau mouchoir blanc orné dans un coin d'un *G* brodé. Le même que sur la chemise que m'avait donnée Giorgio. Lorsqu'il se rendit compte que mes yeux le regardaient, Georges remit le mouchoir dans sa poche. Je crus deviner la vérité : c'était à Giorgio que Georges, en plus du mouchoir, avait emprunté un nom. Du moins celui qu'il m'avait donné, car il me revint à l'esprit que Maccia n'avait pas l'air de savoir de qui je parlais quand je l'appelais ainsi. Cette révélation me surprit et me peina et je dus le regarder avec tristesse, peut-être avec mépris. Jusqu'au moment où je me souvins que moi aussi, je m'affublais d'un nom qui n'était pas le mien. Cette réflexion me fit rire. J'y vis un signe de la bêtise, de la naïveté ou de la bassesse, faites votre choix, qui nous font trouver répugnants chez les autres les élans naturels de notre cœur. Peut-être ce point commun signifiait-il que nous étions bien des frères, comme il le disait. Mais très vite je me dis qu'il dissimulait au contraire une différence qui nous condamnait peut-être à ne jamais nous comprendre : je ne donnais pas mon vrai nom parce que j'imaginais que ce secret me sauverait la vie. Lui s'inventait des noms parce qu'il n'en avait pas. Incapable de savoir si celui que lui avaient donné depuis toujours des cousins plus ou moins éloignés était bien celui choisi par des parents qu'il n'avait jamais connus. Et peut-être qu'à chaque nouvelle rencontre, comme à tâtons, il cherchait celui qui lui allait le mieux.

*Le cinéma. La bande. Un vol original.*
*Automne. La danse de Maccia*

Nous nous remîmes en marche et après un assez long périple qui nous fit descendre par deux fois dans la rue Caisserie nous arrivâmes sur le toit le plus étrange que j'avais jamais vu. C'était une terrasse assez vaste traversée par l'ombre d'une étoile en ciment qui la surplombait d'une bonne dizaine de mètres. Sur les branches de cette étoile étaient allongés des gamins. Certains, comme Sainte Françoise, portaient ces longs chandails noirs qui évitaient de mettre des pantalons. Leur visage, leurs jambes étaient d'un brun foncé, cuits à force d'arpenter les toits. Leurs cheveux étaient longs, souvent crépus. Certains les roulaient dans des bérets gonflés comme des melons. Allongés sur quelques centimètres de ciment, les épaules débordant dans le vide, certains dormaient et d'autres fumaient. Les yeux au ciel, ils jetaient les allumettes et crachaient dans la rue sans remuer la tête. En m'approchant, je reconnus Sainte Françoise et le blond et gras à qui j'avais arraché un morceau de joue. Il se redressa d'un coup de reins, me regarda puis sourit en désignant d'une pichenette de l'index la croûte de ma morsure. Je ne compris pas si ce geste était un hommage ou un rappel qu'il avait une revanche à prendre.

— Les gars, dit Georges, voilà un nouveau voleur.

Sans bouger, ils levèrent le bras en agitant l'index et le majeur.

— Maintenant si tu veux être présenté, dit-il en mettant la main sur mon épaule, il faut te choisir un surnom. Un nom de rue. Entre nous c'est comme ça qu'on s'appelle. Moi c'est La Tourette. Et je te présente Le Galant…

Un gamin noir à la grosse tête ronde leva une jambe.

— Sainte Françoise.

Il siffla bruyamment sans remuer la tête.

— Moi c'est Caylus, dit celui auquel j'avais arraché un morceau de joue.

— Des Honneurs.

— Chabanon.

— C'est des noms de rues où ils ont fait un exploit.

Un petit gamin se redressa et, écarquillant des yeux troubles, cria :

— Celle le mieux qu'il a sautée. Moi c'est Sylvabelle.

— Toi, me dit Georges, si tu n'as pas d'autre idée, on va t'appeler Desmoulins. Parce que tu m'en as bouché un coin en traversant la rue des Moulins sur ton échelle à la con avec la petite sur le dos.

Les autres, sans me regarder, levèrent les bras et applaudirent sans bruit. Georges avait dû raconter cent fois cette traversée et elle était devenue un des récits légendaires qu'ils aimaient se rappeler le soir en fumant et buvant, une anecdote modeste mais qui pouvait tout de même être considérée comme une légende. J'en éprouvai une sorte de satisfaction qui, d'un coup, me donna envie de les suivre où qu'ils aillent.

Me penchant au bord du toit, je vis que du côté de la rue les branches de l'étoile de ciment étaient peintes en rouge et s'élançaient d'un cœur jaune. D'innombrables petites ampoules alignées et serrées comme les ventouses d'un poulpe, protégées des pigeons par des tiges de métal, soulignaient le dessin de l'étoile. Parfois un moineau filait se blottir entre les tiges un court instant, comme dans une gueule ouverte. Juste au-dessous de moi, blafard comme le dôme d'un fromage, s'arrondissait le crâne d'un atlante de plâtre que l'on avait renoncé à orner de boucles puisqu'il était invisible de la rue. Tout en bas j'aperçus un escalier en demi-lune aux proportions élégantes que les passants contournaient avec respect, comme s'il conduisait à la villa d'une race plus belle et plus fortunée.

Quand je me retournai, les gamins s'étaient rassemblés autour d'une cheminée d'aération dont ils avaient retiré le chapeau. Georges me fit signe d'y plonger la tête et je sentis une odeur de sueur, de pieds sales et de relents de confiserie. Et comme il m'apprit que nous étions sur le toit d'un cinéma, cette odeur répugnante semblait celle du rêve.

Ils attachèrent une cordelette à un crochet de la cheminée et, un par un, nous descendîmes dans un long conduit noir au fond duquel en faisant sauter une grille nous pénétrâmes dans la salle.

Une fois les yeux faits à l'obscurité, des miroitements argentés donnaient une impression d'immensité, peut-être illusoire. Reculant, je heurtai le bois d'une scène et, en me retournant, je pressentis la pâleur de l'écran.

Avec un claquement brutal, la salle apparut dans une lumière caramel désagréable. J'étais au pied d'une cascade de fauteuils écarlates semblable à un peuple de juges endormis car leur couleur de sang dégageait la même impression de volupté cruelle que les robes des magistrats. Un balcon en bois verni sculpté de sirènes, de losanges et de grappes de raisin géantes plongeait vers nous comme sur la crête d'une vague. Il était si vaste que même au cœur du plus terrible cyclone on aurait aimé s'y prélasser comme sur le radeau de Sardanapale.

Plus encore que ces fauteuils, la tête était chavirée par de hauts murs jaunes ornés de balcons suspendus comme à Babylone. Balcons de toutes tailles, vastes comme des baignoires d'opéra, ou étroits comme des plates-bandes d'où jaillissait une bouffée de fougères fanées, balcons de bois ou de verre, balcons à damiers noir et blanc ressemblant à des costumes de pierrots, suspendus à toutes les hauteurs, comme s'ils avaient poussé sur ces murs à la façon des champignons sur les arbres, offrant aux spectateurs le rêve d'une cachette de fantaisie, d'une robinsonnade de music-hall.

Au pied de cette immensité, nous avions tous la même envie : l'un après l'autre, nous poussâmes un cri. Mais il s'éteignait comme quand on hurle devant un miroir.

Nous explorâmes les travées sans rien trouver, pas la moindre piécette, seulement quelques noyaux d'olives parfaitement sucés.

Georges s'introduisit dans la salle de projection. Une dizaine de bobines en métal y étaient entassées et comme nous ne trouvions rien à voler il prit celle du haut de la pile, ramassa un crayon et un morceau de papier, rédigea le mot suivant et l'épingla sur le projecteur :

*La bobine sera rendu en part faite et tas contre la someu de 200 000 francs des posés sur le toi bien en veloppé pour ne pas qu'elle s'en vol sous din Pas de police sa va cent dires sinon ont fou le feu une de c'est nuit sang cri et gard*

Une fois Georges remonté sur le toit, nous attachâmes la bobine à la cordelette. Quand il l'eut récupérée, il nous renvoya la corde et nous remontâmes un par un, satisfaits d'avoir créé une nouvelle espèce de vol qui nous semblait d'une drôlerie et d'une intelligence merveilleuses. Hélas, cette joie ne dura guère car nous ne trouvâmes de rançon ni le premier soir, ni le deuxième, ni jamais, et pourtant le film se jouait toujours et devant des spectateurs de plus en plus nombreux comme nous le constations quand nous allions rôder le soir sur le toit du cinéma. Apparemment, la bobine manquante ne détruisait en rien l'attrait du film. Il en semblait même augmenté.

— Qui te dit, me confiait Georges, alors qu'allongés à la clarté des étoiles nous entendions le brouhaha de la file d'attente, les sonneries de la séance, et plus tard les chansons du film et les rires des spectateurs, qui te dit qu'à l'heure qu'il est ils ne se sont pas passé le mot et n'ont pas retiré la bobine dans tous les cinémas de France pour que leur film soit moins con ?

À force d'entendre les rires il se persuada que ce bonheur lui était dû. Et qu'il n'en tire aucun bénéfice lui parut une nouvelle preuve de l'injustice du monde, en même temps qu'une confirmation de son intuition philosophique principale qui, comme je crois vous l'avoir déjà dit, voulait que dans la vie on ne puisse jamais savoir de façon certaine qui a reçu la meilleure part.

La bobine volée traînait dans la cuisine et parfois nous enlevions le couvercle et dévidions la pellicule pour regarder des images à la lumière de l'ampoule. Nous finîmes par découper celles où nous distinguions des gros plans sur une fille pour les porter sur notre cœur ou les coincer dans les fenêtres. Quand on collait l'œil au carreau, on voyait la fille sourire, comme si on se retrouvait.

C'était l'automne. Les nuits, les matins et les soirs devinrent frais et humides, nous commençâmes à être réveillés par le froid à l'intérieur de l'appartement. Mais les journées restaient belles et douces, lourdes d'une odeur de fruit blet qui pointait derrière celles de charbon, d'ordures et d'essence, et qui devait monter des platanes ou de jardins invisibles. Les feuilles mortes envahirent les gouttières, puis les toits. Quand le vent soufflait elles se dressaient brusquement en tourbillon farouche, mais ce n'était qu'une armée fantoche qui retombait aussitôt et les feuilles caressaient nos visages.

Comme le cinéma passait un film musical, certains invitaient parfois pour danser sur la terrasse quatre ou cinq petites filles qu'ils connaissaient, des vagabondes ou des fugueuses. Le toit était fendu de crevasses et les jours de pluie des filets d'eau coulaient dans la salle pendant les projections (sensation troublante quand le film faisait verser des larmes, montrait un orage ou un désert jonché de personnages à demi morts de soif). Certaines crevasses étaient si larges que Sainte Françoise, Des Honneurs et Caylus s'y faufilaient et descendaient se percher sur les tiges d'armature rouillées du béton pour regarder le film. Les plus effrontés ou ceux qui s'ennuyaient lançaient sur les spectateurs des fragments de béton ou des noyaux d'olives. Caylus, paraît-il, aimait à s'y branler, lançant dans le noir un jet afin que jaillisse sur un manteau ou une chevelure un sanglot blanc miraculeux.

Parfois on faisait de la musique. On choisissait les jours de mistral pour qu'on ne nous repère pas. Sainte Françoise jouait de la guitare, Le Galant de l'accordéon. Ils ne savaient pas jouer, seulement quelques notes de quelques airs, le reste n'était qu'accords vagues que, le vin aidant, on trouvait mélodieux. Souvent Maccia organisait un concert sur le toit de la maison Alibabe pour fêter la remontée de Liola, sortie de la cheminée avec de l'argent ou quelques bijoux qu'il allait écouler ensuite chez ses receleurs. Un certain Gustin, pas vraiment un membre de la bande, plutôt un vagabond des toits, qui avait été enfant de troupe, sortait de sa manche un fifre. C'était le seul vrai musicien et il en jouait si bien que la tête me tournait quand il venait manger avec nous sur les toits ou nous accompagnait dans nos marches. Maccia aimait danser aux accents de ce fifre. Quand il demandait au Gustin de lui jouer « son air », nous nous asseyions sur les tuiles, excités par le spectacle qui allait suivre. Gustin commençait à jouer et Maccia enlevait sa veste, ôtait son chapeau et montait tranquillement en haut du toit, où souvent le vent était si fort que sa chemise claquait sur sa poitrine. Il se mettait à danser lentement en une sorte d'avancée de tango et tout à coup bondissait, tournoyait en l'air, retombait sur les tuiles, se pétrifiait comme une statue, puis se relevait peu à peu, se dépliait, ondulait, pirouettant brusquement jambe tendue. Ses pas et ses sauts étaient surprenants, sauvages et gracieux. Les cris du vent semblaient accompagner sa danse. Son numéro aux figures improvisées suivait pourtant toujours le même ordre. À un moment il s'arrêtait, grimaçait, trébuchait, dégringolait jusqu'au bord du toit. Là il boitillait, traînait la patte mais peu à peu le fifre le rappelait à la vie, les contorsions se transformaient en entrechats élégants, et il se mettait tout à coup à virevolter en bonds puissants, en toupie à vertige, et à chaque fois retombait tout au bord du vide jusqu'au moment – que nous attendions tous – où il se figeait et, comme s'il mimait l'agonie, se penchait vers la rue au point qu'on était certains que ce soir-là il allait tomber (et, à chaque fois, Sainte Françoise poussait un cri en plaquant les mains sur sa tête), mais, au moment où il basculait, un coup de reins le redressait. Silencieux, nous nous pressions les uns contre les autres et même Caylus, qui n'aimait pas Maccia, avait la bouche ouverte. Lui, sa danse finie, nous tournait le dos et restait immobile quelques instants. Et quand il se retournait, il souriait de son sourire éclatant, les yeux brouillés comme ceux d'un ivrogne et sur son front les cicatrices étaient blanches comme la craie. Et je n'ai jamais su si dans ces moments il était vraiment emporté par le désir de danser ou si ce numéro était destiné à épater les gamins pour qu'ils continuent à voler pour lui.

Je me rendis compte qu'il aimait nous faire boire. Il voulait que les gamins s'amusent sur les toits et le vin entretenait la gaieté. Il prenait garde à ne nous donner qu'un petit verre, de peur des accidents ou des extravagances. Moi aussi je me mis à aimer boire, l'ivresse légère qui nous faisait chanter transformait les vols qui se préparaient en aventure. Mais je n'aimais pas que cette ivresse puisse être le résultat d'un calcul. Peut-être aimait-il cette gaieté comme un enfant. Ou parce que, comme la musique et la danse, elle était le meilleur moyen de nous faire croire que voler était la chose la plus amusante du monde. Mais ces expéditions musicales et alcoolisées prirent plus tard, avec l'arrivée de l'hiver, un tour qui lui échappait. Sainte Françoise et Le Galant, s'emparant de la bouteille et buvant plus que de raison, étaient pris d'une allégresse froide, sans cœur. Ils dansaient avec des mouvements brusques sans cette gaieté que Maccia essayait toujours d'entretenir dans la bande. Deux fois l'ivresse et la musique les poussèrent à mettre le feu à l'appartement qu'on était en train de piller. Cette tendance était encouragée par Caylus, qui, lorsqu'il participait à une expédition, traînait toujours un jerrycan de l'essence dont il faisait commerce au marché noir. Une nuit, l'incendie qu'ils allumèrent dans un appartement du cours Puget prit des proportions considérables. Je me souviens de leurs visages effrayants dans l'éclat des flammes et de l'expression dans les yeux de Maccia quand il ne savait plus quel personnage jouer.

*Promenades avec Maccia pour retrouver ma mère.*
*Maccia et ses amoureuses*

Parfois il me disait « Viens, on va chercher ta mère » et nous partions dans les rues toute la journée. Nous allions de café en café dans la chaleur et la poussière de faubourgs lointains. Dans les arrière-salles il discutait avec des types qui ne faisaient rien, seulement jouer aux cartes comme s'ils attendaient un évènement extraordinaire auquel ils participaient de façon secrète. J'éprouvais à les voir une vague pitié car il me semblait que cette attente serait trompée. Je ne comprenais rien à ce qu'ils racontaient, ils parlaient en corse ou en italien et lorsqu'ils parlaient français je ne comprenais rien non plus. Quand le vent se levait, les nuages de poussière jaune pénétraient jusque dans ces arrière-salles.

De temps en temps il me disait qu'il avait appris que des étrangers malades séjournaient dans telle ou telle maison de repos, et, comme les adresses se trouvaient dans les quartiers silencieux et déserts autour du Roucas, quand nous passions sous leurs murs il se mettait à chanter la chanson de ma mère et m'encourageait à l'accompagner. J'avais l'impression qu'à force de faire le joli cœur sur scène il aurait aimé retrouver ma mère comme on le verrait dans une opérette. Je finis par me demander s'il n'avait pas trouvé ma mère à son goût et si ce n'était pas pour ça qu'il cherchait à la retrouver plutôt que pour consoler des orphelins. Il m'interrogeait pour savoir de quelle couleur étaient ses yeux, si elle n'était pas trop grande, ce détail surtout semblait l'inquiéter car lui n'était pas bien grand, il mettait sa main tendue contre un mur et me demandait jusqu'où elle serait arrivée. Il m'interrogeait avec le plus grand sans-gêne, comme si je n'avais pu comprendre pourquoi il la cherchait ou, si je le comprenais, ce qui aurait pu me gêner dans cette envie.

Il avait d'ailleurs des amoureuses dans tous les quartiers et, de temps à autre, leur rendait visite en ma compagnie, me laissant souvent attendre au pied de l'immeuble, parfois un assez long temps. Il en rencontrait aussi dans la rue et leur racontait des choses amusantes teintées de bizarrerie. Par exemple, à Mlle Lemire, la couturière de la rue des Honneurs, qui mangeait des olives dans un sac en papier il disait « Le sac les a remuées, le sac les a collées comme la vie pour nous deux », ou à une autre du côté du Pharo alors qu'on regardait des bateaux sur la mer, « Ah mademoiselle, regardez ces bateaux qui se croisent, qui sait s'ils se reverront un jour ? » d'un air doux et si la fille se mettait à rire il riait avec elle au point que tous les deux étaient obligés de s'arrêter, tordus d'envie de pisser. Si la fille prenait au contraire un air mélancolique à ces belles paroles, il lui donnait un petit coup de coude pour la faire rire, comme si séduire par la tristesse était indigne de lui. C'est pour cela qu'il était plaisant à suivre, on ne savait jamais ce qu'il allait faire, ni ce qu'il allait dire.

Ce qui plaisait aux filles, c'était à mon avis plutôt sa belle gueule, ses yeux et ses cicatrices, car beaucoup semblaient plutôt déconcertées, voire effrayées, par sa fantaisie. Mais lui, c'est la fantaisie qu'il aimait. « Il n'y a plus de fantaisie », disait-il parfois en voyant les gueules aux terrasses des cafés lorgner avec suspicion son costume taché de suie, comme s'il s'habillait ainsi par caprice. Parfois, quand on passait devant un cinéma où l'une de ses amoureuses l'avait traîné, il montrait l'affiche (je revois encore celle de *La Duchesse de Langeais*) et disait, comme une leçon de vie dont je devais bien m'imprégner, « Les films tristes sont faits pour les couillons ».

Il était à la tête d'une bande de voleurs dont je me rends compte maintenant qu'elle aurait pu lui rapporter beaucoup d'argent s'il avait réussi à écouler tout ce qui était caché dans la maison Alibabe. Mais à l'époque cette idée ne me vint pas, ni aux gamins qui n'étaient pourtant pas des naïfs en la matière. Je crois que c'est parce que nous avions l'impression qu'il était le plus joueur, le plus fou d'entre nous. Souvent quand nous marchions loin de nos quartiers, dans la Plaine ou sur l'avenue du Prado, il me disait « Montons sur les toits » et nous cherchions parfois pendant plus d'une heure la maison par où on pourrait les atteindre. Arrivé au sommet, il étirait les bras. « Là au moins on se sent vivre », me disait-il, et il m'entraînait dans des explorations enfantines où nous cherchions des passages cachés, difficiles, sur des balcons ou des gouttières qui nous permettraient de sauter d'un toit à l'autre. Il lui arrivait de prendre des risques exagérés et de se retrouver coincé dans une situation difficile, par exemple lorsqu'il sautait sur un toit en contrebas qui ne menait nulle part mais d'où il n'arrivait plus à remonter. Son agilité, la force de ses bras le tiraient toujours d'affaire. Je remarquai que ces situations dangereuses le faisaient rire, il avait l'air heureux de les avoir trouvées. Isolé sur son toit, suspendu à une gouttière, il me regardait en riant, comme s'il découvrait avec joie le comique qu'il y a à risquer sa vie pour rien.

*Début de ma carrière de voleur. Les repaires*

Vint le temps où je fus jugé digne de voler. Pour marquer mon entrée définitive dans la bande, Georges et Sainte Françoise me conduisirent sur un toit de la rue Saint-Antoine où se trouvait une échelle festonnée de mouchoirs tachés de sang. D'un petit coup de couteau sur le dos de la main, ils y firent couler un peu du mien. L'échelle et ses mouchoirs qu'ils promenaient en parodie sur les toits le 14 juillet étaient le drapeau où ils avaient tous fait couler un peu de leur sang. À partir de la fin du mois de septembre et pendant tout le mois d'octobre je quittais l'appartement parfois pour une semaine entière et il nous arrivait de visiter jusqu'à cinq appartements ou maisons dans la même journée. Pendant ces expéditions, nous dormions dans trois repaires, selon le quartier où l'on opérait. Deux étaient des mansardes, rue Dragon et cours Lieutaud, et le troisième les combles d'un hôtel particulier abandonné du haut de la rue Breteuil, où le plancher s'effondrait par endroits. J'aimais le repaire du cours Lieutaud, où l'on trouvait de grands immeubles lisses et gris, avec des volets verts. Les toits y étaient vastes, presque plats, c'étaient des toits de prélasserie, et parfois il y avait une terrasse protégée par une palissade de jonc séché et au dernier étage un balcon filant où l'on pouvait se glisser pour y voler des fleurs.

Le repaire de la rue Breteuil n'était guère éloigné du Roucas, le quartier où selon le vieux se trouvait la maison de repos où l'on avait emmené ma mère. Mais je ne songeai pas vraiment à elle pendant ces semaines d'automne, soit que je me sois reposé sur la parole de Maccia qui me disait mener son enquête, soit que j'aie fini par me persuader que là où elle était on s'occupait bien d'elle. En tout cas, je ne cherchai pas à la retrouver par moi-même, égoïsme ou naïveté que je n'ai jamais pu me pardonner.

Et pourtant, cent fois son visage me revenait lorsque, marchant sur des toits proches de Notre-Dame-de-la-Garde, mes yeux se posaient sur la statue en or. Cent fois mais pour un instant seulement, comme une vision qu'il ne faut pas user. Et c'est à cette époque que je remarquai à quel point, selon l'endroit d'où on la regarde, Marie semble différente. Ainsi, vue de notre quartier elle paraissait bienveillante et rassurait le cœur, mais quand on la voyait en sortant du jardin Puget elle avait un air de pitié rêveuse comme si nous autres à ses pieds étions déjà morts, alors que du côté du Roucas elle semblait fâchée et même de certaines rues indifférente et dure, comme si elle reconnaissait à l'avance sur les trottoirs les assassins de son enfant.

Dans nos mansardes on avait entassé des couvertures et dans celle du cours Lieutaud il y avait même un poêle à charbon plus ou moins en état de marche. Mais on ne l'alluma jamais, à cette époque, car l'odeur et la fumée risquaient d'attirer l'attention de la police. Ces abris étaient fort humides, même quand il faisait beau, et leurs colonies d'insectes innombrables et voraces. Voilà pourquoi je préférais celui de la rue Breteuil où abondaient, moins dégoûtantes que les blattes qui quand elles courent sur votre visage unissent le répugnant du fin et du gras, les punaises des bois aux formes dentelées de masques africains et qui, peut-être à cause de leur nom ou de leur couleur verte, évoquaient les mystères et les profondeurs des forêts et dont la mauvaise odeur une fois écrasées n'est rien à côté de celle des ordures qui emplissaient les cours ou les étages abandonnés des maisons où nous trouvions souvent refuge et dont la puanteur nous chassait, bien que ce fût une devise des habitants des toits que jamais odeur ne les empêchera de pénétrer quelque part.

Mais à ces abris je préférais encore l'installation des toits au 18 cours Julien où une demi-douzaine de sacs de couchage étaient suspendus par des cordelettes aux cheminées. Dans la pénombre, ces cocons percés de la figure blanche des gamins qui s'y étaient glissés faisaient penser à un alignement de momies. À cette époque où il ne faisait pas encore trop froid cela me paraissait l'idéal des nuits sur les toits : chaleur douce du duvet, protection du corps entier si l'on enfilait béret ou bonnet. Certains, par goût ou par nécessité, glissés dans un duvet accroché à une cheminée très proche du bord du toit, dormaient suspendus au-dessus de la cour d'un garage. Le vent vous balançait et quand ce roulis vous réveillait il était agréable, encore à demi endormi, d'entrouvrir les yeux sur les étoiles.

Le seul inconvénient de cette installation était la difficulté à s'enfuir si l'on était surpris. Il aurait fallu dégager les bras du cocon bien serré, tirer sur la corde pour se hisser jusqu'à la cheminée avant de pouvoir s'extraire du sac. Et – peut-être pour éloigner le mauvais sort en l'annonçant – on se disait à chaque fois que si la police arrivait, elle n'aurait qu'à nous pêcher comme des poissons dans un seau.

### *Deux espèces de vol. Improvisation et commande*

Je ne relaterai pas ici toutes les visites et les vols qui se mêlent dans ma mémoire. Deux pourtant me restent en tête, d'une façon extraordinairement nette, et je les raconterai car ils appartiennent à deux espèces très différentes.

Dans la première se rangeaient les vols que je commettais

seul avec Georges, qui avaient toujours un côté amusant et léger. J'en revois un. Ce doit être vers midi, en septembre ou en octobre, la lumière et la chaleur sont encore vives. Nous sommes entrés par la fenêtre ouverte de la cuisine dans un petit appartement.

C'est le moment le plus excitant. On ne sait pas si l'on a peur ou envie de tomber sur quelqu'un.

Il fait bon. Toutes les fenêtres doivent être ouvertes. L'appartement résonne du bavardage des voisines, de la chanson d'une radio, de rires d'enfants.

Nous parcourons le couloir en entrechats. Au fond, une porte fermée. Même en y collant l'oreille, nous n'entendons rien. On n'ose tout de même pas l'ouvrir. Nous bondissons dans une salle à manger encombrée de meubles, de bibelots, de dentelles traînant jusqu'au parquet. Le soleil donne à ce collage de bois verni, de guipures et de porcelaine l'éclat d'un parterre de fleurs. Dans un compotier des oranges et des bananes en cire luisent avec un contentement ironique. À côté, dans un cadre orné de coquillages bleus, on voit une photo de mariés. Le monsieur à moustache, la dame tout en boucles sous son voile ont la même figure pleine et ronde, comme s'ils s'étaient épousés par souci de calibrage.

— Il n'y a pas grand-chose à chourer, dit Georges, et nous voilà réduits à voler les napperons et dans un tiroir du buffet un coquetier et une petite cuillère en argent. Voler petitement rend amer. On se sent humilié par les propriétaires. Dégoûté, Georges sort le coquetier et la petite cuillère de sa poche, monte sur la table ronde et les accroche au lustre.

— Imagine leur gueule ce soir quand ils boufferont la soupe, me dit-il d'un ton froid, sérieux.

Mais tout à coup la table se fend, il disparaît dans un bruit terrible.

Il se relève d'un bond et nous nous regardons. Un cri de

femme vient de retentir. Nous restons figés un long moment. Mais rien, plus un bruit. Nous avançons lentement, sur la pointe des pieds, vers la porte fermée. D'abord nous n'entendons rien, mais au bout d'un moment on devine des chuchotements. Alors Georges se redresse et se met à arpenter le couloir bruyamment en faisant de grands pas et en frappant des talons sur le parquet. Il s'avance près de la porte. Dans la chambre on n'entend plus le moindre bruit. Il saisit la poignée et l'enfonce doucement, puis ouvre d'un coup la porte. Un homme et une femme nus sont assis dans un lit. Le cou tendu ils regardent Georges avec des yeux qui s'agrandissent. On reconnaît, empâtée, la femme de la photo, mais l'homme n'est pas le mari. C'est un maigrichon aux cheveux noirs saupoudrés de petites gouttes de peinture blanche. Au bout d'un moment il éclate de rire et embrasse gaiement la femme sur la joue. Mais, à peine consolés d'une frayeur, une autre les assaille et ils retournent vers nous leurs têtes à nouveau dévorées d'inquiétude. Georges, mains sur les hanches, est entré calmement dans la chambre, il prend la clef enfoncée dans la serrure, fait un clin d'œil aux amants, sort et verrouille la porte de l'extérieur. Pendant que des coups résonnent, nous revenons dans la salle à manger, je lui fais la courte échelle pour qu'il récupère le coquetier et la cuillère en argent. Nous apercevons près de la porte des vêtements d'homme et de femme jetés pêle-mêle sur le plancher. Georges embarque le pantalon et la veste d'homme. Sur les toits, avant de les balancer dans la rue, on les fouille tranquillement, avec une sorte de pitié, comme les vêtements d'un homme mort avant l'âge. Dans la veste il y a un porte-monnaie qui contient vingt francs et la photo d'une petite fille qui passe une tête à la Jeanne d'Arc en haut d'un corps d'aviateur peint sur la toile d'une fête foraine.

La seconde espèce se pratiquait en bande. Le souvenir d'un de ces vols m'est particulièrement resté, je les revois tous, Sainte Françoise, Des Honneurs, Chevalier Roze, Sainte Fontaine, Le Galant, Sylvabelle... c'est la nuit et l'appartement est grand, cossu, plein de hauts meubles noirs, couvert de tableaux. On a ouvert les fenêtres. Les étoiles brillent, mais elles ne ressemblent pas à celles que je contemplais lorsque je couchais sur les toits. Ventrues, pétillantes et solitaires comme les boutons dorés sur un uniforme de marin. Un vent léger caresse les joues, on ne sait d'où il vient car sur l'immeuble d'en face les géraniums verdâtres sont figés.

Ce vol est une « commande » : tout ce que nous en tirons sera remis aux clients qui ont indiqué le coup à Maccia et paieront une somme convenue. Dans ces cas, ce ne sont pas toujours des objets précieux ou de l'argent qu'on recherche. Ce soir-là, une fois un secrétaire forcé, son contenu que nous fourrons dans un sac n'est qu'un amas de papiers et de lettres. Pour que ce larcin passe inaperçu, on doit voler autre chose, n'importe quoi. Je ne sais pourquoi, ces vols de commande rendent cruel. Peut-être parce qu'ils nous amènent souvent dans de vastes appartements rappelant des tombes de pharaons et que tout cet ordre dans les ténèbres fait monter un désir de dévastation. Dansant, sifflotant, on commence par faire tomber des vases en les poussant doucement avec l'index, d'un coup de coude gracieux on étoile des miroirs, voilà Sylvabelle, petit malingre aux yeux toujours rouges, canif à la main, qui découpe avec application des bandelettes de papier peint dont nous nous entourons les bras, les cous, dont nous faisons des couronnes.

Est-ce la dévastation qui finit par amuser ? L'amusement qui fleurit en dévastation ? Psychologue, use-toi les dents.

On fouille et l'on se met à boire et à fumer tout ce qu'on trouve dans l'appartement. S'il y a des disques, on les joue, de la nourriture, on la mange, des habits, on les enfile. Ce soir-là on a trouvé des cigares et Chabanon s'amuse à essayer d'en fumer le maximum en même temps, il en fait entrer jusqu'à six dans sa bouche et, une fois allumés, il les fume en jouant avec la pointe de sa langue de telle sorte qu'ils rougeoient tour à tour dans sa gueule. On boit au goulot des bouteilles sans prendre garde à ce qu'elles contiennent, on mélange les restes, on invente des nectars que personne ne boira plus. On allume des bougies qu'on fiche sur les meubles dans leur cire brûlante. Des Honneurs fume, roulée dans un ruban de papier peint, une poudre à fumigation à l'odeur atroce qu'il a trouvée dans la salle de bains et dont les vapeurs quand elles partent flotter dans la rue deviennent vert pomme.

Sainte Françoise passe dans les couloirs une bougie à la main qu'il lève pour éclairer les tableaux. Sur l'un, aussi long et étroit qu'une fenêtre, un homme en culotte de golf, aux cheveux plaqués en arrière, pose la main sur une jeune fille en robe bleue, aux longs cheveux noirs et aux lèvres rouges étendue à ses pieds sur une allée de sable. Sainte Françoise promène longuement la bougie autour d'elle et dit finalement qu'il veut l'emporter. On souffle sur sa bougie, on l'éloigne du tableau.

Comme il n'y a pas assez de bougies, on défonce la paille des chaises, on brise le fond des tiroirs pour faire des petits feux sur le parquet du salon où nous sommes assis en tailleur.

Chabanon a amené sa guitare et il chante tantôt des chansons tristes, tantôt des chansons gaies. On entonne celle de Maccia, *Dicitencello Vuje*, dont je connais le refrain sans rien y comprendre. On plante au milieu du salon une chaise où chacun monte tour à tour pour la chanter. Sylvabelle et Le Galant, qui n'ont que treize ans, chantent avec une voix de fille. On vide les armoires et l'on fouille dans le tas d'habits. On en choisit un, et, quand vient son tour, on monte sur la chaise pour chanter avec son costume. En veston rayé, en smoking ou en manteau de vison. Sainte Françoise a enfilé par-dessus son long chandail une chemise de nuit transparente et rose. Certains, ayant trouvé du maquillage, se fardent dans le noir.

Tous doivent passer. On vote pour choisir le déguisement et la voix qui font le plus rire ou qui rendent le plus triste.

Mais trop ivres pour se rappeler, chaque version semblait la plus belle et la plus drôle.

Tout à coup on perdit le courage de chanter. Pour éviter que la nuit ne finisse, chacun dut trouver quelque chose. Je montai sur la chaise, croisai les bras sur la poitrine et déclamai Jonas comme du temps de M. Albert. Mais arrivé à *I fled unto Tarnish*, je ne pus me rappeler la suite. Mon cœur se gonflait encore du sentiment qui naissait à ce moment mais les mots ne venaient plus et cela fit naître en moi le petit désespoir qu'on éprouve quand la pointe de la langue sent un vide là où elle rencontrait une dent.

Je descendis sans un mot de la chaise et allai m'asseoir dans un coin.

Peut-être pour me consoler, Liola, qui était ce soir-là habillée du long chandail qui lui descendait jusqu'aux chevilles et coiffée d'une grande casquette, monta sur la chaise et se mit à raconter notre histoire de baleine. Je voyais la Liola qui rôdait sur les toits avec eux, non plus la petite sœur pensive et silencieuse mais un être qui paraissait avoir sans cesse envie de rire et de jouer. Elle raconta l'histoire avec beaucoup de drôlerie et de conviction et je me demandai si elle allait lui trouver une fin. Mais arrivée à l'endroit où nous en étions toujours restés elle fit un pas de danse et sauta de la chaise, ce qui n'empêcha pas l'assistance de l'applaudir de bon cœur.

Chevalier Roze grimpa sur la chaise et, s'accompagnant de sa guitare, récita plus qu'il ne la chanta *La Bellofoggiatta*, une autre chanson que Maccia fredonnait souvent sur les toits. C'était une chanson amusante qui racontait comment Bellofoggio, un gros poisson attiré dans un port par les déchets y flottant pour le seul régal des mouches, menait pendant plusieurs semaines une telle vie de délices qu'ayant démesurément enflé il ne pouvait plus en sortir. Cela réjouissait les petits mendiants de la ville qui, à la nage ou en barque, venaient grimper sur son dos pour découper de larges et succulentes tranches de sa chair. Et Bellofoggio, qui semblait surtout gêné par la précipitation désordonnée de ses bourreaux, se mettait en colère et organisait leur passage en chantant de petits couplets militaires au rythme desquels les gamins le découpaient avec la plus exacte discipline. Mais sa voix s'affaiblissait peu à peu et quand il n'en resta que l'arête elle disparut tout à fait. Tous applaudirent les larmes aux yeux. Personne ne nous semblait appelé à vivre une vie aussi pathétique et élégante que Bellofoggio.

Avec l'aube, le vent se lève et, peut-être à cause de Bellofoggio, on croit sentir l'odeur du port. Le parfum de la mer donne envie de retourner sur les toits. Rester enfermés plus longtemps dans un appartement nous semble un châtiment. Nous nous enfuyons précipitamment, comme pourchassés par la tristesse et l'ennui.

Sainte Françoise essaie de prendre avec lui le tableau. Il le décroche mais il est trop lourd, trop grand pour qu'on l'emporte. Alors il perce la toile avec un couteau de cuisine et découpe la tête de la petite fille à la robe bleue. Il la glisse sous son chandail et remonte sur les toits.

Sans savoir où aller, nous les arpentons en claquant des dents dans un brouillard laiteux. Comment se repérer ? Nous sommes ivres, le vide des rues monte comme pour se renverser sur nous. On juge plus prudent de se blottir les uns contre les autres entre des cheminées. Au bout d'un moment, Sainte Françoise sort de sous son chandail le morceau de toile. Le visage écrasé contre l'image, il l'embrasse longuement. Nous le regardons sans rien dire comme on regarde un homme qui revient de la guerre.

*Les légendes sur Maccia. Je brode des histoires pour Stella. Le Paradis Sardine. La Faustine. Maccia sur scène me fait pleurer*

Parfois quand nous marchions sur les toits nous entendions Maccia chanter dans une cour. Cela nous faisait rire. Un jour je demandai d'où lui venait son surnom de Trois Soleils, quel exploit avait-il accompli dans cette rue ?

— Il y a tué un homme, répondit Chevalier Roze.

Et ils se mirent à se disputer pour savoir quelle était la vraie histoire de ce crime. Selon certains, il l'avait tué pour venger son frère, poignardé par deux voyous. Et s'il se promenait sans cesse, c'était parce que depuis des années il cherchait le deuxième. Pour d'autres, c'est lui qui avait tué son frère et lui qui était recherché depuis par sa famille de Gitans. C'était la version de Caylus, qui, à dix-sept ans, était l'aîné de la bande et le seul qui n'aimait pas Maccia. Il avait sa bande à lui, quatre ou cinq petits pouilleux dont le plus vieux devait avoir treize ans et qui le suivaient en grappe comme des serviteurs (pendant les vols c'étaient eux qui allaient chercher les objets qu'il désignait d'un coup de menton sans sortir les mains de ses poches). Il essayait souvent de convaincre les gamins de la bande que Maccia les exploitait, devenait riche sans prendre de risque.

— Sur les toits, avec nous autres les crève-la-faim, c'est la vedette, mais en bas, c'est le moins-que-rien, disait-il, c'est le larbin. Quand il fait le music-hall, ses rôles sont si petits que si tu bâilles au moment où il entre en scène tu ne le verras pas. Et encore, s'il joue c'est parce qu'il baise les patronnes…

Les défenseurs de Maccia restaient muets. Nous ne savions pas dire pourquoi nous l'aimions puisque cette ignorance était la raison de notre amour. Toutes ces légendes me frappaient, je ne savais laquelle était la bonne, celle qui me plaisait le plus ou celle qui me plaisait le moins, un tour d'esprit de pessimisme me chuchotant que celle-ci devait être la vraie ; mais comme les gamins racontaient souvent n'importe quoi et se prétendaient tous détenteurs de secrets ignorés des autres, l'hypothèse la plus probable était sans doute qu'aucune ne l'était.

Je me rappelle qu'un jour, alors que Caylus accusait Maccia d'hypocrisie, Georges le défendit :

— S'il se met bien avec tout le monde c'est pour le bizness. Il ne fait pas de différence entre les gens. Il me dit toujours : « Au bal, le gentleman fait valser la beauté et la bigleuse. »

— C'est le gigolo surtout, répondit Caylus.

Lorsque je rentrais pour une nuit à l'appartement, je cherchais à passer le plus de temps possible avec Stella. Parfois, lorsqu'elle n'était pas avec Mac ni avec son père et qu'elle venait fumer dans la cuisine, je lui décrivais nos aventures sur les toits. Et comme elle les écoutait avec amusement, pour prolonger ces discussions tard dans la nuit je lui racontais les légendes qui entouraient Maccia, et surtout celle qui me semblait la plus romanesque. Recherché pour avoir tué l'un des assassins de son frère, il arpentait Marseille pour trouver l'autre et finir de le venger. Voyant que ces histoires semblaient l'intéresser, je les développais et brodais à loisir. La nuit, l'ombre de ses boucles, le silence des toits, le ciel étoilé, le reflet de ses yeux que je croyais entrevoir, la chaleur de ses hanches qui frôlaient les miennes ou de ses doigts que je touchais comme par mégarde, les ronflements mêmes qui couvraient nos chuchotis m'inspiraient des inventions que je trouvais touchantes et qui me procuraient je ne sais quelle jouissance d'intimité.

Cet amour timide et naïf s'accompagnait d'autres découvertes. Une nuit, traînant sur les toits avec Georges, j'entendis des cris affreux monter des toits. Les deux saintes, Des Honneurs, Sylvabelle étaient attroupés autour d'une cheminée dont les trois conduits résonnaient en vibrant de cris de femme. C'étaient des cris d'assassinée, ou plutôt, à cause d'une véritable furie de chagrin, les plaintes d'une femme qu'on forçait à assister au supplice de ses enfants. Elles faisaient filer les chats errants, envoler d'invisibles pigeons. Même les cloportes sortaient de leurs trous. J'étais figé d'horreur, ne pouvant comprendre pourquoi les gamins riaient de tous leurs chicots avec un air d'abêtissement parfait. L'un d'eux comptait les secondes, cinquante-sept, cinquante-huit, cinquante-neuf, et les autres hochaient la tête à chaque fois, ce qui leur donnait un air plus abruti encore. J'étais si innocent que lorsque se mêla à ces hurlements qui redoublaient un grincement de ferraille de plus en plus effrayant je ne comprenais toujours pas de quoi il s'agissait. Les cris et les grincements cessèrent brusquement, le calme le plus parfait revint comme après un crime vite nettoyé, et les gamins s'extasièrent du chiffre soixante-quatorze, qui battait semblait-il un précédent record. J'entendis alors monter du tuyau de calmes murmures où je reconnus la voix et le ton de Maccia qui discutait avec une femme.

Georges m'apprit que cette femme était La Faustine, propriétaire et attraction principale d'un petit théâtre qui s'appelait le Paradis Sardine et au-dessus duquel nous nous trouvions. C'est là que Maccia venait de temps à autre chanter sur scène.

Peu après, Georges me ramena sur ce toit. Ça devait être au mois de novembre, peu avant notre exode, car dans mon souvenir la nuit est froide, brumeuse, c'était l'époque où, rôdant parfois quinze jours sur les toits sans retourner à l'appartement, nous étions si puants qu'on ne nous aurait pas laissés entrer dans une salle dont les effluves attiraient pourtant autant de rats que de mélomanes. Dans le brouillard nous parvenaient des bribes d'une musique gaie et charmante comme celle qu'on saupoudre çà et là dans les films afin que le spectateur partage sans façon la gaieté des personnages. Mais quand on enfonçait la tête dans le conduit de la cheminée, la musique était couverte par les bruits de la salle. Les spectateurs s'interpellaient, s'insultaient, s'adressaient aux acteurs pour commenter leur jeu dans un esprit peu constructif, crachaient sur la scène sur quelque accessoire, pot de fleur ou soupière, devenu la cible d'un concours sauvage, on entendait éclater les petits cris des morsures, les gloussements de chatouillis des amoureux ou, émanant des tempéraments les plus artistiques, les salves de pets accompagnant chaque air en un perpétuel concours d'improvisations contrapuntiques servant à entretenir la joie de vivre. L'orchestre ne transparaissait que rarement. Seules la trompette et la cymbale, dès qu'elles résonnaient, semblaient pour un court instant frapper les spectateurs d'un mutisme enfantin.

L'histoire de la revue qui se jouait, à ce que j'en compris d'après les indications de Georges qui l'avait entendue un nombre incalculable de fois, se déroulait lors d'une croisière que s'offrait un épicier marseillais accompagné de sa femme et de sa fille. Ils abordaient les rivages les plus exotiques mais la crainte des maladies, des animaux et des hommes les retenait d'y débarquer et les divers prétextes que la famille inventait pour ne jamais quitter le pont du paquebot fournissaient la matière d'innombrables couplets qui déchaînaient dans la salle les moqueries les plus cruelles, qui s'adressaient à la fois à la pusillanimité des personnages et au talent des chanteurs.

Plus l'histoire avançait, plus les spectateurs se calmaient, car c'est un autre trait du peuple de cette ville qu'il vous laissera raconter votre histoire jusqu'au bout et l'écoutera avec attention, par crainte de perdre une occasion d'émerveillement ou de mépris. Cette magnanimité avait néanmoins ses limites car l'attention naïve qu'on accordait à la chanson était compensée par la férocité avec laquelle on jugeait le chanteur, souvent considéré comme une sorte d'assassin du beau.

Tout à coup, on entendit partout chuchoter ou crier « La Faustine ! La Faustine ! » et le silence se fit. On entendit des craquements réguliers et lents et une voix de femme extraordinairement claire s'éleva, aussi vibrante que celle d'une déesse et innocente comme celle d'un enfant. Elle chantait un couplet ridicule où il était question de petites cuillères tournant si violemment dans les tasses qu'elles empêchaient d'épier les conversations des voisins. Mais la voix de La Faustine rendait cet air ridicule déchirant et naïf.

Tout à coup je reconnus la voix de Maccia, qui chantait *Dicitencello*, ma chanson préférée, celle qu'il fredonnait si bien dans les cours qu'elle me faisait trouver la vie belle.

Une chose terrible arriva. Je reconnaissais bien le timbre de sa voix mais la façon de chanter n'était pas celle des cours. Elle était forcée, outrée en trémolos. On croyait entendre un amateur sans talent cherchant à imiter un grand chanteur. Mais le public ne pouvait le reconnaître puisque ce grand chanteur c'était lui. Les paroles sonnaient de façon trop appuyée, trop doucereuse. À la fin pourtant, je ne sais pourquoi, peut-être parce qu'il était fatigué, il chanta le dernier couplet comme il le chantait dans les cours. Cela ne dura qu'un moment mais la salle fut saisie, un silence absolu régna pendant au moins une minute jusqu'au moment où son phrasé redevint trop appuyé, sa voix trop douce et des ricanements se remirent à fuser.

Je sortis la tête de la cheminée et m'assis sur les tuiles. J'avais envie de pleurer. Qu'il ait mal chanté me faisait trouver pour la première fois répugnant qu'il soit un assassin.

*Nouvelles du brigadier. Amusements divers des toits. Découverte de peuplades mineures. Mélancolie de Lacydon l'assassin*

À cette époque un accident tira un fantôme de l'oubli.

Le plus souvent, lorsqu'on avait volé dans un appartement des pièces d'or ou des bijoux, on s'en débarrassait en se glissant dans les mansardes surplombant les cours où Maccia venait chanter. Puis, enveloppés dans des chiffons ou de vieux journaux, on les jetait dans la cour en même temps que les auditrices leurs piécettes.

Déchirant une page de journal pour y rouler une croix en or, j'y aperçus en lettres grasses *H.-E. Ferniol, chroniqueur des crimes et des châtiments.* Cette opulente appellation entourait comme sur le couvercle d'un camembert la photographie d'une tête chauve et d'une pipe que le propriétaire de la tête venait sans doute de décoller de ses lèvres minces afin de nous parler plus à son aise, à moins que ce ne fût pour nous cracher à la gueule, l'ensemble figurant l'ironie, la sagesse et le dégoût d'être né sur cette planète.

À ces mots, la figure du brigadier me revint en tête, pointant au billard ou dégouttant de sang sur les marches de Saint-Charles, et je me jetai sur l'article comme sur la gazette de l'au-delà.

---

Il y a de tristes procès, des procès lugubres et même, parfois, des procès drolatiques. Mais il est rare qu'en un même procès ces trois aspects se mêlent. En ce sens le procès de l'ex-brigadier Abattucci restera dans les mémoires. Il était risible de contempler les efforts de son avocat pour trouver des circonstances atténuantes au découpeur sinistre et mutique qui se tenait dans le box, auquel un visage blanc et de tristes et pendantes moustaches conféraient un air de clown, prenant, comique et glacé. Maître Sollacci ne nous a pas donné là l'une de ses meilleures performances, il nous permettra de le lui faire remarquer, lui qui nous a si souvent réjouis, notamment lors du procès dit des trois dockers en 1938 où il fut admirable de bout en bout. Ici il n'a été remarquable que dans le genre confus et brouillardeux et je ne suis pas sûr que c'était là le rôle qu'il avait choisi. M. le procureur Érard s'est montré parfait comme à son habitude, encore que nous ne croyions pas inconvenant de lui faire remarquer, si ces pauvres lignes lui tombent sous les yeux, qu'un certain automatisme de jeu fait perdre un peu de vie à sa composition, donnant l'impression au spectateur que la défense de la société qu'il brandit n'est après tout pas si nécessaire. Dans les heures difficiles que nous traversons, il serait bon que la tâche indispensable du redressement national si augustement indiquée par le Maréchal fût servie par des acteurs qui, malgré leur talent, ne donnent pas l'impression de participer à contrecœur à une tournée qui les mène dans des théâtres de troisième catégorie. Et, tandis que nous attendions sans impatience le verdict tant il ne faisait pas de doute, une idée plaisante est venue au chroniqueur qu'il ne peut se retenir d'offrir à la sagacité de son lecteur : découper avec toute la pompe réglementaire de l'État la tête d'un découpeur de têtes amateur et rustique n'est-ce pas là une entreprise, même si elle est parfaitement juste, entachée d'une pointe de ridicule ? Or, est-il souhaitable que le public, qui, n'en doutons pas, se pressera boulevard Chave pour le découpage du découpeur, reparte avec le sentiment que la justice est certes passée mais ridiculement, qu'il vient d'assister en somme à un spectacle d'où la dimension parodique et même comique est loin d'être absente ?

Remarquons pour finir que son rôle lugubre l'ex-brigadier Abattucci l'a tenu avec un talent qui, comme son crime, avait quelque chose de brutal, d'austère et de laconique. Raide et déférent, précis et condescendant, il a traversé son procès comme un dormeur un rêve un peu pénible. Et l'espèce d'assoupissement, sans doute feint, qui l'a saisi avant l'annonce de sa condamnation à mort, avouons-le, avait quelque chose de légèrement grandiose qui a tiré dans le public quelques ricanements d'appréciation.

---

Je mis un certain temps à comprendre que le style embrouillé du père Ferniol annonçait qu'on allait guillotiner le brigadier. Je regardai la date du journal, il n'était vieux que d'une semaine. Je me demandai s'il avait été exécuté et, au cas où il serait encore de ce monde, si je pourrais le voir une dernière fois. Georges me dit qu'on ne guillotinait pas comme ça, qu'il y avait des recours, des sortes d'entractes pour que le condamné profite bien. Il ne serait pas raccourci au moins avant un mois. Je me demandai ce qu'était devenu Kurkanivo et me mis à chercher sa silhouette dans les rues.

Après les vols, le soir pour se distraire, on écoutait par les conduits des cheminées ce que se racontaient les bonnes gens. Surtout rue Moïse et rue de Nuit où l'on entendait jusqu'aux soupirs. Les cris et les coups ressortaient avec une netteté à faire lever la tête de discrétion. Rue de Nuit vivait une famille napolitaine qui parlait, criait sans cesse, et Sylvabelle et Sainte Françoise, qui comprenaient le napolitain, se tordaient de rire. Quand nous leur demandions de nous expliquer ce qu'ils disaient, ils nous faisaient des bras d'honneur. Peut-être pour se venger de tous les gens qui corrigeaient leur français. Ou parce qu'ils faisaient semblant de comprendre et étaient trop cons pour inventer. Rue Moïse, trois conduits montaient du même appartement. On y plaquait l'oreille pour parier des tickets volés sur qui allait parler, la mère, la fille, le père. Les soirs où l'on suivait vraiment bien la conversation, et qu'elle prenait un tour délibératif, on pariait même sur ce qu'ils allaient dire. Ce jeu ne rassemblait que les plus fins, Georges, Chevalier Roze, Des Honneurs. Beaucoup des gamins, surtout ceux que nous appelions les ratichons, se contentaient d'amusements plus primitifs : ricaner, pousser des cris de chouette, cracher ou chier dans les conduits. Ils le faisaient tranquillement, déboutonnant leur pantalon ou laissant couler de longs filets de bave avec cette innocence de méchanceté qui est une des choses au monde les plus atroces à voir.

Ces ratichons étaient de petits enfants qui traînaient dans les rues ou sur les toits. C'est de leurs rangs que Caylus avait tiré sa garde rapprochée. Ils étaient noirauds, tout petits, soit qu'ils aient été vraiment jeunes (le plus jeune me semble-t-il avait sept ans), soit que leur vie misérable leur ait conservé figure et taille d'enfants. C'étaient eux qu'on voyait le plus souvent escalader les façades la nuit parce qu'ils étaient si légers qu'ils pouvaient prendre appui sur les crochets de fer qui servent à tenir les volets. Je me souviens d'une scène affreuse, en plein jour : l'un d'eux les jambes écartées, la face écrasée contre la façade, battu avec une grille de fer servant à dépoussiérer les tapis par une femme penchée à une fenêtre. Je me souviens des cris du gamin puis de son silence tandis qu'elle le battait toujours en ahanant à coups de plus en plus espacés, de moins en moins vigoureux car elle s'y était épuisée, sur son pantalon trop large qui, à chaque claquement, tremblait comme un grand sac vide. Je ne me souviens pas de la fin de cette scène, seulement comment les rires de ceux de la bande qui m'entourent se transforment en cris de colère, de panique devant ce sac de vêtements qui remue et où le corps semble avoir disparu. Les ratichons aimaient aussi descendre dans les cheminées ou casser les tuiles et s'enfoncer dans les petits goulets de plâtre à la recherche de greniers qui la plupart du temps n'existaient pas. Ils ressortaient la figure toute plissée, tachée de marques rouges et blanches, à demi asphyxiés, hilares comme si d'avoir failli mourir étouffé était une bonne blague faite au monde. En y pensant, je me dis que nous étions un peu tous comme cela : quand nous prenions des risques, quand nous sautions au-dessus des rues, sur les toits ou les balcons, nous avions l'impression de cracher sur le monde. Ces ratichons étaient les plus sales et les plus puants d'entre les habitants des toits. Ils n'appartenaient pas à nos bandes mais vivaient par eux-mêmes, dormant à dix dans une cabane de planches dressée sur un toit de la rue Saint-Laurent. Parfois ils échangeaient avec nous de la nourriture contre des choses qu'ils avaient volées mais souvent ils traînaient leur butin dans des baluchons et le perdaient avec indifférence. Quand ils pénétraient dans un appartement vide, ils semblaient ne pas comprendre la différence entre s'amuser, souiller et voler, comme une peuplade primitive pour laquelle la différence entre ces trois occupations n'aurait pas eu de sens. Et comme une peuplade primitive, nous les regardions avec mépris mais parfois avec admiration et envie, comme si c'étaient eux qui savaient vraiment ce qu'est la vie sur les toits. Quand ils trouvaient des roses accrochées à des balcons ou des murs, ou dans des appartements, ils arrachaient les fleurs des tiges et les mettaient rapidement dans leurs poches ou leurs cheveux, sans souci apparent de joliesse ou d'amusement, plutôt comme des talismans. Quand elles se fanaient, ils allaient les déposer au pied de la statuette de la Vierge noire. C'étaient les plus sauvages d'entre nous et ils parlaient d'une façon étrange. Au lieu de dire par exemple *C'est moi qui ai piqué ce collier* ils disaient *C'est le collier que c'est moi qui l'ai piqué*, ou encore plus bizarrement au lieu de *C'est moi qui vais sauter la rue* ils disaient *C'est moi que j'aurais sauté la rue* comme si l'avenir s'exprimait comme le souvenir d'un exploit, langue barbare d'une peuplade toute d'héroïsme pur. Je ne sais si leurs dents étaient particulièrement blanches ou si elles ressortaient sur leur crasse mais, selon le vent, on les reconnaissait d'abord soit à l'éclat de leurs dents soit à leur odeur immonde. Contrairement à nous, ils portaient parfois des chaussures, des croquenots volés (car ils ne volaient pas les chaussures les plus coûteuses mais les plus grosses), mais comme des trophées, et s'en lassaient vite puisqu'elles n'étaient jamais à leur taille. Alors d'un mouvement violent de la jambe ils les expédiaient dans les airs de façon qu'elles retombent dans la rue et ils se précipitaient au bord du toit avec une curiosité sauvage, enfantine pour voir si par chance elles avaient atterri sur la gueule de quelqu'un.

Une autre peuplade qui ne vivait guère sur les toits mais qu'il nous arrivait d'y croiser était la tourbe des pickpockets de tout âge et de tout grain qui venaient se cacher dans nos refuges ou même parfois sur les toits lorsqu'ils avaient des ennuis avec la police ou les voyous. On ne les aimait pas, on s'en méfiait car beaucoup étaient des indicateurs. On disait que l'un d'eux une nuit avait essayé de voler dans la poche de Chabanon son cahier des refuges et des rues. Je crus comprendre que Lacydon l'avait poussé d'un toit le lendemain. J'en rencontrai un plusieurs fois dans la mansarde du boulevard Notre-Dame, un homme jeune, en costume, qui ne regardait jamais personne en face, soit par déformation professionnelle, soit qu'il ait voulu nous faire comprendre par là qu'incapable de nous reconnaître, il ne nous dénoncerait jamais. Mais cette méfiance rendait pénible la cohabitation et avec Georges nous préférions malgré le froid aller dormir sur les toits plutôt qu'avec les pickpockets.

Pour éviter que nos caches ne soient envahies par tous les mendiants, réfugiés, joueurs de bonneteau et rabatteurs de bordels jetés à la rue, il n'était pas mauvais qu'on nous prenne pour des enfants sauvages qui précipitaient dans le vide ceux qui pénétraient leur domaine.

D'ailleurs certains le faisaient.

Lacydon tirait de cette spécialité son orgueil taciturne. Une nuit que nous étions seuls sur les toits, sur la plus haute maison de la rue de l'Évêché d'où en automne quand le vent soufflait il était plaisant d'entendre la mer, il énuméra de sa voix éraillée, à peine audible, les fois où il avait poussé quelqu'un dans le vide. Il en gardait le compte et les dates de façon très précise et les passait en revue sur ses doigts, comme des travaux importants dont il pourrait un jour peut-être réclamer le dû.

— Il y a eu le flic en novembre 41 dans la rue Lacydon, en avril 42 il y a eu le pickpocket dans la rue de Montevideo, et en juillet le voleur de la rue Caisserie.

Il méditait, en cherchait un qu'il aurait oublié avant de se rendre à l'évidence amère qu'il n'y en avait que trois.

— Tu lis les journaux tu crois que ça tombe comme des figues, dit-il avec mépris, de sa voix toujours un peu enrouée.

On voyait qu'il regrettait la modestie du compte, que ce chiffre infime faisait de sa réputation légendaire une sorte d'escroquerie qui heurtait son honnêteté.

— C'est vrai j'ai voulu vous faire tomber, ajouta-t-il soudain, songeant sans doute qu'avec nous cela aurait fait cinq, un chiffre plus digne de lui, mais c'est parce que je pensais que tu allais aux flics. Dans la bande c'est moi qui tue parce que c'est moi le moins con. Je vois le danger. Sans moi la bande serait depuis longtemps en taule. C'est à cause de ça qu'ils me prennent pour un fou. À cause de leur connerie.

Arrivé au bout de l'amertume, il tournait rêveur philosophique.

— Moi, ce qui me dégoûte, c'est que les cons vivent aussi longtemps que ceux qui ne le sont pas.

Les cons étaient pour lui ceux qui ne voient pas le mal.

Il s'occupait assez souvent de sa grand-mère. La vieille vivait seule non loin de Saint-Victor, rue du Petit-Chantier, dans une pièce unique au rez-de-chaussée. Je ne sais pourquoi le jour qu'il m'y emmena nous passâmes par le toit pour ensuite descendre par l'escalier. Peut-être craignait-il que l'immeuble ne soit surveillé, ou entrer par les portes lui semblait-il méprisable.

La vieille était impotente. D'abord il la peignait, dînait avec elle (dans mon souvenir je les regarde manger debout, peut-être qu'il n'y a pas assez de soupe pour trois ou qu'elle est si mauvaise qu'il l'accompagne par amour), puis lui lavait le visage, le cul et les dessous de bras et s'en allait. Ils n'échangeaient pas dix mots et pendant tout ce temps la vieille l'observait du coin de l'œil, terrifiée comme un oiseau dont on aurait coupé les ailes.

Il m'était difficile de les juger. Lacydon, l'assassin, et qui avait voulu nous tuer, était le plus calme et le plus doux de tous. Le petit Sylvabelle, pouilleux ratichon, pouvait se montrer affable, rieur, enfantin, et même tendre lorsqu'il partageait certains secrets (comment attraper des oiseaux, cacher l'argent dans les cheminées, crocheter une fenêtre), mais parfois il entrait dans des colères haineuses où la bave lui montait aux lèvres quand il me traitait de bourgeois et me disait d'aller crever, les yeux perçants et rouges. Sainte Françoise était le plus charmant au premier abord, à cause de cette façon légère de marcher, de courir, ses longues jambes fines et son silence. Mais plus on le connaissait, plus on s'inquiétait de ce mutisme et de cette grâce où l'on sentait, je ne sais pourquoi, quelque trace de folie. J'avais l'impression qu'il vivait dans un autre monde que sur les tuiles, les oiseaux et les chats ses vrais compagnons et nous des sortes de porcs auxquels il n'accordait aucune considération. Il aimait quand les choses tournaient mal, les incendies, les saouleries qui mettaient en danger les vies, comme s'il avait espéré rester un jour seul sur les toits.

Caylus était celui qui me semblait le plus vil, et je compris un jour à ses ongles farcis de crasse pourpre, à l'odeur de ses mains qu'il devait participer aux boucheries de marché noir de la Vieille Charité. Elles sentaient toujours le sang ou l'essence. C'était pourtant celui qui me paraissait le moins fou de tous, peut-être parce qu'il agissait toujours par intérêt. Il me regardait avec un air d'incertitude, comme s'il désirait se venger de la cicatrice sur sa joue mais attendait une occasion de le faire qui, en même temps, lui rapporterait.

Tous me considéraient maintenant comme un des leurs. J'avais compris qu'il me fallait parler leur langue. Comme je n'y parvenais qu'en me montrant moqueur ou violent, ils crurent y voir des traits de caractère. Se mêlant au goût du silence et de la rêverie, cela devait leur sembler étrange et, je le crois aussi, un peu inquiétant. Je remarquai que lorsque j'avais passé en leur compagnie toute une journée où les seuls mots qui m'étaient venus avaient été des moqueries ou des encouragements à tenter le saut le plus dangereux ou l'effraction la plus risquée, mes paroles me gagnaient. Elles semblaient imbiber ma tête et mon sang. Lorsque je me retrouvais seul, la moquerie et la témérité m'accompagnaient comme des complices un peu fous auxquels on ne peut échapper.

*Rêveries à la bien-aimée absente. Les portraits.*
*L'infirme de la rue des Ferrats. Jalousie. Le dancing*

Pendant toutes ces expéditions, je ne pensais pas à ma mère, ni à ma sœur, je pensais à Stella. Ne pas la voir pendant plusieurs semaines ne me dérangeait pas. J'imaginais que plus mon absence durerait, plus elle penserait à moi et comprendrait qu'elle m'aimait. Et déjà je prenais plaisir à la faire souffrir en retardant mon retour. C'était peut-être par crainte, sentant que si je revenais, je ne pourrais plus m'amuser avec ce qu'au fond de moi je savais bien être un roman, et plus peut-être que le chagrin d'amour, je redoutais la fin de ce roman qui me donnait les désirs et les allures d'un personnage qui me plaisait.

Je revenais pourtant de temps en temps à l'appartement. Un soir, alors que la nuit était déjà tombée, je vis, éclairée par l'ampoule, Stella assise à la petite table de la cuisine. Balançant le buste, remuant la tête, elle faisait courir ses doigts sur le bois ou les en retirait comme d'une eau brûlante. Parfois ses mains se croisaient avec une agilité si précise que ces gestes paraissaient inspirés par la folie. Je compris enfin qu'elle faisait semblant de jouer du piano. Grimpé sur le rebord de la fenêtre, je l'observais sans rien dire, espérant que ces contorsions me dégoûteraient d'elle. Mais l'air de folie ne fit qu'ajouter au mystère, je me dis que je l'aimais à en perdre la tête. Pour ne pas voir mon reflet clownesque je poussai un peu la fenêtre, croisai les bras, affichai un sourire que je voulais ironique.

— Stella, dis-je, quel dommage que je ne puisse vous voler un piano…

Elle sursauta et se retourna la main sur le cœur. J'aurais aimé qu'elle m'en veuille mais elle me regardait déjà de cet air bienveillant qui m'agaçait, comme si j'étais un enfant, à qui tout devait être expliqué trop longuement pour qu'on lui parle comme à l'un de ses semblables.

— Quand tout sera fini, vous apprendrez, dis-je, cherchant à prendre moi aussi un air supérieur.

— Je n'apprends pas, dit-elle en se retournant vers la table où les doigts montèrent une gamme. Je joue à blanc. J'entends la musique.

Elle se mit à jouer quelque chose.

— Ce sont des valses de Schubert. Elles sont bien pour garder les doigts vivants.

Ses mains couraient ou sautaient, comme pour apaiser les petits délires prestes des doigts.

— C'est court, dis-je en souriant quand elle eut fini, et le ton grêle de ma voix donnait l'impression de douter qu'elle ait joué quelque chose.

À chaque fois que je voulais la vexer, elle répondait avec gentillesse, avec patience, comme à un enfant qui a tout à apprendre.

— Ce sont de petites pièces. On dirait des portraits.

— Là c'était qui ?

— Celle-là ? Celle-là c'était la deuxième. La deuxième ressemble à Mac.

— À moi, elle ne m'irait pas ?

Elle me regarda un moment et sourit lentement, comme si elle craignait de crevasser ses lèvres.

— Non. Vous ce serait plutôt la dix. Elle la joua sur la table. Dans les mouvements lents ou vifs de ses doigts, je cherchai la moquerie ou la tendresse.

Lorsqu'elle eut fini, elle posa sur ses genoux des mains interminables qui semblaient volées à la créature d'un tableau. Je ne disais rien, imaginant que cet échange montrait peut-être qu'elle m'aimait, à sa façon. Mais le final gâcha cette scène. Pour dire quelque chose et faute de mieux, je lui demandai :

— Et Maccia ?

Elle s'en alla sans un mot.

Peu après, Georges me conduisit pour la première fois auprès de Des Ferrats. C'était ce gamin de la bande qui était passé au travers d'un toit de la rue des Ferrats, s'était brisé la colonne et avait été recueilli par la famille du cordonnier qui habitait l'appartement où il était tombé. On l'appelait jadis La Mûre, m'expliqua Georges, parce qu'il avait réussi en se balançant à une corde à linge à sauter par la fenêtre ouverte d'un appartement de la rue de la Mûre, mais depuis son accident, on parlait de lui en l'appelant Des Ferrats.

— C’est un peu son nom de mort, disait Georges.

Nous allions le voir dans sa chambre en passant par la fenêtre toujours ouverte. On lui apportait des figues du figuier du toit. La femme du cordonnier était très gentille et nous donnait du pain et des tomates. On les mangeait à son chevet. Son visage était de la couleur papier mâché de l’oreiller. La femme du cordonnier passait du temps debout près de lui un peigne à la main pour coiffer en vagues ses cheveux blonds. Il ne bougeait pas de peur de les abîmer. Il avait l’air d’un de ces mannequins de musée de cire qui semblent figés pour préserver la ressemblance. Georges lui demandait s’il était mieux là que sur les toits. Je trouvais cela cruel, mais l’autre ne semblait pas attristé par la question et répondait toujours de la même façon.

— La soupe est bonne, disait-il en plissant les yeux.

Il demandait à la femme du cordonnier s’il en restait pour qu’on la goûte. Elle était effectivement très bonne.

— Tu ne t’emmerdes pas, concluait Georges.

Ce rituel présentait l’avantage de faire semblant de l’envier et de manger. On lui disait aussi qu’il était devenu une légende des toits sous le nom de Des Ferrats. Parfois toute la famille était dans la chambre, le cordonnier et ses trois fils nous avaient rejoints, assis autour du lit comme pour une veillée funèbre pleine de bonne humeur. Le cordonnier était un brave homme qui souriait toujours, trapu, aux moustaches épaisses poivre et sel, assis sur sa chaise les bras appuyés au dossier comme s’il était dans la rue. Ses fils se moquaient de lui, chacun brodant toujours sur le même thème : l’un disait que les cordonniers ne savent pas s’asseoir sans serrer une chaussure entre les cuisses, l’autre qu’ils ne savent parler qu’aux talons, le dernier que leur parfum de colle n’attire que les mouches. Et lui riait sans bruit, fièrement, comme s’il n’y avait rien de plus ridicule et glorieux que d’être cordonnier. Les yeux du gamin passaient de l’un à l’autre sans que sa tête remue et il regardait celui qui parlait comme s'il écoutait la dernière phrase qu'il entendrait jamais. Toute cette famille l'entourait d'une affection discrète, profonde, presque craintive comme si c'était à cause d'eux qu'il était passé au travers du toit, ou que Dieu le leur avait confié et qu'Il observait comment ils s'en débrouillaient. Il ne touchait pas aux figues. Bombées, soyeuses de poussière, elles reposaient entre les plis du drap comme les toupies abandonnées d'un enfant perdu dans son rêve.

Un soir, le prince et Stella s'en allèrent sur les toits. Cela était déjà arrivé mais uniquement le jour et comme ils revenaient avec des provisions ou des vêtements j'avais longtemps cru que ces expéditions avaient un but utilitaire. Cette fois, intrigué et jaloux, je décidai de les suivre. J'attendis un peu, me glissai par la fenêtre et me dirigeai du côté où leurs pas résonnaient sur les tuiles. Leurs silhouettes bondissaient au-dessus des ruelles qui descendaient vers Saint-Laurent, si près de la mer qu'en automne, le soleil disparu, le visage et les mains s'y trouvaient vite poisseux d'une brume salée.

Vers la place Saint-Laurent il y avait des cafés d'où montait une musique de pianos mécaniques ou celle de petits orchestres de guitares et d'accordéons. Stella et le prince grimpèrent à une corde pour atteindre le toit-terrasse d'une vieille maison abandonnée qui se trouvait au début du virage descendant vers Saint-Laurent. Et ils se mirent à danser au rythme des musiques qui se mélangeaient. Ils dansaient enlacés de telle sorte que je ne voyais plus qu'une ombre. Entre deux morceaux l'ombre s'immobilisait, je croyais entendre des murmures. Quand la musique reprenait, ils remuaient vaguement. Ils restèrent ainsi jusqu'à ce qu'il fasse nuit noire. Lorsque les tuiles se remirent à tinter, je tentai de les suivre mais bientôt je n'entendis plus rien et fus obligé de rentrer prudemment car les nuages recouvraient les étoiles.

De retour dans l'appartement, je me couchai sur le ventre,

rabattis la couverture sur ma tête et me bouchai les oreilles avec des morceaux de drap déchirés pour ne pas entendre Stella rentrer.

Le lendemain, aussitôt réveillé, je partis rejoindre Sainte Françoise, Des Honneurs et les autres dans un repaire du cours Lieutaud. Plus que du chagrin, je me souviens d'avoir éprouvé pendant plusieurs jours une sorte d'étouffement perpétuel qui ne se dissipait que lorsque je courais, escaladais, sautais d'un toit. Il se métamorphosait même en gaieté quand pour échapper à cette suffocation je prenais un risque mortel (ainsi je sautai je me rappelle sans élan la rue Baussenque, impressionnant tellement les autres qu'ils faillirent changer mon surnom. Mais je préférai Desmoulins.).

Au bout d'une semaine, mon cerveau, qui y avait sans doute travaillé jour et nuit, finit par enfanter un espoir travesti en raisonnement : cette histoire entre une fille de seize ans et un homme qui en avait dix de plus ne pouvait durer. Je me mis dans la tête qu'elle était une sorte de prologue à la découverte du véritable amour, c'est-à-dire celui qu'elle finirait par éprouver pour moi. Si je savais être patient, la seule histoire d'amour digne de figurer dans la légende des toits serait la nôtre. Cette idée m'apparaissait la fatalité même. Je ne pouvais dire si c'était l'admirable logique des choses ou ma capacité à la comprendre qui me remplissait de satisfaction. Cette folie de raisons me permit de retourner à l'appartement et même de converser avec Stella d'une façon apaisée, tant j'étais certain qu'un roman nous attendait.

L'automne devenait plus froid, plus âpre. Parfois se produisait sur les toits un phénomène singulier : du lacis des ruelles montait un hurlement animal, modulé d'une façon si changeante, si expressive qu'il pouvait aussi bien faire rire qu'inquiéter. Ce vent déchaîné rendant particulièrement dangereuses les promenades sur les toits, les plus audacieux comme Caylus ou Chabanon et bientôt toute la bande où personne n'aurait voulu paraître moins courageux s'y réunissaient pour une partie de ce qu'ils appelaient le *dancing*. Le jeu consistait à danser au bord des toits où le vent soufflait si fort qu'il retournait les tuiles. Il fallait pirouetter en imitant la danse bizarre de Maccia, tourner comme une toupie dans l'air et bondir d'un toit à l'autre quand ils étaient proches. Chacun sautait et dansait à son tour. On criait *ollé* à chaque saut d'un autre. Parfois Maccia débouchait d'on ne sait où pour nous regarder, toujours dans son costume gris, son chapeau vissé sur la tête à cause du vent. « Maccia arrive, Maccia arrive », chuchotaient les gamins. Il les regardait faire leurs acrobaties, déséquilibrés ou emportés par le vent qui les faisait trébucher quand ils retombaient sur les tuiles. Il souriait, poings sur les hanches, et, après un certain temps, retirait sa veste, ses chaussures et son chapeau qu'il tendait à un gamin et faisait lui aussi quelques bonds et entrechats dans le vent qui en un instant avait couvert de rides sa chemise blanche. Je dansais moi aussi, ne voulant pas avoir l'air d'un lâche, cherchais à prendre des risques plus grands encore que Caylus et Chabanon et il me semblait qu'il me regardait avec inquiétude et une certaine fierté, comme aurait pu le faire un oncle.

*Séance de peinture sur les toits. Concours de limericks.*
*Je manque de mourir pour un paysage.*
*Complicité, feu de camp et ultime limerick*

Un matin ensoleillé et froid à cause d'un mistral particulièrement violent, Mac voulut se rendre sur les toits pour peindre. Le vent âpre, disait-il, fait ressortir les nuances (à l'époque dont je parle la palette de la ville était celle des tons noirs, bruns et orange, et pour le ciel et la mer celle des bleus, depuis le lilas poudreux du ciel de midi jusqu'au bleu sombre de la mer après quatre heures, cet outremer qui étrangement semble funèbre et goûteux). Ce jour-là était particulièrement lumineux et il arrivait que l'ombre d'un nuage assombrisse un instant les maisons ou les collines et le temps d'un éclair le paysage prenait l'air d'une révélation ou d'un souvenir.

Stella et moi lui avions fait enfiler tous les pulls que nous avions pu trouver et il avait boutonné et relevé le col de son fameux manteau bleu. Il se leva et me parut immense. Sa maigreur, la lenteur de sa démarche, le long manteau qui descendait presque jusqu'au sol, tout cela donnait l'impression qu'il avançait sur des échasses. Il but un bol de chicorée et enjamba la fenêtre de la cuisine. Nous emportâmes son chevalet, la toile et une chaise et il alla s'installer au bout du long toit, d'abord contre un mur qui l'abritait du vent, puis, comme la vue n'était pas bonne, plus près du bord, face à l'est.

Sa main tremblant sans cesse, il appliquait la touche d'un mouvement brusque qui paraissait davantage une convulsion du froid que du style. Il regardait avec attention le ciel et la ville et finissait par appliquer une couleur qui n'existait nulle part. Parfois il ne semblait pas nous voir et parfois au contraire, mélangeant ses couleurs ou rinçant son pinceau, il riait et plaisantait avec nous.

Stella avait enfilé un simple gilet de laine par-dessus sa robe noire et elle tremblait de froid. Elle se mit tout à coup à claquer des dents et cela fit rire Mac qui improvisa un limerick, que Stella l'aida à terminer. Je me souviens qu'il commençait ainsi :

*There was a girl shivering on a roof*
*Black-clad, silent, aloof,*
*And the birds flying around her hair*
*Wondered about that character*

Ils riaient toujours beaucoup en les faisant et comme j'avais compris que dans ce jeu les mauvais vers étaient non seulement tolérés mais recherchés, j'eus envie de lancer moi aussi une idée de rime. Mais j'aurais montré que je savais l'anglais. Je me retins, poussé par cette étrange jouissance du secret qui me rendait fier de n'avoir jamais dit mon vrai nom à personne depuis le jour où nous avions quitté Pantin.

Le tableau se couvrait de taches de couleur où l'on reconnaissait à peine des nuages ou des collines mais le bleu clair du ciel, les touches ocre, orange et mauves dessinaient un paysage plongé dans une sorte de satisfaction rêveuse d'être ce qu'il était assez plaisante à contempler. Bien que cette douce harmonie me parût loin de la lumière froide que je voyais partout faire ressortir les couleurs d'une façon acide.

Tout en continuant à appliquer çà et là ses touches de couleur, Mac se mit à siffloter, puis à chanter un nouveau limerick qui commençait par

*There was a painter on a roof with a knack for morbid verse*
*Here's what he sang for he didn't like to cry:*
*If I should die, do not take me down in the streets again*

Il s'arrêtait, sifflotait, chantonnait, attendant que Stella trouve une suite. Mais le thème de la chanson semblait déplaire à Stella, ou l'attrister, et elle gardait la tête baissée. Alors il riait, se remettait à peindre, puis chantait de nouveau en ajoutant un vers :

*Let me rot under the sky*
*Save the money and the pain*

Malgré sa maigreur, il chantait d'une voix si forte et pleine, avec des éclats de rire, que Stella finit par l'accompagner. Quand il chanta le couplet en entier elle ajouta :

*Forget the coffin and the hearse*

Ce qui le fit beaucoup rire. Il répéta plusieurs fois le vers, se remit à peindre, puis à chantonner en rinçant le pinceau. Levant les yeux vers Stella il baissa la voix :

*Like Ajax I dread the buried man's dream*
*Build me a pyre of rags and rotten beam*

Stella le regardait et cherchait. Elle chuchota :

*And let me burn and fly*

Elle hésitait et ils se mirent à rire tous les deux.

*... and fly and... faint*

Ils riaient tant de leurs vers maladroits, de leur imagination prise de court (c'est du moins ainsi que j'imaginais les choses sur le moment, je sens aujourd'hui qu'il y avait peut-être aussi autre chose), et ce rire me semblait si charmant que j'éprouvai brusquement le désir qu'ils me considèrent comme l'un des leurs.

*In the sky I loved to paint*

lançai-je, et après m'avoir regardé un moment, un sourire de surprise figé sur les lèvres, ils éclatèrent de rire et, avec des cris d'admiration moqueurs, acceptèrent ma proposition. J'étais si heureux de les avoir étonnés que le sourire de satisfaction ne s'effaçait pas sur mes lèvres. Aimant ceux que je ne comprenais pas, il me semblait que, mystérieux, je devenais aimable.

Mais cette satisfaction ne dura guère car, comme ils ne cessaient de répéter en riant *In the sky I loved to paint*, je commençai à trouver ce rire plus ironique que complice et à me demander si mon invention était amusante ou ridicule. En tout cas, ils me regardaient de nouveau comme un enfant et, furieux, je grimpai au sommet de l'espèce de tour dressée au bout du toit, où le père de Stella avait harangué les cloches. Le vent agitait si fort mes cheveux (je me rendis compte qu'ils devaient être très longs) que je riais de peur. Il hululait dans les rues où tous les bruits de l'activité humaine avaient disparu. On entendait seulement ici ou là dans la ville retentir des écroulements.

De gros nuages noirs envahirent à toute allure le ciel. Le vent redoubla de force, au point que j'avais du mal à rester debout, et je vis qu'en bas Stella et Mac avaient rangé palette et pinceaux et cherchaient à retirer la toile du chevalet qu'ils avaient du mal à tenir en place. Comme je descendais les crochets de métal rouillé pour les rejoindre, une bourrasque me fit perdre l'équilibre et je fus précipité dans le vide.

Heureusement la maison en forme de tour était en train d'être rénovée et j'atterris sur les planches d'un échafaudage. À l'étage inférieur, le tableau de Mac battait, coincé entre deux barres de fer. Des coups de tonnerre éclatèrent et de longues éraflures de pluie se mirent à tomber du ciel.

Levant la tête, je lus sur les visages de Stella et Mac penchés vers moi le soulagement de découvrir que je n'étais pas tombé dans la rue. Et je me souviens du sentiment d'amour violent que j'éprouvai en cet instant, comme s'il était extraordinaire qu'il existât sur terre des gens qui préféraient que je vive.

Ils regardèrent le tableau qui cognait contre les barres de fer et risquait d'être emporté par le vent. Le paysage de soleil et de nuages légers, qui paraissait sous l'orage n'avoir jamais existé, était du côté de la façade, à l'abri de la pluie.

J'entrepris de descendre de l'échafaudage pour aller le décrocher. Mon pull et mon pantalon furent instantanément trempés, si lourds qu'au moindre mouvement j'avais l'impression que des noyés me tiraient par les jambes. Stella et Mac me criaient de revenir. M'agrippant à une barre, je tendis un bras pour le saisir. Je le touchais mais n'arrivais pas à le soulever. Lâchant la barre, je me laissai tomber pour saisir celle du dessous. Du bout des doigts je parvins à tirer le tableau. Mais, lorsque je l'eus complètement dégagé, le vent l'emporta. Il tourbillonna dans le ciel, plongea, s'abattit dans la rue avec un bruit sec, et fila sur les pavés ruisselants qu'il tachait de bleu et d'ocre.

Accablé de honte, je parvins à remonter sur le toit et n'osai les regarder tandis que nous courions le plus vite que nous pouvions en glissant sur les tuiles. La pluie me fouettait le visage et, secoué de sanglots, je l'essuyais sans cesse, comme si dans toute cette eau ils avaient pu reconnaître les larmes.

Aussitôt rentrés, aspergeant les murs et le parquet au milieu des cris de pitié des Corfiotes, je m'isolai pour me déshabiller et tenter de me sécher avec les serviettes et les couvertures que j'avais pu trouver. Mac appela Stella et je me précipitai aussi vers sa chambre. Nous étions tous les trois nus dans nos couvertures de laine rêche. Mac tremblait si fort qu'il demanda à Stella d'allumer un feu dans la petite cheminée. Elle s'agenouilla et tenta avec une main, l'autre tenait la couverture sur son corps nu, d'allumer du petit bois. Je m'agenouillai à ses côtés pour l'aider. Ses boucles noires scintillantes de pluie avaient l'odeur douce des poires dans un grenier. Son bras libre, nu, à la blancheur opaque était d'une longueur et d'une finesse disproportionnées mais que je trouvais merveilleuses, et tous les mouvements lorsqu'elle brisait le petit bois entre deux doigts puis étendait le bras pour le dresser en bûcher dans l'âtre me captivaient, m'hypnotisaient.

Comme nous n'arrivions pas à allumer le feu, Mac nous lança l'un de ses petits paysages et nous demanda de vite le crever, le déchirer et d'y mettre le feu. Stella refusa d'abord, lui dit qu'elle allait bien trouver autre chose dans l'appartement, mais il insista et ses mains mauves tremblaient tellement que nous lui obéîmes. La toile flamba, nous y jetâmes du petit bois et Mac se traîna à genoux en tendant les mains, si près des flammes qu'il n'arrêtait pas de s'y brûler.

Nous restâmes un long moment tous les trois blottis près du feu sans parler, agités de ce tremblement continu qui fatigue comme si l'on courait.

Mac me regarda et son visage fut saisi d'une telle expression de pitié que je crus qu'en tombant je m'étais défiguré. Mais il éclata de rire et fit signe à Stella de me regarder. Elle eut un ricanement un peu triste. Mais Mac, toujours tremblant, était si joyeux qu'elle se mit à rire de bon cœur elle aussi. Je ne comprenais pas pourquoi ils se moquaient de moi, on ne pouvait se voir dans cette maison qu'aux carreaux des fenêtres.

— Regardez vos mains, me dit Stella. J'ouvris les paumes, couvertes d'ocre et de bleu. C'étaient les couleurs du tableau, que j'avais dû étaler sur mon visage. Je me mis à rire avec eux. Et, ajoutant toute la réserve de bois pour nous réchauffer, nous composâmes tous les trois avec des éclats de rire un nouveau mauvais limerick, le dernier.

*There was a boy on a roof*
*With a landscape on his face.*
*People stopped him to ask "Where is that heavenly*
*place?".*
*"Where I stand and everywhere I hoof"*
*He said with a sigh.*
*"But please don't make me cry*
*For the flood of my eyes*
*Might drown this paradise."*

Cette après-midi obscure où la pluie résonnait si fort sur les tuiles que nous étions obligés de crier nos vers boiteux fut la dernière scène de la vie presque familiale que nous avions menée dans ce repaire.

*Je découvre le Paradis Sardine.*
*Beauté de La Faustine. Promenades sur les toits*
*avec Maccia. Les fils de l'Atlantide*

C'est à cette époque aussi que je découvris à quoi ressemblait la salle du Paradis Sardine. Georges m'y emmena un jour alors qu'étant allés chercher une échelle de corde dans l'appartement du père Pazzi nous avions été surpris par un autre orage glacé d'hiver. C'était, rue des Phocéens, un antre minuscule, derrière une grille, au bout d'un long couloir obscur. La salle était si petite que le spectateur du dernier rang pouvait sans peine participer aux concours de crachats ou envisager de faire éclater une orange pourrie sur la tête du chanteur sans crainte de manquer la cible. Les mauvaises langues disaient d'ailleurs que c'était cette particularité qui avait assuré sinon le succès du moins la survie de ce misérable théâtre, bâti en 1878. C'était injuste car il y avait deux autres raisons. La première, c'était le charme du décor délabré, poussiéreux où le bois des loges et la peluche des fauteuils tendaient vers une synthèse évoquant au toucher et à la vue une éponge desséchée. L'odeur de poussière était si dense, si charnue, mêlant vieux fromage et vieille cire, qu'on se prenait à mâcher dès qu'on y pénétrait. La salle était décorée d'accessoires en carton-pâte qui tiraient de leur antiquité et de leur mitage un certain charme : une lune jaune sale suspendue à un fil et des maquettes de petits bateaux collées sur les murs ou suspendues au plafond comme dans les chapelles de marins. Mais ce qui frappait surtout était de se rendre compte peu à peu dans l'obscurité que la scène était prise tout entière dans la gueule démesurément ouverte d'une sardine noir et bleu de carton-pâte et de bois peint dont les yeux blancs écarquillés de chaque côté des coulisses donnaient l'impression qu'il s'y préparait quelque chose d'extraordinaire.

Mais l'autre atout, la gloire principale du Paradis Sardine, c'était sa propriétaire, patronne et vedette principale, la demoiselle Allard, dite La Faustine. Georges et moi restâmes pour un petit somme dans le théâtre vide et le soir, alors que les spectateurs commençaient à arriver, il me fit un clin d'œil et m'entraîna en coulisses. C'est là qu'à la lumière faiblarde d'une ampoule je l'aperçus pour la première fois, dans sa loge de fortune faite de quelques planches alors qu'elle enfilait la longue robe de lamé étincelante qui faisait son succès. C'était une femme immense, à la peau très brune, opulente de hanches et de cuisses qu'elle avait larges, longues et superbes, aux seins aux larges aréoles mauves, si droits et vigoureux qu'ils avaient quelque chose de guerrier. Sa robe à moitié enfilée, elle noua de longs cheveux noirs dans un turban blanc et barbouilla son visage mat et ses lèvres d'une crème qui faisait ressortir la couleur de ses yeux semblable à celle de ces bonbons à la menthe translucides qui évoquent la triste pâleur des pôles. Puis, ondulant des hanches, remuant les bras comme une danseuse indienne, elle finit de s'envelopper, de se fuseler dans sa robe de lamé qui lui montait jusqu'au menton. Sa silhouette prenait alors les formes élégantes de la beauté de scène mais ce qui me faisait tourner la tête quand bien plus tard je la vis chanter tous les soirs c'était le souvenir de ce corps brun fastueux qui s'y tenait caché, comme une beauté réservée à de meilleurs et plus profonds connaisseurs de la vie.

Il se produisit à cette époque un phénomène étrange, touchant à sa façon. Maccia avait-il remarqué que je le fuyais (car dès que je le voyais je repensais tout à coup qu'il partait parfois avec Stella) ? Ou bien, me voyant parcourir sans cesse les toits, même la nuit, s'était-il imaginé que j'étais celui des gamins qui les aimait le plus ? En tout cas, quand le temps n'était pas trop mauvais, il venait souvent pour m'emmener sur des maisons que je ne connaissais pas où il me montrait les sorties possibles par les lucarnes, les balcons d'immeubles abandonnés. Avec le temps, les toits avaient perdu cet air de désert qui m'effrayait et me fascinait quand je rêvais d'y voyager avec Liola. Sans voir les rues, je savais désormais toujours où j'étais dans le Panier. À cause de la couleur des tuiles, corail rue de Nuit, lilas et rose rue des Trois-Saints, couvertes d'une mousse bleuâtre tout au long de la Fontaine-Rouvière. Les rues invisibles étaient aussi vivantes que si l'on s'y était promené à cause des odeurs que je reconnaissais comme des visages familiers : l'odeur de tomate et d'oignon de la place de Lenche, moins forte que celle de la rue des Martégales qui embaumait de la sauce de la mère Murolo, le remugle de fosse d'aisances de la rue Janetin, celles, presque familiales, de la chèvre de la mère Sorintra et de la soupe rue des Ferrats. Et quand je passais près de la rue Carabat, l'odeur de vieux murs qui me serrait le cœur.

Quand le soleil pointait, on s'asseyait sur les tuiles et on regardait la mer. Il faisait des confidences. Il me montra une école et me dit qu'il l'avait quittée à treize ans.

— Regarde la mer, me dit-il une après-midi, ça ne te fait pas ça, à toi ? Moi, j'ai toujours eu l'impression que je venais de là-bas, de l'autre côté. C'est peut-être parce que mon père était corse. Mais je n'y suis jamais allé en Corse, alors. Ma mère, elle était manouche. C'est marrant parce que les manouches, ils donnent toujours l'impression d'avoir toujours été là où ils sont, même s'ils viennent d'y arriver. Tu prends un Gitan, tu le fous je ne sais où, au pôle Nord disons, eh bien au bout de cinq minutes il se promène sur la glace comme s'il n'avait jamais vu que ça dans la vie. Mais moi pour ça je ne suis pas manouche. Parce que moi j'ai toujours l'impression que c'est ailleurs que je serais chez moi. Quelque part là-bas…

Et il redonnait un coup de menton vers la mer… Tu connais l'Atlantide, dis ? Tu as vu le film ? Eh non, tu es trop jeune, moi j'ai vu ça, j'étais minot… L'Atlantide, c'est un pays qui n'existe pas, c'est-à-dire c'est un pays qui a existé, mais il a été englouti par la mer, alors peut-être, je me suis dit un jour, parce qu'il ne faut pas croire que je ne suis qu'un voleur et un menteur comme tu crois, un baiseur et un coureur de toits, moi aussi je réfléchis, et même je rêve, alors je me suis dit un jour, ici à Marseille où échouent tous les miséreux, les galeux, les métèques de partout, même les chanteuses anglaises, pourquoi qui n'y auraient pas échoué aussi, les Atlantidiens… Ils ne sont pas tous morts quand même, ils n'étaient pas plus cons que les autres, tu penses bien que quand est arrivé le grand typhon, les plus malins, les plus riches, ils ont vu venir le coup, et ils sont partis sur des galères, des barcasses, enfin tout ce qui leur tombait sous la main et certains sont arrivés ici et ils se sont mélangés, tu comprends je te parle de ça c'était il y a des millénaires, et alors certains d'entre nous Marseillais on est des descendants des Atlantidiens, alors tu comprends pour beaucoup ça ne change pas grand-chose, ils sont mastroquets, notaires, receveurs des postes, mais d'autres parfois quand ils regardent la mer tu comprends ils ont comme une tristesse, un instinct, ils ont l'impression comme je te dis, qu'ils viennent de là-bas, de l'autre côté des vagues… C'est l'Atlantide qui les appelle. Mais elle n'existe plus, alors pourquoi bouger ? Alors tu ne bouges pas. Tu restes le cul sur les tuiles. Mais la tristesse elle reste avec toi.

Je me souviens que cette histoire me plut tellement que je me demandai soudain si je n'étais pas moi aussi un fils de l'Atlantide.

— Elle t'a plu mon histoire ? demanda-t-il avec un petit sourire triste. Je lui dis que oui et il éclata de rire comme s'il s'était foutu de moi. Eh bien souviens-t'en, fit-il en me passant la main dans les cheveux, car le nombre de filles que j'ai levées avec suffira bien à t'occuper va !

Vexé, je cherchai en vain quelque chose de désagréable à dire. Alors je lui dis :

— Et La Faustine, tu te l'es levée avec l'Atlantide ?

Il hocha la tête.

— Alors tu ne sais pas si bien dire… La Faustine c'est une des plus tourneboulées de l'Atlantide. La plupart des filles l'histoire leur plaît bien mais je ne vais pas te dire qu'elles en rêvent la nuit, je leur raconte ça histoire de dire quelque chose pendant que la main se balade. Mais La Faustine, La Faustine, attention, on ne dit pas de mal de La Faustine, c'est une merveille de femme, c'est le plus beau corps de femme de toute la ville de Marseille, et une maîtresse femme avec ça, mais pour certaines choses elle est un peu cruche, et je me demande si l'histoire de l'Atlantide elle n'y croit pas. Des fois on est à la terrasse d'un bistrot et elle me donne un coup de coude et me montre un passant en me disant « Celui-là ça ne m'étonnerait pas que ce soit un Atlantide ». Et toi, ajouta-t-il en se tournant vers moi avec un air moqueur, et toi tout beau parleur que tu es, tu as l'air aussi cruche qu'elle.

— Non, moi je n'y crois pas. Mais ça ne m'étonnerait pas que j'en sois un, dis-je, et cela nous fit bien rire.

### *La petite maison du père Fabre. Escroquerie et théologie*

Un jour, Maccia vint me chercher mais m'annonça que nous n'irions pas sur les toits : nous allions déjeuner chez un ami à lui. Il désirait que je l'accompagne car on y mangeait toujours fort bien.

— Tu vas voir, me dit-il, il parle comme à l'Académie française. Mais moi je vais lui faire un numéro de Marseillais. Et s'il boit un petit coup il nous parlera des Grecs.

Nous descendîmes par la maison de la rue Janetin et je fus surpris de le voir se diriger vers l'église Saint-Laurent et plus encore d'entrer sans frapper dans une minuscule maison collée à l'église où régnaient une fraîcheur et une obscurité incomparables. À peine entré, je frissonnai de froid en même temps que l'eau me venait à la bouche car flottait dans ce tombeau glacé une délicieuse odeur de ragoût. Lorsque mes yeux commencèrent à s'habituer au noir (la façade de la rue était sans fenêtre et à l'intérieur le mur opposé n'était percé que d'une maigre ouverture donnant sur un roc orné d'une plante vert pâle perpétuellement agitée par un courant d'air. C'est par cette espèce de guichet qu'entraient par bouffées les vapeurs de l'exquis fumet) je m'aperçus que nous nous trouvions dans une pièce unique tout entière occupée par une table ronde où se tenait assis un homme au crâne dégarni où jaillissaient trois longues mèches de cheveux semblables à ces touffes d'herbes sèches couleur de squelette qu'on voit au sommet des talus et que rien ne saurait arracher ni même aplatir. Il était vêtu d'un pull et d'un caban qui lui donnaient un air mi-maritime, mi-ecclésiastique. Cette dernière impression se trouvait renforcée par le fait que le mur de gauche était entièrement recouvert d'images pieuses de toutes formes et dimensions encadrées à la façon de trophées de chasse. Quant à celui de droite, il était tapissé d'un amas de vieux livres jaunâtres et dépenaillés aux caractères grecs. Le brave homme promenait sur nous un regard fatigué et doux comme si la satisfaction de nous voir était un peu assombrie par le fait que nos figures ne soient pas davantage à son goût. Deux couverts étaient disposés sur la table mais quand Maccia me présenta : « Monsieur Fabre, je vous amène un invité qui si l'envie lui en prend vous racontera l'histoire de Jonas d'une manière que vous direz faite pour le cinéma avec Klark Cable dans le rôle de l'avalé», le bonhomme se leva sans un mot et, passant sa tête dans l'ouverture, cria :

— Honorine, un couvert de plus avec le lapin !

Bientôt on entendit les pas de quelqu'un qui devait se faufiler entre le roc et la maison et qui passa au père Fabre d'abord une assiette et des couverts, puis une cocotte d'où s'exhalait la bonne odeur. Nous nous installâmes à table et lorsque le père Fabre souleva le couvercle je ne pus me retenir et y fourrai la tête. Je ne vis que deux misérables morceaux, une demi-patte et un petit râble, agrémentés d'un rognon pas plus gros qu'une noisette, mais, comme si c'était la chose la plus naturelle du monde, ils prirent chacun un morceau et m'abandonnèrent la cocotte qui, outre le rognon nain, était pleine d'un jus succulent et de débris de champignons et le père Fabre me coupa un demi-pain pour que je l'y trempe et sauce à loisir. Ils me regardèrent faire d'un air bienveillant, avec des sourires d'encouragement qui laissaient entendre qu'ils m'avaient laissé la meilleure part. Et ma foi, considérant les rogatons asséchés perdus dans des assiettes qui semblaient pourtant sorties d'une maison de poupée, je me dis qu'ils avaient raison. Je me promis même de parler à Georges de cet épisode qui illustrait son interrogation favorite. Tandis que je pressais voluptueusement entre langue et palais les boules de mie dégorgeantes de jus, mes hôtes décortiquaient leurs lambeaux sans bruit, avec la précision et la célérité de chirurgiens. Mais une fois les petits os impeccablement nettoyés, le bonhomme se leva et, soulevant un cadre où une Sainte Vierge en prière semblait implorer le retour du jour, découvrit une sorte de garde-manger creusé dans la pierre d'où il tira une bouteille de vin. Après avoir reposé d'un geste tendre le cadre contre le mur, il apporta la bouteille déjà ouverte sur la table et ils se mirent à la vider sans beaucoup de paroles. Ils devaient en avoir sifflé la moitié quand une tête apparut dans le trou du mur et une voix de femme cria gaiement :

— Oh monsieur Fabre, vous avez fini de ronger ?

Le bonhomme se leva et d'un pas légèrement flageolant lui apporta les assiettes et la cocotte, que j'avais si bien nettoyée que je vis la bonne femme la tourner et retourner pour y trouver la moindre trace à la façon de ces témoins convoqués sur scène à la fin d'un tour de magie. Le père Fabre, voyant sans doute que j'étais intrigué par ce manège, me dit d'un air amusé où pointait la gaieté un peu amère du vin :

— Eh oui, mon petit, je ne suis que le diacre de la paroisse, diacre sans famille, sans fortune, et le bon curé Caillol qui m'héberge dans ce cabanon d'anachorète pousse la bonté jusqu'à ne pas finir les plats délicieux que lui prépare Honorine afin de m'en réserver une presque moitié, charité qui, tu t'en es aperçu, est digne de l'abnégation d'un saint.

À ces paroles Honorine poussa un hennissement et repartit dans son goulet, tournant et retournant sa cocotte. Mes deux compères continuèrent à vider la bouteille en silence.

— Ce qui me gêne dans ton affaire, mon petit Maccia, dit tout à coup le bonhomme, c'est son parfum d'escroquerie et de superstition.

Maccia posa le coude sur la table et, réunissant les doigts sur le pouce avant de les agiter, lâcha d'un ton ironique et méprisant :

— Mais elle les pleure bien, les larmes de sang. Je vous ai montré les articles du *Provençal*. En 37, les larmes ont dégénéré en émeute aux Saintes-Maries, trois morts étouffés.

— Je ne te dis pas qu'il ne s'échappe pas parfois de ses yeux un liquide rougeâtre qui ressemble à du sang, mais je ne crois pas, et l'Église avec moi, qu'il s'agisse de larmes miraculeuses.

— Què miracle ? Qui dit ça ? Moi je ne dis pas : C'est un miracle. Moi je dis : Un miracle, qu'est-ce que c'est ? Au ciné, les faux crimes font plus pleurer que les vrais. Alors pourquoi ce serait pas pareil pour les miracles ? Vrais miracles, faux miracles, qu'est-ce que ça veut dire ? Je vais vous dire moi ce que c'est qu'un faux miracle : c'est un miracle mis à la portée de tous les cœurs. C'est-à-dire pas réservé seulement à la bergère idiote en goguette ou au simplet de village encrotté qui passe par là au bon moment. Les vrais miracles ont quelque chose de sauvage et d'inattendu qui n'est pas satisfaisant pour un artiste de la scène comme moi. Le vrai miracle est peut-être plus beau, mais il est un peu confidentiel, et je dis que le bon Dieu se fatigue l'omnipotence pour pas grand-chose. Tenez regardez par exemple l'Amazone, les forêts de l'Afrique, toutes grandioses et magnifiques et farcies d'oiseaux et si épaisses que personne peut y aller voir, ont été créés par Dieu mais ce n'est pas pour ça que vous me direz que le Prado ou le jardin Puget sont des œuvres de Satan. Alors ? Et le malheureux qui s'y promène ne verra jamais l'Amazone et pourtant à s'y promener, à regarder les fleurettes en rangée, les grands arbres qui remuent, il se prend à penser à qui on doit tout cela et il ressort mûr pour le sermon… Eh bien ma statue, c'est le Prado des miracles. Une statue qui a provoqué des crises et des tremblements et des conversions pendant des années en Camargue. Elle se trouve actuellement en ma possession à la suite de mésaventures diverses sur lesquelles je ne préfère pas m'étendre. Et tout ce que je vous demande c'est d'aller dire à l'évêque que pour quelques milliers de francs cette statue miraculeuse est à lui. Et pour peu qu'il sache un peu s'y prendre et avec l'aide de spécialistes de la belle mise en scène je lui prédis des retours de religion formidables dans toute la ville de Marseille.

Le bonhomme Fabre était cramoisi d'amusement.

— Ah Maccia, Maccia, tu es bien d'ici ! Je crois entendre un Athénien raisonner par ta bouche !

Il en versait des larmes d'attendrissement. Maccia se tourna vers moi et me fit un clin d'œil. Il avait senti que le père Fabre allait se mettre à rêver sur les Grecs. Et effectivement, le bonhomme commença à déplier son existence.

— Ah, les Grecs, dit-il, ils ont ruiné ma vie.

Et il nous raconta que, énième rejeton d'une famille très pauvre et très pieuse, très religieux lui-même, bon élève, il avait suivi des études et était entré au séminaire. Mais il lui était alors arrivé une chose peu ordinaire. Comme il continuait à étudier le latin et le grec et la littérature antique qu'il avait toujours beaucoup aimée, il avait peu à peu senti en lui une étrange conversion : alors que la plupart de ses condisciples trouvaient chez les auteurs anciens le charme de l'invention et dans les écritures saintes la révélation de la vérité, il s'était produit chez lui le mouvement contraire. Il constatait que les croyances des Anciens, leurs fantasmagories qui racontent que des dieux nous soufflent des inspirations, s'emparent tout à coup de notre cœur, nous trompent ou nous remettent sur le droit chemin comme de petites toupies étaient beaucoup plus conformes à toutes les sensations et les sentiments qu'il éprouvait dans sa chair. Ce mensonge, ces fables lui présentaient une image plus juste de ce qu'il ressentait par tout son corps quand la colère, le désir, la tristesse se saisissaient de lui. En revanche, plus ses études s'approfondissaient, plus il trouvait les récits évangéliques bouleversants mais fantasmagoriques. Ce qu'il appelait la vérité de Jésus le faisait pleurer comme un pays qu'il ne connaîtrait jamais alors que les merveilleux mensonges des Grecs lui paraissaient l'image même de la vie. Bien sûr, cette étrange évolution l'avait empêché d'aller jusqu'au bout du séminaire car il aurait eu l'impression de commettre un sacrilège. Mais il ne s'était jamais consolé de cet abandon, et il regardait la prêtrise et l'Évangile comme des paradis perdus. Âgé, sans ressources, plein de nostalgie pour cet état de prêtre qu'il n'avait jamais connu, il avait cherché à renouer avec l'Église. Il avait retrouvé le père Caillol, un ancien compagnon de séminaire, qui avait fait de lui le diacre de la paroisse et lui avait déniché un refuge dans cette maison abandonnée. Il puisait un grand réconfort à remplacer le père Caillol dans les activités que lui permettait d'accomplir sa qualité de diacre. Il nous prévint cependant, au cas où nous aurions caressé ce beau projet, qu'il lui était interdit de conférer les derniers sacrements et, finissant la bouteille, rêva un instant avec mélancolie sur cet office suprême.

Je me souviens d'avoir été fasciné par son histoire au point que je ne pus me retenir de lui demander :

— Alors vous croyez à la mythologie ?

— Ma tête n'y croit pas, mais mon corps s'y reconnaît.

Cette simple phrase me frappa extraordinairement car je me rappelai ce moment où, errant dans la maison abandonnée, j'avais eu l'impression que le soleil et le vent étaient autre chose que ce que nous croyons, et que quelqu'un s'adressait à moi. Et tandis que je racontais ce souvenir, le bonhomme Fabre m'observa en hochant la tête avec la plus grande considération.

— Eh bien mon petit, sans le savoir mais avec une perspicacité remarquable pour ton âge, tu as senti que le soleil et le vent n'étaient que les masques trompeurs d'un dieu qui venait de t'apparaître et qui, si tu me demandes mon avis, n'était autre qu'Apollon.

Puis avec un grand sourire il lança à l'adresse de Maccia :

— Encore un Grec !

— Alors nous voilà trois, conclut Maccia sans paraître tirer grosse fierté de cette constatation. Je voyais bien qu'il était mécontent de n'avoir pas réussi à vendre la statue de la Vierge noire à l'Évêché. Nous quittâmes la maison, non sans que le brave homme ne m'ait laissé la demi-boule de pain qui lui restait.

— L'hospitalité, c'est le Grec qui te l'a donnée, mais la boule de pain, c'est le chrétien qui te la confie pour les petits coureurs de toit, dit-il, remarque qui me fit comprendre que beaucoup d'habitants du quartier connaissaient bien des choses sur nous.

*Combat dans les coulisses.*
*Le refuge de Maccia. Dégoût de ma vie.*
*Lélio, cause involontaire du deuxième exode*

Quelques jours plus tard, j'avais réussi à pénétrer au Paradis Sardine pendant la représentation afin de voir à quoi ressemblait Maccia sur scène, et comme La Faustine chantait son air, je me glissai dans les coulisses où il me semblait entendre des bruits terribles.

Dans la lumière mauve de mauvaises ampoules, Maccia, tête nue, un couteau à la main, faisait face à un homme très maigre, armé lui aussi d'un couteau. Ils tournaient lentement et Maccia faisait passer rapidement la courte lame d'une main à l'autre. De temps à autre, au rythme de l'air que chantait La Faustine, il ébauchait une sorte d'entrechat et instinctivement son adversaire se fendait pour se défendre et Maccia qui était resté sur place se moquait de lui. Ceci se répéta à plusieurs reprises jusqu'au moment où Maccia bondit, lui tailla le poignet où comme par magie apparut un trait de sang et le saisissant par les cheveux le fit basculer à terre. Son couteau jaillit vers la gorge de l'homme qui avait baissé le menton sur sa poitrine mais il ne frappait pas et je ne sais s'il hésitait, cherchait le meilleur emplacement ou attendait que la salle explose en applaudissements pour l'enfoncer. Les yeux fermés, l'homme soufflait de toutes ses forces par les narines comme si la mort était une mouche qu'il voulait faire envoler.

Je me précipitai vers Maccia et le secouai de toutes mes forces par l'épaule.

— Laisse-le vivre ! Laisse-le vivre ! criais-je en pleurant au milieu des applaudissements.

Maccia se tourna vers moi, il ne semblait pas comprendre que je sois là, comme si j'étais mort depuis longtemps.

Il hésita un moment. Puis son visage reprit son air moqueur :

— Décidément, monsieur, toujours le gâche-plaisir.

À ce moment, l'homme se dégagea d'un violent coup de reins, renversa Maccia puis s'enfuit au fond des coulisses. Maccia le poursuivit mais l'autre ramassa une barre de fer qui traînait et lui en asséna un grand coup au travers des jambes avant de disparaître dans la rue par une petite porte.

Maccia se tordait de douleur. Il tenait entre ses mains son genou droit en poussant des cris étouffés. La Faustine parut en grande robe. Furieuse de n'avoir pas entendu Maccia l'accompagner dans son air, elle s'était précipitée dans les coulisses et se jeta sur lui en gémissant et lui caressant les cheveux quand elle l'aperçut recroquevillé sur le sol.

Il refusa qu'on fasse venir un médecin et passa la nuit avec elle. Je dormis dans les coulisses. Le lendemain, son genou avait affreusement enflé. Mais il pouvait marcher en sautillant. Il me demanda d'aller lui chercher de la nourriture et de quoi boire pour plusieurs jours : pour ne pas mettre en danger La Faustine il irait se cacher dans le cinéma, fermé, me dit-il, depuis l'arrivée des Allemands (c'est seulement à ce moment que j'appris que ce n'était pas la venue de l'hiver qui rendait les rues plus silencieuses, mais celle des Allemands). Je compris qu'il se sentait recherché. Toute la journée, je lui préparai un baluchon de vivres et le soir, sans rien dire à La Faustine et pendant qu'elle chantait, je l'accompagnai jusqu'au cinéma. Il boitait horriblement et il était hors de question de passer par les toits. Il s'appuyait sur moi et nous mîmes plus d'une demi-heure pour atteindre la rue des Bannières, pourtant assez proche, tant il avait du mal à marcher.

Il m'amena à l'arrière du cinéma où se trouvait une porte qu'il crocheta facilement avec son couteau. Puis, à la lueur des allumettes, je l'aidai à monter un escalier et à s'installer sur un lit de couvertures dans une loge. Il ne parlait guère, semblait souffrir mais se retenait de le montrer, ce qui lui donnait un air méditatif. Il n'avait plus la tête d'un propriétaire en quête d'embellissements mais d'un sage pressentant le caractère indéchiffrable de l'ordre des choses. Depuis la veille j'étais écœuré, me sentant responsable de sa blessure. Sans doute s'en aperçut-il car, me passant la main dans les cheveux, il dit doucement avec un petit sourire :

— Ça vaut mieux comme ça.

L'écœurement ne me quittait pas et il me donna envie de revoir ma mère et le remords de l'avoir délaissée. Je commençai à penser que la croyance qu'elle était mieux sans nous cachait sans doute le désir d'être libre. En rentrant ce soir-là à l'appartement, je me rendis compte à quel point Liola avait changé. Sa peau avait noirci, elle allait de plus en plus souvent chercher dans l'Alibabe les pièces que Maccia lui indiquait dès que s'offrait une occasion de les fourguer. Elle était vêtue comme les ratichons d'une veste et d'une casquette et se mettait à parler comme eux. Et il me sembla que je l'avais abandonnée elle aussi, renonçant à mon rôle de frère, au point qu'elle était devenue un personnage étrange, avec lequel je n'avais peut-être plus aucun lien.

Tous les jours, j'allais trouver Maccia au cinéma. Son genou avait désenflé, il pouvait marcher seul mais en se déhanchant d'une façon affreuse. Il me demanda de mentir à Stella en lui disant qu'il avait dû s'absenter pour quelques jours. Quand je le fis, elle prit un air soucieux.

— Je suis sûr qu'il est parti venger son frère, chuchota-t-elle, et elle me demanda d'essayer de savoir s'il ne lui était pas arrivé malheur.

Je sentais alors que notre vie ne pouvait durer ainsi, que le départ était proche. Pourtant il se fit d'une façon qu'il eût été difficile d'imaginer. En y repensant, et au moment de raconter ce qui nous força quelques jours plus tard à un deuxième exode, je me dis que si nous n'avions pas amené Lélio avec nous, ou s'il était mort pendant le voyage sur les toits, peut-être ma vie eût-elle été différente.

En septembre il avait encore chanté, mais comme le soleil changeait insensiblement sa course les jumelles étaient maintenant obligées d'emporter la cage sur le toit pour qu'il voie la lumière. Malgré leurs efforts, il chantait de moins en moins et finit par se taire. Tous les habitants de l'appartement en furent désolés, même Mac qui ne sortait jamais de sa chambre et le père de Stella qui semblait ne jamais avoir remarqué l'oiseau. Mais il en va ainsi du chant des chardonnerets, qui a une vivacité, une douceur qui enivrent comme une drogue dont bientôt on ne peut se passer. Le soir nous étions obligés d'allumer des bougies de plus en plus tôt dans la salle à manger. Liola le sortait de sa cage, le caressait, le bécotait et posait sur sa paume des pépins de melon. Quand les autres le prenaient dans la main, j'avais toujours peur qu'ils ne l'étouffent, surtout Georges dont l'amour pour les oiseaux avait quelque chose de cruel. C'est d'ailleurs pendant l'une de ces soirées qu'il m'apprit que la cage était celle d'un canari qu'il avait étranglé lors d'un vol. L'oiseau s'étant mis à chanter en le voyant entrer par une fenêtre, il avait eu peur qu'il n'attire l'attention. Et comme ceux qui tuent ce qu'ils aiment ne peuvent jouir de leur crime qu'en s'imaginant innocents, il souffrait que la nécessité ne parvînt pas à dissiper le remords. Heureux les innocents qui ne comprendront pas cette phrase.

J'allais ramasser dans un puits entre deux immeubles, si

vaste que c'était presque un terrain vague, des têtes de chardons fanées et Liola les répandait sur le buffet et le plancher. Les Corfiotes regardaient en poussant des cris d'admiration Lélio qui allait y picorer des graines. Il venait se blottir dans la paume de Liola comme du temps où nous voyagions sur les toits. Elle imitait admirablement son chant en sifflant : les appels d'abord, puis le chant et enfin le final particulier qu'admirait Georges. Et peu à peu, tout le monde s'était mis à siffler ainsi, du moins ceux qui savaient siffler : Georges et Giorgio, le père corfiote, l'une des sœurs et moi. Comme dans la coulisse d'un opéra, on entendait toujours quelqu'un siffloter un petit air orné d'arabesques en imitation du chant de Lélio.

Un soir particulièrement froid et où il était dangereux d'allumer un feu (nous ne le faisions que lorsque soufflait le vent du nord, qui emportait la fumée sur les toits plutôt que dans la rue), nous nous rassemblâmes dans le salon, sauf Mac affaibli depuis notre sortie par une fièvre qui ne voulait pas tomber. Ce jour-là Georges avait réussi à apporter une dame-jeanne pleine d'un vin aigre qui nous réchauffait. Nous en buvions à la lumière des bougies et il nous mit de bonne humeur. Les deux Corfiotes ne se querellaient pas, le père jouait les amphitryons et promenait en souriant la bonbonne de verre en verre. Même Giorgio, assis, souriait en sirotant le sien. Seules les deux jumelles étaient maussades, n'ayant qu'un verre pour deux.

Nous étions tous assis par terre et des bougies étaient allumées dans un cercle d'assiettes qui entourait la cage où Lélio demeurait prostré et muet. Chacun se lamentait qu'il ne chante plus. On comprit même que les deux sœurs y voyaient un mauvais présage. Liola s'approcha de la cage et imita en sifflant son chant comme elle le faisait sur les toits pour le ramener à la vie. Mais il ne bougeait pas plus que s'il avait été empaillé. L'auditoire, en revanche, fut charmé de son imitation et, le vin aidant, chacun voulut montrer ses talents de siffleur. Ce devint vite un jeu où en sifflant on improvisait ou brodait un air le plus longtemps possible. Il faisait froid, cela nous réchauffait et nous faisait rire. Peut-être cela finirait-il par le faire chanter. C'était comme s'il fallait qu'il se remette à chanter pour que la vie continue. Georges avait beau nous dire qu'il ne se remettrait à chanter qu'au printemps, entre deux solos nous nous penchions sur la cage et guettions le moindre gazouillis qui nous aurait paru un signe de survie. Même le père de Stella était assis avec nous et lui aussi s'essayait à siffler, de façon un peu folle, en imitant on ne sait quels chant et caquet d'oiseau.

— Je te remercie de ton gazouillement, répétait-il en essuyant ses lèvres. Parfois il chuchotait « Alerte comme l'oiseau qui sort de sa cage » en me donnant un coup de coude. Peut-être du Goethe.

Seule Stella ne sifflait pas. Elle se tenait debout près de la porte et nous regardait avec bienveillance, souriante, fumant le coude posé sur la paume d'une main, telle que je l'avais vue le premier soir. Elle s'inquiétait pour Mac et de temps à autre allait essayer de le faire manger un peu. En revenant, elle me disait qu'il entendait notre concert et qu'il le faisait sourire. Et elle se remettait à nous écouter en souriant avec douceur, comme si notre récital lui rappelait une scène de sa vie passée. Et moi, un peu ivre, la voyant dans la même posture qu'au premier soir, je pensais que l'histoire allait recommencer, dans une nouvelle version où elle m'aimerait aussi.

La dame-jeanne vidée, le concours de siffleurs prit un tour un peu fou. Le père corfiote s'avéra un musicien de lèvres incomparable. Il vibrait, trillait, avec douceur ou avec une intensité si juste et si terrible que les poils s'en dressaient sur vos bras. Pour ne pas être en reste, Liola se leva et siffla comme un chardonneret d'opérette, dansant et claquant des talons. Quant à moi, je sifflais la chanson de Maccia que j'aimais tant.

Un fracas de carreau brisé interrompit le concert.

Je me glissai derrière le rideau de velours. La vitre avait été abattue par un caillou. Dans la rue, des silhouettes levaient la tête. Aux fenêtres allumées des gens regardaient la nôtre. Des exclamations fusaient, des rires, dans l'attroupement j'aperçus deux agents en pèlerine. L'un tendit le bras vers moi et je sautai en arrière.

Je soufflai les bougies et ordonnai qu'on se taise. Nous restions immobiles dans l'obscurité et les conversations, les sifflets et les rires de la rue semblaient se moquer de nous.

Lorsque je me rendis dans la cuisine pour ne plus entendre l'agitation extérieure, tout le monde me suivit. Serrés les uns contre les autres, nous fixions la fenêtre comme si nous allions d'un moment à l'autre bondir sur les toits.

Notre refuge se trouvant au dernier étage d'un immeuble insalubre destiné à la démolition, il ne faisait pas de doute que les agents signaleraient qu'il était occupé par des indésirables.

L'ivresse joua-t-elle aussi son rôle ? Cette certitude fit naître une peur qui passa de regard en regard comme un feu. Sans échanger un mot, nous comprîmes que nous devions partir.

### *Deuxième exode. Le campement dans le figuier. Un bûcher sur les toits*

Les Grecs rangèrent leurs affaires dans quelques valises, roulèrent ce qui ne pouvait y entrer dans des paquets qu'ils nouaient avec des ficelles.

Au début, nous pensions nous enfuir par la petite porte du rez-de-chaussée qui donnait sur une venelle. Mais à l'heure où le quartier s'éveillait notre troupe ne passerait pas inaperçue. Peut-être la porte était-elle déjà surveillée. Les Grecs d'ailleurs craignaient de descendre dans les rues, préféraient s'enfuir sur les toits.

Stella, pétrifiée, se demandait sans doute comment son père et Mac presque moribond allaient pouvoir nous suivre. Je la décidai à préparer les affaires qui pouvaient être emportées, ce qui ne prit guère de temps car ils n'avaient presque rien, quelques sous-vêtements aux dentelles défraîchies, quatre chemises et deux minuscules valises en carton farcies de photographies parmi des rubans rouges et verts.

Nous autres voleurs avions toujours en réserve des pelotes de ficelle qui nous servaient à empaqueter ou traîner notre butin et nous passâmes ce qui restait de la nuit à confectionner des baluchons ou attacher ensemble les petites valises pour qu'elles soient plus faciles à transporter.

Mac s'était endormi et de temps en temps nous entrions dans sa chambre et le regardions. Il gémissait, semblait raconter son rêve. Mieux valait l'abandonner. Ressortissant d'un pays neutre, il n'était soumis à aucune mesure administrative et il était préférable qu'il soit pris en charge par les autorités qui le feraient soigner. Pourtant, je ne saurais dire pourquoi, ce raisonnable nous paraissait atroce.

On ne pouvait partir tant que le jour ne s'était pas levé. Georges nous avait quittés de bonne heure. Je comptais emmener la troupe chez le père Pazzi, mais pour y arriver je ne connaissais que deux itinéraires : le long de murs si hauts que l'ascension au moyen d'échelles de corde s'avérerait impossible pour les Corfiotes et le père de Stella ; et celui qui nous obligerait à descendre par trois fois dans les rues pour remonter trois fois sur les toits, ce qui multipliait les risques d'être repérés.

L'aube parut, si pure qu'on sentait le bleu. Mais posant la main sur la vitre grinçante on sentait la force et le froid du vent.

Le garçon au manteau pied-de-poule s'était levé et je me rendis compte que sa tête d'enfant était fichée au sommet d'un long corps voûté. Sitôt debout, il se mit à parler à sa famille en grec, à les diriger, à les sermonner et ils l'écoutaient avec attention et respect, même les jumelles, si bien que je me demande parfois si, plutôt que ses parents, tous ces gens n'étaient pas en réalité ses domestiques.

J'avais envie de partir à la recherche de Georges qui était sur un coup du côté de la préfecture. Mais je ne voulais pas quitter Liola ni Stella.

Une idée terrible nous vint : si la police ne venait pas fouiller l'immeuble, Mac y mourrait de faim. Il se pouvait aussi qu'on détruise l'immeuble sans se préoccuper de ceux qui y seraient cachés. Nous décidâmes que le mieux était que je l'emmène par la petite porte pour le conduire chez un médecin du quartier. Et pendant que Stella allait le réveiller et lui expliquer la situation, j'ouvris la fenêtre et m'avançai sur le toit. Je respirai à pleins poumons l'air froid en regardant la ville qui était devenue mon domaine. Elle était encore plongée dans l'ombre. Les façades paraissaient taillées dans une falaise noire. Le sommet des collines au-dessus du maquis obscur resplendissait d'un halo d'argent, comme si de l'autre côté faisait rage un incendie merveilleux, qui régénérerait le monde, et la mer étale, d'un bleu pâle, semblait promettre une espérance d'une façon si calme, si certaine que dès que je la regardais, je ne pouvais m'empêcher de fermer les yeux.

Liola vint me rejoindre et prit ma main, comme jadis, me dis-je. Le temps où nous étions seuls sur les toits me semblait extraordinairement lointain, et, je ne sais pourquoi, heureux. Nous avions mis sur le dos tout ce que nous avions récolté et je me rendis compte que de ma vie d'avant il ne me restait que le pantalon. J'allai chercher le phono et n'oubliai pas de remplir la Boustefigue. J'aidai à sortir le père de Stella vêtu d'une canadienne et coiffé d'une casquette. Je ne sais s'il avait compris ce qu'elle lui avait expliqué mais c'est d'un air décidé qu'il me suivit sur le toit où il se mit à contempler la mer en hochant la tête et pinçant ses lèvres avec les doigts.

Les Corfiotes étaient déjà sur le toit, les sœurs se disputaient à mi-voix, des boîtes de conserve cliquetaient, le grand gamin au manteau pied-de-poule que je n'avais jamais vu sortir en près de deux mois semblait jouir du vent, les mains dans les poches, les yeux fermés. Et le manteau, si incongru en été qu'il lui donnait l'air pitoyable d'un fou ou d'un misérable, paraissait ce matin-là si parfaitement adapté qu'on eût dit qu'il attendait ce moment depuis toujours.

Tout à coup, Stella sauta par la fenêtre et se dirigea à pas pressés vers moi. Elle portait un manteau rouge en laine que je ne lui avais jamais vu. Elle était en pleurs. Mac lui avait dit qu'il préférait mourir dans sa chambre. S'il n'avait pas craint de nous retarder, il aurait aimé partir avec nous. Il l'avait suppliée de ne pas le redescendre dans les rues.

Nous restâmes un moment silencieux. Je lui dis d'aller le chercher puisque je voyais bien que c'était ce qu'elle attendait de moi.

Il était parvenu à se lever. Il vacillait enflé de tous les pulls que Stella lui avait fait enfiler sous le manteau bleu. Sa fièvre était un peu tombée et je l'aidai à enjamber le rebord de la fenêtre. J'avais pris un gros bâton qui nous servait à bloquer la porte de l'appartement et il s'en fit une canne ou plutôt une houlette. Il n'avait pas voulu prendre ses toiles mais Stella courut les chercher et je les attachai avec une ficelle.

Nous nous mîmes doucement en marche. J'étais le seul à connaître les chemins sur les toits et ne savais trop où aller. Je songeai un instant à les conduire dans un de ces puits qui abritent des terrains vagues où personne ne venait jamais. Mais c'étaient aussi des souricières.

Bientôt je m'aperçus qu'habitué depuis des mois à arpenter les toits j'avais oublié à quel point leurs pentes, même lorsqu'elles me semblaient douces, effraient ceux qui n'y ont jamais marché. Les Corfiotes glissaient, se tordaient les pieds, tombaient lourdement sur les tuiles. Nous avancions très lentement. Quand le vent redoublait de violence, la troupe s'arrêtait, certains fermaient les yeux. Le vertige les empêchait de longer le bord du toit et, pas assez agiles pour marcher au sommet, ils progressaient à mi-pente, endroit malaisé, fatigant, et où l'on risque le plus de faire un faux pas.

Cette lenteur permettait à Mac de nous suivre et comme un chien de troupeau je courais sans relâche ici ou là pour voir si tout le monde allait bien, tout en me demandant où je pourrais bien les conduire. Nous entendîmes les premiers coups de sifflets. Certains semblaient très proches, d'autres lointains pourtant on sentait bien qu'ils ne montaient pas des rues mais jaillissaient des toits. Du côté de la préfecture, dans un halo de lumière, des silhouettes couraient au sommet de plusieurs immeubles.

Quelques instants plus tard, comme nous arrivions au bout du toit et que la troupe entreprenait de grimper à la courte échelle les deux mètres qui permettaient d'accéder au suivant, Georges apparut. Essoufflé, il annonça que la police avait lancé une traque sur les toits dans plusieurs quartiers. Il fallait disparaître à tout prix, n'importe où, dans les refuges, les puits. Il n'avait pas encore vu de flics sur les toits du Panier mais ils allaient sans doute apparaître quelque part. Comme je lui expliquais que je ne savais où les conduire car ils étaient incapables de monter aux échelles, il sourit, glissa les mains dans ses poches, soudain calmé comme si la peur des autres faisait renaître le courage, la fierté et le mépris d'un homme des toits. Il s'approcha du troupeau et leur dit que s'ils ne voulaient pas grimper, ils devaient se laisser rafler. Il ajouta que par contre s'ils voulaient grimper, il leur fallait abandonner leurs bagages et enlever leurs chaussures. Les Corfiotes se regardèrent et, poussant des cris d'encouragement, jetèrent les baluchons, laissèrent tomber les plus lourdes valises et, après s'être rapidement déchaussés, fourrèrent leurs souliers dans leurs poches ou se les attachèrent autour du cou.

Je dis à Georges que j'allais rester en arrière avec Stella, son père et Mac car ils retarderaient la marche. Je comptais les emmener dans un immeuble en ruine de la cour au figuier jusqu'à ce que l'alerte soit passée. Lui allait essayer de conduire le troupeau chez le père Pazzi.

Lorsque j'appris à Liola que nous allions nous séparer, elle s'agrippa à moi. Je pensais qu'elle serait contente d'aider Georges à guider les autres en vrai garçon des toits mais je voyais réapparaître le personnage de ma petite sœur. J'insistai car je savais qu'elle serait plus à l'abri dans le refuge qu'avec nous, dont la situation m'apparaissait désespérée. Elle prit la cage et alla donner la main à Georges qui mit bientôt en marche la troupe. Seul le jeune garçon se retourna et chercha mes yeux. Je ne le revis jamais.

Bientôt leurs silhouettes disparurent et nous nous remîmes en marche. Le vent était glacé, le ciel d'un bleu extraordinairement pâle. Nous avancions très lentement, Stella donnant le bras à son père et moi soutenant Mac qui avait du mal à s'aider de son bâton car le froid engourdissait les mains. Je me disais qu'il serait peut-être préférable que nous soyons arrêtés. Mais si Stella ne le proposait pas, c'était sans doute que ç'eût été trop risqué pour eux. Jamais nous n'évoquions les raisons pour lesquelles nous nous cachions. Le père corfiote qui racontait sans cesse leurs trois naufrages n'avait jamais expliqué les raisons de leur fuite ou de leur crainte de redescendre dans les rues. Les gamins ne parlaient jamais du temps où ils ne vivaient pas encore sur les toits. Comme si dans notre monde la survie dépendait de l'oubli.

Au bout d'une heure environ, Mac se remit à trembler et

nous nous assîmes entre de hautes cheminées. Nous mangeâmes un peu de pain et Mac dont les joues et le front étaient devenus écarlates tomba dans un demi-sommeil. Stella encastra les petites toiles entre les cheminées pour le protéger du vent. Il soufflait si fort que je n'entendais plus les bruits de la ville ni les coups de sifflets. Parfois, sortant de sa torpeur, Mac regardait d'un air maussade ses toiles qui formaient autour de sa tête un grand paysage disloqué, souriait d'un air las. Une fois, il y colla le nez et, levant les yeux en extase ironique, murmura en français avec son accent « Les parfums du pays natal ».

Il tremblait si fort que nous nous serrions contre lui et, comme il s'effondrait, nous nous donnions la main pour faire de nos quatre bras une couche où il pourrait se laisser aller. Nos os devaient être durs car il poussait de petits gémissements en s'y allongeant. Il s'endormait appuyé sur moi et je ne voyais plus le visage de Stella mais pressais sa main. Quand nous le sentions glisser nos doigts se serraient davantage. Nous restâmes ainsi un assez long moment, sans parler, sinon pour nous demander s'il ne fallait pas le faire boire. Quand il sortit de sa torpeur, j'approchai la Boustefigue de ses lèvres et il but avec avidité mais rendit tout peu après. Le vieux le regardait avec attention, comme s'il comprenait bien qu'il était malade mais ne se rappelait plus tout à fait ce qu'était une maladie, si elle n'était pas une façon particulière, un peu dangereuse, de réfléchir ou de rêver. Soudain, il détourna le regard, s'essuya la bouche et replongea dans ses songes. Il était devenu très doux, souriait à Stella à chaque fois qu'il croisait son regard, ne parlait presque plus. Mais il avait toujours faim, mouillait son doigt pour piquer des poussières, des fétus sur les tuiles qu'il portait à sa bouche avec précaution avant de les déguster à grands remuements de lèvres et plongé dans la plus intense méditation.

Il devait être près de midi quand, au sortir d'un nouveau somme, Mac dit qu'il se sentait mieux. La fièvre semblait tombée mais la sueur recouvrait encore son visage et sur son dos la laine du manteau était humide. Je me dis qu'il fallait absolument nous cacher. Et comme nous n'arriverions pas à descendre dans l'immeuble abandonné ou dans le puits, j'eus l'idée de trouver refuge sur les branches du grand figuier.

Mac était si faible qu'il ne pouvait marcher. Je l'étendis sur mon dos, il était tant amaigri que je le portai sans peine. Stella le soutenait et le père marchait devant d'un bon pas comme s'il nous guidait, se retournant parfois brusquement, avec l'air d'impatience contenue des chiens qui trouvent que la lenteur des hommes gâche les promenades. Arrivés au-dessus du puits, près du grand figuier dont la ramure dépassait le toit, nous parvînmes à descendre sur les plus grosses branches et à nous caler tant bien que mal contre le tronc. De petites figues brunes flétries pendaient encore aux branches et des étourneaux que notre arrivée avait chassés filaient entre les feuilles qui clapotaient comme du cuir. Stella renonça à son dernier baluchon, en tira les chemises qu'elle déchira en quatre bandes. Nous les enroulâmes autour de la poitrine de son père et de Mac avant de les attacher au tronc.

Nous passâmes dans cet arbre le reste de la journée. Le vent tombé, la nuit sembla plus douce que le jour. Les toits retentissaient de coups de sifflets, de claquements de tuiles. Parfois des faisceaux de lumière remuaient dans le ciel. Le père de Stella murmurait des phrases en allemand, peut-être Goethe commentait-il notre aventure, et finit par s'endormir. Mais nous, nous ne parvînmes pas à trouver le sommeil à cause du froid, de l'inconfort des branches et de la terreur de la chute qui nous réveillait en sursaut quand nous nous assoupissions. Nous nous tenions la main et, dès que l'un sentait celle de l'autre s'alourdir, il la pressait. Pour rester éveillés, nous nous mîmes à chuchoter sans répit. Ce bavardage fiévreux partageait nos impressions sur la ville, tout ce que nous y avions vu, et bientôt tout ce que nous avions vu ailleurs, il y a longtemps, dans notre enfance et je lui parlai de ma mère et des théâtres où elle dansait et elle me parla aussi de sa mère morte et des montagnes où elle avait vécu et des longues promenades dans la forêt qu'elle faisait avec son père près de la ville où ils vivaient, en Roumanie, où, au sommet d'une église, trône un coq qu'une nuit un mauvais plaisant avait peint en jaune.

Nous chuchotions vite, comme des gens qui ne s'écoutent pas. Pourtant dans le noir de la nuit, tout ce qu'elle disait s'inscrivait en moi avec une netteté si extraordinaire que je croyais l'avoir vécu. On aurait dit que cette précipitation inscrivait à jamais dans notre mémoire les lieux et les gens dont nous parlions, M. Albert, le clown du Lux, avec sa cravate à pois aux grands nœuds en forme de papillon qui donnait à son flasque visage la même noblesse mystérieuse qu'une feuille de sycomore collée par la pluie sur le banc d'un chemin forestier de Cluj.

Pour nous réchauffer et ne pas nous endormir, nous montâmes tous les deux sur le toit déambuler main dans la main en attendant le jour, et j'inventais des souvenirs avec une sorte d'ivresse.

Quand le jour parut le père de Stella poussa des cris. Nous redescendîmes dans les branches pour l'apaiser. Mac était réveillé. Il respirait difficilement, la bouche grande ouverte. Nous desserrâmes un peu le lien. Il ne respira pas mieux mais il était calme et réclama du lait. Je proposai d'aller en chercher chez la mère Sorintra et me mis en marche aussitôt avec la Boustefigue. Le jour s'annonçait aussi glacé et lumineux que la veille, j'étais transi de froid, affamé, tout vibrant de l'énergie de l'insomnie et de l'amour.

Arrivé sur le long toit, j'aperçus des policiers qui allaient et venaient devant la fenêtre de notre refuge. Je reconnus le manteau et le crâne dégarni de celui qui avait failli m'arrêter deux fois. Je dus faire un long détour pour trouver un immeuble où je pourrais descendre dans les rues et quand j'arrivai chez la mère Sorintra, elle me dit que sa chèvre ne faisait plus de lait. Je devais avoir l'air si misérable que la brave vieille en soupirant de compassion alla chercher au fond de sa boutique et ramena sur sa paume un fromage, puant et fondu comme une ville maudite de l'Écriture. Je l'empochai.

Quand j'arrivai au figuier, Mac était mort. Il était encore attaché à l'arbre mais Stella et son père avaient regagné le toit. Ils s'étaient assis sur les tuiles et regardaient l'arbre où s'engouffraient les étourneaux. Je m'assis à côté d'eux. Nous restâmes un long moment sans rien dire. De temps en temps Stella claquait les mains pour faire envoler les oiseaux. Je sortis le fromage de ma poche, ne voulant pas qu'ils s'imaginent que l'odeur venait du mort. Je ne pouvais détacher mes yeux de la figure aux paupières entrouvertes, elle me paraissait si rétrécie que je n'arrivais pas à croire que son sourire ait pu trouver la place d'y apparaître. Stella pleurait doucement, sans bruit, en mangeant sa part du fromage.

La peur d'être surpris me vint et je dis qu'il fallait partir.

— Nous ne pouvons pas le laisser là, dit Stella, et elle fondit en sanglots.

Je l'assurai que nous reviendrions le chercher et l'entraînai en la prenant par le bras.

Nous parvînmes chez le père Pazzi après un long détour qui nous força à descendre un court moment dans une rue que Stella et son père arpentèrent à toute allure les yeux baissés. Elle me confia plus tard que cela faisait quinze mois qu'ils n'étaient pas descendus des toits. Je n'avais pas voulu repasser par le chemin de la Vierge noire, trop escarpé pour le vieux et sans doute surveillé par la police. (Georges m'avait appris que les lumières leur servaient de repère mais que des policiers y étaient parfois à l'affût. On venait y déposer les offrandes comme un exploit dont on pourrait se vanter.)

Je n'y trouvai que Lacydon et Sylvabelle qui me dirent que Georges, Liola et le reste de la troupe s'étaient rendus dans le refuge de la rue de la Loge, un hangar désaffecté proche du quai, délabré mais plus vaste et plus sûr.

Tandis que Stella s'occupait de son père, je demandai aux gars de m'accompagner pour décrocher le cadavre de Mac de l'arbre. Cette proposition les horrifia avant de les faire rire. Puis elle plut à Lacydon parce qu'elle était un pied de nez à la police et à Sylvabelle parce qu'elle avait quelque chose d'extraordinaire et ne pouvait être réalisée que par des êtres qui méritaient de vivre sur les toits. Je l'envoyai chercher Caylus et lui demander d'apporter quelques bidons de l'essence qu'il vendait au marché noir, que je lui paierais.

Stella voulut nous accompagner et à sa demande j'allai chercher deux draps dans l'armoire du père Pazzi. Il était toujours dans son lit, les fuyards l'ayant abandonné à son sort. Il me regardait dans les yeux, calé contre ses oreillers tachés. Je n'eus pas la force de fouiller dans son armoire sans lui parler. Je lui demandai s'il avait faim. Il me répondit que oui et voulut savoir où étaient passés les autres. Je lui dis de ne pas s'inquiéter, que tout le monde reviendrait et j'allai dans la cuisine où je finis par trouver un restant de soupe. Je la fis réchauffer tandis que Stella expliquait à son père attablé devant une assiette de sardines qu'elle allait s'absenter mais reviendrait bientôt. Quand Sylvabelle réapparut et annonça que Caylus nous rejoindrait sur le toit vers midi, j'apportai la soupe au père Pazzi, pris deux draps dans l'armoire et nous repartîmes sur les toits.

Nous réussîmes à le tirer de l'arbre, ses membres étaient raidis, durs comme du fer mais il était extrêmement léger. Je ne parvins pas à fermer la fente trouble des yeux. Les dents légèrement découvertes, les paupières entrebâillées donnaient l'impression qu'il nous épiait. Ce visage naguère toujours souriant paraissait en colère. Et je ne pus m'empêcher de me demander si c'était celui d'un Mac caché, secret, qu'on n'avait jamais vu mais qui avait toujours existé. On l'étendit sur un drap, on y jeta l'autre et Stella les cousit avec difficulté car le mistral soufflait avec encore plus de force que la veille et les faisait voler dans tous les sens. Une fois cousus, chacun saisit un coin des draps et nous nous mîmes en route pour rejoindre le grand toit-terrasse où nous nous étions baignés dans une citerne rouillée. Je redoutais les réactions de Stella car pour monter notre fardeau sur certains toits je savais qu'on devrait l'attacher à des cordes, le hisser comme on pourrait, sans ménagement. Mais elle ne faiblit pas et participa à l'effort. Le vent était si fort qu'elle avait dû serrer les pans de son manteau rouge avec la bandelette qui avait attaché Mac au figuier.

Arrivés sur la terrasse, je constatai que comme dans mon souvenir elle était bien jonchée de ces débris de bois, de planches, de palettes et de ces vestiges de pigeonniers qu'on trouvait parfois sur les toits.

Nous les empilâmes pour faire un bûcher et quand il parut assez grand nous y grimpâmes pour y déposer le linceul.

Un peu après, Sainte Françoise, Caylus et quatre ou cinq de ses ratichons arrivèrent avec quatre jerrycans. L'un traînait même un pneu. C'étaient de grands amateurs de feux. Caylus nous demanda ce que nous voulions brûler.

— Un ami, dit Sylvabelle, et on lui montra le linceul qui claquait dans le vent.

Il nous regarda avec mépris et cracha.

— On est en pleine panique, les flics nous guettent de partout, et vous ne trouvez rien de mieux que de brûler le macchabée. Envoyez l'argent. Et attendez qu'on soit loin pour lancer le rôti.

Je sortis de mon pantalon quelques billets. Caylus les prit et, après les avoir examinés d'un air méfiant, ne put résister à la tentation universelle et les renifla. Il me regarda et finit par empocher la liasse. Il se retourna vers les ratichons et leur fit signe de déposer les jerrycans et le pneu. Il en claqua un ou deux qui voulaient assister au spectacle et ils disparurent.

Je grimpai avec les deux garçons sur le bûcher où nous jetâmes le pneu et déversâmes les trois jerrycans. Lacydon avait apporté une grosse boîte d'allumettes et une fois redescendus nous eûmes du mal à les enflammer à cause du vent mais tout à coup les flammes crépitèrent et jaillirent brusquement, tordues et couchées par le mistral, vers le ciel bleu, et le linceul prit feu lui aussi. Une épaisse fumée noire s'étendit sur la ville et le brasier enfla tellement que bientôt nous entendîmes des cris, des klaxons. La fumée se répandait au-dessus de la mer et de l'autre côté du port, s'étalait au-dessus de l'Opéra, et sur les quais les silhouettes des passants étaient arrêtées et tournées dans notre direction.

Le brasier était si intense que le vent ne le couchait plus et nous ne pouvions en détacher les yeux. Plus que par les flammes, nous étions fascinés par la chaleur et, surtout, par le crépitement. Nous nous mîmes à sautiller autour du feu. Sainte Françoise faisait la roue. Nous n'apercevions plus le linceul et cela me remplit d'une joie délirante, qui me fit pousser des cris. J'étais ivre d'avoir donné à Mac un adieu que tous les hommes devraient envier.

*La rafle. Fuite avec Stella sur les toits.*
*Les mendiants du boulevard d'Athènes.*
*Une version de l'idylle*

De retour chez le père Pazzi, je vis que la porte scellée avait été défoncée. L'appartement était vide, dans la chambre les oreillers étaient dressés contre le mur. Les cris de Stella appelant son père attirèrent les voisins qui envahirent l'escalier d'un air menaçant. Ils nous firent comprendre que la police était passée et qu'il ne tenait qu'à eux qu'elle revienne. Nous filâmes dans la rue où une odeur de brûlé, une fumée voilant le ciel et tombant en suie sur le boulevard nous affolèrent autant que les passants. J'imaginai qu'on avait mis le feu à la ville avant de réaliser que c'était le bûcher que nous avions nous-mêmes allumé. Cette légère atmosphère de désastre détourna l'attention des agents de nos vêtements déchirés et de nos têtes hirsutes qui puaient le roussi.

Prétextant que nous ne devions pas attirer les regards, je décidai qu'il fallait nous séparer et, prenant la main de Stella, je l'entraînai vers un immeuble du boulevard Garibaldi où je savais qu'on pouvait grimper sur les toits.

Toute cette première journée, je dus combattre pied à pied le désir qu'avait Stella d'aller se livrer à la police pour retrouver son père. J'y mis autant d'ardeur que j'en avais mis à me convaincre d'abandonner ma mère. Rien de mieux qu'un enfant raisonnable pour fouler aux pieds les élans humains du cœur. Je lui répétai mon idée favorite : nos parents, désirant plus que tout notre bonheur, seraient horrifiés qu'on se sacrifiât pour eux. Je crus y réussir et sentir qu'elle ne me considérait plus comme un enfant. Mais qui dira si ce qui la retint ne fut pas plutôt l'espoir de retrouver Maccia ? Nous étions sur le toit d'un grand immeuble, en pleine ville, dans le vacarme des autos, des trams. Ce fracas, inhabituel pour celui qui n'a connu que les toits du Panier, donne l'impression que les passants nous voient ou qu'on se promène tout nu. De tous les côtés, nos yeux étaient attirés par le vide, le mouvement incessant de la foule sur les boulevards. Parfois une sirène de pompiers hurlait, mêlée au sifflement du vent, qui avait chassé la fumée. Mais du côté du bûcher, le bleu du ciel était toujours sale. Jusqu'à la fin du jour, taraudés par la faim, fouettés par le vent, pris dans une sorte d'ivresse et de crainte d'être vus, nous tournâmes en rond sur ce grand toit, courant et sautant pour nous réchauffer. Pour l'impressionner, j'allais au sommet et y enchaînais les roues jusqu'à ce que la tête me tourne. Transie et se prenant au jeu elle m'imita. La tête nous tournait tant qu'il fallait nous étendre et il faisait si froid que nous étions obligés de nous recroqueviller l'un contre l'autre.

Au coucher du soleil, je décidai de redescendre et de rejoindre un immeuble du boulevard d'Athènes où l'on pouvait monter sur un toit-terrasse où se trouvaient deux ou trois cabanons destinés à des semis ou des outils. La nuit s'annonçait froide. L'horizon était traversé de giclées d'un mauve et d'un rose criards, le vent toujours glacé.

Quelle surprise en arrivant sur le toit de découvrir qu'il était envahi par une foule de misérables vautrés dans tous les recoins, jusque sur les cheminées, et qui avaient déjà bâti de petits feux. Je reconnus quelques figures de ceux que nous appelions les faux mendiants, non que la mendicité ne fût pas leur vocation véritable mais parce que les infirmités avec lesquelles ils tentaient d'apitoyer les passants étaient simulées ou exagérées. Il y avait là Court de Tripes, le faux cul-de-jatte du portail gauche de Notre-Dame-de-la-Garde, L'Effeuillée, la fausse aveugle du Roucas, et je présentai à Stella Réponsadieu, le faux aveugle de Saint-Charles, célèbre pour son amour de la discussion et sa rage d'y avoir toujours raison. Avec cela, le meilleur des hommes, généreux et serviable, en veston et chemise blanche un peu froissés mais d'une crasse décente admirablement entretenue, et qui, lorsqu'il retirait ses lunettes noires de métier, faisait penser à un alerte garçon de café. Il n'était pas aveugle mais ses yeux étaient étranges ; à fleur de tête et roulant sans cesse dans leurs orbites, on ne savait pas trop si c'était cette bizarrerie un peu effrayante qui lui avait donné l'idée de son emploi ou si, à force de jouer à l'aveugle, de se les frotter pour les rougir, de les renverser pour qu'on n'en voie que le blanc, il avait fini par les déformer. De temps à autre, il les renversait d'ailleurs, par facétie, ou par tic, à moins que ce ne fût de crainte de ne plus en être capable s'il interrompait trop longtemps sa comédie. Il m'apprit que la police et les Allemands avaient lancé des rafles dans la ville, notamment dans le quartier de l'Opéra, et qu'ils en profitaient pour arrêter aussi mendiants et vagabonds qui leur tombaient sous la main dans les rues ou les maisons abandonnées. Pour leur échapper beaucoup avaient eu l'idée de venir sur ce toit, large et plat, où ils venaient souvent dormir parce qu'il était proche de Saint-Charles et que dans les gares, pour des raisons mystérieuses, les voyageurs du soir et du petit matin sont plus généreux que les autres. Ils s'étaient regroupés par emplois, les faux amputés près du grenier, les faux aveugles près des cabanons, sans doute parce que, s'étant distribué les quartiers, l'aveugle évitait ainsi de passer la nuit auprès de l'amputé qui tous les jours lui faisait concurrence. Ils mettaient d'ailleurs à profit cette réunion pour échanger leurs impressions sur la plus ou moins grande dureté de cœur des passants envers le borgne ou le manchot, mesurer le cours des malheurs. Je me souvenais que Réponsadieu nous avait expliqué qu'à la façon de faire tomber l'aumône, il était capable de distinguer le naïf du fier de lui, le dégoûté du superstitieux. Je lui fis remarquer que, s'il méprisait ceux qui ne donnaient rien, il ne semblait pas accorder à ceux qui donnaient une estime plus grande, et que dans sa liste on ne trouvait pas les généreux. Il fit la moue, et avec sa manie d'avoir le dernier mot conclut en disant qu'ils existaient sans doute mais qu'il n'avait pas la vue assez perçante pour les reconnaître. Un autre aveugle surnommé Baromètre nous expliqua comment il aurait eu du mal à grimper jusqu'ici depuis le Mazargues s'il avait été vraiment aveugle. Et il décrivait les difficultés qu'il aurait dû vaincre avec un tel luxe de précisions, une telle appréciation de souffrance, une telle admiration d'expédient et une telle effusion de réussite que ce récit semblait faire de lui, mieux encore qu'un aveugle d'honneur, l'aveugle idéal, supérieur à tous les vrais aveugles par la finesse et la profondeur de cette imagination de calvaire.

Comme je vous l'ai déjà dit je crois, ces faux mendiants étaient regardés avec méfiance par les habitants des toits à cause de leur réputation d'indicateurs. Ce mépris universel leur avait donné les mœurs d'une tribu étrange : quand ils s'allongeaient, ils coinçaient entre leurs pieds leurs instruments, violons, accordéon, voire orgue mécanique, ou leur accessoire de comédie, planche à roulettes, écriteau, lunettes fumées, soit qu'ils aient craint qu'on ne les leur vole ou qu'on ne les endommage avec la malignité qui, il faut bien le reconnaître, était l'un des traits distinctifs de la tribu, soit qu'ils aient tenu à les exhiber, tels les chevaliers leur écu. Chacun regardait ses camarades avec condescendance. Car le faux unijambiste trouve répugnant le faux aveugle. Sa fausse jambe lui paraît touchante, une métaphore exacte de sa condition mais la feinte cécité lui paraît outrée, de mauvais goût et il considère le faux aveugle avec le mépris qu'éprouve un poète pour un confrère aux métaphores ridicules. Bien sûr le faux aveugle éprouve exactement le même sentiment envers le faux unijambiste. Pour qui trouve plaisantes ces choses, j'ajouterai qu'il était amusant de constater que certains faux infirmes étaient véritablement infirmes. Mais d'une infirmité moindre que celle qu'ils jouaient, moins apitoyante. Ainsi, il manquait trois doigts au faux cul-de-jatte de la rue Saint-Jacques. Peut-être préféraient-ils garder secrète leur vraie infirmité. De même cache-t-on un remords ou un rêve de vengeance. Le faux manchot du boulevard de la Corderie par exemple était parfaitement sourd, infirmité qui ne prédestine pas à l'aumône. Pourtant lorsque je le vis cette nuit-là, maussade, solitaire, emmuré en lui-même, elle semblait plus terrible que la perte d'un bras. Qu'il doive simuler une infirmité inférieure, plus vulgaire que celle qui l'affligeait en réalité, et qui était invisible et noble comme une malédiction, l'avait plongé dans la plus parfaite détestation de l'humanité.

Dans la pénombre, éclairés par les lumières de la gare, ils cherchaient des endroits où s'étendre, dépliaient des couvertures ou des morceaux de carton, sortaient de leurs poches ou de leurs sacs des branchages de pin et des mouchoirs où était enveloppée de la nourriture. Un peu partout, on entendait sonner les pièces cousues dans les pantalons. Parfois le sifflement d'une locomotive perçait l'oreille puis le cœur car, on ne sait trop pourquoi, il était déchirant d'entendre des trains partir, et quelques instants plus tard une épaisse vapeur blanche enveloppait les silhouettes et les faisait disparaître un moment.

Ce petit monde nous accueillit fort bien. Réponsadieu et L'Effeuillée nous invitèrent auprès de leur feu où ils jetaient ce qu'ils avaient trouvé de combustible dans les cabanons, vieux chiffons, petit bois et mues de lézards. Ils partagèrent aussi leur nourriture, constituée des restes octroyés par quelques restaurateurs en échange d'un peu de publicité (car il arrive, surtout à la gare, et à condition que le mendiant ne soit pas trop repoussant, que l'aumône s'accompagne de questions sur la ville). Réponsadieu et L'Effeuillée gardaient ces restes dans une assiette couverte d'une semelle. Certains restaurants ne donnaient que du jus et du gras, d'autres des reliquats qui comme disait L'Effeuillée « auraient pu être resservis sans honte pour personne». Stella mangea sa part avec beaucoup de délicatesse, du bout des doigts, et s'enquit poliment auprès de L'Effeuillée des difficultés de son métier, notamment s'il n'était pas impossible de cacher qu'on voyait tout ce qui se passait autour de soi. La brave femme lui répondit qu'il suffisait de faire semblant de l'entendre, ce qui exigeait tout un jeu raffiné de mouvements de tête qui pouvait susciter l'admiration ou les moqueries des naïfs.

Nous amusions fort cette troupe, qui nous traitait avec l'ironie un peu lourde qu'on adresse à un couple de fiancés. La dame au caniche à trois pattes de la rue de Brignoles nous offrit un petit bouquet des fleurs séchées qu'elle vendait, le manchot installé dans le cabanon était prêt à nous le laisser si on l'autorisait à regarder ce que nous y ferions.

La cabane où j'avais compté trouver un refuge étant occupée par ce faux manchot vrai voyeur, je songeai à partir ailleurs mais la nuit était trop noire et brumeuse pour continuer à marcher longtemps sur les toits. Nous la passâmes donc au milieu de cette tribu qui avait inventé une façon de dormir à la belle étoile : l'un contre l'autre, les mains plongées dans les poches de la veste ou du pantalon du partenaire, joue contre joue, menton sur l'épaule. Hardeux, écorchés, hirsutes, parfois parfaitement édentés, ils avaient l'air dans la lueur des braises d'animaux à deux têtes.

Nous nous couchâmes ainsi et je posai le menton sur l'épaule de Stella, ma joue contre ses cheveux. Je mis les mains dans les poches du manteau rouge et elle les siennes dans celles de mon pantalon de velours. Nous chuchotâmes un moment, évoquant les détails que nous avions remarqués chez nos compagnons les plus remarquables. Je la faisais rire pour sentir sur mes joues les éclats de sa salive, le frôlement de son nez, de ses lèvres. Bientôt des réverbères s'éteignirent dans les rues et je ne vis plus ses yeux. Je ne crois pas que je dormis. Je bénissais l'ampleur du pantalon. Et lorsque je m'assoupissais et sentais, derrière l'odeur de fumée, le parfum de poire de ses cheveux, je me réveillais en sursaut.

Avant que le jour se lève, quand les trams se mirent à tinter et qu'un premier nuage de vapeur blanche nous recouvrit, les mendiants commencèrent à replier leurs affaires et à disparaître un par un. Stella dormait les lèvres entrouvertes et je me levai sans l'éveiller, retirant doucement mes mains du manteau rouge, pour aller pisser derrière le cabanon. Baromètre, accroupi, grimaçant, cul dans le vide, chiait dans une ruelle. En clignant de l'œil il chuchota :

— La purge des mauvais rêves.

Je comptais emmener Stella dans un des repaires, une chambre de bonne abandonnée du cours Julien où il y avait quelques réserves de nourriture. Une petite fenêtre donnait sur une minuscule terrasse entourée d'un rideau de joncs. Plus d'une fois l'été, j'avais rêvé d'y habiter seul avec elle.

Quand ils furent tous partis, je la réveillai mais lorsque nous descendîmes sur le boulevard je découvris qu'une série de barrages y avaient été mis en place. Sur les trottoirs, des soldats allemands vérifiaient l'identité des passants. Sur la chaussée, des gendarmes et des gardes mobiles escortaient une file d'hommes, de femmes et d'enfants chargés de valises et de baluchons. Il faisait encore nuit et les réverbères éclairaient faiblement ce défilé. Nous ne savions vers où nous diriger, j'avais peur que les gendarmes ne nous demandent qui nous étions, ce que nous faisions là. L'idée me vint de nous mêler à la file des raflés. On éviterait le contrôle et un peu plus loin on passerait devant le 13. Je connaissais bien cet immeuble où, au sixième, une trappe en bois ouvrait sur un goulet où l'on pouvait ramper jusqu'au toit. Et de celui-là il était possible, quoique un peu dangereux, de rejoindre ceux de la rue des Convalescents pour redescendre par la rue Longue.

J'explique mon idée à Stella. Elle hoche la tête, me prend la main. Nous descendons du trottoir et peu à peu nous nous rapprochons de la colonne. Quand le gendarme de derrière regarde ailleurs, nous nous y glissons. Au milieu de regards effarés, nous avançons tête levée comme si nous cherchions quelqu'un. Les gens sont silencieux, même quand nous les bousculons. Nous ralentissons, la colonne se rétrécissant en une file pour franchir le barrage. Devant moi j'entends dans la foule une voix qui parle haut en allemand puis en français. *Chacun veut être partout en tête. Ainsi en va-t-il de par le monde*. Je reconnais aussitôt l'accent et la déclamation mécanique. Des murmures puis des cris exigent qu'il se taise. Stella s'est figée et quand nous repartons elle marche de plus en plus vite, elle court pour rejoindre la voix qui déclame désormais à tue-tête, indifférente aux protestations, aux insultes. Comme nous arrivons au niveau du 13 je saisis sa main, bondis hors de la colonne, pousse la porte. Je me précipite dans l'escalier malgré la main qui me tire en arrière mais des cris éclatent, des pas font trembler les marches derrière nous et elle se met à courir avec moi, quatre à quatre, jusqu'au dernier étage où nous nous cachons dans le goulet. Et tandis qu'on nous cherche, nous rampons jusque sur le toit.

Nous gagnâmes les toits de la rue des Convalescents et après être descendus nous nous dirigeâmes vers le cours Julien. J'aurais préféré que nous nous mêlions à la foule mais les rues restaient vides. Ce devait être dimanche, les cloches se mirent à sonner. Nous nous donnions la main car nous avions remarqué que cette fille au manteau rouge en larmes traînant un petit frère faisait naître un embarras respectueux sur la gueule des passants. Arrivés au 58 du cours, nous gravîmes l'escalier humide jusqu'au dernier palier où un vasistas s'ouvrait sur le ciel.

Sur le toit, entre deux pentes de tuiles, je retrouvai la minuscule terrasse entourée de joncs, où pourrissait un fauteuil à bascule. La porte-fenêtre donnait sur une pièce vide jonchée de plâtras où traînaient deux matelas percés et une dizaine de boîtes de sardines de la marque Philippe et Canaud. J'en ouvris une tant bien que mal avec le canif du brigadier que je retrouvai au fond de ma poche et nous dévorâmes le contenu en quelques secondes. Stella mangeait vite, essuyant de temps en temps ses larmes d'un mouvement du poignet. Les sardines me rappelant comme toujours mon voyage sur les toits avec Liola, je me sentis triste de l'avoir laissée mais me consolai en me persuadant que Georges saurait la protéger. Quand elle eut fini de manger, Stella se coucha face au mur.

— C'est moi qui t'ai forcée, dis-je finalement.

Elle resta un moment silencieuse et dit tranquillement :

— Si j'avais vraiment voulu je t'aurais échappé. Ce n'est pas un gamin qui m'aurait empêchée de revoir mon père.

Tant qu'il y eut du soleil et de quoi manger nous demeurâmes dans cette chambre. Nous descendions boire à la fontaine. La nuit, Stella allait s'y laver très vite avec un petit morceau de savon qu'elle avait emporté et quand elle remontait elle me le donnait et je descendais à mon tour. Elle reniflait ce savon avec un sourire ironique, comme si une odeur peut être ridicule. Elle m'apprit que c'était un cadeau de Maccia. « Que pourrais-je vous ramener ? » lui avait-il demandé un jour, et elle avait répondu méchamment « Un savon au jasmin » et une semaine plus tard il lui en avait ramené un, en forme d'œuf, enveloppé dans un papier. Il lui avait dit qu'il venait d'une salle de bains de l'hôtel Noailles où se faisait belle une femme de mauvaise vie. Elle disait ça d'un air moqueur, avec une pointe de nostalgie, comme si elle évoquait un lieu mythique, disparu, que personne ne reverrait jamais. J'imaginai très bien le petit sourire qu'il avait eu en lui donnant le savon et, par jalousie, quand je me lavais je le frottais longtemps dans l'eau pour qu'il disparaisse plus vite.

Au début, elle aurait voulu que nous essayions de retrouver «les autres», et comprenant bien ce qu'elle entendait par là, je lui dis que les toits étaient infestés de gendarmes, que des rafles avaient lieu en ville tous les jours et que nous ne devions pas bouger. Ne comptait pour moi que l'ivresse d'être seul avec elle à marcher sur les toits comme si nous allions quelque part. Nous étions isolés sur ceux du cours Julien comme sur une île déserte. C'étaient de vastes toits où le vent soufflait avec une grande violence et d'où l'on voyait très bien les montagnes et la mer. Nous y allions et venions comme sur le pont d'un paquebot où ciel et océan favorisent la déconnade sentimentale. Pas de ça avec nous. Je voyais bien qu'elle se sentait seule, puisqu'elle me considérait comme un enfant, et s'en voulait d'avoir abandonné son père dans l'espoir de retrouver Maccia. Mais j'espérais. À se demander si, plutôt que d'une fille, je n'étais pas amoureux de l'espérance. Qui sait si je n'aurais pas été dégoûté qu'elle m'aime? Douleur de ne pas être aimé, dégoût de l'être, voilà l'amusant de l'amour, quand on y a renoncé. C'est ainsi qu'aujourd'hui je vois l'enfant que j'étais, spectacle destiné sans doute à consoler de disparaître.

Sur un toit, les tuiles étaient rose tendre, sur un autre de toutes les nuances du gris et piquées d'herbes folles. En été, j'y avais vu de petites fleurs bleues et je m'y étais étendu comme sur une prairie même si quand on se relevait les vieilles tuiles terreuses se brisaient découvrant des vers blancs qui se tordaient dans une sorte de pourriture. Maintenant, les fleurs avaient disparu et l'herbe avait jauni. Le mistral soufflant, le ciel était d'un bleu acide et Stella gardait serré contre elle son manteau rouge mais nous marchions pieds nus. Le frottement soyeux de la plante de ses pieds sur les tuiles me ravissait et je voyais leur blancheur laiteuse se couvrir d'une suie rouge avec une sorte de jouissance.

J'avais remarqué que Stella ne me prenait au sérieux que

lorsque nous étions en danger. Elle me suivait alors avec résignation, comme un guide. J'inventais donc des dangers, des rondes de flics sur les toits auxquelles nous ne pouvions échapper qu'en sautant par-dessus les ruelles, en allant nous cacher sur d'autres toits, de l'autre côté du cours ou plus loin, du côté de la rue des Trois-Rois. Elle me suivait dans ces courses sans rien dire même lorsque je l'entraînais sur des toits fragiles ou le long de gouttières aux trois quarts dévissées. Pour l'amuser, ou lui faire peur, je sautai sans raison sur des balcons et me hissai à nouveau en un éclair à la force des bras sur le toit, m'accrochai à des cordes à linge pour aller voler des chaussettes, mais mes acrobaties semblaient faire naître en elle plus de tristesse que d'effroi. La brume, la pluie revinrent et nous restions désormais le plus souvent dans notre petite chambre. Les chats sauvages arpentaient en bande les toits, maigres, croûteux, et, rendus féroces par le froid, se sautaient les uns sur les autres toutes griffes dehors. Quand nous allions du côté Crudère jusqu'aux Trois-Mages où l'odeur de leur pisse était à fuir, plus d'un se jetait sur mon pantalon pour le déchirer. Ils répugnèrent d'abord à Stella mais elle prit bientôt du plaisir à traverser calmement leur troupe, frôlant oreilles et moustaches de ses jambes nues. Et ils ne lui sautaient pas dessus, se contentant de griffer à petits coups de pattes le bas du manteau.

Quand nous parlions la nuit, couchés l'un près de l'autre, je redevenais pour elle un enfant auquel on peut tout dire puisqu'il ne comprend rien. Stella avait plusieurs voix : l'ordinaire, où elle s'efforçait de parler français avec précision et sans accent ; une autre sèche, abrupte, où elle faisait ressortir cet accent de façon volontairement comique en roulant les *r*. Cette voix-là était sa voix drôle, qui voulait jouer. Je l'appelais sa voix avec cigarette car elle la prenait souvent en fumant au point que, quand elle n'avait plus de cigarettes et se mettait à parler ainsi, son index et son majeur se dressaient collés l'un à l'autre comme s'ils en serraient une. Il y avait la voix nocturne, quand je ne voyais pas ou devinais à peine son visage. Le timbre était plus grave, l'accent moins contrôlé, comme une bête qu'on laisse prendre ses aises. Elle en avait une autre encore, c'était la voix qu'elle prenait pour dire ce qu'elle pensait de Maccia. Une voix moqueuse que je n'aimais pas parce que, à moi qui aimais tant sa fierté, ce ton rappelait celui des valets qui se moquent des maîtres.

Elle se demandait tout haut ce qu'était devenu Maccia, s'il ne lui était pas arrivé malheur, où il pouvait s'être caché. Il faisait si froid que nous étions obligés de dormir enlacés, les mains dans les poches de l'autre à la façon des mendiants. Quand elle était endormie, je plongeais mes lèvres dans les boucles de ses cheveux. Une nuit, l'ardeur fut si forte qu'elle me poussa à baiser délicatement son cou, ses joues, son nez, ses paupières et dans son sommeil elle remuait doucement le visage, me prenant peut-être pour le personnage d'un songe. Ces baisers appuyés d'abord devinrent vite goulus, féroces et elle se réveilla, me repoussa avec des cris et des rires de surprise. Aussitôt je me rejetai de mon côté, et restai longtemps pétrifié, mortifié, honteux, plein de colère. Puis je me mis à m'agiter et gémir comme si je faisais un cauchemar. Fut-elle dupe ? En tout cas, au bout d'un moment, comme mes plaintes devenaient de plus en plus douloureuses, elle me caressa les cheveux pour me réveiller et chuchota des paroles d'apaisement. De rage, je voulus la mordre, mes dents claquèrent dans le vide, ce qui la fit rire. Plus tard, comme elle sentait que je n'arrivais pas à dormir, elle se mit à parler.

— Tu sais pourquoi certaines personnes font ce que tu fais, voler, se battre au couteau, sauter d'un toit à l'autre en chantant ?

Je vis bien qui elle avait en tête. Non, dis-je, pour la faire cracher. Parce qu'ils sont amoureux de la mort, me répondit-elle.

Je crus qu'elle parlait de Colette Lemire, la couturière de la rue des Honneurs. Tu as déjà été amoureux ? reprit-elle. Je lâchai une espèce de soupir. Eh bien, dit-elle comme si celui-ci avait résumé toute ma courte vie, il y a des gens qui ressentent la même chose pour la mort. Pour eux, c'est la plus belle fille du monde. Je me demandais si elle croyait vraiment ce qu'elle disait ou si elle le disait parce que ça ressemblait à un conte que je pouvais comprendre. Quand tu imites ces personnes, tu fais le malin pour plaire à la mort. Cette phrase, dite avec son accent, me fit frissonner de plaisir. Ce qui n'est pas malin, ajouta-t-elle, la voix tout à coup brisée, et elle se tut et aux petits tremblements de son corps dans le noir je sentis qu'elle pleurait. Quand j'approchai mon visage du sien, à en sentir les larmes, Tu sais, chuchota-t-elle, je vais te raconter une histoire que je n'ai dite à personne, même pas à Mac. Et elle me raconta que dans son pays, elle était amoureuse d'un garçon et le lendemain du jour où il lui avait dit qu'il l'aimait, il avait été arrêté avec tous les Juifs de sa ville. On les avait mis dans un train et pendant des jours et des jours à vélo elle avait tenté de retrouver ce train. Il n'arrêtait pas de faire des allées et venues, ne semblait pas savoir où aller. Elle s'était juré de sauver son amoureux, et alors que tout le monde lui disait de renoncer, qu'il avait disparu, qu'on ne savait où il se trouvait, elle avait continué à aller de village en village, partout où il y avait une gare. Et à la fin de l'été, elle l'avait retrouvé. Il avait réussi à sortir du wagon ou on l'avait abandonné dans un village où il était en train de dépérir, il était très malade. Personne ne voulait s'occuper de lui, les gens qui l'avaient recueilli l'avaient finalement jeté dehors, il était allongé dans un buisson près de la gare. Stella avait voulu le ramener dans leur ville. Mais personne ne voulait les aider, ni même l'autoriser à utiliser le téléphone de la gare. Alors elle l'avait soutenu et ils avaient tenté de traverser une forêt pour rejoindre plus vite la ville. Ils pensaient la traverser en une journée mais le jeune homme était très faible, ils avaient peu à manger et Stella fut vite elle aussi épuisée. Alors elle l'avait laissé dans la forêt et était partie seule chercher du secours. Mais quand elle avait fini par en trouver, ils avaient mis tant de temps à repérer l'endroit où elle l'avait abandonné que lorsqu'ils y étaient parvenus, il était mort et des chiens errants avaient déjà mangé des morceaux de son cadavre. Stella en avait éprouvé un grand chagrin et s'était mis dans la tête qu'il était mort à cause d'elle, qu'elle n'avait pas su le sauver. Elle s'était alors juré que cela ne se reproduirait pas. Plus jamais elle ne laisserait mourir quelqu'un. Quand son père était tombé malade, elle s'était dit qu'elle le protégerait. Quand elle avait rencontré Mac, qu'elle allait le sauver. La police avait emmené son père et Mac était parti en fumée au-dessus du port de Marseille. Elle se mit à répéter : Maccia celui-là ne mourra pas, c'est moi qui te le dis, en riant et pleurant à la fois, demain on part à sa recherche, on va le retrouver et il ne mourra pas, c'est moi qui te le dis, me disait-elle, et elle me tirait les cheveux pour que j'en sois bien convaincu. Bientôt le jour pointa et je commençai à distinguer ses boucles, la blancheur du visage, les grands yeux. C'était un autre personnage, qui riait et pleurait à la fois. Cela me touchait qu'elle s'imagine porter malheur à ceux qui l'aimaient, c'est du moins ainsi que j'avais compris tout ce qu'elle avait raconté. J'étais touché qu'elle soit si naïve. Mais en même temps je me sentis attiré par l'idée que c'était peut-être vrai, qu'il était impossible de l'aimer sans risquer les plus grands malheurs.

*Retour au Panier. Je mens pour garder Stella seule avec moi sur les toits. Premières expulsions*

Nous nous étions rendormis mais nous fûmes réveillés en pleine journée par des grondements terrifiants et des explosions lointaines qui à chaque fois faisaient chuchoter les joncs de la terrasse. En sortant nous aperçûmes de la fumée et des jets de flammes de l'autre côté de la ville. Des avions filèrent en vrombissant au-dessus de nos têtes comme des frelons libérés d'un essaim en flammes.

Nous finîmes les sardines et j'expliquai à Stella comment nous allions essayer de retrouver Maccia. Je ne lui avouai pas que je savais où il était car je voulais la garder encore un peu pour moi. Demain, lui dis-je, on retournerait sur un toit de la rue de la Rose où était stockée une réserve d'échelles et de cordes à nœuds qui nous serviraient à explorer tous les repaires où il pouvait se trouver. De toute façon, nous ne pouvions plus rester là car nous n'avions plus rien à manger.

Le lendemain nous descendîmes de bonne heure dans les rues où flottait un brouillard si épais qu'en marchant sur le trottoir on voyait à peine les portes des immeubles. Nous rejoignîmes sans encombre la rue et le toit mais les cordes n'étaient plus là. L'échelle du passage Négret-Colombier avait aussi disparu. En revanche j'y trouvai un vieux pain qui nous dura trois jours. Il nous fallait redescendre dans les rues et, par précaution, je voulais attendre qu'elles soient pleines de monde. Mais nous n'entendions pas les cris et les cavalcades ordinaires. Il nous fallut passer par de petites rues noires souvent désertes où les rares passants ne semblaient pas nous voir. Ils ne traînaient ni ne discutaient dans les rues comme d'habitude. Mains dans les poches, yeux baissés, les hommes fendaient l'air, absorbés dans des calculs. Bien que ce ne soit pas la saison des grandes lessives, les draps étaient partout tendus entre les façades noires.

À cause de l'humidité ils ne séchaient pas. Dans une rue, des femmes les avaient décrochés et les tordaient de chaque côté du trottoir en criant en napolitain pour insulter le brouillard. Dans certaines ruelles il était si épais qu'on se cognait aux passants ou se prenait dans les draps. Il se mit à pleuvoir et, cherchant à nous abriter dans un immeuble en ruine, nous traversâmes des puits intérieurs couverts de hautes tiges fanées et d'orties. Ils étaient trempés, humides comme des fosses, le remugle de vieil escalier faisait mal à la gorge, la pourriture de la pierre semblait avoir tout envahi, l'herbe, le ciel bruineux, comme si le monde entier était devenu un caveau. Remontés sur les toits, l'odeur ne nous quittait pas, même en devinant la mer derrière le voile de brume, l'impression de marcher dans une tombe persistait. Plus les immeubles étaient hauts, plus les toits étaient plongés dans le crachin. Les cris et les rires des gabians se faisaient rares, ouatés. Lorsque l'un d'eux surgissait de la brume, la frayeur qu'il faisait naître s'effaçait aussitôt à cause de la douceur avec laquelle le corps blanc s'évanouissait dans la grisaille. Et quand je l'entrevoyais, l'œil orange d'habitude si cruel exprimait une satisfaction rêveuse.

Nous mîmes plus de deux jours à remonter du côté de Saint-Laurent car dans certaines rues des policiers arrêtaient tous les passants et leur demandaient où ils habitaient. Nous avancions un peu sur les toits pendant la journée, descendions la nuit dans les rues pour dormir collés l'un contre l'autre dans les immeubles abandonnés. Le troisième jour, la brume du matin devint plus épaisse, au point que sur les toits nous nous retrouvâmes perdus dans un brouillard qui rendait la progression difficile et me donna vite l'impression de ne plus savoir exactement où nous étions. Nous nous assîmes à l'abri d'un rempart de cheminées et décidâmes d'attendre qu'il se dissipe un peu. Alors que nous nous assoupissions, nous entendîmes les premiers cris. Des éclats de voix d'hommes mêlés à des hurlements de femmes. Et très vite partout autour de nous le brouillard se mit à résonner de coups sur les portes, de cavalcades de planchers, d'effondrements. Tout près, d'une fenêtre cachée par le brouillard, montèrent des lamentations. Des cris essayèrent de les faire taire puis, n'y parvenant pas, ils se transformèrent en grondements bienveillants, comme si on cherchait à apaiser des chevaux affolés.

Je me huchai sur le rempart de cheminées et quand le vent déchira la brume je découvris la rue emplie de meubles, encombrée de charrettes ou de remorques à bras que des gens étaient en train de charger tandis que d'autres, portant des valises et des baluchons, descendaient entre deux cordons de gardes mobiles. En haut des charrettes des enfants s'amusaient à sauter de l'une à l'autre. Un homme assis sur une chaise devant une remorque qu'une femme et deux hommes chargeaient de meubles leva la tête et nous regarda longuement, placidement, comme s'il se demandait s'il aurait préféré être à notre place. Un gamin pissant contre un mur à côté d'une brouette où une casserole était juchée sur une pile de vêtements finit par diriger son jet dans la casserole. Peu à peu les cris se calmèrent, recouverts par le vacarme des meubles qu'on tirait sur les pavés, qui tombaient et rebondissaient dans les escaliers. Plus loin dans le quartier éclataient d'autres lamentations, d'autres cris tandis que dans notre rue, la foule commençait à s'écouler, charrettes sans cheval qu'une demi-douzaine d'hommes retenaient par les timons, remorques, brouettes pleines de vêtements, de draps, fuyards à pied avec des paquets attachés sur le dos. Mais les gardes mobiles empêchaient les gens d'emporter plus qu'ils ne pouvaient tenir dans les mains et les charrettes et les brouettes étaient tôt ou tard abandonnées au coin des rues. Pour ne rien perdre de leur amas de hardes ils marchaient courbés en deux, ou, tandis qu'on arrimait sur leur dos le plus de choses possible, ils gardaient les yeux collés aux pavés. Je connaissais ces gens, c'étaient les Italiens qui vivaient à côté du café de la mère Sorintra. Je la cherchai et finis par l'apercevoir elle aussi, sa chèvre en laisse, un foulard sur la tête, descendant lentement, le visage fermé par haine de la vie ou crainte du faux pas. Les enfants Martinozzi m'aperçurent et tendirent l'index en criant de joie à me voir sur les toits, d'exaltation à l'idée que j'allais peut-être en tomber. Nous grimpâmes pour aller voir de l'autre côté. Il donnait sur une venelle vide d'où montait une odeur de vin et de vermine. Des tables aux pieds cassés, des linges troués traînaient sur les pavés. Un peu plus loin, au coin de la rue des Martégales, je reconnus Des Ferrats, allongé sur un matelas. Sa tête immobile semblait me regarder. Je dis à Stella de m'attendre et descendis jusqu'au bord du toit. Je l'appelai. Il ne répondit pas et ferma les yeux. Peut-être était-ce le regret des toits. Peut-être m'avait-il pris pour une hallucination. Un des frères arriva, le chargea sur son dos et s'en alla en abandonnant le matelas. Je remontai et nous courûmes à l'autre bout, d'où on voyait la troupe déboucher sur le quai. Avec leurs vêtements enfilés les uns sur les autres, ils ressemblaient à des poupées de chiffon. À cause du vent, les hommes avaient enfoncé jusqu'aux oreilles leur chapeau ou leur casquette, et les femmes, les cheveux agités en tous sens, avaient l'air d'animaux plus nobles, plus libres, faits pour de plus vastes pâtures.

Comme on nous voyait, nous montâmes nous cacher au sommet du toit. En plein vent nous tremblâmes bientôt tellement de froid que nous ne pouvions plus avancer. C'est à ce moment que les cloches de Saint-Laurent se mirent à sonner. Elles ne devaient pas s'arrêter de la journée. Au bout d'une heure elles me donnèrent le tournis. Parfois on se bouchait les oreilles en espérant reposer notre tête de ce bruit infernal. Nous restâmes de longs moments allongés sur les tuiles, les mains plaquées sur les oreilles. Bientôt je me laissai aller, m'abandonnai à cette sonnaille aigre, vibrante, tentant de respirer à son rythme. Le brouillard dissipé par le vent, le soleil réapparut. Quand il avait éclaté, le vacarme des cloches m'avait effrayé, il semblait annoncer un incendie. Plus tard dans la matinée, alors que j'étais allongé, j'eus l'impression qu'il était un appel. À la ville ou à Dieu. Bien plus tard encore, quand le jour se mit à baisser, habitué à ce tohu-bohu perpétuel qui semblait déchaîné dans ma propre tête, je croyais entendre les accents d'une danse macabre qui, lorsqu'on baissait les yeux vers les rues, donnait au défilé des expulsés la dignité d'un spectacle.

### *Retour à l'Alibabe. Ses trésors.*<br>*Ce qu'il était advenu de Liola et de Georges*

Quand la brume revint avec la nuit, les cloches s'arrêtèrent. En haut du quartier, des voix résonnaient, des lumières brillaient aux fenêtres, mais autour de nous régnaient l'obscurité et le silence. On entendait battre une fenêtre, qui finit par se briser. Nous étions rue Fontaine-Rouvière ; il était possible de descendre des toits par le balcon en fer forgé de l'immeuble de la rue des Trois-Soleils. Mais il était imprudent de nous y laisser tomber car on n'y voyait plus.

Soudain Stella me saisit la main en demandant si je ne sentais rien. Et effectivement un parfum âcre et sucré flottait autour de nous et devenait à chaque instant de plus en plus fort. Je reconnus l'odeur de l'incendie mais aussi celle, entêtante, qui flottait dans les cheminées de la maison Alibabe. Nous nous levâmes et, nous prenant par la main, avançâmes au bord du toit. Dans la nuit et la brume nous ne voyions pas de fumée mais elle piquait les yeux, la gorge et je la sentais glisser sur mon visage. Les réverbères suspendus entre des immeubles s'allumèrent. Cela nous permit de distinguer le balcon et d'y sauter pour gagner la rue des Trois-Soleils. Nous remontâmes la rue des Martégales en direction de l'Alibabe. Dans la pénombre, nous glissions sur des linges, heurtions des meubles abandonnés. Parfois, au-dessus de moi, j'entendais tout à coup un frétillement d'ailes, comme dans un taillis. Mais quand je levais la tête, je n'apercevais pas d'oiseau. Sur certaines portes des maisons on avait collé un imprimé et, comme l'un se trouvait éclairé par une lampe suspendue, je pus y lire :

*« Préparez-vous à quitter votre domicile, n'emportez que des bagages à main : couvertures, linge de corps, vêtements chauds, couverts individuels, vivres pour vingt-quatre heures. Pour des raisons d'ordre militaire, et afin de garantir en toutes circonstances la sécurité de la population, les hautes autorités allemandes ont décidé de procéder à une évacuation. »*

Sur la place un buffet grondait. Derrière les portes arrachées luisaient les yeux et les crocs d'un chien.

L'odeur de brûlé était insupportable. Une cheminée de l'Alibabe crachait une fumée épaisse et l'une des fenêtres s'illuminait d'une lueur rougeâtre. Les autres maisons étaient vides, les portes grandes ouvertes, sur un perron couvert d'ordures frissonnait un tapis de chats maigres. J'appelai, timidement d'abord, puis de plus en plus fort, et une fenêtre finit par s'ouvrir où apparut le visage de Liola. Comme je lui demandais comment ils avaient réussi à pénétrer dans la maison (je croyais que Georges était avec elle) elle me dit qu'on pouvait s'y glisser par la cave de la maison voisine. Nous descendîmes dans cette cave, totalement obscure, où nous aurions été incapables d'avancer si la lueur d'une bougie posée au creux d'un trou dans la muraille ne nous avait pas guidés. Ce trou donnait sur la cave de l'Alibabe. Mais il était trop étroit pour que nous puissions nous y faufiler et je fus obligé de l'élargir en m'aidant d'une planche avec laquelle je descellai les moellons pourris. Une fois de l'autre côté Liola me tomba dans les bras. Sa peau était glacée. Elle ne pleurait pas, ne riait pas non plus et je m'aperçus en approchant la bougie de son visage qu'il était figé par la peur et que c'était cette peur et non le froid qui la faisait trembler. Je lui demandai comment Georges avait pu passer par ce trou. Elle m'apprit qu'elle était seule depuis ce matin. Georges et elle s'étaient d'abord réfugiés rue de la Loge. Le lendemain ils avaient décidé de regagner le quartier, mais ils s'étaient retrouvés coincés dans les rues au moment des expulsions. Des gendarmes avaient voulu les arrêter, ils s'étaient enfuis et on les avait poursuivis. Ils ne pouvaient pas aller très vite car Georges portait le phono et la cage. Ils s'étaient cachés dans cette cave et avaient trouvé l'ouverture qui donnait dans l'Alibabe. Liola s'y était glissée facilement, avait récupéré le phono et la cage mais, lorsqu'il avait voulu y passer à son tour, Georges, engraissé depuis qu'il avait pris plaisir à se prélasser sur les toits, était resté coincé. Liola avait tiré de toutes ses forces sur ses mains mais un gendarme l'avait empoigné et tiré hors du trou. Il lui avait fait un clin d'œil, en tendant le bras pour toucher sa main.

Nous montâmes tous les trois l'escalier de la cave et pour la première fois je pénétrai à l'intérieur de l'Alibabe. Il y faisait plus humide encore que dehors malgré le feu qui brûlait quelque part et enfumait complètement la maison d'un mélange écœurant de poil grillé et de parfum. Je cherchai la cheminée et la vidai à coups de pied des vêtements et des planches enflammés qui dégageaient cette fumée atroce.

À la lueur des bougies que Liola avait allumées ici ou là, je découvris entre les pans de fumée que l'appartement était bien rempli de voleries gisant dans le plus grand désordre. Des manteaux de fourrure noire ou blanche étaient jetés par terre dans toutes les pièces, si nombreux qu'on était bien obligé de les piétiner. Les bijoux, la vaisselle de porcelaine, la verrerie plus ou moins précieuse ruisselaient de larmes d'humidité, les manteaux et les robes suspendus partout puaient la laine et le poil mouillés comme s'ils pourrissaient accrochés aux branches d'une forêt. Sur des tables branlantes s'entassaient de la porcelaine, des couverts en argent, des pendules, des montres minuscules aux bracelets gaufrés d'or et des statuettes africaines, européennes, asiatiques, de toutes les époques, maigres ou ventripotentes, grotesques ou hiératiques. Dans la cheminée, Liola, transie de froid et de peur, avait allumé un feu mais, ne trouvant rien d'autre à brûler, elle l'avait amorcé avec des chemises, et alimenté avec des robes, une fourrure et un guéridon en marqueterie. Et croyant que les parfums jetaient des flammes comme l'essence de Caylus quand il grillait des viandes sur les toits elle avait fracassé dans le feu plusieurs flacons des parfums d'Arabie. Je retirai la cage qu'elle avait posée près du brasier dans la crainte que Lélio ne meure de froid et la déposai dans un coin moins enfumé, la balançant comme un encensoir pour chasser la fumée.

Comme nous crevions de faim, toute cette fantasmagorie nous parut moins intéressante que les conserves entassées dans la cuisine. Par caprice d'ironie ou goût de l'élégance, Stella tint à en verser le contenu dans de belles assiettes cerclées d'or et nous le mangeâmes assis en tailleur sur le plancher avec des couverts d'argent. Il était si glacé et les lumières si tremblantes que je ne sus trop reconnaître la purée confuse que j'engloutissais, homard, veau, tripes ou morue, tomate et cognac.

Quand je voulus emplir une carafe de l'eau du robinet, il n'en sortit que pétarades. Liola nous montra un tas de bouteilles de champagne et nous en bûmes une à nous trois. Il était pétillant et glacé et nous fit très vite tourner la tête déjà engourdie par la sonnerie des cloches, si bien qu'une fois relevés nous glissions sans cesse sur les fourrures, les billets et nous cognions la tête aux murs.

J'ouvris un moment la fenêtre pour faire sortir un peu la fumée. Nous soufflâmes les bougies et nous nous couchâmes en nous enveloppant des visons, zibelines et renards.

*Ivresse et danse dans l'Alibabe.*
*Le salut par l'incendie. Fuites sur les toits,*
*poursuites et retour d'anciennes connaissances*

Les cloches de Saint-Laurent se remirent à sonner au petit matin. Elles me réveillèrent et au loin j'entendis à nouveau des cris, des roulements de meubles et des coups de sifflets. Dès que je sortis de sous les fourrures, je me rendis compte qu'il faisait affreusement froid. Les fenêtres étaient couvertes d'arabesques de givre. En les ouvrant pour le gratter, je vis qu'il recouvrait aussi les meubles abandonnés. Un gros chien n'arrêtait pas de traverser la place en tournant la tête à gauche et à droite avec l'arrogance d'un garde-chasse.

Morts de froid et de soif, nous résistâmes à l'envie d'ouvrir une autre bouteille de champagne. Je voulus aller remplir la Boustefigue à la fontaine mais une fois descendu dans les rues désertes j'aperçus des gardes mobiles. Au bout de la rue de Nuit, j'aperçus la silhouette du chien, oreilles dressées, qui, sans un aboiement, se rua vers moi avec une énergie de férocité qui provoqua mon retour précipité dans la cave. Je me glissai par le trou que je rebouchai en partie, craignant qu'il ne pénètre dans la maison.

Puisque nous nous retrouvions en quelque sorte assiégés, nous fûmes bien obligés d'ouvrir une seconde bouteille. Dans la lumière du soleil, tous les trésors entassés ou répandus paraissaient moins précieux mais plus amusants, comme les restes d'un naufrage. J'avais bien vu quelques billets traîner sur le plancher mais je découvris dans l'angle d'un mur, à l'abri de l'eau qui çà et là gouttait du toit, une colonne de billets d'un demi-mètre, toute de grosses coupures.

Cette découverte, assaisonnée par l'ivresse et la sonnerie des cloches, me plongea dans un accès de gaieté folle. La chanson de ma mère me monta aux lèvres et, prenant Liola par la main, je la fis danser. Mais cela nous rappela les moments où nous dansions pour elle. Liola alla s'asseoir dans un coin et se cacha la tête dans les mains. Stella me regardait d'un air désespéré. Je crus que c'était à cause de ma bêtise et du chagrin de Liola. Mais peut-être était-ce parce que Maccia sifflait cette chanson quand ils se promenaient tous les deux sur les toits.

Alors, les voyant si frigorifiées et transies et ne sachant comment les consoler, je voulus allumer un feu dans le vieux poêle à côté de la cheminée. Je brisai avec difficulté les pieds de l'unique chaise, en arrachai un peu de paille et comme cela ne suffirait pas j'allai prendre une poignée de billets, la fourrai dans le poêle et y mit l'allumette. Les billets se consumèrent si vite qu'il fallut encore en ajouter pour faire prendre la paille et le bois de la chaise. Les filles se précipitèrent sur le tas de billets et à brassées nous fourrions le poêle où je craquai allumette sur allumette de telle sorte que le feu finit par prendre, ronfler, craquer, le tuyau du poêle tressautait au rythme des cloches et des langues de feu en jaillissaient.

Nous tendions les mains vers le brasier pour les réchauffer quand j'entendis des cris sur la place. Je me précipitai vers la fenêtre et aperçus des gendarmes qui entraient et sortaient des maisons évacuées. Deux d'entre eux tendaient le bras vers la nôtre et je compris que la cheminée devait fumer. Je criai aux filles de fermer la porte du poêle. Les gendarmes se rassemblèrent et, mains sur les hanches, contemplèrent le toit. Tout à coup ils se mirent à courir, danser, sauter. Ils cherchaient à attraper les billets enflammés qui voletaient autour d'eux. Certains s'étaient approchés de la maison murée et se demandaient comment y pénétrer. Je ne savais trop si nous devions nous cacher quelque part ou essayer de fuir. Stella dit qu'il fallait partir mais en emportant de quoi manger et nous couvrir plus chaudement. Elle et moi enfilâmes deux manteaux de fourrure et nous en découpâmes un au couteau pour Liola. Avec les chutes de vison, nous enveloppâmes nos pieds pour mieux nous protéger du froid car nos chaussures étaient à moitié décousues. Et pour les faire tenir, nous attachâmes autour de nos chevilles les bracelets dorés ou lamés des montres. Puis je pris quelques boîtes de conserve et deux bouteilles de champagne que j'emballai dans le baluchon avec les couvertures.

Comme nous ne pouvions sortir sur la place, il fallait passer dans la maison d'à côté et monter jusqu'au dernier étage où un vasistas donnait sur le toit. Mais pour cela, nous devions repasser par la cave et emprunter l'escalier de cette maison au risque de tomber sur des gendarmes.

Me vint alors une idée, sans doute inspirée par l'ivresse. Car la tête me tournait, peut-être aussi à cause du bourdon dont les cloches avaient enflé nos têtes, et dans mon souvenir tous nos gestes et mouvements avaient quelque chose d'outré, comme dans un ballet grotesque. On tournait, on criait, saisis d'une panique que nous n'arrivions pas à prendre tout à fait au sérieux.

Mon idée consistait à mettre le feu à la maison, puis nous réfugier dans la cave et profiter de la confusion qui s'ensuivrait pour gagner les toits. Elle parut parfaitement raisonnable à Stella – dont je remarquai tout à coup les yeux entièrement rougis par le champagne. Sortant un morceau de bois enflammé du poêle, je le promenai sur les rideaux, les vêtements, les tableaux.

Le poêle se transforma en une colonne de feu et, saisissant le baluchon, j'entraînai les filles vers la cave. Comme je dégageais le passage, Liola s'écria que nous avions oublié le phono et l'oiseau. Sans hésiter (moi qui n'avais rien fait pour retrouver notre mère, j'étais prêt à risquer ma vie pour sauver le disque où elle chantait), je repartis dans l'escalier agité d'un air brûlant et, rentrant la tête dans mon manteau de fourrure, allai chercher le phono et la cage qu'heureusement nous avions préparés et qui se trouvaient assez près de l'escalier. En redescendant à la cave, je sentis des brûlures, une odeur âcre m'étouffa. Je dus me débarrasser du manteau qui avait pris feu et débouchai tout fumant dans l'humidité de la cave. Mes cheveux et mes sourcils avaient roussi et les filles, après s'être précipitées sur moi pour éteindre des flammèches sur mon pantalon, reculèrent aussitôt car elles s'y étaient brûlées. Je ne ressentais aucune douleur, seulement la sensation d'être couvert d'une croûte qui partait doucement en fumée.

La maison crépitait, la place résonnait de hurlements. La cave et l'escalier étaient déserts et nous courûmes de toutes nos forces en nous tenant par la main. Les portes des appartements étaient ouvertes, j'entrevis des meubles, des papiers jetés à terre, un homme en civil qui ramassait quelque chose pour le mettre dans un sac. J'ouvris la lucarne, grimpai sur le toit et y hissai les filles. Il était glissant, couvert de givre, en train de fondre. Un courant chaud soufflait de l'Alibabe et une fumée noire, épaisse sortait de la cheminée et d'entre les tuiles. Les cloches de Saint-Laurent sonnaient toujours. Nous passâmes de l'autre côté du toit et nous étendîmes sur les tuiles dans le courant d'air chaud levé par l'incendie, dans les cris des expulsés, le crépitement du feu et les volées des cloches.

Stella me demanda si nous ne pourrions pas nous réfugier

dans le cinéma abandonné dont je lui avais parlé. Je me dis que c'était sans doute la meilleure solution et ajoutai – comme si j'y pensais subitement – que peut-être Maccia s'y était caché lui aussi. Mais maintenant que les rues nous étaient interdites, il faudrait effectuer un large détour. Et si les cordes préparées avaient disparu, il faudrait de nouveau recourir au système de l'échelle pour traverser les ruelles trop larges. Il y en avait une dans l'appartement où nous avions vécu cet automne. Je demandai aux filles de m'attendre le temps que j'aille la chercher.

Il était dangereux de sauter sur les toits en contrebas car le givre avait rendu les tuiles glissantes. Au-dessus de la rue Moïse je dérapai, tombai sur le flanc et aurait été emporté dans la rue si l'éclatement des vieilles tuiles n'avait pas freiné ma chute. Les toits avaient été nettoyés par les hommes de Tuyaudière : les cordes avaient été tranchées, les échelles brisées ou jetées dans les puits. Je retrouvai pourtant une échelle mais vermoulue par le froid et la pluie. Certains barreaux ne tenaient plus guère. Mais on pouvait ramper sur les montants. La traîner sur les toits m'épuisa et les brûlures sur mes épaules commencèrent à se faire sentir. Elles cuisaient et je tremblais de froid en même temps.

Je rejoignis les filles et nous nous mîmes en route, encore plus clopinants et bringuebalants que lors de notre voyage d'été, avec nos fourrures sur le dos ou autour des pieds, le baluchon à Boustefigue, homard et champagne en bandoulière, et au bout des mains le phono et l'oiseau muet dans sa cage.

Comme il nous était impossible de traverser la rue Cordellerie, il nous fallait faire un grand détour par les toits de la rue Sainte-Anne, des rues de la Rose, de la Mûre et de la Salle pour ensuite emprunter la Rose et la Mûre dans l'autre sens. Là j'espérais que l'échelle nous permettrait de franchir le passage le plus étroit de la Grand-Rue, ce que je n'avais jamais fait, avant de pouvoir enfin remonter vers le cinéma par le sommet de la rue des Bannières. J'estimais que ce trajet, qui à pied demandait moins de dix minutes, nous prendrait au moins une journée entière.

Ce matin-là, après avoir franchi un premier toit, nous découvrîmes un spectacle surprenant : sur tous ceux qui s'étendaient devant nous, le givre recouvrant les tuiles semblait brodé de passementeries vertes et jaunes. En avançant, nous nous rendîmes compte qu'il s'agissait des cadavres de petits oiseaux. Des canaris surtout mais il y avait aussi des perruches et même quelques chardonnerets. Plus tard nous en découvrîmes d'autres çà et là, morts de froid sur les tuiles ou dans les gouttières. Je me souvins des battements d'ailes que j'avais entendus. Et je m'imaginai qu'avant de partir tous les propriétaires d'oiseaux en cage – et ils étaient nombreux dans notre quartier – avaient dû les libérer. Ils avaient laissé ouvertes les portes des cages avant de s'en aller ou les prenant dans le poing les avaient violemment jetés vers le ciel. Soit, me disais-je en traînant l'échelle sur les tuiles, qu'ils aient voulu ainsi proclamer leur amour de la liberté. Ou que, ne pouvant les emmener, ils aient craint de les abandonner à la faim ou à la destruction. À moins qu'ils n'aient pu supporter que leur oiseau soit recueilli par les persécuteurs ou les pilleurs. Ou peut-être, me dis-je enfin, désolé de ne rien trouver de plus car ces rêveries rendaient l'échelle plus légère, parce qu'ils voulaient que leurs cris répandent sur la ville des plaintes ou des malédictions. Mais les oiseaux ne s'étaient pas répandus sur la ville, ils avaient voleté au-dessus des toits et étaient morts de froid pendant la nuit.

J'avais eu si faim sur les toits qu'un instant l'envie me vint de les ramasser au cas où nous n'aurions plus rien à manger, mais aussitôt la raison ou le dégoût me la rendit ridicule. Je ne l'évoque que pour l'instruction du lecteur et lui montrer que dans certaines circonstances les idées les plus étranges éclosent comme primevères. Liola enjambait les petits cadavres couverts de givre en levant le nez et tenant haut la cage de Lélio et je m'émerveillai qu'après tous ces mois d'errance il soit encore vivant.

Au cours de la matinée, le froid s'atténua et une brume humide et poisseuse venue de la mer couvrit les toits. Cette humidité et la fonte du givre rendaient les tuiles particulièrement glissantes. Enveloppés dans la brume, nous ne voyions plus ce qui se passait dans les rues et même le bruit des expulsions et des cloches de Saint-Laurent en était atténué, déformé, et paraissait tomber du ciel. La marche était difficile. Les brûlures, la soif, la gueule de bois et la fatigue ne facilitaient pas le transport et l'utilisation de l'échelle, si bien que le soir du premier jour nous n'avions pas fait la moitié du trajet. Il fallut nous arrêter assez tôt car le jour baissait et le brouillard devenait de plus en plus épais. N'ayant pas trouvé de cuvettes à eau, nous avions vidé la troisième bouteille de champagne et nous titubions sur les tuiles en nous cognant les têtes. J'étais le moins couvert, le froid ou mes brûlures me faisaient affreusement trembler. Le manteau de fourrure de Stella était si large que je pouvais m'y abriter à ses côtés et, rentrant la tête dans les épaules, nous le fermions du mieux possible pour nous tenir chaud.

La nuit tomba, les cloches arrêtèrent de sonner, le brouhaha des expulsions s'évanouit. Nous nous étions assis pour ouvrir une boîte de homard, entourés d'une brume de mer si épaisse que nous ne voyions que nos visages. C'est alors que j'entendis tout près de nous un clapotement de tuiles et des murmures. Je montai jusqu'au faîte et aperçus de l'autre côté des ombres d'hommes et de femmes avançant lentement sur les tuiles, des paquets serrés entre les bras, ne sachant où se diriger, et qui finirent par s'asseoir. Sans doute étaient-ce des habitants du quartier qui, redoutant ce qui pourrait leur arriver s'ils suivaient les gendarmes, avaient préféré trouver refuge sur les toits. Mais je savais qu'ils ne pourraient y rester longtemps. Bientôt ils seraient obligés de redescendre ou d'appeler à l'aide ceux qu'ils avaient voulu fuir. Et je me souviens qu'à la pitié que j'éprouvais à voir ces malheureux – il y avait quelques enfants parmi eux – se mêlait une sorte de mépris envers ces naïfs qui ignoraient que les toits n'appartiennent qu'à ceux qui ont décidé d'y vivre.

Les bruits de voix, les claquements de tuiles devenaient de plus en plus sonores, les ombres de plus en plus nombreuses. Ils ne savaient plus que faire ni où aller, et leurs bavardages pouvaient attirer l'attention de la police.

Je retournai auprès des filles, nous avalâmes notre boîte et nous remîmes en marche de notre côté du toit en essayant de ne pas faire de bruit. Car qui sait si les fuyards en nous voyant n'auraient pas voulu nous suivre, et si nous n'aurions pas cédé à la tentation de les aider ? En sautant d'un toit, nous tombâmes au milieu d'un groupe de trois hommes assis, mal rasés, sans bagages, qui nous regardèrent passer sans un mot. Il me sembla qu'ils lorgnaient nos manteaux de fourrure et les montres dorées autour de nos chevilles. Nous passâmes sur l'autre toit et, avançant lentement dans le brouillard, j'entendis d'autres y sauter à leur tour. Des pas résonnaient derrière nous. Ils s'arrêtaient quand nous nous arrêtions, repartaient quand nous repartions. Lorsque nous longeâmes des conduits de cheminées, je demandai à Liola et Stella d'aller s'y cacher et, faisant demi-tour, j'allai m'étendre un peu plus haut. Au bout de quelques instants, je vis apparaître les trois hommes. Le brouillard était si épais que j'eus l'idée de les attirer de mon côté et les faire descendre à ma suite vers la rue Sainte-Anne où des toits effondrés s'ouvraient sur des maisons en ruine. Je me levai et, marchant en faisant claquer les tuiles, les entraînai sur mes traces. Une pente jonchée de fragments de tuiles de plus en plus sombres indiquait que j'entrais dans une zone dangereuse. Je me cachai à plat ventre dans le brouillard et attendis. Il y eut des craquements à quelques pas de moi, des murmures puis les pas descendirent dans le brouillard. Au bout de quelques instants, je n'entendis plus rien. Je ne sais ce qu'ils sont devenus, s'ils sont tombés dans les ruines ou dans la rue, on ne crie jamais lorsqu'on tombe d'un toit.

Comme je craignais qu'ils ne m'aient à leur tour tendu un piège, attendant que je reparte pour se remettre à me suivre, je n'osais plus bouger et restais là, transi. Et au moment où j'allais me lever, j'entendis un nouveau bruit, cette fois derrière moi. C'était un chuchotement précipité, hargneux, qui avançait dans le brouillard. Et bientôt le vent apporta une odeur si caractéristique que je ne pus m'empêcher d'éclater de rire. Ce rire dut l'effrayer car chuchotements et pas s'arrêtèrent.

— Kurkanivo ! m'écriai-je en me relevant et, descendant la pente, j'aperçus bientôt son ombre, le nez en l'air, la caisse de cireur autour du cou, en croquenots délacés et simple chemise, avec sur la tête une toque que je ne lui avais jamais vue. Il ne sembla guère surpris de me retrouver, se contentant sans dire un mot de me tendre la main pour que je la tope et d'esquisser un vague pas de danse qui le fit grimacer car la grosse bande de cuir balançait sur son cou de poulet. Comme il tremblait de faim et de froid, je défis sa caisse et lui frictionnai le dos. Puis nous nous assîmes sur les tuiles et il m'expliqua que, revenu dans le quartier pour exercer son métier de cireur et retrouver l'abri du Valensole, il avait été surpris par les expulsions. Alors, se souvenant des récits de ma vie sur les toits, il avait décidé de s'y réfugier lui aussi. Je le conduisis auprès des filles auxquelles il jeta un coup d'œil dédaigneux. Nous débouchâmes pour lui la dernière bouteille de champagne dont il avala près de la moitié et que nous terminâmes afin de nous réchauffer et d'alléger le baluchon. Puis Stella ouvrit la dernière conserve où les doigts noirs de Kurkanivo procédèrent à l'extraction de ce qui au travers de la brume ressemblait à un squelette d'oiseau tout dégouttant d'un salmis à la rouille qu'il avala en trois lapées tel un chien affamé qui savoure aussi le craquement des os. Et, sourire aux lèvres, nous le regardions avec attendrissement manger, puis, après s'être léché les doigts, roter et péter avec l'entrain d'un ressuscité, et notre tendresse n'était pas gênée par la puanteur atroce qui surgissait quand il faisait certains gestes, si pointue qu'elle perçait même l'air glacé et donnait l'impression, dès qu'on la flairait, qu'on était en train de se noyer.

Sa caisse de cireur ne contenait que peu de cirage, une brosse et son lance-pierre, mais il y avait enfourné une liasse de journaux déchirés et humides, ce que je trouvai étonnant car il ne savait guère lire. Comme nous étions arrivés rue de la Mûre et à nouveau ivres, il me parut naturel de traverser la rue Cordellerie sur l'échelle cette nuit, dans le brouillard, puisque le jour elle devait fourmiller de police.

*Lélio chante. Le chanoine Boustefigue me sauve la vie.*
*Des nouvelles du brigadier. Retrouvailles avec Maccia*

L'obscurité et la brume rendaient l'exercice moins effrayant qu'en pleine lumière. Car la maison de la rue du Chevalier-Roze où nous nous trouvions était plus haute que celle de la rue Cordellerie et il nous faudrait avancer sur une échelle inclinée vers le bas, ce qui en plein jour était toujours le plus impressionnant. S'ajoutait à cela tout notre bagage, baluchon, cage et phono, et maintenant la caisse de Kurkanivo. J'essayai de le convaincre de l'abandonner mais il crachait des insultes dès qu'on tendait la main dans sa direction.

Je m'approchai du bord. Dans la rue la brume était encore

plus épaisse. À la lumière jaune des lampes suspendues, j'entrevis quelques pavés, les marches d'un perron. Çà et là, des tuiles s'entrechoquaient, hantées par des fuyards errant sur les toits ; dans les maisons abandonnées, des parquets grinçaient, les vitrines et l'argenterie tintaient, sans doute remuées par des pillards.

Je cherchai l'endroit où la lumière était la plus forte puis abaissai l'échelle jusqu'à ce que je sente qu'elle s'appuyait au toit de la maison d'en face dont nous distinguions à peine la façade. Il fallait nous enfoncer dans la brume jaune. Nous découpâmes deux bandes dans une couverture. J'en enroulai une autour du phono, Kurkanivo l'autre autour de sa caisse et chacun s'attacha l'autre extrémité au poignet. Nous traverserions ainsi allongés sur l'échelle, notre charge suspendue dans le vide. Je voulus aussi prendre la cage de l'oiseau, craignant qu'elle ne déséquilibre Stella ou Liola.

Je décidai de faire passer les filles en premier car j'avais peur qu'après plusieurs passages l'échelle vermoulue ne rompe. Liola s'y engagea, Stella juste derrière elle. Elles disparurent toutes deux dans le brouillard. J'attendais avec inquiétude le signal d'arrivée mais elle fut de courte durée car assez vite un coup de sifflet de Liola m'avertit qu'elles avaient atteint le toit. Kurkanivo se mit à son tour à quatre pattes sur l'échelle. Sa caisse tournoyait dans la brume. Elle s'accrocha au fil qui suspendait une lampe mais il parvint à l'en dégager.

Je les suivis à mon tour mais dès que j'entrai dans la brume irradiée par la lumière jaune, Lélio se mit à chanter. Et ce n'étaient pas de timides gazouillis mais son chant le plus vibrant, le plus orné, qui résonnait entre les façades de cette rue étroite. Bientôt j'entendis des aboiements, un bruit de course, des voix. Je remontai le plus que je pus la caisse du phono qui balançait sous l'échelle. Je distinguai des ombres dans le brouillard. Ce devaient être des gardes mobiles qui firent taire leurs chiens pour comprendre d'où venait le chant, à moins qu'ils n'aient voulu goûter sa beauté, et j'écoutais leurs voix intriguées, amusées, tandis que j'avançais lentement à plat ventre sur l'échelle. Sans doute trouvaient-ils étrange ce chant étourdissant qui se déplaçait lentement dans le brouillard au-dessus de leurs têtes. Je rampais entouré d'un concert d'éclats de voix, de glapissements de chiens et d'un chant de chardonneret. J'entendis des cailloux frapper la caisse du phono, des rires, des sifflets. J'apercevais maintenant le toit mais me rendis compte qu'en descendant encore un peu pour l'atteindre, je serais bientôt visible depuis la rue. Et c'était d'autant plus effrayant que derrière les rires des soldats il me semblait reconnaître des bruits de fusils qu'on armait.

J'hésitais maintenant à avancer. Je les imaginais amusés, prêts à tirer dès qu'ils m'apercevraient.

Il y eut un bruit de gamelle et tout devint noir. Lélio cessa de chanter. Les gendarmes poussèrent des jurons. J'avançai rapidement, au bord du toit les mains de Stella saisirent la cage, m'aidèrent à tirer l'échelle. Des coups de feu éclatèrent. Kurkanivo dansait au bord du toit, son lance-pierre à la main.

Nous nous mîmes tous les quatre à l'abri sur le faîte. Des bruits de godillots retentissant dans les escaliers, nous filâmes à toute allure sur les toits voisins. Je m'aperçus que j'arrivais à m'y repérer. Rue de la Prison, les tuiles avaient un clapotement clair et sonore de galets, rue Olives elles grinçaient en gémissements râpeux. Du côté des toits un peu pourris de la rue de la Guirlande elles craquaient avec le bruit sec d'une branche, et rue Toulisse, très abîmées, elles explosaient en ne laissant qu'un petit tas d'écailles. En moins d'une demi-heure nous avions atteint les toits de la rue Torte, plus très loin du cinéma et nous nous arrêtâmes pour souffler un peu.

J'en profitai pour demander à Kurkanivo où il avait bien pu trouver un projectile pour briser l'ampoule avec son lance-pierre. Stella me dit qu'elle lui avait donné la Boustefigue. Il l'avait cassée sur les tuiles et s'était servi du bouchon de porcelaine.

Mon attachement superstitieux pour cette bouteille était si fort que cette nouvelle m'accabla et j'éprouvai un instant le sentiment très vif que puisque je n'avais su la préserver, je n'étais plus digne de vivre. Et imaginant la figure du chanoine dans une gouttière parmi des fragments brisés, j'avais l'impression qu'il me maudissait.

Nous n'étions plus très loin du cinéma mais, sans échelle, il nous était désormais impossible de l'atteindre directement par les toits. Il faudrait faire un détour pour trouver une maison où nous pourrions descendre dans la rue. Nous décidâmes de nous reposer un moment en attendant le lever du jour et nous nous blottîmes les uns contre les autres pour essayer de dormir. Par abnégation, je m'allongeai auprès de Kurkanivo, qui, après tout, était mon sauveur. Et, après quelques instants d'étouffement, son odeur, comme le font les grands malheurs, déclencha l'un de ces sommeils de fuite si réparateurs.

Au point du jour, Kurkanivo me secoua et me montra la liasse de vieux journaux qu'il avait sortie de sa caisse. Il faisait à peine jour, Liola et Stella dormaient encore. Il me demanda de lire ce tas de pages arrachées depuis des mois au *Marseillais* ou au *Provençal* et je me rendis compte qu'y figurait toujours, plus ou moins long, un article consacré au procès Abattucci. Il me montrait du doigt ce nom qui figurait quelque part dans l'article et je compris que s'il ne savait pas lire il était capable de reconnaître les lettres du nom Abattucci. Dès qu'il le retrouvait sur la page d'un journal abandonné sur un banc ou dans une poubelle publique, il l'arrachait, essayait de la lire puis, n'y comprenant rien, la rangeait dans sa boîte. Il les avait soigneusement disposées dans l'ordre où il les avait trouvées et j'entamai leur lecture. La plupart racontaient la même chose, reprenant à chaque fois une évocation du crime, du procès et de la condamnation à mort avec le même ton de contentement moralisateur à souligner l'harmonie du crime et du châtiment. J'appris que son avocat avait plaidé «le terrible et fatal fardeau d'un crime d'honneur» et bien que cette expression fût pour moi nimbée d'un certain flou, j'y entrevoyais une lueur d'héroïsme et le souvenir du brigadier n'éveilla plus chez moi le dégoût mais la pitié. Je lisais vite, feuilletais les journaux avec impatience, curieux de savoir si l'un d'entre eux allait évoquer l'exécution. Le regard que Kurkanivo me lança quand j'annonçai que son sauveur avait été condamné à avoir la tête tranchée était si pathétique que je m'empressai de lui dire que pour l'instant aucun article ne disait qu'elle était tombée. Mais je n'en étais pas très sûr et cherchais dans les pages de la fin de la pile si l'une n'annonçait pas le guillotinage. Je retrouvai souvent dans cette liasse le crâne en pain de sucre et la pipe à méditations du Ferniol. La dernière page était justement l'un de ses billets. Sa blancheur – car l'arrachage de Kurkanivo n'avait pas laissé subsister la date – indiquait qu'elle n'était vieille que de quelques jours. Je la lus avidement, mais pas aussi vite que je l'aurais voulu. Car l'on était pris au piège du style Ferniol, circonvolutant le moindre fait et qui eût digressé en annonçant la fin du monde.

---

Les temps terribles que nous traversons sont émaillés – qui ne l'a constaté? – d'éclats grotesques qui consolent certaines âmes et approfondissent le désespoir de certaines autres. Ainsi les bombardements de jeudi dernier qui ont détruit plusieurs habitations au bout du boulevard Chave et des bâtiments de la prison ont donné lieu à une manière de comédie que je ne résiste pas au plaisir de vous raconter. Figurez-vous que lorsque l'alerte a retenti, le brave directeur de la prison s'est trouvé placé devant un dilemme cornélien que le malheureux – signe des temps ! – devait résoudre en vingt-quatre secondes plutôt qu'en vingt-quatre heures. Devait-il faire descendre les détenus de leurs cellules pour leur faire rejoindre les caves-abris du boulevard Chave au risque d'un désordre propice aux évasions ou abandonner ces malheureux à un sort fatal si des bombes venaient à écraser les pourtant robustes bâtiments de son établissement ? Eh bien, M. le Directeur Garnier a réagi avec la plus ingénieuse des présences d'esprit, où l'on peut aussi voir jaillir l'expression d'un pur esprit de justice, même si, je l'avoue, elle peut aussi prêter à rire par une espèce de ridicule. Il décida donc de faire rejoindre les abris la plupart des condamnés mais sans se décider à consentir que risquassent de s'évader les condamnés à perpétuité et les condamnés à mort. Et c'est ainsi que demeura consigné dans sa cellule, à quelques jours seulement de son exécution, l'ex-brigadier Abattucci, le trancheur de tête de Sollacaro, dont vous vous souvenez sans doute qu'il a fourni matière à plus d'une de nos chroniques. Et par une ironie du Destin dont le regrettable au point de vue de la morale n'efface pas le délectable au point de vue de la comédie, alors qu'aucun voleur de poules n'est parvenu à tromper la vigilance de ses gardiens, l'unique condamné à mort marseillais a échappé à la justice. Une bombe de quelque cinq cents kilos a volatilisé la moitié du bâtiment où il se trouvait et pour l'instant on n'est pas parvenu à retrouver dans les gravats ne serait-ce qu'une miette de ses restes. Le malheureux a-t-il été pulvérisé ? Ou a-t-il trouvé dans cette apocalypse le moyen d'échapper à la justice des hommes ? Sans doute si c'est le cas sera-t-il bientôt repris et on saura lui montrer que dans ce monde les miracles ne sont que des interludes. À moins qu'un sens de la pitié, ou de l'ironie, n'empêche de trancher la tête d'un homme qui est déjà passé si près de la mort et que le hasard et la Providence ont cru bon d'épargner ? Que dire ? Que penser ? J'en appelle à mes lecteurs, au bon sens du peuple de Marseille : que chacun donne son avis, réponde à la question qui suit en fournissant ses raisons et nous publierons tous ces prochains jours le résultat de cette consultation populaire digne des origines hellènes de notre grande cité en même temps que les meilleures plaidoiries.

Voici la question : L'ex-brigadier Abattucci, condamné à mort échappé à la faveur d'un bombardement aérien de la prison où on l'avait abandonné, doit-il être guillotiné s'il est repris ?

Adressez vos réponses à : Concours Abattucci Petit Marseillais

---

S'il n'était pas mort, le brigadier était donc quelque part dans la ville. Sans ressources, condamné à la solitude et à demeurer caché au moment où soldats allemands et policiers français raflaient tous ceux qui avaient seulement l'air d'errer. Où avait-il pu trouver refuge ? Avait-il essayé de rejoindre son ancien repaire ? Comment se nourrissait-il ?

Traduire le Ferniol en Kurkanivo ne fut pas facile. J'y parvins tout de même et lorsqu'il eut compris que le brigadier était peut-être encore vivant il se leva et essuya ses godillots sur les tuiles en un mouvement de danse comme au bon vieux temps. Puis il se rassit et se mit à rêver. Il devait se poser les mêmes questions que moi. Sentir qu'il est difficile à un pourchassé d'en retrouver un autre. Ce destin commun éloigne les êtres plus que tout au monde. Il se tourna vers moi et me dit avec une grimace « On le reverra plus, il a filé sous les pierres », ce qui en langage kurkanivesque signifiait que le brigadier était rusé, aussi insaisissable qu'un lézard, et que, ayant échappé à la justice, il échapperait aussi à Kurkanivo. L'admiration aveugle qu'il éprouvait pour lui l'empêchait apparemment de faire l'hypothèse qu'il soit mort ou puisse être repris. En feuilletant le reste du journal, je lus qu'on avait découvert sur un toit de la rue des Convalescents deux enfants morts de faim et de froid. Des sacs trouvés auprès de leurs cadavres emplis de bijoux et autres objets précieux montraient qu'il s'agissait de voleurs des toits. Ils n'avaient pu redescendre dans la rue car les Allemands avaient établi des barrages tout autour de la gare. Les deux, disait l'article, portaient au poignet des bracelets de cuir, et je compris qu'il s'agissait des Balate.

Stella et Liola réveillées, nous nous remîmes en marche au moment où les cloches de Saint-Laurent se remettaient à sonner. Dans notre dos s'éleva peu à peu le brouhaha des expulsions. L'approche du cinéma fut longue, épuisante, mais sans véritable difficulté de franchissement.

Nous descendîmes l'escalier d'une maison vide, je sortis la tête dans la rue pour m'assurer que la voie était libre et les conduisis jusqu'à l'escalier où Maccia avait crocheté une porte. Elle s'ouvrit dès que je la touchai.

La pâle lumière du jour éclairait des rangées de fauteuils écrasés par des blocs de béton effondrés du plafond. De fines cascades coulaient au travers de larges ouvertures où l'on voyait les nuages. Je cherchais en vain la lumière tandis que Stella courait dans les allées en appelant Maccia, d'une voix de plus en plus forte qui faisait jaillir des chats et s'envoler des pigeons.

Les balcons et les loges étaient plongés dans la pénombre et soudain, la voix de Maccia chanta :

— Ô mes trésors, n'allumez pas les grandes lumières.

Et, dans le craquement des allumettes, de petites bougies s'enflammèrent une à une sur le rebord d'un balcon.

Stella s'élança dans l'escalier et lorsque je la rejoignis je le trouvai étendu sur sa litière de chiffons et de couvertures. Dans la faible lueur des bougies, le visage mangé par la barbe était couvert de sueur. Les yeux rougis nous regardaient tour à tour comme si la présence de l'un l'empêchait de dire à l'autre ce qu'il voulait.

Avec moi, il s'était toujours montré gai, insouciant, cynique. Le Maccia dont parlait Stella était sombre et sauvage. Peut-être cherchait-il un ton ou une remarque qui eût réuni ces deux personnages. Il n'y parvenait pas, les mots crevaient sur ses lèvres. Il avait l'air hébété d'un danseur qui ne reconnaît pas la danse qu'attaque l'orchestre.

Stella lui prit la main et l'embrassa.

— Ne t'inquiète pas, ma belle, dit-il en éclatant de rire et, levant le bras, il lui caressa doucement la joue et les cheveux.

Elle lui essuya le visage avec une serviette sale qui traînait sur les couvertures. Elle souleva le pantalon, souillé de sang au milieu de la jambe. Elle le déchira d'un coup sec. Du sang avait séché sur le genou. Il en émanait de temps à autre une odeur de charogne. Stella prit dans un coin une cuvette et un flacon d'alcool, des pansements et alla chercher dans les couloirs un point d'eau. Mais les robinets ne crachouillaient que des gouttelettes. Elle revint, se lava les mains dans l'alcool et nettoya sa blessure. Puis elle fouilla dans un baluchon qui contenait un blaireau, un rasoir, un savon, un flacon d'eau de Cologne et entreprit de le raser, délayant en une sorte de pâte le savon dans l'eau de Cologne. Il se laissa faire, fermant les yeux, la tête renversée et respirant lentement pour éviter d'être coupé. Stella le rasait avec précaution mais d'une main ferme. Ses grands yeux sombres le regardaient d'une façon si intense qu'ils semblaient prononcer des phrases. Pas vraiment des phrases d'amour, mais plutôt qui auraient confié un secret qu'il fallait écouter avec attention, par exemple où était enterré un trésor.

La sonnerie aigrelette annonçant le début des séances n'avait pas été débranchée. Elle se mit à retentir et aucun de nous ne put s'empêcher d'attendre un instant que quelque chose commence. Elle me tira de ma torpeur. Les laissant seuls, je sortis de la loge, m'assis un moment sur une marche la tête posée sur mes bras pour que la tristesse retombe puis partis à la recherche de Kurkanivo et Liola qui, dans les toilettes, cherchant à boire ouvraient les robinets sans en tirer autre chose qu'un concert d'explosions.

Je les fis redescendre et nous allâmes nous asseoir sur la scène. Liola avait sorti Lélio de sa cage et lui caressait doucement le sommet de la tête. Kurkanivo lui chatouillait le bec, absorbé, comme s'il n'avait jamais vu un oiseau. Puis Liola, l'oiseau dans la main, se promena dans le cinéma pour trouver une flaque d'eau où il pourrait boire. Stella redescendit avec des provisions. Elle les installa sur la scène et nous fit signe de venir manger.

— Reprenons des forces et n'ayez pas peur de tout finir car nous allons bientôt repartir. Des amis de Maccia vont venir nous chercher.

Et tout en coupant le pain elle me dit qu'il voulait me voir.

Quand j'arrivai dans sa loge, il s'était redressé. Rasé, lavé, il avait repris cet air vif, curieux, renifleur, qui donnait l'impression qu'il cherchait à apporter sa touche à l'ordonnancement de l'univers. À peine fus-je entré qu'il me saisit le bras violemment et m'attirant à lui, les yeux brillant dans la lueur des bougies, il me dit avec son large sourire :

— J'ai trouvé le moyen d'aller chercher ta mère.

La veille deux voyous qu'il connaissait bien étaient entrés dans le cinéma pour faire un peu de pillage. Avec la complicité de certains policiers ils visitaient les maisons abandonnées pour récupérer tout ce qui pouvait avoir de la valeur. Ils avaient dans leurs poches un laissez-passer qui leur permettait d'emporter leur butin en charrette ou en camion sans être inquiétés aux postes de contrôle.

— Ils m'ont aussi conseillé de filer d'ici car quand le quartier sera vidé, les Allemands vont tout faire péter. Ils m'ont dit, si tu restes à jouer le prélassé tu vas finir pulvérisé. Et ils m'ont proposé de m'emporter dans un de leurs chargements. Et tu sais où ils vont le planquer ? Dans un hangar du Roucas, ils m'ont dit, pas très loin d'une maison pour Anglais ! Si on n'est pas chanceux ! s'exclama-t-il en claquant des mains.

Et ce jugement me parut si inattendu que je ne pus m'empêcher de rire. Et lui en rit de plus belle, croyant me voir ravi de retrouver ma mère. Moi bien sûr, je riais de lui et de ne pas arriver à savoir si son optimisme était admirable ou ridicule. Mais cette confiance, comme je l'avais déjà noté, n'était peut-être qu'une comédie, car lorsque je lui fis remarquer que son état ne lui permettait peut-être pas de se lancer dans une telle expédition, son grand sourire disparut d'un seul coup et, son visage ayant pris en un instant un air désabusé, il fit un geste de la main comme s'il jetait une pincée de sel derrière son épaule.

— Mes copains, reprit-il, ils sont braves mais seulement parce que c'est leur intérêt. Le voyage ne sera pas gratuit. Je n'ai plus un sou. Pour qu'ils me tirent de là, je leur ai déjà filé la Vierge noire, mais ça ne leur suffit pas. Tu en as encore dans la culotte ?

— Il ne me reste que ça, dis-je en sortant cinq ou six billets.

Il les prit, les compta rapidement, les fourra sous la doublure de son chapeau. Puis il me demanda ce que j'avais fait du reste. Quand je lui eus dit qu'il avait servi à acheter de l'essence à Caylus pour brûler le cadavre de Mac, il secoua la tête.

— Garde ton argent pour les vivants. Laisse Stella s'occuper des morts.

La colère me prit, comme à chaque fois qu'il parlait de Stella.

— Si elle ne s'occupait que des morts, lui dis-je, on serait tous déjà crevés.

Je me rendis compte que je parlais avec les mots des gamins

et même avec leur accent. Il me regarda un moment puis dit doucement :

— Je ne dis pas de mal de Stella. Elle est jolie, elle est brave. Mais elle est trop sérieuse. Les filles qui aiment sérieusement, il faut les fuir comme la mort.

Il dit cela avec amertume, comme si c'était une chose déplorable, une erreur de la création, et il me claqua la joue du bout des doigts. À la faible lumière des bougies fondues, son visage avait repris son air d'inspection rêveuse et il regardait, au-dessus de la loge, des sculptures en bois représentant deux colosses africains à turbans qui tenaient sur leurs têtes des corbeilles de raisins géants, se demandant sans doute à qui il pourrait bien les vendre s'il arrivait à les décrocher.

Cette confidence produisit en moi un sentiment étrange. Ma colère tomba et j'éprouvai une sorte de dégoût à l'idée que Maccia soit différent de celui que nous avions imaginé. Il m'apparaissait tout à coup comme un charmeur de bas étage qui – contrairement au personnage qu'avait rêvé Stella – semblait la personne du monde la moins disposée à chercher la mort. Peut-être ce que nous avions pris pour un jeu avec la vie n'était-il que la bêtise d'un gamin guère plus vieux que nous, commun et grossier.

— Enfin, ça ira, dit-il en empochant les billets.

Comme il était douteux que les voyous acceptent de nous transporter tous les cinq longtemps, il fut décidé qu'on leur demanderait de passer par la Vieille Charité et que Stella, Liola et Kurkanivo iraient se réfugier dans les caves à l'abandon.

J'allai expliquer tout cela à la troupe. Stella s'insurgea, invoquant l'état de Maccia, mais dut se rendre quand je lui appris que le quartier allait être volatilisé à la dynamite. Je me retins de confier à Liola que je partais à la recherche de notre mère et lui dis simplement que nous allions tenter de trouver un meilleur abri.

Maccia nous conseilla de dormir un peu, il viendrait nous réveiller quand il faudrait partir. Je n'avais aucune idée de l'heure qu'il pouvait être. Les montres que nous portions aux pieds n'avaient jamais été mises à l'heure et la marche avait brisé leur verre. Nous nous allongeâmes sur la scène, au pied de l'écran. Je remarquai au-dessus de nos têtes des points argentés figurant des étoiles. Je me demandai s'il fallait y voir une raillerie ou un espoir. Cette incertitude se transformant en une sorte de sidération me plongea dans le sommeil.

### *Le Roucas aux Anglais.*<br>*Comment je retrouvai ma mère*

Lorsque Maccia me réveilla, les cloches s'étaient remises à sonner et tout le monde était levé. Stella et Liola tenaient de petites bougies allumées qui éclairaient un homme en manteau noir, une écharpe blanche autour du cou. Il se tenait près de Maccia et nous regardait comme un amateur de chiens les produits d'un croisement inédit.

Dans la ruelle attendait un grand tombereau couvert d'une bâche. Nous nous glissâmes dessous, Maccia d'abord, Liola et moi avec la cage et le phono, et enfin Kurkanivo avec sa liasse de journaux. Pourquoi voulait-il les garder ? Peut-être espérait-il que, lu par un autre, le contenu des articles changerait. Ou qu'avec le temps, comme le vin, il deviendrait meilleur.

Le tombereau était plein d'objets hétéroclites disposés en hauteur ou sur les côtés de telle façon que nous puissions nous y allonger tête-bêche. Lorsqu'il démarra, tout se mit à tinter autour de nous. Au-dessus de ma tête pendaient des plateaux de cuivre ou d'étain, des casseroles, des tuyaux de poêle, des plaques de divers métaux grossièrement découpées, les morceaux de zinc d'un comptoir. Au moment où Kurkanivo avait embarqué, l'homme au manteau noir avait lâché sans perdre son flegme : « Ô toi mi le puant tu vas nous faire arrêter ! » avant de rabattre la bâche. Je sentais bien le fumet de Kurkanivo mais il ne me déplaisait pas trop, il me semblait moins fort qu'en été et j'attribuais cela à l'hiver jusqu'à ce que je comprenne que, comme les fleuristes ne sentent pas les premiers parfums du printemps, c'était peut-être parce que j'étais devenu puant moi-même. Il s'était redressé au fond du tombereau. Des poux pétillaient sur sa tête où les cheveux avaient poussé. Ses yeux très clairs, son nez épaté lui donnaient l'air d'un ange-bagnard. Au repos, il paraissait toujours méditer avec amertume sur le lot qu'il avait tiré à la loterie de l'existence, dont il voyait bien qu'il avait lieu de se plaindre. Mais l'idée d'injustice n'existant pas dans son esprit, on ne savait pas trop à voir sa face butée si cette incompréhension le hissait vers une mélancolie quasiment mystique ou le plongeait dans une préparation d'injures.

Une petite pluie fine grignotait la bâche, douce, apaisante et ne pas la sentir sur mon visage me semblait extraordinaire tant vivre face au ciel m'était devenu familier. Et pour la première fois depuis longtemps j'éprouvai du plaisir à être ainsi à l'abri, protégé du vent, du ciel, et la vie sur les toits m'apparut tout à coup atroce, il me semblait qu'il n'existait pas de punition plus affreuse que celle d'être obligé d'y retourner un jour. Liola s'était endormie, la cage sur le ventre. L'air se mit à empester d'une odeur âcre d'incendie et quand elle devint irrespirable je me dis que nous devions passer devant les ruines de l'Alibabe. Le bruit des cloches qui continuaient de sonner à toute volée était plus violent, plus effrayant que sur les toits et tantôt nous passions au travers d'un brouhaha de foule, tantôt dans des rues silencieuses où je n'entendais que le roulement du tombereau sur les pavés. Quand nous remontâmes vers la Vieille

Charité, toute la ferraille bruissait et je craignais qu'elle ne glisse et ne nous écrase. J'entendis un bruit de clochettes qui me rappela quelque chose. Des tiges avaient glissé et s'étaient prises dans les cheveux de Stella. Quand je voulus les dégager, je reconnus les angelots d'étain de l'orgue du Valensole. Je ne pus les tirer tout à fait, craignant de faire tomber le reste. Les petits anges pendant au-dessus de son nez faisaient rire Stella et son rire faisait tinter les grelots.

Lorsque nous fûmes arrivés devant la Vieille Charité, la bâche se souleva et Kurkanivo sauta dans la rue. Je réveillai Liola, mais alors que je voulais qu'elle emporte le phono et l'oiseau elle préféra que je garde Lélio. S'il chantait, dit-elle, maman pourrait l'entendre. C'était l'idée d'un conte et, soit qu'elle me semblât judicieuse, soit que je n'eusse pas le cœur de briser cette rêverie, je gardai la cage. En me retournant, je vis que Stella pour lui dire adieu s'était couchée sur Maccia. Je ne sais si elle l'embrassait ou se contentait de lui caresser le visage. Puis elle se glissa hors du tombereau, me fit un clin d'œil et tous les trois filèrent entre les débris du mur de la Vieille Charité.

Nous redescendîmes vers le quai. Je revoyais sans cesse Stella étendue sur Maccia. L'idée me vint que c'était peut-être la dernière image qui me resterait d'elle. Nous pouvions être arrêtés. Alors je n'aurais plus à repenser à elle ou, plus exactement, mon imagination pourrait faire d'elle ce qu'elle voudrait. Et cette idée, dont je sentais bien qu'elle ressemblait à un désir, me donna l'impression une fois de plus que j'étais peut-être un monstre. Sur le quai, nous fûmes arrêtés à un barrage mais après une brève discussion avec le conducteur on nous laissa passer.

Alors commença un trajet sans fin au rythme des claquements de sabots du cheval. Le murmure de la pluie fine me berçait et je sombrai dans un demi-sommeil. Parfois un coup de vent s'engouffrant dans la bâche m'éveillait en sursaut.

Parfois il me semblait entendre le bruit de vagues s'abattant sur le rivage.

Je me réveillai tout à fait en me sentant glisser. Je me retins à un nid de robinets et une partie de la ferraille nous tomba dessus, nous forçant à nous tenir assis. Le tombereau était en train de gravir une pente si raide que nous devions nous accrocher à la bâche. Le soir tombait, je distinguais à peine le visage de Maccia et une merveilleuse odeur de buis et de pins pénétra dans notre abri. Des merles chantaient dans la nuit.

Le tombereau s'arrêta sur un petit chemin boueux couvert de feuilles mortes. La nuit n'était pas encore tout à fait obscure, on voyait encore les ramures de grands arbres dressés derrière de hauts murs. Maccia me montra derrière une grille ouverte une maison aux balcons de bois peints en blanc dont les formes rappelaient celles des signes de piste. Il s'appuya sur mon épaule et nous fendîmes l'herbe mouillée parmi le chant des merles.

Toutes les fenêtres étaient noires. Derrière la maison nous allâmes nous asseoir dans les ombres de ce qui semblait un carré de vigne en déshérence. Tandis que nous scrutions la maison, je sentais une odeur de terre mouillée et j'en avais tant perdu l'habitude que je me croyais dans un autre monde, plus doux que le nôtre. Je laissai aller ma tête contre le pied de vigne et entendis craquer des feuilles mortes. Je croyais sentir un parfum de fleurs et la tiédeur de la terre donnait envie de s'y étendre.

Maccia me secoua. Je ne distinguai plus les traits de son visage.

— Monsieur, vous n'allez pas vous endormir près du but ? dit-il en prenant le ton moqueur du matin où nous l'avions rencontré. Et, me tirant par la manche, il se mit à chantonner « Un habitant des toits ne se décourage jamais », l'air que nous entonnions en partant en expédition. « Qui se décourage ne mérite pas d'y vivre. » Il me conduisit près d'une serre où il avait repéré une échelle.

Nous la dressâmes contre la façade, Maccia monta le premier et, malgré sa boiterie, sauta sur un des balcons du premier étage. Je le rejoignis, la cage à la main, et comme lui écrasai le nez contre la vitre. On n'y voyait rien. Pas le moindre bruit. On pouvait sauter de balcon en balcon et coller nos têtes à tous les carreaux. Ils étaient glacés, noirs et muets. J'hésitais à y frapper.

Derrière l'une des fenêtres montait un vagissement. J'essayai de reconnaître des mots mais ce n'était qu'un chantonnement plaintif. Je voulais tant retrouver ma mère qu'il me sembla reconnaître sa chanson. Maccia derrière moi écarquillait les yeux. Je crus apercevoir une forme blanche sur un lit. La voix s'était arrêtée. Maccia craqua une allumette pour éclairer mon visage. La flamme nous éblouit et lorsqu'elle s'éteignit je ne distinguais plus rien dans la chambre. Il fit craquer une autre allumette et je levai la cage. Rien ne remua. Mes cheveux avaient poussé, peut-être mon visage avait-il changé au point que ma mère ne pouvait me reconnaître. Peut-être me prenait-elle pour un mauvais rêve. Je tambourinai des doigts sur la vitre, l'appelai à voix basse, les lèvres collées au carreau, mais le mot était trop déchirant à répéter sans fin. Je regardais le balcon dont la peinture blanche s'écaillait, semblable à celui d'une villégiature en bord de mer, et qui donnait l'impression de visiter le souvenir d'un autre. Je tapotais la vitre et Maccia craquait allumette sur allumette.

Un visage apparut, une face ridée encadrée de longs cheveux gris. Je fus transi que la maladie ait tant vieilli ma mère. Maccia craqua une nouvelle allumette et je me rendis compte que ce n'était pas elle. La vieille ouvrit la fenêtre et nous parla en anglais. Nous nous mîmes à discuter et j'appris qu'il s'agissait d'une vieille Écossaise à demi aveugle qui s'appelait Frances

Mc Dermott. Elle était internée là depuis près de trois ans. Je me souviens dans l'obscurité de cette robe d'intérieur au poil ras comme un pelage et d'un pansement d'ouate tenu contre sa gorge par un ruban bleu clair semblable à ceux qui enserrent les cartons à gâteaux. Elle murmurait d'une voix enrouée, mais enjouée et émue de parler anglais. Je lui demandai quel était cet air qu'elle chantonnait et elle répondit que son amie Helen Dawson le fredonnait souvent. Je lui demandai où était Helen Dawson et ajoutai que j'étais son fils. Elle ne répondit rien, montra d'un mouvement de tête le parc et, comme nous regardions les arbres, elle referma la fenêtre. Quand je me retournai, elle avait disparu et ne répondit plus.

Nous cherchâmes longtemps à tâtons dans le parc un autre pavillon. Mais les grandes ombres n'étaient que des bosquets de pins où l'on croyait glisser sur des nids pétrifiés de serpents. Dès que je les frôlais, des massifs invisibles soupiraient et trempaient mes cheveux. Nous regagnâmes le carré de vigne et, blottis l'un contre l'autre, nous attendîmes l'aube.

Quand je commençai à distinguer les arbres et la maison, je me rendis compte que tout autour de nous ce que j'avais pris pour des pieds de vigne était en réalité de petites croix de bois. Il y en avait une dizaine plantées dans la terre. Et ce qui m'avait semblé des brindilles ou des feuilles sèches était les vestiges des bouquets qui avaient séché et pourri au sommet des croix. Elles portaient des noms mais il ne faisait pas encore assez jour pour les lire et je dus attendre un bon moment avant de déchiffrer sur l'une d'entre elles le nom de ma mère, avec un *Hélène* écrit à la française.

Le jour se leva tout à fait, il se remit à pleuvoir et nous sortîmes à grands pas, Maccia se déhanchant comme un pantin dans l'herbe trempée, la cage cliquetant contre mon pantalon. J'avais la nausée. Je sentais un sac dur quelque part entre le ventre et la poitrine, sans doute le chagrin. Il ne voulait pas percer, comme s'il m'en jugeait indigne. Craignant de n'être pas humain, j'aurais voulu que les larmes éclatent. Je ne sentais ni le froid ni la pluie et lorsque je cognai mon genou contre un réverbère la douleur me parut lointaine, misérable. Maccia filait en silence à mes côtés en pleurant, me semblait-il, et jetant sans cesse des regards vers moi. C'était la pluie, ou des larmes qu'il versait sans bruit mais à longs filets, comme les vieilles qui écoutaient ses chansons. Il m'entraînait le long de venelles pentues bordées de maisons basses, aux jardins endormis touffus de buis et de lauriers hérissant sur la rue leurs branches mouillées comme des bras d'affamés et sur les trottoirs je foulais leurs feuilles impeccablement glacées sous le vernis de la pluie. À force de marcher très vite, j'éprouvai la torpeur, trompeuse, vaguement ignoble, de ceux qui se croient parvenus au bout de leurs peines.

Tout à coup j'aperçus Notre-Dame-de-la-Garde devant moi, très haut mais toute proche au sommet d'une pente abrupte et rocailleuse. De ce côté, elle semblait ne pas vouloir nous regarder. Puis nous redescendîmes à toute allure vers le cours Puget au travers du jardin et c'est là que nous entendîmes les premières explosions.

*Début des destructions. Je veux retourner dans le Panier. Apparition providentielle du père Fabre. Promenade nocturne dans les ruines*

En descendant la rue Paradis je vis aux balcons des étages supérieurs des gens qui regardaient du côté du Vieux-Port d'où montaient les explosions. Bien qu'étouffée par la brume et la pluie, chacune retournait le cœur. Les visages des passants qui remontaient du port arboraient les expressions les plus diverses : certains, comme si on les avait menacés d'un bâton, rentraient la tête dans les épaules, d'autres paraissaient avoir fermé leur visage pour ne rien entendre, d'autres encore semblaient vifs et ragaillardis, on aurait dit que chaque explosion, comme une mine ranime une source morte, faisait jaillir dans leurs poitrines une source de gaieté. Je croisai aussi quelques visages couverts de larmes, mais peut-être étaient-elles tirées par autre chose, les larmes qu'on voit couler dans la rue semblent toujours condamnées à demeurer incomprises. Le ciel s'obscurcissait, le vent apporta un nuage de fumée et de poussière et lorsqu'il retomba je reconnus l'odeur de moisi et de salpêtre qui flottait rue Carabat.

Arrivés sur le port, nous fendîmes la foule qui s'était assemblée pour regarder le spectacle, contenue du côté du quai par une haie de gardes mobiles. Au-dessus de notre quartier, une nuée d'un gris de cendre s'élevait très haut dans le ciel tandis que sa base s'étirait lentement autour de la mairie, débordait sur le port, recouvrait les mâts des bateaux. Je cherchais Liola et Stella dans la foule, espérant qu'elles avaient été chassées sans être arrêtées. Mais je ne voyais que des curieux dressés sur la pointe des pieds qui semblaient ne pas savoir quoi penser, tâter leur cœur. Ils avaient l'air d'écouter le rugissement d'une bête inconnue, qu'ils auraient aimé voir paraître.

Me tournant vers Maccia, je m'aperçus qu'il était livide. Il gardait la tête baissée. Il n'avait pas dit un mot depuis que nous avions découvert la tombe de ma mère. Il s'éloigna de la foule, filant de sa démarche grotesque en direction de Belsunce. Je courais derrière lui ma cage à la main, sans égard pour le pauvre Lélio dont les ailes battaient les barreaux à chaque explosion. Maccia entra dans la rue Colombier et s'appuyant contre un mur me dit qu'il allait se cacher au théâtre car la plaie de son genou s'était rouverte. Une auréole brune s'élargissait sur la jambe gauche de son pantalon. Il m'enjoignit de venir avec lui puisque je ne pouvais remonter dans le quartier et que les filles ne risquaient rien dans la Vieille Charité.

Devant la grille fermée du Paradis Sardine, La Faustine, les cheveux tirés au-dessus de la tête, fumait la jambe repliée contre la muraille. À la lumière du jour son visage était grêlé, gris mais cela faisait ressortir la couleur de ses yeux, le bleu laiteux des petits lacs perdus. Maccia s'arrêta devant elle et la salua en se baissant et agitant son chapeau au-dessus des pavés.

— Tiens, un fantôme, dit-elle sans bouger. Elle gardait les yeux au ciel, ne voulait pas le regarder.

— Pas encore, ma belle.

— Les explosions ont chassé les chats des toits. Elle montra un tas d'ordures grouillant de chats squelettiques.

— Et elles me ramènent auprès de ma seule véritable amie, reprit Maccia de sa voix qui semblait citer les paroles d'une chanson.

— Tu nous as bien laissés tomber, dit-elle, toujours appuyée à son mur.

Tout jeune que j'étais, je voyais bien qu'elle ne bougeait pas de peur de montrer son plaisir de le revoir.

Il agita une jambe de son pantalon.

— Mon excuse.

Elle aperçut la tache de pus sanglant, se précipita vers lui et, ouvrant la grille à grands coups de pied, l'entraîna dans le couloir peint en noir. Il m'appelait pour que je les suive.

Je m'enfuis.

Je courus longtemps par les rues qui remontent vers la rue de la République, passant et repassant sans cesse dans les mêmes au point de provoquer les rires et les applaudissements des badauds. Lorsque je fus un peu apaisé, j'allai m'asseoir sur une marche du passage Lorette. Je remis en place le morceau du tableau de Mac qui servait de plancher à la cage de Lélio et il vint sautiller sur mon doigt. J'entrai l'autre main dans la cage et caressai doucement sa tête minuscule.

Je voulus remonter vers la Vieille Charité mais tous les accès au quartier étaient bloqués par des barrages de police qui ne laissaient entrer que les gens qui présentaient certains papiers. Les explosions avaient cessé. Mais on entendait au loin résonner des sons métalliques, de pioches, de barres à mine, ces coups surgissaient un peu partout, comme des perce-neige, et donnaient l'impression que des hommes étaient pleins d'une gaieté affreuse. Je décidai de monter sur le toit de l'immeuble de la rue du Chevalier-Roze, qui était encore accessible. Si l'échelle y était toujours, je pourrais rejoindre l'abri aux poules et, si elle existait encore, pousser jusqu'à la Reynarde d'où je pourrais redescendre pour rejoindre la Charité.

Arrivé au sommet du toit, je découvris que notre domaine avait disparu. Les enchevêtrements de toits dont je connaissais les moindres décrochements avaient laissé la place à d'immenses trous gris, des amas de gravats où l'on reconnaissait çà et là des pans de tuiles et des pans entiers de façades avec leurs fenêtres. Des nuées de gabians survolaient ces ruines, y plongeaient et en jaillissaient sans cesse comme sur un banc de poissons. La place Saint-Laurent, la rue qui descendait vers le Valensole, la rue Carabat, notre kiosque sur le toit, tout semblait n'avoir jamais existé. La bouche ouverte, je me laissai tomber sur les tuiles : plus encore que de la destruction, j'étais stupéfait de constater à quel point nos errances, nos courses, nos détours avaient pris place dans un espace si réduit qu'un petit oiseau aurait pu le traverser en moins de dix coups d'ailes. Je me rendis compte aussi que tant de maisons étaient détruites autour de moi que je ne pourrais retourner dans le quartier par les toits.

Ne sachant que faire, je regardais tantôt les ruines, tantôt le grouillement des passants sur le port, espérant reconnaître les silhouettes de Liola, Stella ou Kurkanivo.

Dans les ruines, des terrassiers étaient déjà au travail, abattant çà et là des murs restés debout. Partout je croyais reconnaître les restes de maisons où nous avions couru. Dans les puits, lorsqu'ils n'étaient pas envahis de gravats, subsistaient quelques arbustes mais je cherchai en vain le figuier. En revanche, tout près de moi, planté au sommet d'une butte de pierrailles, je reconnus les fleurs d'acanthe rouillées du balcon où nous avions bu du mauvais vin. Je me demandai ce que Georges était devenu. Brutalement me revint l'image de la tombe de ma mère. L'idée que je ne la reverrais plus jamais m'apparut nettement pour la première fois. Mais c'était une constatation de la raison, parquée dans un enclos au fond du crâne, et je sentais bien que le ventre, le cœur et tout le reste qui fait vivre savaient que nous nous retrouverions.

Les destructions avaient ouvert de nouvelles perspectives, des boulevards de gravats, où des immeubles encore debout me paraissaient nouveaux. Et aussitôt mes yeux y cherchaient balcons, fenêtres ouvertes, décrochements et terrasses comme si la vie sur les toits devait continuer.

Tout à coup, au milieu d'un endroit totalement rasé j'aperçus la façade noire de la maison Alibabe. Tout l'intérieur s'était effondré. Sur ce qui avait été la place, les ormeaux dénudés étaient encore debout, des billets accrochés aux ramures. Des branches pendaient, cassées sous le poids de ceux qui avaient tenté de grimper à l'arbre pour les attraper. Je restai des heures sur ce toit, ne pouvant détacher les yeux des ruines et des écroulements de façades.

Plus haut, dans la partie intacte du quartier, il y avait peu de monde dans les rues. Mais soudain, alors que le soleil perçait, j'aperçus en haut de la rue du Refuge une silhouette que je reconnus tout de suite. C'était le diacre Fabre en étole et petit chapeau noir. Il venait de sortir d'une maison, suivi d'un enfant de chœur qui tenait sur l'épaule comme une canne à pêche une longue croix en fer. Sans doute, l'effondrement de notre petit monde retenant ailleurs le père Caillol, le père Fabre venait-il de le remplacer dans l'administration des derniers sacrements à un être qui avait trouvé gracieux de disparaître en même temps que tant de maisons. Il descendait lentement la rue du Refuge en se dandinant, avec une sorte d'hésitation. Je me demandai si elle était provoquée par un éblouissement d'horreur ou de sérénité. Il se trompa plusieurs fois de rue et l'enfant de chœur dut le tirer par l'étole pour le ramener sur le bon chemin. Je compris que pour retourner à Saint-Laurent, ne pouvant traverser les parties détruites, ils descendaient vers la rue de la République afin de remonter vers l'église en passant par le quai.

Je saisis la cage, redescendis à toute allure, me précipitai rue de la République que j'entrepris de remonter. Le soleil réapparut tout à fait et je les vis descendre au rythme tranquille et balancé du dandinement du diacre, suscitant le dégoût des passants qui s'écartaient brusquement sur leur passage comme devant des recruteurs de l'autre monde. Il faut dire que le gamin derrière le diacre levait et baissait la croix avec entrain comme s'il entendait les tambours d'un culte féroce et joyeux. Le père Fabre ne parut pas surpris de me voir, me considéra longuement avec un bon sourire sacerdotal, comme si nous ne nous retrouvions pas devant le bazar Mazer mais dans un pré du paradis. Quand je lui appris mes malheurs et mon désir de retrouver ma petite sœur réfugiée à la Vieille Charité, il hocha la tête de compassion, ou d'approbation, comme s'il avait déjà lu mon histoire quelque part. Nous étions arrêtés en plein milieu du trottoir et l'enfant de chœur, appuyé sur la croix, considérait mon chandail pouilleux, mes cheveux hirsutes, ma figure galeuse et la cage à oiseau avec attention tout en se curant le nez avec férocité comme s'il espérait en tirer le secret de ma bizarrerie.

J'expliquai au diacre que j'avais besoin de son aide pour retourner dans le quartier. Rêveur, tout lui semblait rêverie, et il consentit à tout en somnambule bienveillant. Il me regardait toujours en hochant la tête et je ne savais si c'était en signe d'accord, de pitié ou si ma figure lui rappelait celle du malheureux qu'il venait d'administrer. Son pouce caressait sans cesse ses autres doigts, peut-être encore huileux.

— Saturnin, dit-il au gamin en lui tendant quelques sous, donne-lui ton étole et ta croix, retourne chez toi, médite ce que tu as vu et achète-toi des nonnettes.

Sans un mot, Saturnin retira son étole, me confia la croix et, comme je devais la porter à deux mains, prit la cage et se mit en marche avec nous. La famille du mort lui avait donné deux petites caillettes qu'il sortit de sa poche et goba en regardant devant lui, peut-être par délicatesse, ou pour éviter mon regard implorant. C'était un gamin à la figure en lame de couteau, morveux sans vergogne et retenant l'écoulement à petites reniflettes par une sorte de plaisir délicat de gastronome. Bon prince, il me tendit une troisième et dernière caillette, si petite qu'elle semblait l'enfant des deux autres. Je posai la croix sur l'épaule et engloutis la caillette.

— Qu'est-ce que ça lui a fait ? lui demandai-je en montrant le père Fabre du menton.

— Il ne s'est pas trop trompé. Je le corrigeais. Je ne sais pas s'il a compris grand-chose. Le moribond racontait tout en napolitain.

— Et toi, tu comprenais ?

— Un peu. Surtout les gros mots.

Arrivés sur le port, le gamin nous quitta et, devant reprendre la cage, je portai la croix en canne à pêche. Nous passâmes sans encombre un premier barrage, le père Fabre ayant déplié un grand papier qu'il brandissait entre deux doigts. Je marchais à ses côtés et il promenait ses regards sur le quai et les bateaux dont les voiles semblaient enduites d'une farine sale.

Au bout du quai, des pâtés de maisons entiers étaient effondrés. La rue qui montait à Saint-Laurent n'existait plus. On ne voyait qu'un vague chemin serpentant entre des montagnes de gravats. Lorsque nous voulûmes pénétrer dans ces ruines un second barrage de gardes mobiles se montra moins conciliant. Ils semblaient douter que son papier lui donnât le droit de pénétrer dans la zone de destruction et trouver étrange qu'il ait besoin d'un oiseau pour donner l'extrême-onction. Le cher homme, tiré de sa rêverie, ne sachant trop quoi répondre, le désir de parler me vint pour la première fois depuis bien longtemps.

— C'est l'oiseau du mort que le père Fabre a recueilli, un chardonneret, le préféré de Notre Seigneur Jésus, dont le chant retentira sous les voûtes de Saint-Laurent quand le printemps sera revenu.

Je lançai cette phrase avec l'accent de la ville et les gardes mobiles nous laissèrent passer sans dire un mot.

Nous tortillâmes dans les décombres. Le père Fabre avait perdu son air de somnambule enchanté et regardait avec tristesse les amas de moellons et de pierres sur lesquels nous grimpions en glissant. Et quand il détournait les yeux d'un spectacle si affreux il les posait sur moi comme s'il découvrait un autre motif, mineur, de stupéfaction.

— Où es-tu allé chercher tout cela ? finit-il par me demander. D'où sais-tu que le chardonneret est l'oiseau de Jésus ?

Je lui répondis cette vérité, qui n'était jamais crue alors que mes mensonges l'étaient toujours :

— Je ne sais pas. Parfois les phrases me montent comme ça, toutes faites, je ne sais d'où.

Il me regarda avec suspicion.

— *Musa loquebatur.* Épisode merveilleux, dit-il finalement, digne du grand Ovide.

Je lui demandai si c'était lui qui avait sonné les cloches tous les jours pendant l'évacuation.

— C'était l'idée du père Caillol, me dit-il d'un air modeste. Mais le quatrième, lorsqu'il a dû s'absenter, je l'ai remplacé... Regarde, et il ouvrit grand les paumes. Elles étaient mauves et, au milieu, brûlées par la corde.

Le soir tombait lorsque nous arrivâmes à Saint-Laurent. Sa petite maison était intacte ainsi que deux ou trois immeubles du côté de la rue Château-Joly mais tous les autres jusqu'à la Tourette avaient été détruits. Le père m'invita à passer la nuit dans son réduit mais je lui dis que j'étais trop pressé de savoir ce qu'était devenue ma sœur. Il alla me chercher un demi-pain, un morceau de saucisson et, après un moment d'hésitation, ses doigts huileux tracèrent une croix sur mon front.

*Première nuit dans les ruines.*
*Dernier chant de Lélio. Plaisante certitude de ma fin*

J'allai dévorer le pain et le saucisson derrière un pan de mur et écrasai des miettes pour Lélio. La nuit tomba et tout à coup j'eus peur de rejoindre la Vieille Charité car Liola me demanderait des nouvelles de notre mère. De toute façon il me fallait attendre que la lune se lève car, les rues disparues, je devrais escalader dans le noir d'énormes buttes de gravats qui se succédaient comme les sommets d'une chaîne de montagnes.

Je m'endormis et à mon réveil les ruines étaient couvertes d'une poussière d'argent resplendissante. Les montagnes les plus hautes avaient l'air de tumulus où les maisons étaient enterrées debout. Çà et là, une chaise, une fenêtre se dressaient au sommet d'une butte ou paraissaient avoir été soigneusement installées sur son flanc. Le ciel dégagé, plein d'étoiles, je me mis en marche. Tantôt je devais escalader à quatre pattes des monticules friables qui m'emmenaient parfois fort haut, tantôt je traversais à tâtons des vallées étroites, obscures, d'autres fois encore je montais sur des pyramides où la lumière de la lune éclairait avec une netteté extraordinaire les débris : la pierre douce d'un fragment de marche, le morceau noir et spongieux d'une façade, de petites feuilles racornies accrochées à la fissure d'un morceau de mur, frémissant dans un coulis monté des profondeurs qui soulevait des volutes blanches au sommet des monticules. On aurait dit que ces destructions étaient destinées à faire découvrir toutes ces joliesses. Je foulais les tessons de tuiles sur lesquelles j'avais sans doute couru en été. Je remarquai que les façades de certaines maisons étaient seulement en partie effondrées, comme si elles n'avaient pas été minées mais n'avaient pu résister au souffle des explosions ou à l'effondrement de leurs voisines. On y distinguait des vestiges d'escaliers, des ombres qui devaient être des meubles. Un rideau claquait. On entendait le grattement d'un papier peint déchiré. Tout ce désert était farci de petits craquements prudents, fébriles. C'étaient les souris, les mulots, les rats et les chats qui peu à peu se lançaient à la découverte du nouveau monde. Au sommet d'une butte je vis des tuiles aux éraflures brillantes et m'imaginai que c'était peut-être le début du conte que nous avions gravé.

En haut d'un immeuble aux trois quarts effondré, j'aperçus les vestiges des cabanes des ratichons et cela m'aida à m'orienter. J'aurais pu monter tout droit vers la place de Lenche mais elle était intacte, gardée par des gendarmes, et je préférai obliquer parmi les ruines vers la droite. En remontant, j'entendis un peu partout des bruits d'écoulement comme au milieu de mille ruisseaux de montagne mais bientôt une puanteur me souleva le cœur et je me rendis compte que mes galoches collaient dans une mare d'excréments que je tentai de traverser le plus vite possible sur la pointe des pieds. Un peu plus haut, les odeurs devinrent plus agréables. D'une grande maison abandonnée montaient des senteurs de vieille futaille ; d'une cour que la disparition des immeubles avait transformée en terrain vague s'exhalait celle de paille humide qui me rappela, je ne sais pourquoi, un désert biblique trempé par la pluie. Tout à coup je reconnus l'orme et la fontaine muette de la place d'où la rue Janetin descendait vers le Valensole. Je la distinguai à peine au milieu de tous ces effondrements : elle était si étroite que les maisons ne s'y étaient pas effondrées tout à fait mais reposaient l'une sur l'autre, dessinant au-dessus de la ruelle un chaos en forme de voûte que le moindre souffle aurait pu aplatir.

Je descendis en essayant de reconnaître dans ces effondrements l'enseigne du Valensole. Et tout à coup, derrière les pétillements des rats, j'entendis un bruit étrange et qui pourtant me parut familier. Me faufilant entre des ruines, tendant l'oreille, je reconnus le clapotis des boules de billard, si doux qu'on aurait dit que le vent les poussait. En m'avançant, j'aperçus la table et son tapis de feutre. Une ombre jaillit et disparut dans les orties. Je fis encore quelques pas. Dans l'arrière-cour se dressait un massif de chardons desséchés aussi grands que moi où resplendissait dans la clarté de la lune une constellation de gouttelettes. Je n'osai débusquer l'ombre, qui si elle n'était pas une hallucination devait se tenir tapie, et rebroussai chemin.

Un peu plus loin, effrayé par les accents étranges qui tombaient d'un immeuble dont la façade s'était effondrée, j'aperçus un petit chat sautant sur le clavier d'un piano dont il semblait ne pas parvenir à s'échapper. Cette musique discordante m'accompagna jusqu'au bout de la rue où je reconnus les maisons intactes de la rue Beauregard dont l'accès était barré par des chevaux de frise. Elle n'était pas gardée et je les enjambai mais à peine m'y étais-je engagé qu'éclatèrent de toutes parts des coups de sifflets. Je me mis à courir dans une obscurité totale car ici les maisons étaient encore debout et il me sembla qu'au bruit de mes pas se mêlait celui d'une cavalcade. Elle paraissait venir des deux côtés de la rue et je cherchai à me cacher, tâtant les murs, et me précipitai par la première ouverture. C'était la porte d'un immeuble, tendant les bras je cherchai l'escalier et me cachai derrière. J'entendis se rapprocher les pas mêlés à des éclats de voix. Par la porte que je n'avais pas eu la présence d'esprit de fermer j'aperçus des policiers avec des lanternes. Rejoints par ceux qui arrivaient de l'autre côté de la rue, ils se doutèrent que j'étais caché quelque part et inspectèrent les recoins entre les immeubles ainsi qu'un petit jardin potager de l'autre côté de la rue. Persuadés que je devais y être recroquevillé, ils l'arpentaient en agitant leurs lampes torches dont les faisceaux projetaient tout autour de moi des ronds de lumière.

Lélio se mit à chanter avec force, sans avoir préludé. Il semblait tiré d'un rêve où il chantait depuis longtemps. Terrifié, je craignais que cela n'attire l'attention des policiers mais ils continuaient à inspecter le potager. Peut-être étaient-ils habitués à entendre chanter les canaris des maisons abandonnées. Mais tout à coup une silhouette se retourna et fixa la porte ouverte. Je reconnus Tuyaudière, vêtu désormais d'un manteau au col de fourrure, comme s'il avait fait un héritage. Le chant de Lélio se faisant de plus en plus vif, Tuyaudière avança de quelques pas dans notre direction pour mieux l'entendre. Je plongeai ma main entre les barreaux, saisis Lélio et serrai le petit corps pour qu'il se taise. Il se débattit, faillit m'échapper et je dus serrer plus fort. Tuyaudière était sorti du jardin et se dirigeait vers la maison. Lélio se tut au moment où le commissaire pénétrait dans l'immeuble. Il monta quelques marches, s'arrêta pour écouter et, n'entendant plus rien, finit par redescendre et sortir.

J'ouvris la main et sentis sur ma paume l'aile s'ouvrir en éventail.

J'attendis un long moment et quand tout fut silencieux je sortis et marchai longtemps dans les rues désertes. Je ne pouvais abandonner la cage. Parfois je m'arrêtais et la remuais dans l'espoir de l'entendre bouger. Ou bien je m'asseyais et, passant le doigt entre les barreaux, ébouriffais les plumes sur son ventre. Tant que la nuit régna, j'espérai qu'il revienne à la vie. J'étais désormais dans la partie du quartier où l'on n'avait pas expulsé et on entendait du bruit dans les appartements, des lumières s'allumaient. Voir reprendre le cours de la vie m'était insupportable et je retournai à pas pressés dans les ruines. Le ciel pâlissait, les pans de murs apparaissaient. Je n'osais pas regarder la cage. J'aurais voulu l'abandonner avant que le jour soit tout à fait levé mais quelque chose me retenait. Je frissonnai de froid et m'aperçus que j'étais couvert d'une sueur glacée. J'allai me blottir dans l'angle d'une maison écroulée et tombai dans un profond sommeil.

Lorsque je me réveillai, mon corps était brûlant. Dans la cage, Lélio grouillait de fourmis que les explosions semblaient avoir tirées de la terre. Et c'est à ce moment, alors que je ne pouvais détacher les yeux de ce remuement noir, que naquit en moi une impression difficile à décrire, un peu folle et qui pourtant guida tous mes faits et gestes pendant plus d'une journée. J'éprouvai tout à coup la certitude absolue, comme une révélation, que la mort de l'oiseau était le signe que la mienne était déjà commencée. La mort était une longue opération, semblable à une naissance, et j'y étais engagé. J'étais en quelque sorte déjà mort. Le plus dur avait été fait, il ne restait à accomplir qu'une simple formalité pour quitter ce monde. Elle viendrait peut-être d'une chute, d'une explosion, mais cela n'avait rien d'effrayant, c'était seulement vaguement désagréable, comme l'injection d'un vaccin nécessaire à un voyage. Qui ne l'a jamais éprouvé comprendra sans doute difficilement cette impression ni terrible, ni bouleversante, qui s'accompagnait même d'une sorte de satisfaction de clairvoyance. Je me souviens que j'étais seulement triste que cette vérité ne m'ait pas été révélée par la mort de ma mère mais par celle d'un oiseau. Je me souviens aussi que j'étais satisfait, comme quelqu'un qui vient de réussir une bonne affaire, de n'avoir pas à annoncer à Liola que sa mère et son oiseau étaient morts.

### *Apparition de Stella. Une maison idéale*

Je lâchai la cage comme s'il fallait entrer léger au royaume des morts. Je me promenai dans les ruines. Un grand et beau soleil se leva. J'étais secoué de frissons violents et voluptueux. Les débris des façades noires qui m'entouraient me semblaient voluptueux eux aussi, avec leurs pierres satinées d'un dégradé de noir passant de la couleur de l'encre à celle de la cendre. Toutes les odeurs, portées par un vent léger, me semblaient poivrées et délectables, celle de la poussière humide, l'odeur d'égout, de pisse, de vieux tonneau, et de temps en temps, à en faire tourner la tête tant elle me semblait exquise, celle de la mer. Les formes biscornues des pans de murs se découpant sur le ciel bleu, les couleurs brune et rose des tuiles qui craquaient sous mes semelles, tout cela frappait mes sens avec une intensité extraordinaire. À certains endroits où les rues se distinguaient encore des draps pliés gisaient sur les pavés. Pour une raison ou pour une autre, les propriétaires ni les pillards n'avaient pu les emporter et couverts de poussière ces draps brodés restaient là comme dans l'attente d'on ne sait quelle cérémonie. Des façades anciennes de granit ne s'étaient brisées qu'en trois ou quatre morceaux et je foulai de larges pans où s'alignaient jusqu'à trois fenêtres, je me souviens que sur l'une était encore accroché un pot de fleurs en tissu. Même volatilisées et brisées, les pierres les plus pourries continuaient à suinter. Du côté de Saint-Laurent, tout était aplati. Des engins avaient dû commencer le nettoyage car s'y dressaient de très hautes pyramides d'un blanc qui faisait mal aux yeux.

De l'autre côté du port, les façades et les rues de la ville étaient encore plongées dans l'ombre. Leur solidité avait l'air d'une illusion pitoyable et comique. Autour de moi, le monde en ruine illuminé de soleil me semblait le monde de la vraie vie. Dans la ville intacte je voyais s'éveiller un grouillement de demi-cadavres qui se croyaient vivants. Toutes ces impressions, je le répète, ne me paraissaient ni des exagérations, ni des images. Au contraire, j'avais la conviction de voir enfin la vie telle qu'elle est, avec une lucidité qui me remplissait de compassion et de contentement.

Je m'aperçus que de certaines maisons encore debout ou seulement en partie effondrées sortaient des fils électriques qui descendaient vers le quai. Ils étaient reliés à des paquets enveloppés dans du papier rouge ou bleu et fixés à des murs et je me dis qu'il s'agissait sans doute d'explosifs qui seraient bientôt déclenchés.

Des explosions violentes retentirent sur ma gauche, du côté de la mairie. De grands nuages de fumée et de poussière furent emportés par le vent de l'autre côté du port mais les explosions reprirent de plus belle, se succédant sans interruption. Le sol tremblait sous mes pieds, de la poussière s'envolait des pyramides de débris, des gravats dévalaient leurs pentes. Ce fracas, ces tremblements ne m'affectaient pas outre mesure, ajoutant même à la sensation de légère ivresse qui me portait à gauche, à droite, au hasard, descendant ou remontant les vestiges des rues Lacydon, Moïse, des Martégales. Ils devinrent vraiment bientôt assourdissants et je vis jaillir devant moi des troupes de chats errants. Ils bondissaient les uns par-dessus les autres, grimpaient et redescendaient à toute allure les montagnes de gravats comme s'ils cherchaient l'issue d'un labyrinthe qu'ils étaient les seuls à voir. Certains, sans doute de pauvres chats domestiques, vinrent se frotter à mes chevilles. Quand je repartis d'un pas décidé, ils me suivirent en file indienne et cela me remplit d'une joie enfantine.

En haut d'une côte, en plein soleil, je vis apparaître Stella. Elle portait toujours le manteau de fourrure mais avait remplacé les chaussons de zibeline par des chiffons écarlates. Elle avait tiré ses cheveux en arrière pour se faire un chignon. Son visage creusé, ses grands yeux sombres, ses lèvres fines et son nez étroit la faisaient ressembler à l'une de ces sculptures égyptiennes dont on ne sait trop si elles représentent une reine ou une enfant. Quand elle me vit, son visage s'éclaira mais ses yeux cherchaient Maccia. Nous nous étreignîmes un long moment. Elle me demanda si j'avais revu ma mère et je lui répondis que nous n'avions trouvé que sa tombe. Ça sonnait comme la phrase d'une chanson. Nous restâmes silencieux puis elle me raconta que Liola était toujours cachée avec Kurkanivo dans la Vieille Charité. La police était venue ce matin vérifier l'identité de ceux qui s'y étaient installés. Pour permettre à Liola et à Kurkanivo de se cacher dans les souterrains, elle s'était enfuie en courant afin de détourner l'attention des policiers. Elle leur avait échappé mais s'était retrouvée seule dans la ville. Pour éviter d'être arrêtée, elle avait rejoint la zone interdite.

Elle me secoua, prit ma main. Elle souriait, son visage brillait de larmes.

— Viens vite, dit-elle, Maccia va trouver de quoi nous changer, nous irons chercher Liola et on s'en ira de cette ville maudite.

Et déjà elle me tirait si fort par la main que nous dévalions la rue en bousculant chats et gravats. Mais je la retins de toutes mes forces.

— Tu ne pourras pas revoir Maccia, m'écriai-je, sa blessure s'est rouverte, la police l'a emmené.

Son visage se recroquevilla comme un papier qu'une flamme va percer. Elle se laissa tomber sur les gravats. Je restai debout, stupéfait par mon mensonge. Mon air devait être pitoyable car, voyant ma triste figure, elle me serra la main. Elle restait assise, les yeux fermés. Elle paraissait lasse du personnage que la vie lui faisait jouer. Je lui proposai d'aller nous abriter dans une maison encore debout où nous pourrions nous reposer et peut-être dénicher de quoi manger. Elle se leva, me laissa l'entraîner par la main sans rien dire. À peine m'étais-je rendu compte que les destructions s'étaient arrêtées qu'elles reprirent, déchirantes, si proches qu'une seconde après l'explosion l'air semblait disparaître pour un instant.

Un nuage gris s'abattit dans la rue. Nos joues picotaient, mille petits grains y pétillaient et il fallait respirer doucement pour ne pas suffoquer. Le soleil et le ciel avaient disparu. Les pavés et les ruines baignaient dans une lumière laiteuse. Je savais bien quelle maison je cherchais, mais je mis longtemps à la retrouver. Quand je la reconnus, y pénétrer au travers du nuage de poussière s'avéra difficile : il fallut escalader la façade effondrée, enjamber des fenêtres et des gouttières et sauter sur les marches de l'escalier de pierre. Une moitié ayant été emportée, il était si étroit qu'il fallait y grimper à quatre pattes. Les portes des appartements étaient fermées mais comme la façade avait disparu on pouvait y pénétrer en longeant le vide et en enjambant les débris.

Les explosions faisaient trembler l'immeuble, la vaisselle tintait dans les buffets. Parfois la poussière était si épaisse qu'elle nous figeait dans un brouillard impénétrable, d'autres fois un coup de vent la chassait et un rayon de soleil illuminait l'escalier et dans un appartement apparaissaient des meubles couverts de neige.

Au premier, je l'entraînai au bord du vide et nous sautâmes dans celui où j'avais vu un chat courir sur un piano. Je le retrouvai, couvert d'une couche épaisse de poussière grisâtre. Stella, immobile, le regardait d'un air tendu, fermé.

Une explosion assourdissante ébranla l'immeuble. J'eus l'impression qu'il se détachait de la rue et je la pris dans mes bras. Mais son manteau était si poussiéreux que je fus saisi d'une quinte de toux. Crut-elle que j'avais peur ? Elle se mit à me caresser les cheveux, avec un sourire indulgent de grande sœur. Quelle horreur, me dis-je, si la maison pète maintenant. Pour lui montrer que je n'avais pas peur, je l'entraînai par-dessus les gravats jusque dans l'escalier puis grimpai à toute allure vers le grenier.

— Sur les toits Stella, sur les toits, criais-je, nous y verrons plus clair !

Je poussai une lucarne.

Le vent fit voler nos cheveux et nous eûmes du mal à trouver notre équilibre. De gros nuages duveteux prenaient lentement possession du ciel. La poussière des explosions était très épaisse, montait jusqu'à trois ou quatre mètres au-dessus de la rue. Mais ensuite elle se dissipait en colonnes transparentes que le vent dispersait sur la ville. Un long moment, nous restâmes tous les deux absorbés par le spectacle des maisons qui du côté de la mairie s'écroulaient l'une après l'autre. Elles s'effondraient d'un seul coup, comme le cheval de la Vieille Charité. Et seuls les énormes nuages qui se dressaient ensuite dans le ciel donnaient à ces aplatissements, si instantanés qu'ils avaient quelque chose de comique, un air de désastre.

Plus près de nous, du côté des Gassins, là où elle dansait avec Maccia, toute une rue s'écroula en une seconde. L'appartement avait disparu, et l'immeuble à tourelle de la rue Lacydon où avait grimpé son père, et la cour au figuier où Mac était mort. De l'autre côté, les destructions avaient dégagé la vue et il me sembla reconnaître au sommet d'un immeuble, en haut du quartier intact, les restes noirs du bûcher.

Le bruit des explosions, accompagné du crépitement de la pluie qui se mit à tomber sur les tuiles, prit un caractère musical, rythmique et il me sembla que, comme on sent venir l'accord final d'une symphonie, je sentais venir le moment où la maison allait exploser.

Au loin, sur le quai, la foule regardait le spectacle, encore plus nombreuse que la veille.

Je pris la main de Stella qui, les yeux fermés, semblait goûter la pluie et le vent. Nous nous allongeâmes sur les tuiles, comme au bon vieux temps. Elle riait de son rire grave, sarcastique, le rire qu'elle avait quand son accent était fort. Elle s'étranglait de pluie et cela augmentait son hilarité.

Avec le mauvais goût du suicidaire, j'aurais voulu que les nuages soient déchirés par un rayon de soleil, ou, mise en scène plus modeste, qu'il s'arrête de pleuvoir. Mais la pluie redoubla au point que mes paupières fermées s'emplissaient d'eau comme les creux d'un rocher. Elle ruisselait sur mon visage, j'entendais Stella s'étrangler et rire, et, ouvrant les yeux, je vis sa bouche grande ouverte. La pluie tombait si dru que j'entendais son bruit sur ses dents. Elle avait défait son chignon et ses cheveux trempés s'ouvraient en éventail sur les tuiles.

Les explosions cessèrent. L'orage s'éloigna. Il fallut redescendre.

Je tremblais d'une façon effrayante et grotesque.

Nous fîmes le tour des appartements. Tous les trois pas nous nous arrêtions pour nous ébrouer comme des chiens. Les pièces ne contenaient plus que des babioles : des chiffons bleus ou rouges tapissés d'une poussière qui donnait à ces couleurs je ne sais quelle tendresse déchirante, une grande photo de Pétain en civil qui nous fixa de son air de berger amnésique, un amas de bibelots que je revois avec une netteté extraordinaire : une statuette blanche de la Vierge à la cape saupoudrée d'étoiles citron, des assiettes décorées de falaise, viaduc ou château, tels des paysages aperçus au travers d'un hublot pour donner au mangeur mélancolique ou misérable l'illusion du voyage. Une pince de crabe en porcelaine. Une étoile de mer en satin rose.

Certains appartements étaient encombrés de monstres qu'on n'avait pas réussi à emmener : une tête de lit ornée d'un triangle crevassé où étaient sculptés des fruits si joufflus qu'ils donnaient envie d'y mordre, un buffet aux fines colonnes torsadées de pierre noire dont les vitres tintaient timidement au moindre courant d'air, une table d'au moins cinq mètres de long, si grenue de plâtras et de poussière qu'elle faisait penser à un sarcophage.

Nous découvrîmes une chambre percée d'une ouverture minuscule encroûtée de fientes. Sur les tommettes gisait un édredon jaune luisant, fendu dans toute la longueur, abandonné parce qu'il était trop usé, ou déchiré d'un coup de couteau pour éviter que les pillards n'en tirent profit.

Stella fit tomber d'un mouvement d'épaule sa fourrure, tordit et secoua ses cheveux si violemment que l'eau crépita sur le mur. Nous nous déshabillâmes presque entièrement et nous étendîmes sous l'édredon. Nous tremblions de froid, nos dents claquaient sans cesse et mon bras s'agitait convulsivement. Nous nous serrâmes l'un contre l'autre jusqu'à ce que son corps glacé soit aussi brûlant que le mien. Sa peau était si douce qu'il semblait qu'il aurait fallu autre chose que des mains ou des lèvres pour la caresser. Dans le peu de lumière, je voyais ses épaules couvertes de taches de son. Leur disposition donnait la même impression de hasard et d'ordre que ce que le vent a dispersé. Des gouttes restaient fixées au creux de sa clavicule, extatiques comme les gouttes de pluie autour des bourgeons. J'y frottai les lèvres, comme poussé par un transport de la fièvre. Un spasme me secouait, accompagné d'un vertige si violent que mes mains empoignaient ses cheveux et le satin. J'embrassais son visage mouillé, les gouttes sur ses épaules et sa clavicule. Croyant que j'étais agité de fièvre, elle me serrait dans ses bras pour m'empêcher de trembler et me chuchotait les douceurs avec lesquelles on berce les enfants malades. Le vacarme des explosions et des effondrements résonnait affreusement dans ma tête mais en dehors de cette étreinte le monde n'était rien.

*Un concert. Un fantôme*

Lorsque je m'éveillai, régnait un silence universel. Dans l'ombre du duvet, Stella avait les yeux grands ouverts. Elle se leva, secoua son manteau de fourrure, tordit les chiffons rouges qui lui servaient de chaussons mais ne les renfila pas et marcha pieds nus sur les tommettes couvertes de poussière.

Je ne tremblais plus. Je me levai, tordis et renfilai mon pull et mon pantalon encore trempés et la rejoignis.

Dans les buffets et placards, nous glanâmes des croûtes, des patates germées, des fonds d'anisette et de grappa et – ô manne monotone de la Providence ! – trois boîtes de sardines de la marque Philippe et Canaud. Je trouvai aussi une bouteille à demi pleine de liqueur Boustefigue. Elle n'était pas rose comme celle du Valensole mais orange. L'air d'abrutissement du bon curé exprimait enfin le mépris apitoyé de la folie du monde. Après tout ce temps, je voulus y goûter et bus une gorgée d'un sirop amer qui mariait la saveur du jus de viande au parfum de l'angélique.

Nous passions d'un appartement à l'autre en sautant par-dessus les murs à demi écroulés au-dessus du vide. Il ne pleuvait plus. Sur ce qui restait de la rue planait une brume cuivrée, signe que le soleil devait être revenu et que nous étions à la fin de l'après-midi. Cette atmosphère étrange devait affoler les chiens défilant au bas de l'immeuble car ils poussaient des aboiements qui sonnaient comme les réclamations indignées de clients filoutés.

Nous préparâmes une bouillie de sardines et de croûtes mouillées d'anisette. Une eau jaune au goût de rouille coulait encore pendant quelques secondes des robinets. Je nettoyai un peu la table-sarcophage et la dressai avec deux assiettes peintes (Vésuve et Vatican). Je mourais de faim mais, instruits par l'expérience qu'il ne faut pas manger trop vite quand on ne l'a pas fait depuis longtemps, nous nous assîmes en tailleur sur la table (il n'y avait de chaises nulle part...) et commençâmes notre bouillie en portant à nos lèvres sans nous presser de petites bouchées entre trois doigts (... ni de couverts), affectant même pour rire la comédie de gens distingués qui mangent sans avoir faim. Stella n'avait guère parlé depuis que je l'avais amenée dans cette maison et moi qui n'ai jamais aimé bavarder je me croyais en paradis. Tout à coup elle me regarda dans les yeux et de sa voix dure, joueuse, sa voix à cigarette, demanda :

— Qui vivait là ? Serais-tu capable de le dire ?

— Des vieux, répondis-je.

Tous ces appartements me semblaient avoir abrité des vieillards.

— Pas du tout, dit-elle, et, montrant du menton un amas de vieilleries que nous avions retirées des buffets en les fouillant et d'où émanait encore l'éternelle odeur d'épice fade et d'entrailles de mouches des vieux tiroirs, elle ajouta en détachant chaque syllabe d'une façon qui faisait ressortir son accent : La veuve inconsolable d'un marin disparu en mer.

Je regardai les petites poupées habillées de kimonos, les coquillages peints où l'on voyait des bêtes étranges ressemblant à des chiens ou des lions, encore une petite statuette d'une Vierge drapée d'un crêpe noir plantée sur un îlot rocheux et la photo minuscule du visage d'un homme.

— Tu vois la photo de ce jeune marin, reprit-elle en soufflant légèrement pour qu'elle tremble. Eh bien dans le même tiroir, sous la toile cirée, il y a la photo d'un bateau et de son équipage découpée dans un journal et un trou à la place d'une des têtes. Alors pourquoi la photo du bateau était-elle cachée ? Parce qu'on ne voulait plus la voir et qu'en même temps on ne pouvait s'en séparer. Pourquoi ?

Elle se tut un moment, le bras levé comme si une cigarette était coincée entre ses doigts.

— Parce que c'est la photo du bateau qui lui a pris l'homme qu'elle aimait, dit-elle en faisant claquer l'ongle du pouce contre celui de l'annulaire.

Nous éclatâmes de rire.

— Tu ne savais pas, dit-elle, levant le menton, haussant les sourcils, tu ne savais pas que tu te promenais avec Sherlock Holmes (elle prononçait Chahir Lokolms).

Nous rîmes comme si c'était le nom d'un clown.

— Et pourquoi, demandai-je, hilare, pourquoi son amant ? Pourquoi pas son fils ?

Ces mots soufflèrent d'un coup la gaieté. Et la statuette, les coquillages, les poupées et la photo semblèrent nous regarder comme s'ils nous avaient pris au piège.

Le soir tombait. Il y avait des voix dans la rue, qui s'éloignèrent. Les craquements des bêtes dans les gravats réapparurent peu à peu. De temps à autre j'entendais le ruissellement d'une ruine qui s'écroulait. Et ces effondrements spontanés, dans l'état étrange où je me trouvais, faisaient naître en moi une impression de calme et de sagesse semblable à celle que lèvent les couchers de soleil. La pensée que notre immeuble s'écroulerait peut-être cette nuit me paraissait pleine de mélancolie et de douceur.

J'avais amené Stella dans cette maison parce que j'aurais aimé l'entendre jouer du piano mais je n'osais pas le lui demander. Peut-être l'avait-elle compris car elle se leva, me fit signe et nous redescendîmes dans l'appartement du premier.

Avec des gravats, des moellons tirés du mur et des vieux chiffons, j'édifiai tant bien que mal un banc où elle pourrait s'asseoir. Pendant ce temps elle essuyait le clavier avec sa fourrure.

Pour l'écouter je m'allongeai dans la poussière.

Elle pianota un peu puis se mit à jouer de petites valses. Le piano était désaccordé, il manquait des touches, la musique grinçait avec une espèce d'entrain acide. Mais cela ne me gênait pas, il me semblait même que c'était ainsi qu'on devait l'entendre. Ces petits airs souriants et mélancoliques étaient-ils ceux qu'elle jouait sur la table de la cuisine ? Ceux où elle voyait des portraits. Elle en joua un avec fougue et je me demandai si c'était celui de Maccia. Avait-elle déjà joué le mien ? Je n'osai pas l'interroger, chaque nouvelle valse me semblait moi. Mais comment se juger digne d'une telle musique ? Quand elle s'arrêtait un instant, j'entendais pétiller les rats ou s'écrouler un morceau d'immeuble. Je reconnus tout de même *Le Beau Danube bleu.* Comme la nuit était tombée, les fausses notes de plus en plus nombreuses ajoutaient au grêle je ne sais quel charme touchant. Cela semblait lui plaire. À moi aussi ces aigres valses plaisaient, parfaites musiques pour les presque-morts.

Tout à coup, mon attention fut attirée par une ombre que je crus voir filer en bas dans les décombres. Toujours couché, je penchai ma tête dans le vide. C'était bien une ombre qui bondissait, disparaissait, rejaillissait, et qui, à force de sautillements, finit par se retrouver au pied de notre immeuble, perchée sur un pan de façade.

Stella s'arrêta, vaincue par la nuit, mais je lui demandai de rejouer *Le Beau Danube bleu.*

La silhouette déplia ses longues pattes en enjambées dont le retenu rappelait la précaution rêveuse du héron.

— Oh Simon c'est toi ? C'est toi qui me donnes la sérénade ?

— Oh brigadier ! Et vous, comment allez-vous malheureux ?

— Je préfère ne rien dire. Sinon que je crève la faim. Tu n'as rien à manger ?

Il ne restait sur la table-sarcophage qu'un peu de bouillie et un croûton si dur que je l'avais retiré de ma bouche une fois constatée son incroquabilité.

— Presque rien, lui dis-je, désolé, mais lui, excité comme s'il s'était agi là d'une gracieuseté d'amphitryon, se précipita vers l'immeuble. Il fit jaillir d'un briquet une flamme qui alluma une bougie verte sortie de sa poche, et, progressant péniblement, gagna l'escalier et monta au premier. Constatant que la porte était fermée, il fourragea la serrure qui finit par céder et, à la lumière verdâtre de son moignon de bougie, je le vis ranger un long couteau dans une sorte d'étui qu'il portait en bandoulière. Bougie levée, il me considérait avec tendresse tandis que je découvrais que le cher homme avait subi une nouvelle métamorphose. Il avait tant maigri que quand il respirait sa vaste chemise semblait gonflée par le souffle de l'océan. Sa figure, encore allongée, rappelait assez le squelette d'une tête d'âne. Cet aspect macabre était un peu masqué – sinon enjolivé – par une barbe noire qui présentait un échantillon presque parfait des divers états possibles de pousse. Sans doute avait-il tenté plusieurs fois de la raser sans jamais y parvenir, de telle sorte que selon la qualité de la lame qu'il avait utilisée elle évoquait sur la joue gauche la barbe du pirate, sur celle de droite les vestiges étiques d'une plante grasse décapitée et partout ailleurs une plantation anarchique et circulaire, souvenir d'un jardin labyrinthe abîmé par le temps. Son vaste pantalon noir était maculé de taches si diverses de formes, nuances et textures qu'il en prenait une dimension allégorique. Ses pieds peu ragoûtants, pudiquement poudrés par la poussière des destructions, étaient à peine protégés d'un reste d'espadrilles rosâtres, décousues en minces filets de chanvre auxquels ses orteils s'agrippaient pour éviter qu'elles ne se dissipent tout à fait dans le grand Tout.

Je l'accompagnai jusqu'au troisième où il fit jouer son espèce de dague pour ouvrir la porte. L'expression de souffrance qui envahit ses traits quand, penchant la bougie sur l'assiette, il découvrit l'infime résidu me brisa le cœur. Néanmoins, avec la fortitude du vagabond de race, il l'avala, enduisit son index des reliquats d'huile, le glissa négligemment au travers de sa bouche d'où il ressortit parfaitement nettoyé. Il entreprit alors de croquer le croûton. Ses mâchoires tentaient de le briser avec abnégation dans des craquements affreux, accompagnés d'une plainte de gorge calme et continue rappelant celle de l'agonisant qui déjà n'aperçoit plus le ciel au-dessus de sa tête. Il finit par en venir à bout, ou du moins à l'avaler, et retira de sa bouche et posa tranquillement sur la table ce que je pris d'abord pour un fragment irréfragable avant de m'apercevoir qu'il s'agissait d'une petite dent, une canine sans doute. Je lui versai tout ce qu'il nous restait à boire, le fond de grappa et de Boustefigue, qu'il avala à grandes lampées avec une sorte de frénésie, comme un chien affolé par l'odeur du sang.

Stella nous avait rejoints et, assis tous les trois en tailleur sur la table, nous devisâmes à voix basse, éclairés par la bougie verte. Je le présentai comme un condamné à mort échappé, sans préciser les motifs affreux de sa condamnation puisque dans les temps que nous vivions elle n'avait rien d'infamant et pouvait même le nimber d'une aura héroïque. Je lui demandai de nous raconter ses aventures et il commença par une série de lamentations sèches : le mépris dont il était l'objet était tel qu'on avait voulu épargner les soins et les frais d'une guillotinade en abandonnant la besogne aux bombes du conflit mondial. Mais elles l'avaient sauvé et il était parvenu à s'enfuir. Ne sachant où aller, il avait trouvé refuge auprès de connaissances à vrai dire peu recommandables, des voyous qui, profitant de sa situation, avaient organisé des parties de billard clandestines de La Ciotat à Toulon où il arnaquait des gogos. Lui bien sûr ne touchait rien de ce qu'il gagnait, menacé d'être livré, à peine nourri, et enfermé la journée dans une cave. Fatigué de cette vie d'esclave, il était parvenu à s'échapper et avait voulu trouver une cachette dans son ancien quartier, et pourquoi pas dans la cave du Valensole. Mais il y était arrivé au moment même où commençaient les destructions. Il racontait tout cela de sa voix calme et sourde aux consonnes pétillantes, et l'on sentait bien qu'il déroulait froidement l'écheveau que la Providence avait tissé pour lui afin que nous autres enfants prenions conscience de ses mystérieux desseins : l'extraordinaire hasard qui lui offrit l'évasion n'avait-il eu pour destination que de le transformer en un pantin humilié, châtiment pire pour l'honneur qu'une franche et brutale décollation ? Autrement dit, la Providence l'avait-elle sauvé par amour ou pour se foutre de lui ?

Cependant, comme à chaque épisode de ce récit il buvait sans façon une goulée de grappa et une de Boustefigue, ses yeux se brouillèrent et il se mit à sourire béatement et à badiner.

— Mademoiselle, dit-il à Stella en s'inclinant, il faut pourtant reconnaître que si l'on m'avait coupé la tête, mes yeux n'auraient pas eu le plaisir de se poser sur vous.

Stella s'inclina à son tour pour répondre à cette galanterie anatomique. Ce salut le rendit tout à fait gai et le roman qu'il venait de nous raconter se transforma quand il y revint. Il évoquait désormais son séjour en prison avec un mépris amusé, laissant même entendre qu'il regrettait presque de ne pas avoir gravi l'échafaud pour montrer à l'assistance qu'il en fallait plus pour le troubler. Son amusement découvrait des dents noires et de vastes trous que je n'avais jamais remarqués. Je me demandai si c'était parce que la gaieté ne lui avait jamais à ce point ouvert la bouche ou parce que sa dentition lors de son séjour dans la cellule des condamnés à mort avait décidé de prendre un train d'avance. D'ailleurs, tout en parlant, il se mit deux doigts dans la bouche et de la même torsion délicate qu'on cueille les fraises il arracha une autre dent, ramassa la première sur la table et les expédia dans la rue du geste princier avec lequel naguère, au Valensole, il jetait les noyaux d'olives.

Dans l'état étrange où je me trouvais, lui aussi m'apparaissait comme un demi-mort, et cela me confortait dans ma certitude d'être entré dans un domaine plus vrai que celui de la vie ordinaire, et je me sentais plein de tendresse pour ce compagnon qui s'apprêtait à entrer dans le néant tout festonné de fantaisie.

Dans la nouvelle version de ses mésaventures, les voyous qui dans la première l'avaient exploité, nourri comme un chien réapparaissaient en escrocs drolatiques à ce point saisis d'admiration devant son génie du billard qu'il avait vécu à leurs crochets jusqu'au moment où il s'était dégoûté de leurs flagornerie et admiration naïve. Et la Providence qui lui semblait tout à l'heure si cruelle et mystérieuse se métamorphosait en une metteuse en scène bienveillante, une admiratrice qui organisait sa vie en une comédie destinée à faire briller ses talents.

Je remarquai un nouveau tic : il glissait tout à coup l'index sous le col de sa chemise. Peut-être, depuis le temps qu'il devait la porter, lui démangeait-elle la peau. À moins qu'il n'ait voulu s'assurer que sa tête était bien en place et qu'il ne survivait pas en rêve. Ou bien – comme une coquette remet sans cesse en place sa robe pour qu'on admire ses jambes – voulait-il rappeler à la compagnie qu'elle frayait avec un presque-décapité, un homme pour ainsi dire revenu d'entre les morts.

Ses souvenirs épuisés et bien revernis de gaieté, il déplia ses longues jambes, descendit de la table, reprit sa bougie et déclara qu'il allait rejoindre un abri qu'il avait repéré dans la cave d'un immeuble abandonné de la rue des Trois-Soleils, abri selon lui plus sûr que le nôtre et où il nous conseillait de le rejoindre.

Je l'accompagnai un peu sur ce qui restait de la rue, tapissée d'une poussière blanche, éclairée par les étoiles et la bougie verte. Il avait posé la main sur mon épaule, tel le vieil Œdipe, tout plein d'une nostalgie mystérieuse qui lui tirait des soupirs légers sans faire disparaître un petit sourire désabusé flottant sur ses lèvres. Je sentais bien que maintenant qu'était passé le soulagement d'avoir échappé à la guillotine, il aurait aimé que continue à flotter autour de lui le fumet du sang qui avait failli jaillir. Condamné à mort, plongé de longues semaines dans l'attente de la décapitation, sauvé par inadvertance par la destruction des murs qui l'entouraient, survivant par miracle, il devait trouver injuste qu'une telle expérience se dissolve dans la vie qui continuait et ne donne pas lieu – comme cela aurait été le cas pour un personnage des récits antiques du père Fabre – à une sorte d'apothéose, même modeste. Bien sûr, le brigadier n'avait aucune idée de ce qu'était une apothéose mais comme ignorer l'existence d'une chose n'empêche pas de la désirer, son incapacité à trouver un nom à l'envie vague et puissante qui l'envahissait lui faisait lever les yeux vers les étoiles et pousser les soupirs légers d'un amoureux de pastorale.

Je ne me disais pas les choses ainsi à l'époque, mais j'avais bien l'impression d'avoir à mes côtés un personnage qui ressemblait au pantin décrit par le Ferniol dans ses articles. Et cela me rendit triste de voir le brigadier avec les mots d'un autre. Alors je cherchai des détails auxquels le Ferniol n'aurait jamais pensé. Comme la bougie n'éclairait pas beaucoup je ne vis que ses ongles, ébréchés, celui de l'index traversé d'une fente fine comme un cil, ceux du majeur et de l'annulaire ornés d'un délicat croissant de crasse d'un noir aussi pur que la réserve d'encre d'un animal. Et je soupirai à mon tour, satisfait de l'avoir fait sortir de la prison Ferniol.

Il dut entendre ce soupir car il passa ses doigts dans mes cheveux.

— Ne t'en fais pas, dit-il en riant, ils ne m'auront pas... Fermant tout à fait ses yeux jamais tout à fait ouverts il ajouta : Et je n'oublie pas ce que je te dois.

*Retour au monde. La voix de ma mère méconnaissable.*
*Les chevaux fous de la Vieille Charité*

Nous nous quittâmes sur cette promesse, qui devenait un rituel. Je redescendis à la maison entre les tas de gravats éclatants de blancheur. La fièvre avait dû me reprendre car malgré la lumière dure des étoiles je n'avais pas froid. Je ne transpirais plus mais mes joues étaient brûlantes comme en été. La blancheur de la poussière au clair de lune, le scintillement des étoiles me faisaient un peu mal aux yeux mais d'une façon plaisante, qui avivait la gourmandise de voir. J'éprouvai à nouveau une légère ivresse et le sentiment d'agréable lassitude de quelqu'un qui a longtemps nagé. Il me semblait que mon existence s'achevait comme de tristes vacances. Je croyais arpenter un terrain vague au bout duquel se trouvait un autre paysage. J'étais heureux de mourir avec Stella, cela me semblait une sorte d'amour perfectionné. J'ajoute, pour les psychologues, que tout cela ne se confondait pas avec je ne sais quel délire ou exaltation mais au contraire avec le sentiment rassis, calme d'un sort inéluctable, enviable, pétri d'une noblesse simple et même d'une touche de drôlerie.

Les deux ou trois immeubles encore debout plongeaient la rue dans une ombre si noire que je mis du temps à retrouver l'entrée puis à remonter l'escalier à quatre pattes jusqu'au dernier étage. Je rejoignis Stella sous l'édredon. En l'ouvrant, j'entrevis son corps blanc et en me serrant contre elle je sentis des gouttes glacées sur son épaule. Peut-être était-elle allée sur le toit mouillé avant de se coucher. Peut-être étaient-ce des larmes. Ou la sueur de ma propre fièvre. Une fatigue écrasante m'emporta et en sombrant dans le sommeil j'entendis la voix de Stella. C'était sa voix de nuit.

— Plus tard, chuchotait-elle, plus tard, nous nous rappellerons tout ça. Elle semblait annoncer un moment merveilleux, ses doigts se mêlèrent aux miens.

Je m'éveillai lentement, difficilement. J'entendais une musique lointaine où je reconnus, encore une fois, la chanson de ma mère. Je tremblai mais ce n'était pas de fièvre. L'air était glacé. Je sortis de sous l'édredon et me traînai à tâtons dans l'autre pièce, près du vide. Les étoiles avaient disparu. Le ciel anthracite avait cette opacité particulière qui précède l'aube, il semble poisseux et lourd, accablé que la nuit soit morte, avant que la lumière le ramène peu à peu à la vie, à l'oubli. La chanson renaissait, s'estompait, comme naguère sur les toits. Et je compris tout à coup que ce n'était pas un mauvais rêve, que Liola m'appelait. Je n'avais pas pensé à elle depuis longtemps mais, écoutant la chanson, un sentiment violent de tendresse me saisit, aussi soudain et violent que lorsque nous étions seuls sur les toits et que je me disais soudain qu'elle était la seule personne que j'aimais au monde. Je voulus aller prévenir Stella. La pâleur de l'aube venait, elle éclairait à peine la chambre. Je distinguai l'édredon roulé en boule. Stella avait disparu. Peut-être me cherchait-elle quelque part dans la maison. Peut-être sur le toit. Je l'appelai mais je n'entendis rien. Qui sait si elle ne dormait pas toujours sous l'édredon, j'aurais dû y passer la main.

Mais je ne le fis pas et, comme la chanson reprenait encore une fois, je descendis dans la rue. Le jour se levait et je courus entre les ruines en direction de la Vieille Charité. Je me disais que j'aurais bien le temps de revenir chercher Stella. Ou peut-être ne pensais-je à rien. Je sentis que je n'étais plus celui que j'étais la veille. Du sentiment si fort que j'avais éprouvé d'être déjà mort, qui avait duré tout un jour et toute une nuit, il ne restait plus rien, il s'était totalement évaporé. Je n'y pensai même plus tandis que je courais. Et plus tard, quand le souvenir m'en revenait, il me semble que j'en avais honte.

Je ne reconnaissais pas la voix de ma mère. L'air était chanté lentement par une voix grave, presque une voix de basse. Cela m'effraya jusqu'à ce que je comprenne que c'était parce que le mécanisme du phono était prêt à rendre l'âme. J'avais quitté la partie détruite, sautant par-dessus des barrières qui n'étaient pas gardées, quand, filant le long de la rue des Honneurs, je fus surpris par un vacarme étrange.

En m'approchant, je distinguai des aboiements, des hurlements mornes, un crépitement de cavalcade. Un âne couvert de filets de salpêtre apparut en haut de la rue qu'il dévalait en un trot précipité et grotesque où ses genoux semblaient se déboîter à chaque pas. Il glissa sur une dalle de pierre polie et son ventre résonna sur les pavés comme une grosse caisse. Je frôlai en passant les lèvres retroussées de sa tête dressée et, un peu plus loin, je faillis être renversé par une horde de chiens de tout poil, gros et petits, qui couraient tout droit les yeux figés au point que certains se cognèrent à mes genoux sans paraître me voir.

Arrivé devant la cour de la Vieille Charité, j'y vis un tourbillon de chiens, d'ânes et de chevaux. Certains jaillissaient dans la rue en se piétinant, sautant les uns par-dessus les autres, s'élançant d'une façon si furieuse qu'un grand cheval blanc frappa violemment sa tête contre le coin d'une maison avec un bruit terrible, comme si elle était en bois, avant de descendre au galop la rue Lorette en répandant des filets de bave rose. Les galops faisaient jaillir des étincelles sur les pavés, et l'on entendait le claquement sec des crânes ou des échines des chiens qui se perdaient entre leurs pattes.

Dans la cour, des gardes mobiles tentaient d'arrêter les chevaux emballés mais, bousculés, ils couraient se mettre à l'abri sous les arcades. Des ânes filaient à petit trot en un flot rapide, obstiné, en poussant non pas leur braiment habituel, mais un cri étrange, guttural et continu, semblable à l'appel d'une sirène.

Dans ce charivari, j'entendais des bribes de la chanson de ma mère et sous les voûtes du premier étage j'aperçus Liola et Kurkanivo. Je parvins à entrer dans la cour au travers du flot des bêtes et leur fis signe de me rejoindre. Les gardes mobiles ne prirent pas attention à nous car, agenouillés sous les arcades, ils s'étaient mis à abattre à la carabine les chevaux ou les chiens les plus enragés qui s'attaquaient aux vieilles rosses qui sortaient de la cave des bouchers et pouvaient à peine marcher. Liola descendit avec le phono et, le prenant en bandoulière, je donnai une main à chacun d'eux et nous dévalâmes en courant la rue Lorette au milieu des chevaux et des chiens qui filaient entre nos jambes. Parfois, l'un nous mordait en passant d'un coup sec, sans nous regarder, comme pour nous montrer qu'il existait. Tout à coup je vis le vampiret filer près de moi, agrippé à la crinière d'un camarguais qui se retournait sans cesse pour le mordre.

Les explosions retentirent à nouveau. Le vent couvrit le ciel de la fumée des décombres. Elle retomba en pluie légère et les chevaux en furent tout poudrés et, bondissant par-dessus les frises de barbelés, débouchèrent rue de la République et galopèrent à côté du tramway où des malins organisèrent des paris. Trois chevaux paraît-il remontèrent la Canebière jusqu'aux Réformés ; deux se jetèrent dans le Vieux-Port où ils tournèrent plusieurs heures avant de se noyer.

*À la recherche de Stella. Ruse de Maccia.*
*Notre vie au Paradis Sardine. Le potager de Camoins*

La grille du théâtre était fermée. Je la secouai en criant le nom de Maccia. À peine sorti de la cavalcade, je ne pensais plus qu'à Stella. Je voulais mettre le plus vite possible Liola à l'abri avant d'aller la retrouver. À force de secouer la grille, le pêne se détacha du mur pourri et je me précipitai dans l'obscurité du couloir. Je grimpai l'escalier et ouvris toutes les portes.

Maccia était au lit avec La Faustine. Il s'était redressé et dans la bande de lumière jaillie par l'entrebâillement j'aperçus sur son visage les traces ocre et blanches d'un maquillage mal nettoyé.

Les petits m'avaient rejoint, nous étions couverts de poussière et il nous regardait sans nous reconnaître.

— Maccia, Maccia, criai-je, je t'amène Liola et je pars chercher Stella.

Mon cri réveilla en sursaut La Faustine qui cacha ses seins en tirant tout le drap d'un geste si puissant que le matelas se souleva.

À peine nous eut-elle regardés qu'elle se déchaîna.

— Oh mais d'où sortent ces nains ? Ils vont nous amener la pelade ! hurla-t-elle.

Comme toujours on aurait dit qu'elle criait pour mettre de

l'ordre dans ce qu'elle voyait. Mais une fois que sa colère avait figé le monde, elle était prise de remords et se sentait autorisée à laisser libre cours à sa bienveillance naturelle. Elle faisait penser à ces molosses qui estourbissent les chatons avant de les lécher.

Les yeux de Liola couraient dans tous les coins, elle devait chercher notre mère et l'oiseau.

La Faustine apostropha Kurkanivo qui, planté en face du lit, la regardait sans ciller.

— Dis-moi, petit, tu reviens de la pêche ou tu habites à l'égout ?

Et dans la chambre étroite qui sentait la sueur, je distinguai une odeur plus forte encore qui était sans doute la nôtre. Celle de Kurkanivo avait changé. L'odeur de mousse, de terre et de sang des souterrains s'amalgamant à sa puanteur particulière, il sentait désormais comme les plages où croupissent des algues.

Les explosions faisaient trembler la vitre derrière le rideau et malgré les relents kurkaniviens je sentais l'odeur de vieille pierre putride de la rue Carabat, vaporisée en poussière, envahir la chambre.

Maccia avait enfilé un pantalon et descendit les escaliers en boitant. Je courus après lui et le retrouvai dans la rue où, les mains sur les hanches, il regardait le ciel où roulaient nuages, fumées et poussières.

— Où est-elle ? Pourquoi elle n'est pas avec toi ? demanda-t-il sans me regarder.

Je ne savais trop quoi répondre. Je lui dis qu'elle était restée dans la maison où nous nous étions cachés.

— Où ça ?

— Rue Château-Joly.

— Vas-y me chercher mon chapeau, dit-il après un silence, sans baisser les yeux.

Je remontai comme une flèche mais ne trouvai rien dans la chambre. Liola s'accrocha à moi et me demanda où était notre mère mais je me dégageai en lui disant que je lui expliquerais plus tard, que Stella avait besoin de nous. Je descendis sans le chapeau. Maccia n'était plus là, il marchait à grands pas, tout déhanché, en direction de la rue du Chevalier-Roze. Je le rejoignis en courant.

— Va t'occuper de ta sœur, dit-il sans me regarder, et comme je m'approchais il tendit la jambe pour m'écarter. Mais je continuais à le suivre comme un chien qui ne veut pas comprendre. Il y avait de nouveau des policiers aux barrages qui empêchaient les gens de pénétrer dans les parties évacuées où les explosions n'avaient jamais été aussi nombreuses ni la fumée si sombre. Je compris que Maccia voulait passer par les toits pour redescendre dans la zone interdite. Comme les maisons étaient détruites rue Cordellerie, on remonta du côté de la place Carnot.

— Qu'est-ce que tu as fait de ton oiseau ? me demanda-t-il tout à coup tandis qu'on remontait la rue Mery aussi vite que le permettait sa boiterie. Je lui dis que je l'avais tué. Je m'en voulus aussitôt, regrettant de n'avoir pas simplement dit qu'il était mort. Mais il ne posa pas de question, ne sembla pas surpris, comme si c'était une chose plus ou moins prévue.

Au 24, nous filâmes sous le porche et montâmes l'escalier en bousculant quelques habitants, surpris de nous voir monter à l'heure où tout le monde descendait. La porte de l'appartement du père Pazzi était toujours entrouverte. Au dernier étage, il tira la petite porte en bois, se glissa dans le goulet. Je le suivis et quelques instants plus tard me retrouvai sur les toits.

J'aperçus au travers du nuage de poussière l'immense vide jonché de gravats qui s'étendait entre la rue du Chevalier-Roze et l'Hôtel-Dieu. Un peu plus loin, du côté de Carabat et Saint-Laurent, les explosions continuaient, plus rares maintenant.

Un gros nuage sombre ne se dissipait pas, immobile, l'air de lugubre éternel de ceux accrochés au flanc des montagnes. Du côté de la Grand-Rue, des maisons étaient encore debout.

— Je vais y aller par la Grand-Rue, dit Maccia. Toi tu restes là, il faut que tu t'occupes de ta sœur.

— Stella, c'est plus que ma sœur! criai-je, méchamment. Il me regarda d'une drôle de façon, son visage avait un air que je ne lui avais jamais vu, grisâtre, triste et lointain comme les visages des photos de faïence posées sur les tombes.

Il s'assit sur les tuiles.

— Tu as dit à ta sœur que ta mère est morte? demanda-t-il. Il regardait au loin les maisons encore debout, le chemin qu'il pourrait suivre.

— Non, dis-je, et je m'assis à côté de lui.

— Rien de plus facile, dit-il comme s'il racontait une histoire racontée cent fois. Tu vas lui dire que ta mère était dans une belle chambre, que tu l'as vue, que tu lui as parlé. Elle était très malade et très fatiguée mais elle était très contente de te voir et d'avoir de bonnes nouvelles de Liola. Dis que tu es allé la voir comme ça plusieurs fois et qu'elle était de plus en plus fatiguée mais qu'elle n'avait pas mal et qu'avant de s'endormir pour de bon elle t'a demandé de relâcher Lélio qui dépérissait parce que dans le jardin de l'hôpital il y avait des chardonnerets qui chantaient tous les matins.

Il racontait ça de sa voix calme, chantante, qui faisait croire que ça s'était passé comme ça. Il parlait comme dans les films qui donnent envie de vivre les choses tristes.

— Évidemment c'est des conneries, dit-il calmement. Mais le mensonge, c'est tout ce que je connais. Alors je te donne un coup de main parce que toi tu es au-dessus de ça, reprit-il en riant d'un ton sarcastique, et il cracha dans le vide. Puis il me regarda et au bout d'un moment me passa la main dans les cheveux et essuya mes larmes.

Il se leva et je le suivis jusqu'au bord du toit, puis, après un moment d'hésitation parce que sa jambe morte l'empêchait de bien prendre son élan, il sauta sur celui de la maison d'à côté. J'en fis autant mais, pour gagner le prochain toit, il fallait franchir une ruelle trop large pour qu'il tente de la sauter. Mais sur le nôtre était cachée une échelle. Elle n'avait pas été enlevée. C'était l'échelle aux mouchoirs tachés de sang. Ils étaient froissés, salis, il agita les montants pour les faire flotter au vent.

— Tiens bien les bouts, je traverse le premier, tu me suis.

Il s'allongea sur l'échelle comme je le leur avais appris et en quatre ou cinq tractions rejoignit le toit d'en face. J'allais le suivre quand il me fit signe d'attendre et se pencha pour remettre d'aplomb l'échelle. Mais il la tira et la fit tomber dans la rue.

Accroupi tel un homme au bord d'une rivière, il me regardait comme le premier jour.

Il se leva.

— Monsieur, ne faites jamais confiance à un voleur, dit-il avec un grand sourire et, me saluant de son bras replié, il se retourna et, clopin-clopant, se dirigea vers une lucarne par laquelle il disparut.

La bouche ouverte, incapable de réagir, j'attendis et finis par voir sa silhouette dans les décombres au pied de l'immeuble. Elle s'avança en boitant dans les rues détruites et ne se retourna jamais. Des explosions sourdes retentissaient seulement du côté de Saint-Laurent où le nuage de poussière devenait de plus en plus noir et la dernière image qui me reste de lui est le moment où, les mains dans les poches, il disparut en se déhanchant dans ce nuage.

Je passai les jours suivants prostré, fiévreux, sur une paillasse que La Faustine avait installée sur la scène. Chaviré dans des vertiges sans fin, j'entrevoyais parfois des ébauches écœurantes de rêves. Parfois la fièvre se calmait. Je connaissais alors des moments de lucidité où il m'apparaissait que je ne méritais pas de vivre. Cette évidence ne provoquait chez moi aucune douleur morale mais me gonflait le ventre, comme une indigestion. Je m'aperçus que nous dormions tous les trois sur la scène. D'imperceptibles courants d'air balançaient doucement la lune en carton. Quand j'allai un peu mieux et fus en état de goûter à la soupe que préparait La Faustine, elle m'annonça qu'elle ne pourrait nous garder très longtemps. Il nous faudrait trouver un autre refuge. Son théâtre végétait, le couvre-feu avait précipité sa ruine. Les spectacles n'attiraient plus que des demi-mendiants qui venaient s'y abriter du froid avant l'ouverture de l'asile municipal. Elle ne parvenait à faire monter sur scène que des amateurs aux talents pittoresques, joueurs de scie musicale, imitateurs de locomotives, dresseurs de puces, qui venaient se produire gratuitement et parfois même l'aidaient à payer l'électricité. Bientôt elle serait contrainte de fermer le théâtre et d'aller vivre chez sa tante d'Allauch. J'allais mieux mais jouai encore quelques jours le malade pour l'empêcher de partir trop vite. J'étais pourtant dévoré de l'envie de sortir pour retrouver la trace de Stella et de Maccia. Les destructions étaient terminées, des engins de chantier nettoyaient maintenant les ruines. Chaque matin La Faustine nous réveillait en criant, exigeait qu'on prépare nos baluchons. Mais je lui demandais d'attendre encore un jour le retour de Maccia dont le théâtre était le seul refuge. Elle haussait brusquement les épaules, s'en allait sans un mot et ne parlait plus du départ jusqu'au lendemain matin. Elle avait appris la disparition de Maccia dans la fumée des explosions avec un soupir désabusé, comme s'il s'agissait encore d'une ruse pour éviter qu'elle ne lui mette le grappin dessus. Elle était tellement persuadée de sa ruse et de son habileté que l'idée qu'il ait pu être tué lui semblait une naïveté.

— Tu te fais des illusions, me dit-elle un jour quand je lui laissai entendre qu'il s'était peut-être pris une maison sur la tête.

Dès que je pus tenir debout, je la convainquis de ne pas nous chasser avant que j'aie pu essayer d'apprendre de ses nouvelles. Je me mis à arpenter tous les quartiers où j'imaginais que lui et Stella auraient pu trouver refuge, du côté du cours Puget, du cours Julien où j'avais vécu avec Stella et même en remontant la rue vers toutes les planques du Roucas. Je descendais aussi jusqu'à la gare d'Arenc et scrutais les files de raflés qui marchaient vers les trains. Et sans cesse en marchant, j'imaginais toutes les hypothèses : Maccia mort et Stella vivante quelque part, cachée ou arrêtée. Maccia vivant et Stella morte. Maccia et Stella morts tous les deux – et cette hypothèse se divisait encore, morts sans s'être revus ou morts ensemble. Ou bien vivants tous les deux. S'ils ne réapparaissaient pas, c'était peut-être qu'ils s'aimaient quelque part, comme Stella l'avait pressenti. En imaginant cela, une bouffée de jalousie m'étouffait et j'espérais qu'ils étaient morts. À d'autres moments, ce sentiment m'apparaissait répugnant et ridicule, naïf comme lorsqu'un enfant fait mourir ses armées de soldats de plomb au chaud sous une table. Alors, palpitant, je montais sur les toits du cours Puget, de la rue Breteuil, je descendais et remontais cent fois à toute allure la rue Paradis, suffoqué d'impatience, j'aurais tout donné alors pour les voir réapparaître. Ce tohubohu ne m'aidait guère à savoir si j'étais bon ou méchant.

Parfois Kurkanivo m'accompagnait. Il avait subi une métamorphose complète. Depuis qu'elle l'avait épouillé, forcé à se laver et lui avait rasé les cheveux, La Faustine le considérait avec l'attention méticuleuse qu'on accorde à un objet qu'on a su réparer. Elle l'avait rhabillé d'un costume de mousse en drap bleu, d'une casquette de cuir noir et d'espadrilles rouges. Il s'était laissé faire, silencieux, les yeux plissés car ce costume lui plaisait. C'était comme si le bleu, le rouge, le noir qu'il promenait dans les rues pour les faire insolemment admirer aux passants étaient la version civilisée des insultes de jadis. Il marchait toujours en se dandinant mais ce qui donnait naguère une impression de rage semblait désormais la morgue du dandy. Il devait pourtant nc pas avoir oublié le brigadier car parfois, quand nous croisions un clochard dormant dans la rue ou dans un square, il le retournait de la pointe du pied pour voir son visage.

Le soir j'avais repris mes leçons de calcul et de lecture avec Liola. Cela intéressait beaucoup La Faustine qui eut envie de jouer à la maîtresse. Elle criait beaucoup mais d'une façon qui nous faisait rire, d'autant plus que cette colère s'adressait souvent à ses propres bévues. Cette institutrice tonnante et approximative enchanta Liola qui avait souci de bien faire pour voir La Faustine s'embrouiller et exploser de rage à force de chercher une faute imaginaire.

Dès que j'étais revenu à moi, j'avais raconté à Liola presque mot pour mot le mensonge qu'avait inventé Maccia. Elle accueillit ce récit avec tristesse mais sans les sanglots de désespoir auxquels je m'attendais. J'en fus d'abord heureux et soulagé mais cette froideur, ce stoïcisme qui ne me paraissait pas de son âge finirent par m'inquiéter. Peut-être, me disais-je, est-elle dure et méchante comme moi. Ou comme les gamins avec lesquels je l'ai laissée traîner sur les toits.

À quelque temps de là, par une douce journée qui annonçait déjà le printemps, nous prîmes le tramway pour aller faire une grande promenade dans les champs du côté de Camoins. À la fin de la journée, étourdis par le soleil et le vent, nous longeâmes un potager où, pour tenir à distance les oiseaux, on avait pendu à un mât des chiffons rouges et bleus et deux vieux disques noirs qui lançaient des éclairs et s'entrechoquaient dans un clapotis mat. Comme nous traversions ce champ et passions près du mât, Liola leva la tête et s'arrêta. Elle éclata en sanglots et quand je compris pourquoi elle pleurait je fondis en larmes à mon tour. Je la pris dans mes bras et nous nous assîmes dans la terre. Pour moi du moins ces sanglots s'accompagnaient de je ne sais quels délices. Et comme nous restions là, assis enlacés et répandant des larmes, quelques passants qui traversaient le champ, attristés du spectacle, tentaient de nous consoler et, croyant peut-être que cet épouvantail bizarre nous effrayait, criaient « C'est pour les oiseaux ! Pour les oiseaux ! ».

### *De surprenantes retrouvailles. Une idée de spectacle. Retour à nos premières amours*

Quand les explosions eurent définitivement disparu, je me rendis plusieurs fois la nuit dans la partie détruite. Une lanterne à la main, je cherchais un signe. Mais il ne restait déjà plus que des colonnes de gravats et des enclos de palissades.

Je mentais à La Faustine en prétendant que j'avais recueilli des informations selon lesquelles Maccia était blessé quelque part et caché du côté du Prado. Et avec Liola, ou Kurkanivo, nous nous promenions au hasard. Un jour, une de ces expéditions nous mena, Kurkanivo et moi, du côté des chemins du Roucas où nous étions allés une nuit pour appâter des joueurs de billard. Sous un ciel clair qui sentait le printemps, l'auberge aux lampes rouges paraissait moins mystérieuse, une baraque de briques et de planches peintes rouge sang où l'on entendait claquer les boules. Nous nous assîmes dans l'herbe et écoutâmes en silence le bruit de la partie. Tout à coup Kurkanivo dressa la tête et tendant l'oreille je distinguai derrière les éclats de la partie qui se déroulait dans l'auberge, parmi le chant des oiseaux et le murmure des feuillages, une rafale de claquements, un feu d'artifice de carambolages rythmé comme une danse. Nous échangeâmes un regard et d'un bond nous précipitâmes derrière l'auberge. Une pente herbue plongeait vers un ravin empli de détritus, de bidons rouillés où trônaient les vestiges d'un billard mis au rebut, lavé par les pluies, et dont un pied avait été remplacé par une colonne de parpaings. Une bande d'enfants déguenillés, parmi lesquels je reconnus les figures de quelques ratichons célèbres, riait en regardant une longue silhouette de danse macabre aux cheveux tombant jusqu'aux épaules sauter autour du billard en faisant tourner sa canne dans l'air avant de fondre et de frapper comme la foudre dans les positions les plus déhanchées et surprenantes, à la grande joie des gamins qui riaient aux larmes. De temps en temps l'un d'eux lui jetait un morceau de pain et il se précipitait pour le mettre une fois dans sa bouche, une fois dans sa poche.

Kurkanivo descendit tranquillement dans le ravin et sans un mot se planta devant la maigreur. Le menton levé, il le regardait en face sans rien dire. L'autre, calmé, le contempla un long moment puis dressa sa canne et l'abaissa solennellement sur une épaule puis sur l'autre. Kurkanivo le prit par la main, le mena un peu plus loin et le fit asseoir sur une pierre. Il lui donna un talon de saucisson qu'il avait emporté dans sa poche. Le brigadier s'était laissé faire. Il mangea le talon sans un mot, les larmes aux yeux, sans cesser de hocher la tête. Je fus surpris de constater à quel point il avait encore changé depuis la nuit où je l'avais vu pour la dernière fois. Il avait trouvé de nouveaux atours : il portait maintenant une chemise blanche et des croquenots sans lacets. Ses cheveux avaient poussé, sa barbe était plus fournie. Était-ce parce qu'il était encore plus maigre mais ses dents, qu'il était obligé comme les chiens de planter dans le talon dur comme du bois en tournant la tête, me semblaient plus nombreuses et plus solides que dans les ruines. Le talon broyé et englouti, il s'essuya les yeux, se releva et posa ses doigts de squelette sur nos épaules.

— Comme je vous ai sauvés, vous venez m'aider au fond du malheur. Sachez que je ne l'oublierai pas.

Et comme la bande de ratichons le rappelait à coups de sifflets et de lazzis il courut sur eux et les chassa à grands moulinets de canne, qu'il jeta dans les roseaux après l'avoir cassée net sur la tête d'un fuyard. Puis il nous montra la route, comme s'il attendait que nous le conduisions quelque part.

Je me mis en marche sans hésitation et d'un bon pas. Car le spectacle de son numéro de billard venait de faire naître une idée qui me paraissait merveilleuse.

Nous rentrâmes par la Promenade. Le brigadier avait ramassé avant de partir un chiffon roulé en boule sous un buisson et lorsqu'il le déplia puis l'enfila je me rendis compte qu'il s'agissait d'un imper mastic troué. Le talon de saucisson, l'accès de larmes, la chasse aux ratichons semblaient l'avoir ragaillardi. Il regardait Kurkanivo en souriant, visiblement amusé par sa métamorphose. Il pinçait en ricanant le cuir de la casquette, le drap du manteau. Enfin, en arrivant au jardin Puget, il n'y tint plus et déclara que Kurkanivo sentait si bon qu'il ne l'aurait jamais reconnu s'il l'avait croisé dans la rue. Puis, boulevard de la Corderie, il lâcha :

— D'ailleurs, ne te vexe pas, mais je me demande si je ne te préférais pas puant. Oh je ne parle pas en égoïste, ajouta-t-il en rejetant ses cheveux en arrière comme une belle évaporée, car pour moi je préfère me promener entouré des effluves du muguet plutôt qu'en route pour les funérailles d'un chat crevé. Mais c'est pour toi que j'ai le regret ! Car il me semble que ton odeur te donnait un air redoutable.

Kurkanivo écoutait tout cela en souriant, rose, silencieux, arborant le nouveau visage qu'il avait touché avec le nouveau costume. Ses yeux coulissaient vers le brigadier et il semblait satisfait de constater que ces propos peu charitables réjouissaient et redressaient l'osseuse carcasse. Quant à moi, je craignais que nous ne soyons arrêtés car on embarquait encore les enfants traînant dans les rues et l'aspect fantomatique et dégoûtant du brigadier attirait sur nous l'attention. D'un autre côté, les deux ou trois agents de police que nous croisâmes parurent renoncer à l'interpeller par crainte de la gale et de la vermine. Lui ne semblait rien craindre. Il est vrai que son apparence avait tellement changé qu'il était difficile d'y retrouver le futur guillotiné qui avait fait la une du *Marseillais.* Cette idée d'ailleurs paraissait l'amuser et il regardait chaque passant avec effronterie, comme s'il le mettait au défi de le reconnaître. À moins que sa cervelle, quelque peu hors d'usage après tant d'agitations, ne se rappelât plus qu'il était un condamné à mort en fuite. Avant d'arriver au théâtre, et pour qu'il ne soit pas effrayé par les cris que La Faustine allait pousser en le découvrant, j'expliquai au brigadier mon plan. Bien qu'il y jouât un rôle central, il l'accepta avec insouciance, nez au vent et mains dans les poches.

Je leur fis signe d'entrer et, après être monté dans sa chambre, je le présentai à La Faustine comme « le sauveur du théâtre ». Il entra dans la chambre et s'arrêta, les yeux baissés sur ses croquenots d'un air modeste, montrant ainsi à La Faustine le haut de sa chevelure où s'accrochaient brins d'herbe, filets de mousse et où courait une minuscule araignée blanche. Je m'étais attendu à une colère plus terrible encore que d'ordinaire mais la découverte de cette silhouette effrayante et peu ragoûtante la suffoqua au point que les yeux lui sortaient de la tête et que, la main posée sur la poitrine, elle n'arrivait plus à reprendre son souffle. J'en profitai pour lui exposer mon plan avec un enthousiasme qui n'était pas feint car plus je l'exposais plus il me rendait ivre.

Il s'agissait de transformer la suite de petits numéros minables en une véritable revue pleine de fantaisie et d'originalité :

depuis un siècle, l'immense gueule de baleine en carton-pâte avait davantage ravi les spectateurs que ce qui se déroulait sur la scène. Pour changer, lui dis-je, imaginons que la scène représente le ventre de la baleine. Et chaque numéro mettra en scène un personnage qu'elle a avalé. Certains rêveront de sortir, d'autres s'y trouveront bien. Dans sa robe de lamé, elle, La Faustine, sera une femme, pourquoi pas une sirène, une avalée elle aussi, dont certains seront amoureux, et la vague trame de la revue opposera les avalés qui cherchent un moyen de sortir et ceux qui par amour de la belle sirène ne veulent pas être crachés. Cette trame nous permettra de caser tous les artistes de passage, tous les réfugiés des music-halls, tous les saltimbanques au chômage qui pouvaient, ne serait-ce que pour une soirée, faire une apparition surprise dans le ventre de la baleine. Chanteurs, imitateurs de cigales, cracheurs de feu amateurs, jongleurs approximatifs, comiques provençaux, déclamateurs de vers fanés, non seulement pouvaient tous y trouver leur place mais la situation permettrait de rendre comique l'affligeant. J'avais eu cette idée depuis quelque temps déjà mais elle me semblait faible, incomplète, il y manquait quelque chose, et cette chose, ce clou du spectacle, lui dis-je, c'était M. François, et je désignai le brigadier, qui malgré son air rêveur devait bien suivre mes propos puisqu'il s'inclina de la plus charmante manière. Et je lui expliquai que M. François était un extraordinaire joueur de billard et qu'il avait mis au point un numéro de billard comique irrésistible. Avec un peu de bouche à oreille, j'étais sûr qu'on viendrait exprès pour lui.

La Faustine ne dit rien, haussa les épaules en versant une larme. Et elle m'apprit que sa tante d'Allauch étant morte, elle n'avait d'autre choix que de rester au théâtre et d'essayer de le faire vivre. Pourquoi pas la baleine ? dit-elle dans un sanglot.

Dans les jours qui suivirent, nous nous partageâmes les tâches. Tandis que la patronne essayait de trouver un billard et de rabattre quelques artistes, j'imaginais avec le brigadier un numéro de billard comique. Sa fierté et son amour du jeu ne l'empêchèrent pas de comprendre assez vite que dans ce genre de numéro la maladresse et les ratages apparents du début ne servent qu'à mettre en valeur l'extraordinaire habileté du joueur et nous imaginâmes ainsi plusieurs motifs sur lesquels il lui faudrait broder.

Et un jeudi de mars 1943, nous représentâmes une première ébauche de la revue avec une distribution il faut le dire peu nombreuse et encore moins éclatante (Ancel le trompettiste trompe-la-mort – ainsi nommé parce que dès qu'il soufflait dans l'embout toutes les veines de son front gonflaient comme des hernies – et Florizard le joueur de scie accompagnaient une danse de Liola qui ficelée entre quatre branches de carton peintes au minium figurerait une étoile de mer). Comme nous savions que la salle risquait d'être vide, Kurkanivo, Liola et moi distribuâmes des prospectus cours Belsunce, sur la Canebière et jusqu'à la place Sébastopol, qui précisaient que la salle serait chauffée et le prix d'entrée symbolique. Même ainsi, nous n'attirâmes qu'une quinzaine de personnes qui se dispersèrent aux quatre coins de la salle comme s'ils étaient venus là pour faire un somme ou démonter les sièges en douce. Pour qu'ils restent jusqu'au bout, La Faustine avait eu l'idée de fragmenter le sketch du brigadier. Il passait de temps en temps, entre deux autres numéros, et jouait un seul coup, mais à chaque fois plus surprenant, et, à la fin seulement, se livrait à un feu d'artifice qui se clôturait par un coup époustouflant qui donnait le signal de la chute du rideau.

Les autres numéros n'avaient suscité aucune réaction mais chacune des apparitions du joueur de billard avait déclenché des rires si féroces que je craignais qu'ils ne fleurissent en huées à la fin du spectacle. C'est le contraire qui arriva : cette salle endormie, clairsemée, cynique éclata en applaudissements et en cris, qui ne cessaient pas, dégénéraient en trépignements furieux qui brisèrent plus d'une latte du parquet quand le brigadier avec des entrechats de danseuse revint sur scène pour bisser son numéro, bis au cours duquel emporté par les rires et l'enthousiasme général il expédia une boule dans la salle où elle assomma net l'un de ses plus extasiés admirateurs.

*Succès de la revue.*
*Apothéose du brigadier. L'adieu à Georges*

Dans les semaines qui suivirent, et jusqu'à la fatidique soirée d'avril, le spectacle attira de plus en plus de monde au point que nous jouâmes vite à guichet fermé, si cette expression n'est pas déplacée pour un théâtre qui ne pouvait contenir qu'une soixantaine de sièges. Bien sûr ni l'idée de la baleine, ni les chanteurs amnésiques et autres dompteurs de cigales n'auraient remporté le moindre succès sans la présence du brigadier mais à cause de son numéro de billard délirant, tout le reste prenait un air de drôlerie et de fantaisie. Il faut dire que chaque soir ce délire gagnait en merveilleux. Il se mêlait peu à peu aux autres numéros : l'acrobate par exemple récupérait au vol la boule qui fusait de façon extravagante alors que le brigadier avait paru calmement s'appliquer à faire un point facile. De même, il jouait accompagné de musiciens puisque j'avais remarqué que son habileté et son audace comme au temps du Valensole étaient décuplées lorsqu'un chanteur susurrait une chanson napolitaine ou, mieux encore, quand le joueur de scie faisait résonner sa version hululée du *Beau Danube bleu*. Il s'était pris au jeu et passait ses journées à s'entraîner afin d'améliorer son numéro. Ses coups époustouflants, ses jaillissements et rebondissements de boules s'accompagnèrent peu à peu de toute une comédie de mouvements et maladresses de canne où Kurkanivo jouait le faire-valoir. Nous nous amusions à inventer des variations puériles qui nous enchantaient : son personnage, découvrant avec surprise un billard dans le ventre de la baleine, se mettait en quête d'une canne et finissait par se servir du fragment d'un mât. Une autre fois, c'étaient des oursins qu'il transformait en boules de billard.

Bientôt, il se mit à faire l'acteur. Un soir, il interprétait un joueur ironique et désabusé, un autre soir un transi d'amour pour la sirène ; le lendemain un coléreux, le jour d'après un ivrogne. Son succès n'en fut que plus grand et il accueillait désormais les rires et les applaudissements face au public en rejetant en arrière ses cheveux d'un revers majestueux de la main.

La Faustine apparaissait au milieu du spectacle dans sa robe lamée qu'on avait cousue en bas pour qu'elle fasse davantage penser à une sirène. Elle chantait toujours la chanson de la cuillère mais j'avais imaginé qu'elle l'adressait à un marin noyé qu'elle avait aimé et dont il ne lui restait que la tasse. Pour les spectateurs cela donnait à cet air drolatique un côté touchant et ils souriaient tendrement en se balançant. Mais plus le temps passait plus La Faustine repensait pendant cet air à Maccia qui, naguère, à ce moment, lui répondait en chantant. Et avec le temps la tristesse la prit, la chanson lui faisait monter des larmes que le public applaudissait comme un tour de magie. Je la regardais des coulisses et chaque soir, à ce moment, je repensais moi aussi à Maccia, à ma mère, mais dans l'ambiance du théâtre leur disparition, la mort me semblaient des fantasmagories si invraisemblables, à ce point incompréhensibles qu'elles s'évanouissaient dans les éclats de rire des spectateurs.

Le public changea. Des bourgeois, des étudiants, des professeurs vinrent nous applaudir. Et certains de ces bourgeois auxquels le prix modique de l'entrée ne faisait pas peur revenaient chaque soir pour voir quel nouveau personnage jouerait le brigadier. La journée, il était très amusant d'imaginer le rôle que pourraient interpréter dans l'histoire les artistes que La Faustine avait dénichés, la petite chanteuse lugubre dont personne ne pouvait deviner l'âge (concours dans la salle), Saturnin l'avaleur de clefs, M. Fonfendre ancien premier ténor aixois qui, ne se rappelant plus que les paroles d'un air de *Manon* que sa voix ne pouvait entonner sans se briser, les plaquait au petit bonheur sur les musiques qu'il était encore capable de chanter. Et ce jeu amusait aussi le public car, si l'on annonçait des cracheurs de feu, beaucoup de spectateurs revenaient pour voir quel rôle ils pourraient bien jouer dans le ventre de la baleine.

La nuit ou tôt le matin, j'allais sur le port ou me promenais sur les hauteurs avec Liola. Je voulais l'amener sur la tombe de notre mère mais elle refusait. Alors nous nous asseyions dans l'herbe pour regarder la mer. À quoi pensait-elle ? Moi je pensais toujours à Stella et Maccia mais j'avais réussi à y penser aussi comme à des morts. Jouer avec les morts est une occupation aussi douce que celle qui unit l'enfant à ses poupées et quand on joue pour être triste, on ne sait pas qu'on joue.

Nous allions toujours traîner à la gare. Un matin, nous arrivâmes au moment où des raflés du jour venaient d'embarquer dans une file de camions dont les moteurs tournaient déjà. On ne pouvait voir à l'intérieur et, comme à chaque fois que cela arrivait, j'imaginais Stella dans chacun d'eux. La surveillance des gendarmes était assez relâchée. Je longeai les camions les mains dans les poches, apparemment indifférent, en sifflotant la chanson des toits. Tout à coup, j'entendis une voix appeler ce nom que je donnais toujours et qui n'est pas le mien. Une bâche remuait, la bosse d'une main tentait de se glisser sous le pan goudronné. Cette voix n'arrêtait pas de répéter mon nom et je reconnus celle de Georges. Des doigts apparurent entre les cordes et je les saisis. « C'est toi ? C'est toi ? Ils t'envoient où ? Ils t'envoient où ? » répétait-il. Il devait croire que j'allais moi aussi monter dans un camion. Les gendarmes s'approchèrent et me firent signe de lâcher les doigts mais je continuais à les presser et ne savais quoi dire d'autre que « Tu vas bien ? Tu vas bien ? ». Les camions s'ébranlèrent mais comme ils avançaient très lentement je pus le suivre un moment en courant et en tenant ses doigts. « Tu sais, dit-il précipitamment car le bruit du moteur enflait, je ne m'appelle pas Georges, mon nom en vrai c'est... », mais le camion accéléra et je n'entendis pas ce nom.

En rentrant au théâtre, mes mains tremblaient encore quand La Faustine m'annonça qu'il fallait trouver le moyen de placer ce soir dans la revue Gastembède l'imitateur provençal. Il avait connu un grand succès dans tous les théâtres de Marseille pendant la guerre précédente. C'était un grand homme aux yeux mornes, placide, en frac de maître d'hôtel, avec sur le visage l'ombre perpétuelle d'un sourire, ce qui lui donnait l'air d'un alcoolique ou d'un mystique panthéiste. Le brave homme était encore connu pour son extraordinaire talent d'imitation de tous les animaux de la faune provençale, du buffle de Camargue au grillon de Venasque. Mais ce talent qui paraissait prodigieux, quasi biblique, au bon public 1900 semblait à celui d'aujourd'hui, le monde ayant rapetissé dans les têtes, un peu provincial. On se souvenait de lui, on l'aimait, mais pas au point d'aller le voir sur scène imiter le chant d'amour du rossignol de Lure. Et depuis vingt ans, le malheureux cherchait partout des engagements avec l'obstination insouciante des moineaux qui chassent les miettes sur les trottoirs. Je réfléchis et eus finalement l'idée d'assombrir complètement la scène et de l'y faire entrer une lanterne à la main. Il s'avançait lentement, regardant autour de lui, s'immobilisant parfois pour entendre les chants et stridulations diverses d'animaux que la baleine avait avalés. À la fin de ce numéro, Liola, dans son costume d'étoile de mer, venait danser au chant du rossignol imité par Gastembède.

Achetant chaque matin le journal pour y trouver une allusion à un couple aperçu dans la zone des explosions ou à des cadavres découverts dans les ruines, je ne trouvais rien, les articles ne s'étant jamais étendus sur les détails concrets des destructions. En revanche, je tombai un jour sur l'article suivant, au bas de la page « Spectacles » du *Marseillais* :

---

Il est des spectacles dont le grotesque atteint un degré de perfection qui enchante. C'est le cas d'une revue qui se donne actuellement au Paradis Sardine, l'un des plus petits et vétustes théâtres de Marseille, et qui remporte un succès bizarre, incongru et mérité. Qu'on imagine la troupe la plus lamentable, un ramassis de ratés du music-hall et du cirque, qui aurait été avalée par une baleine et que viendrait parfois visiter une plantureuse sirène et l'on se fera une idée du caractère parfaitement ridicule mais plein de fantaisie du spectacle. Précisons que le clou de la soirée est sans conteste un assez désopilant numéro de billard comique auquel se livre un fou aux longs cheveux, amoureux de la belle sirène et qui ne peut se résoudre à quitter le ventre de la bête même quand l'occasion s'offre à lui. Ce personnage burlesque est interprété par un inconnu aux dons exceptionnels de mime, doté de la plus formidable des vis comica. Ce clown de génie vaut à lui seul le déplacement. Figure étrange de maigreur, de contorsions, et qui pourtant a je ne sais quoi de familier. Tant il est vrai que les créations véritables des grands artistes, même les plus saugrenus ou les plus humbles, ont le pouvoir de nous rappeler mystérieusement une ombre qu'on a connue dans une autre vie...

---

Bien que l'article ne fût pas surmonté du faciès de misanthrope à pipe, je reconnus son auteur. Ainsi, un peu comme nous, le Ferniol était passé de la rubrique des tragédies à celle des théâtres, soit que son style bizarre lui ait valu d'être expédié dans les soutes futiles du journal, soit qu'il ait lui-même choisi la rubrique des spectacles pour satisfaire enfin un goût qui transparaissait toujours, même quand il parlait des faits-divers les plus sordides.

J'allai montrer l'article au brigadier. Mais, après l'avoir lu, il se renfrogna et je vis réapparaître la tête froide et lugubre du Valensole. Il me dit que cette histoire d'« autre vie » l'inquiétait. Et cette inquiétude s'ajoutait à une angoisse qui le minait depuis deux ou trois jours. Depuis plus d'un mois qu'il montait sur la scène, bien nourri par les repas de marché noir que préparait La Faustine maintenant que nous avions un peu d'argent, et même s'il avait gardé ses longs cheveux de naufragé, il avait repris figure humaine. Mais, retrouvant peu à peu dans le miroir de sa loge son visage d'antan, il y voyait également réapparaître celui d'un guillotiné en puissance qu'on recherchait sans doute encore. Et maintenant que le spectacle attirait des « bourgeois », il tremblait à l'idée que des policiers, des magistrats se trouvent dans la salle et le reconnaissent. Voilà pourquoi depuis deux ou trois jours il avait tendance à jouer dos au public. Ses mains se mettaient parfois à trembler. Il m'avoua que maintenant qu'il avait de quoi le payer il était allé trouver l'ami d'un cousin éloigné, pêcheur de son état, qui de nuit pourrait le conduire en Corse. Mais il faudrait compléter et il me demanda s'il me restait des billets. Il était prêt à nous emmener avec lui, comme si c'était là la fameuse occasion de payer sa dette. Il me restait bien deux billets que j'avais retrouvés dans le chapeau de Maccia mais pourquoi serions-nous partis en Corse ? Je voulais rester à Marseille. Et, me demandant pourquoi, je compris soudain que, même si je me plaisais à imaginer qu'ils étaient morts, j'attendais en réalité toujours le retour de Stella et de Maccia.

Une certaine soirée d'avril décida de notre sort.

La salle était bondée, joyeuse, et, comme à mon habitude, appuyé à un pilier près de la sortie, j'observais les réactions du public.

Tout à coup, alors que le Gastembède, lanterne à la main, sifflait ses chants d'oiseaux et que Liola dans son costume d'étoile de mer dansait autour de lui, je vis le dos d'un spectateur du premier rang se figer. Avant l'apparition de Liola, ce dos tressautait de rire mais alors que ceux de ses voisins continuaient d'être agités par l'hilarité, le sien s'était pétrifié.

Intrigué je m'avançai dans l'allée et, au fur et à mesure que je m'approchais de la scène, je reconnus dans les reflets de la lanterne que brandissait Gastembède le crâne dégarni et les yeux étranges du commissaire Tuyaudière qui observaient la danse de Liola avec une fascination étrange.

Je filai dans la loge du brigadier et lui annonçai que le policier qui l'avait arrêté gare Saint-Charles était dans la salle. Il s'enfuyait déjà quand, l'attrapant par le pan de sa chemise, je le rappelai au calme en lui disant que si nous devions partir au petit matin, il fallait trouver d'ici là un endroit sûr pour nous cacher. Il me regarda d'un air méfiant et, sortant le billet de mon pantalon, je lui annonçai que j'avais décidé de fuir avec lui cette ville maudite. Il resta un moment silencieux, lorgnant sur le billet, puis le saisissant d'un geste éclair il déclara solennellement, retrouvant sa voix d'antan :

— Abattucci accepte que tu le sauves une fois encore puisque tu le mérites.

Je lui dis qu'il fallait se cacher sur les toits avant la fin du spectacle et filai chercher les quelques affaires que j'avais achetées ces dernières semaines. Dès que Liola fut sortie de scène, je l'avertis qu'il nous fallait partir car la police risquait de venir nous arrêter.

— Mais nous n'avons rien fait de mal, dit-elle tranquillement.

Je ne savais quoi répondre, comme toujours quand son attitude laissait entendre que notre vie de fuite et d'errances n'avait été qu'une folie.

— Mais on nous séparerait, dis-je finalement, souviens-toi ce que disait maman.

— Tu dis toujours ça mais quand nous sommes ensemble, tu pars toujours quelque part.

Je ne répondis rien et l'aidai à retirer son costume d'étoile de mer. Le chagrin me prit. Pour la première fois, il me vint à l'esprit que Liola aurait peut-être préféré que nous soyons séparés plutôt que de vivre la vie que je lui avais fait mener.

Le brigadier était dans les coulisses, le moment approchait où il devait entrer en scène et je vis que, bien qu'il eût déjà roulé sous le bras son maigre paquetage, il ne pouvait quitter le billard des yeux. Sans doute aurait-il aimé déchaîner encore une fois les rires et les applaudissements. Je lui pris le bras et l'entraînai en lui disant que des gendarmes rôdaient au fond de la salle. Son visage changea et je vis que j'avais définitivement tué la diva.

Sans nous concerter, nous étions d'accord pour filer sans avertir La Faustine. Elle enfilait sa robe de lamé dans sa loge et vérifiait son maquillage dans la glace. L'entrevoyant par la porte entrebaîllée, je ne pus me résoudre à l'abandonner ainsi, à la Maccia, et, entrant sans rien dire, je lui pris la main et l'embrassai de toutes mes forces. Puis je m'enfuis tandis qu'elle me donnait au bas du dos un coup de balai en criant que j'avais tirebouchonné sa robe.

Kurkanivo, dans son costume de marin, nous regardait, les mains dans les poches, d'un air maussade. Il hésitait. Fatigué des errances, boudeur, il finit par nous suivre comme on suit sa tribu.

Nous passâmes la nuit sur le toit du 24 de la rue des Phocéens. Avant l'aube, nous descendîmes dans les rues, gagnâmes le quai et embarquâmes rapidement après l'échange de billets sur le petit bateau de l'ami du cousin qui portait je m'en souviens le nom compliqué de *Séraphinata.* « Ça m'embête de prendre l'argent du cousin d'un ami », dit le capitaine en essuyant ses mains sur son pantalon. Le brigadier leva la main et, royal, déclara : « Ami, ce qu'on fait pour survivre, le ciel n'y voit pas crime » et, après lui avoir fourré les billets dans la paume, il la referma d'un air pénétré. Nous descendîmes vite dans une cale puante de poisson et de mazout. C'est plus prudent, avais-je dit, mais c'est surtout que le jour se levait et que je n'avais pas envie de voir le vide qui s'étendait où nous avions vécu sur les toits. Mais dès que le bateau fut sorti du port et se mit à ballotter, alors que le brigadier entreprenait de combattre le mal de mer à l'aide d'une bouteille d'anisette, Liola, Kurkanivo et moi, incommodés, ne pûmes y tenir et montâmes sur le pont.

Le soleil commençait à colorer les tuiles et je distinguais encore sur les quais les garçons de café portant les chaises au-dessus de leur tête pour aller les installer, les gabians tournant au-dessus des étals de poisson d'où montait parfois un cri lointain de femme qui me semblait l'écho d'un vieux mythe. À droite, à contre-jour, la Vierge paraissait nous regarder comme on regarde partir des ingrats ou des lâches. Était-ce le soleil d'avril, mais les façades charbonneuses me semblaient plus éclatantes, les tuiles plus vives, garanties sans cloportes, leurs soleils de lichen couleur d'azur ou d'oursin plus colorés, et j'eus l'impression que la ville, les toits, les rues, les faibles cris des gens, la tombe de ma mère m'appelaient, comme si je n'avais encore rien vécu, comme s'il y avait sur les toits, dans les appartements déserts ou abandonnés, dans les ruelles, sur les cours encore tant de choses à vivre, un bonheur préparé pour moi depuis toujours et que je ne connaîtrais jamais. Qui sait si quelque part, dans un appartement ou dans une rue, Maccia et Stella ne pensaient pas à moi, n'attendaient pas de me revoir apparaître ?

Mais il suffisait de regarder à gauche, du côté de Saint-Laurent, du désert et des ruines, pour que revienne le désir de partir.

C'est alors que survint un évènement inattendu : voyant la ville s'éloigner, d'autres rivages apparaître au loin, Kurkanivo tendit les bras vers la Bonne Mère en poussant de longs cris. Il semblait frappé d'une douleur si violente que Liola et moi le saisîmes par les manches de son costume de pêcheur de crainte qu'il ne se jette à l'eau.

Ce désespoir était si affreux et sonore qu'il tira le brigadier de sa nasse à maquereaux. Il tenta de calmer Kurkanivo à sa façon, à coup d'insultes tendres. Mais il ne parvint à rien, l'autre gardait tendus les bras vers la ville. Était-ce la crainte du vent violent, de la mer qui, maintenant que nous étions sortis du port, avaient transformé le petit bateau en balançoire, la peur de l'inconnu, était-ce l'amour de La Faustine ou l'amour de la ville d'où il n'était jamais sorti ? Toujours est-il que le capitaine croisant un collègue qui rentrait au port lui fit signe de s'approcher pour que Kurkanivo saute à son bord. Nous le regardâmes s'éloigner debout sur le pont de ce bateau d'où il nous saluait en agitant sa casquette et en l'accompagnant au bout de quelques instants, pour la première fois depuis bien longtemps, de sa danse familière. Et le brigadier, le voyant danser, le salua du bras lui aussi, et peut-être sous le coup d'une tendresse levée par le pastis il se mit à crier, riant et pleurant tout à la fois :

— Ô Pestilence, mon fils, où es-tu ma pouillure, je t'avais bien dit que le savon t'avait ramolli le cœur !

Et avant que la ville disparaisse je redescendis dans la cale obscure. Liola vint me rejoindre. Elle me prit la main et, blotti avec elle dans un coin, ballotté, nauséeux, me revinrent les images de la nuit que nous venions de passer sur le toit du 24.

Elle avait été douce, embaumée d'une odeur de cave et de mer. C'était peut-être l'odeur des toits au printemps, que je n'avais jamais connue. Le brigadier et Kurkanivo s'amusaient des lumières et des bruits de la ville mais Liola et moi recherchions les coins les plus obscurs. Nous guettions les ombres, les frémissements des chats, des gabians et des petits faucons. Je la pris par la main et nous avançâmes dans le noir en riant du clapotement des tuiles qui rappelait tant de souvenirs. Elles semblaient nous raconter, ces commères, tout ce qui s'était passé aujourd'hui sur le toit ou, peut-être, nous dire adieu, chacune à sa manière. Nous nous assîmes contre une cheminée, blottis l'un contre l'autre comme au bon vieux temps. Les nuages cachaient les étoiles mais la douceur et une brume poisseuse faisaient ressortir la puanteur de vieille pierre, comme si nous étions descendus dans une fosse, et celle, plus végétale, des tuiles et ces odeurs me semblaient le parfum d'une île que nous quittions pour toujours, que nous ne retrouverions jamais. Je passai les mains sur les tuiles, les y frottai machinalement, follement peut-être, comme l'exilé qui croit emporter la terre natale. Liola caressa mes cheveux et demanda si je savais où étaient Stella et Maccia. Je lui dis qu'ils étaient partis loin d'ici. Elle me caressa davantage pour me consoler, comme si elle avait tout compris, mieux que moi.

— Moi aussi je les aimais bien, dit-elle en posant la tête sur mon épaule. Elle voulait m'aider à ranger les chagrins. La vie lui avait appris cela. Est-ce salutaire? Les avis sont partagés. Et l'âme, parlons-en de l'âme, est-il bon qu'elle s'imprègne de bonne heure, le plus tôt sera le mieux, de l'amertume de perdre ce qu'on aime? N'allez pas croire que c'est ce que je me dis alors, à quinze ans, au début d'avril 1943 sur le toit du 24 de la rue des Phocéens. Mais c'est ce que je me dis maintenant, toutes ardeur et honte bues, car en racontant sa vie on repense aux morts plus qu'il n'est raisonnable. Aujourd'hui tapez leurs noms sur le Net et certains monteront de l'Érèbe. J'ai vu ainsi sur Google qu'en 2006 la vente d'un paysage de Mac a atteint la somme de trente mille euros. Que n'ai-je gardé la peinturlure qui servit de plancher à la cage de Lélio? La notice biographique de Sotheby's Dublin disait qu'on perd sa trace en juin 40, « date à laquelle il semble avoir quitté sa soupente de la rue Bréa pour une destination inconnue ». Quels ornements ne pourrais-je pas ajouter à cette histoire, qui feraient monter la cote? Près d'un siècle plus tard, que reste-t-il de tout ce qu'on a laissé sur les toits, colifichets et cadavres? Je me demande si l'on pourrait aller y voir avec la map de Google. Tu pourrais y aller pour moi, plus jeune, plus habile lecteur. Voir ce qui demeure au 5 de la rue des Ferrats; s'il reste des traces du pigeonnier de la rue Paradis où Maccia tua son cousin par ruse folle. Les toits du cours Puget scintillent-ils encore des éclats des bouteilles de champagne que nous y brisions après les vols, et sur celui du cours Julien de celle que je bus comme un philtre avec Stella; et sur celui de la place de la Corderie trouverait-on dans un recoin la face peinte que découpa Sainte Fontaine? Et sur celui de la rue du Refuge des restes du bûcher de Mac, sous une tuile de la rue des Convalescents un osselet des Balate? Si, une fois crevé, je pouvais revenir gabian, j'irais revoir tout ça, les toits de cette ville où je ne suis jamais retourné et à laquelle je repense toujours, parce qu'une impression de la fameuse âme, murmure que là-bas seulement j'ai vécu, et cela te fait rire, lecteur, je le sens, ou te fait horreur, d'une telle vie, te dis-tu, je n'en voudrais pas, et tu bénis le sort de t'avoir réservé autre chose que cette enfance misérable, que ce tourbillon de malheurs, orphelinade, souffrances et mensonges, froideur, égoïsme, cruauté et folie, parmi voleurs, assassins et faiseurs de couplets grotesques, et moi aussi, il m'arrive de me dire que j'aurais préféré une autre enfance, la tienne, pourquoi pas, si elle t'a permis de mener une vie heureuse.

Mais, il est vrai, que connais-tu de la vie, ô mon lecteur, toi qui n'as jamais vécu sur les toits?

*Composition : Soft Office.*
*Achevé d'imprimer*
*sur Roto-Page*
*par l'Imprimerie Floch*
*à Mayenne, en juin 2021.*
*Dépôt légal : juin 2021.*
*Numéro d'imprimeur : 98622.*

ISBN 978-2-07-294988-3 / Imprimé en France.

**396471**